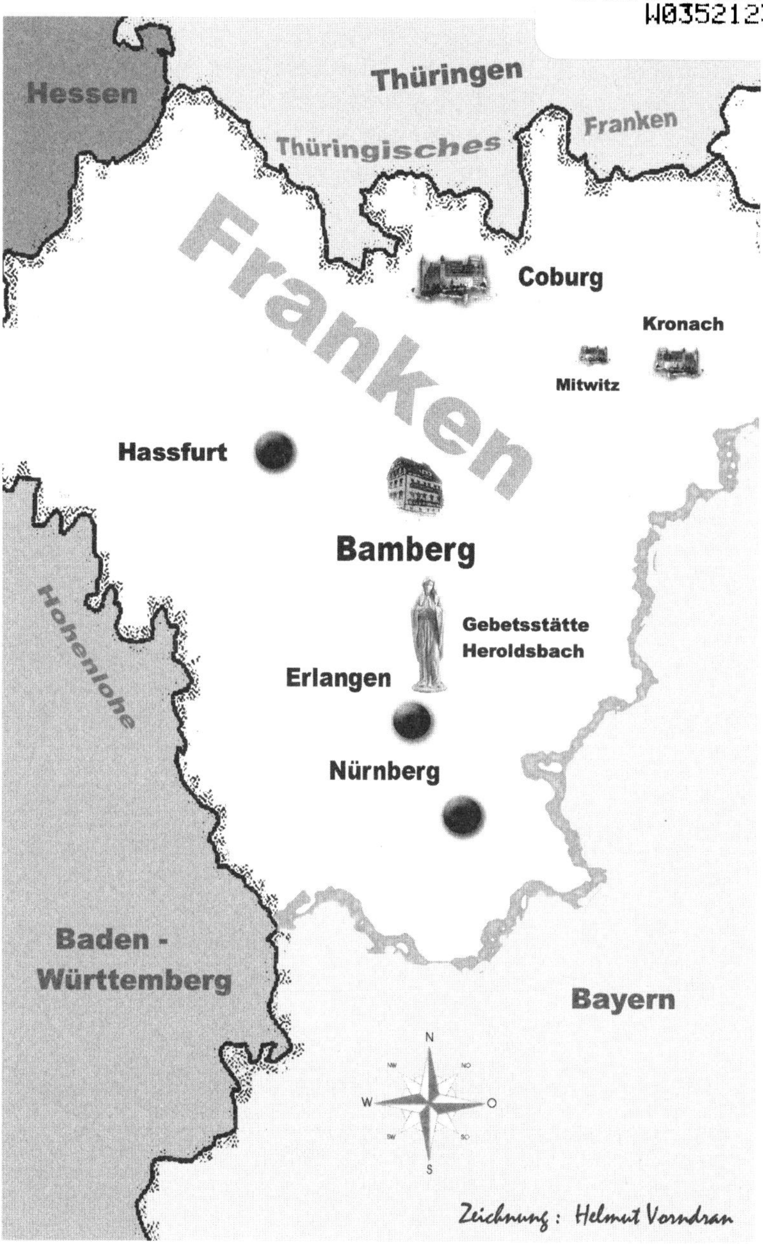
Hessen
Thüringen
Thüringisches
Franken
Franken
Coburg
Kronach
Mitwitz
Hassfurt
Bamberg
Hohenlohe
Gebetsstätte
Heroldsbach
Erlangen
Nürnberg
Baden -
Württemberg
Bayern
N
W
O
S
Zeichnung: Helmut Vorndran

Helmut Vorndran, geboren 1961 in Bad Neustadt/Saale, lebt mehrere Leben: als Kabarettist, Unternehmer und Buchautor. Als überzeugter Franke hat er seinen Lebensmittelpunkt ins oberfränkische Bamberger Land verlegt und arbeitet als freier Autor unter anderem für Antenne Bayern und das Bayerische Fernsehen.

Dieses Buch ist ein Roman. Die Schilderungen der »Marienerscheinungen von Heroldsbach« beruhen auf wahren Begebenheiten, Handlungen und Personen sind jedoch frei erfunden, Ähnlichkeiten mit lebenden oder toten Personen sind nicht gewollt und rein zufällig.

HELMUT VORNDRAN

LUPINENKIND

Franken Krimi

emons:

Lust auf mehr? Laden Sie sich die »LChoice«-App runter, scannen Sie den QR-Code und bestellen Sie weitere Bücher direkt in Ihrer Buchhandlung.

Bibliografische Information der Deutschen Nationalbibliothek
Die Deutsche Nationalbibliothek verzeichnet diese Publikation in der Deutschen Nationalbibliografie; detaillierte bibliografische Daten sind im Internet über http://dnb.d-nb.de abrufbar.

MIX
Papier aus verantwortungsvollen Quellen
FSC® C083411

Umschlagmotiv: Helmut Vorndran
Umschlaggestaltung: Nina Schäfer, nach einem Konzept von Leonardo Magrelli und Nina Schäfer
Umsetzung: Tobias Doetsch
Gestaltung Innenteil: César Satz & Grafik GmbH, Köln
Lektorat: Marit Obsen
Druck und Bindung: CPI – Clausen & Bosse, Leck
Printed in Germany 2019
ISBN 978-3-7408-0690-3
Franken Krimi
Originalausgabe

Gewidmet Rudi Walter Schönbrunn

Es sind die Lebenden,
die den Toten die Augen schließen.
Es sind die Toten,
die den Lebenden die Augen öffnen.
Slawisches Sprichwort

Prolog

Eine der beiden vermummten Gestalten zog ihre Kapuze vom Kopf, sodass Rudi das verschwitzte Gesicht eines schwarzhaarigen Mannes erkennen konnte, der ihn aus kalten grauen Augen merkwürdig lächelnd musterte. Die andere Person behielt ihre Maske auf, betrachtete ihn aber ebenfalls voller Interesse. Dann hob der Mann mit den schwarzen Haaren einen Gegenstand in die Höhe, den er schon die ganze Zeit in der Hand gehalten hatte. Es war ein eigenartiges Ding aus Metall mit einem kurzen Rohr auf der oberen Seite. Er hielt es so vor Rudis Gesicht, dass der Dreijährige durch ein kleines, fingerdickes Loch in das Rohr hineinblicken konnte. Das merkwürdige Lächeln des Mannes wurde noch etwas breiter, seine grauen Augen funkelten. Dann hörte Rudi ein letztes Mal einen fürchterlich lauten, bellenden Knall.

Die Nachricht

Es war der erste Samstagnachmittag im August eines sehr heißen, klimaerwärmten Sommers in Bamberg. Trauergäste standen um ein geöffnetes Grab herum. Der Pfarrer hatte seine wortreiche Botschaft verkündet, und der Sarg war von den Friedhofsarbeitern in die rechteckige Grube hinabgelassen worden. Mit unbewegten Mienen hatten die Umstehenden den Vorgang beobachtet, schweigend war der Weg des Sarges nach unten zur Kenntnis genommen worden. Noch einmal lauschten die Anwesenden den Worten des Priesters, dann kam von dem Geistlichen das Zeichen für die Friedhofsarbeiter, den Sarg mit Erde zu bedecken, das Grab für immer zuzuschaufeln.

Die Männer in ihren verschwitzten dunklen Hemden packten die Schaufeln und begannen mit routinierten Bewegungen ihre Arbeit zu verrichten. Schwere schwarze Friedhofserde patschte auf den massiven Sargdeckel aus Eichenholz, als rund um den Grubenrand herum auf einmal seltsame Töne zu vernehmen waren. Erst vereinzelt, dann geballt signalisierten verschiedene Mobiltelefone auf individuelle Art und Weise, dass auf ihnen soeben eine Nachricht eingegangen war. Die Besitzer schauten sich fragend an, Blicke hetzten hin und her, Hände fuhren hektisch in Hosen oder Jacken, um die Handys aus ihren angestammten Taschen zu befreien. Ein Trauergast nach dem anderen blickte auf sein hell erleuchtetes Display, auf dem trotz variierender Formate jedes Mal die gleiche Botschaft zu lesen war.

Keiner achtete mehr auf das Schnaufen der Friedhofsarbeiter, die in gleichmäßigem Takt ihrer mühsamen Arbeit nachgingen. Unverwandt wurden zuerst die Zahlen auf den Bildschirmen der Smartphones inspiziert, dann wechselten die Anwesenden erneut ratlose Blicke. Schweigend, denn die Zahlen blieben für sie ein Rätsel. Das heißt, für alle bis auf einen.

Ein schwergewichtiger grauhaariger Mann, circa siebzig

Jahre alt, begann wild mit den Armen zu fuchteln. Er hob sein bleiches, blutleeres Gesicht und schrie zu den Arbeitern hinüber: »Stopp, aufhören, sofort aufhören!«

Verunsichert hielten die beiden Männer in ihrer schaufelnden Tätigkeit inne, während die übrigen Anwesenden erschrocken den Dicken beäugten, der wie ein kugeliger Irrwisch nach vorne hechtete, einem der Arbeiter den Spaten aus den Händen riss und, diesen mit beiden Händen festhaltend, ungeachtet seines dunklen Anzugs und hohen Alters mit den Füßen voraus in die Grube sprang. Mit einem leichten Knacken knickte beim Aufprall auf den Sarg sein rechter Fuß zur Seite, und ein schriller Schmerzensschrei tönte aus dem Erdloch nach oben. Obwohl sich der ältere Herr mindestens eine schwere Bänderdehnung, wahrscheinlicher jedoch einen Bänderriss am Knöchel zugezogen hatte, begann er ohne Umschweife damit, wie ein Wahnsinniger mit dem Spaten auf den Sargdeckel einzuschlagen und -zustechen. Unter heftigem Schnaufen gelang es ihm, den Spaten in den schmalen Spalt zwischen Sargdeckel und -korpus zu klemmen. Laut stöhnend und mit puterrotem Gesicht hebelte er den Sarg auf, bis sich der Deckel schließlich mit einem zähen Knirschen aus den Bändern löste und mit einem dunklen Schmatzen zur Seite klappte.

Als alle sehen konnten, was sich im Sarginneren befand, war es mit dem Schweigen am Rande vorbei. Heftige Diskussionen entbrannten, und die Umstehenden deuteten mit bleichen Gesichtern auf den geöffneten Sarg. In dessen Innerem war, gebettet auf roten Samt, nicht etwa nur der Verstorbene zu sehen. Nein, auf der Brust der Leiche lag auch ein Strauß Blumen. Das Blau der langstieligen Gewächse ging fast schon ein wenig in Richtung Lila, was der Trauergemeinde aber herzlich egal war. Mit vereinten Kräften halfen die umstehenden Herren, die nicht eben jünger waren als der zu Rettende, dem vor Schmerzen stöhnenden Mann aus dem Erdloch, als in Mänteln und Hosen erneut ein Konzert aus Signaltönen aufbrandete. Wieder beeilte man sich, die Handys ans Licht zu zerren, wieder warteten diese mit einer für alle gleichlautenden Nachricht auf. Auch das Schema der Reaktionen wiederholte sich, nur waren selbige diesmal etwas intensiver als zuvor.

Dann, noch bevor unter den Anwesenden eine erneute Diskussion über das weitere Vorgehen entbrennen konnte, fiel ein Schuss. Zu hören war der leise Knall einer anscheinend weit entfernten Waffe.

Ängstliche Blicke irrlichterten über das Areal des Friedhofes. Keiner wagte es, sich zu rühren. Keiner bis auf den dicken Grauhaarigen, der mit aufgerissenen Augen und einem kleinen roten Fleck auf seinem weißen Hemd nach vorne und kopfüber in die Grube kippte, aus der er soeben erst herausgeklettert war.

Mit einem dumpfen Klatschen schlug der massige Körper unten auf dem Sarg auf, während die trauernde Versammlung in wilder Flucht auseinanderstob.

Das Testament

Die Testamentseröffnung fand im kleinen Büro von Notar Püls statt. Emil Püls war der mit Abstand dienstälteste Notar in Kronach. Passend zu seiner beruflichen Reife lag sein Notariat direkt unterhalb der Burganlage an der steilen alten Straße, die hinauf zur Festung Rosenberg führte. Dieser ehemalige Sitz der Fürstbischöfe von Bamberg, dessen nachweisbare Ursprünge bis ins Jahr 1249 zurückreichten, thronte und wachte als eine der schönsten und größten Festungsanlagen Deutschlands stadtbildprägend über der Stadt.

Ähnlich verhielt es sich auch mit der Berufsauffassung von Emil Püls. Wenn es einen verschwiegenen, korrekten und vor allem erfahrenen Notar auf dieser Welt gab, so war es Püls. Er thronte daher nicht nur geografisch, sondern auch fachlich über dem Rest seiner Kollegen in Kronach, wachte erhaben wie die alte Festung über seinen Schatz aus Testamenten, Hinterlassenschaften und Verträgen. Manch kniffligen Grundstückskauf hatte er auf seinem rustikalen Schreibtisch schon vereinbart, manch traurige oder auch frohe Botschaft aus seinem schweren, alten Ledersessel heraus verkündet. Es gab so ziemlich nichts, was ihm in seiner langen beruflichen Laufbahn an Sonderbarem oder schrägen Absurditäten nicht schon über den Weg gelaufen wäre. Deswegen wunderte ihn längst nichts mehr, auch nicht die heutige Testamentseröffnung, die auf den ersten Blick recht unspektakulär daherkam. Jemand war gestorben, dieser Jemand hatte ein Testament verfasst, jemand musste dieses Testament eröffnen, und das würde, so wie in den vielen Fällen in den Jahrzehnten zuvor, Emil Püls sein.

Prüfend schaute der fast achtzigjährige Notar über den oberen Rand seiner kleinen Brille mit den dicken Gläsern hinweg auf den Mann, der ihm mit misstrauischem Gesicht auf der anderen Seite seines Schreibtisches gegenübersaß, während ein großer weißer Umschlag auf der Tischplatte ruhte. Dieses Testament war mit Sicherheit eines der Dokumente, die er am längsten hatte verwahren müssen. Es gab vielleicht zwei oder drei Testamente, die noch länger in seinem Tresor gelegen hatten, aber dann folgte auch schon dieses, das Testament von Emma Lieb. Die damals noch junge Frau war ziemlich genau vor siebenundvierzig Jahren, im Juni 1972, in sein Büro gekommen und hatte mit ihm ihr Testament aufgesetzt. Auch jetzt noch, viele Jahrzehnte später, konnte er sich an diesen Tag erinnern, als wäre es gestern gewesen.

Emma Lieb war gerade zusammen mit ihrem Mann und dem gemeinsamen Sohn von einem längeren Auslandsaufenthalt in Namibia zurückgekehrt und hatte sich mit ihrer Familie in Kronach niedergelassen. Ihr Mann war Ingenieur, er hatte eine Stelle bei der hier ansässigen bekannten Firma Loewe bekommen. Sie war noch auf der Suche und wollte sich als Krankenschwester bewerben, da sie diesen Beruf in Afrika gelernt und ausgeübt hatte, musste aber noch in Erfahrung bringen, ob man diese Ausbildung in Deutschland auch anerkennen würde. Und diese junge Frau von noch nicht einmal dreißig Jahren wollte schon ihr Testament aufsetzen lassen? Das hatte ihn sehr gewundert, und er hatte sie gefragt, ob es dafür einen bestimmten Grund gebe, eine tödlich verlaufende Krankheit zum Beispiel. Sie hatte das schlicht verneint und keine weiteren Angaben dazu gemacht.

Überhaupt war Emma Lieb eine ziemlich verschlossene Frau gewesen, die wirklich nur das Nötigste zu ihrem notariellen Gespräch beigetragen hatte. Andererseits dauerte so ein Gespräch ohnehin nicht lang, denn kompliziert war die Testamentsaufsetzung nun gerade nicht. Emil Püls hatte die Urkunden vorbereitet, und als Emma Lieb zum zweiten Mal erschienen war, um ihr Testament zu unterzeichnen, war dies auch zugleich das letzte persönliche Zusammentreffen mit seiner Klientin gewesen.

Nun war Emma Lieb im Alter von sechsundsiebzig Jahren gestorben. Ganz plötzlich, an Herzversagen. Über spezielle Kontakte bei der Polizei hatte Emil Püls herausgefunden, dass es sich womöglich auch um Selbstmord handeln könnte. Das war für seine Arbeit als Notar aber nicht relevant. Wie und warum Menschen aus dem Leben schieden, war für die Vertreter seiner Profession eher nebensächlich. Der Klient sollte ordnungsgemäß verstorben sein, dann konnte er handeln, alles andere hatte ihn nicht weiter zu interessieren.

Als Notar hatte Emil Püls dabei die oft undankbare Aufgabe zu bewältigen, all jene Menschen zu finden und zu informieren, die laut Testament bedacht werden sollten. Im vorliegenden Fall ein vermeintlich leichtes Unterfangen, denn das Erbe war für nur einen Menschen gedacht, den Sohn der Verstorbenen, Raphael Lieb. Doch was auf den ersten Blick nicht besonders schwierig zu sein schien, erwies sich dann doch als kniffelige Angelegenheit. Denn der inzwischen fünfzigjährige Sohn der Eheleute Emma und Manfred Lieb hatte schon seit vielen Jahren keinen Kontakt mehr zu seiner Mutter gehabt, weswegen sich in den Unterlagen der Verstorbenen keinerlei Hinweise auf den Verbleib des Erben finden ließen. Auch die Suche nach Raphael Liebs Wohnsitz blieb ergebnislos, da der Mann nirgendwo in Deutschland gemeldet war. Aber Emil Püls wäre nicht Emil Püls gewesen, wenn er nicht alle Tricks, Hebel und Kanäle genutzt hätte, auf die er dank seiner Erfahrung und langen Berufslaufbahn zurückgreifen konnte.

Er schaltete zuerst öffentliche Bekanntmachungen, dann Aufrufe in den sozialen Medien. Beides führte nirgendwohin, erst durch seine diversen Kontakte bei der Polizei und etlichen Einwohnermeldeämtern war es ihm schließlich möglich gewesen, den Aufenthaltsort von Raphael Lieb zu bestimmen. Er fand ihn im thüringischen Kloster Veßra, einem kleinen Ort in der Nähe von Hildburghausen, wo Lieb schon seit Längerem Mitglied einer dubiosen rechtsradikalen Clique war. Straffällig war er geworden, der Sohn seiner Klientin, was ihn zumindest schon mal aktenkundig gemacht hatte.

Nun saß Raphael Lieb mit kurzer Bürstenfrisur und schwarzen Klamotten in Püls' Büro und beäugte den Notar mit einem ziemlich misstrauischen Blick aus dunklen, unergründlichen

Augen. Er sah tatsächlich aus wie einer dieser Neonazis, die mit wildem Blick und grobem Auftreten die eigene Unsicherheit zu überspielen suchten. Emil Püls erwartete nicht, dass er von einem Menschen dieses Schlages mit großer Dankbarkeit für seine Bemühungen überschüttet wurde. Nur ein bisschen Respekt erwartete er, mehr nicht. Immerhin hätte er gar nicht so lange suchen müssen. Denn auch wenn die Suche nach den im Testament benannten Erben zu seinen Obliegenheiten gehörte, hatte die verstorbene Emma Lieb genaue Anweisungen hinterlassen, wie mit ihrem Testament zu verfahren sei, sollte ihr Sohn vor ihr versterben oder nicht mehr aufzufinden sein. Aber diese Anweisungen würden nun auf ewig in der Akte Emma Lieb in seinen Aktenschränken verschwinden.

Denn Raphael Lieb saß vor ihm und wartete auf die Dinge, die nun folgen sollten.

Andrea Onello hatte sehr lange darüber nachgedacht, ob sie der Einladung von Professor Siebenstädter Folge leisten sollte oder nicht. Wirklich außerordentlich lange für ihre Verhältnisse. Und am Ende hatte sie sich dafür entschieden. Allerdings nicht, ohne sich einzugestehen, dass sie diesen schweren Gang mehr ihren Kollegen in der Bamberger Dienststelle zuliebe absolvierte, die das schwierige Verhältnis zur Erlanger Rechtsmedizin sonst vollends den Bach runtergehen sahen. So viel hatte sie zwischen den Zeilen lesen können, als sie sich mit ihnen über die spezielle Problematik des heutigen Abends unterhalten hatte. So richtig wollte sie keiner zu einem Abendessen mit dem Leiter der Erlanger Rechtsmedizin ermutigen. Vor allem, da dieses Abendessen ja unter gewissen schwierigen Anfangsvoraussetzungen stattfinden würde. Hatte Siebenstädter die Einladung doch allem Anschein nach in der Erwartung ausgesprochen, dass der Abend in einer offiziellen Verlobung mit ihm endete.

Was für ein Schwachsinn. Sie hatte diesen Professor Siebenstädter erst einmal gesehen und ihm bei dieser Gelegenheit gehörig den Kopf gewaschen. Und zwar im Glauben, nach einer sauberen Abreibung auf absehbare Zeit von diesem arroganten Arsch unbehelligt zu bleiben. Aber weit gefehlt. Wenn sie das, was Honeypenny ihr vom Besuch des Professors in der Dienststelle erzählt hatte, richtig interpretierte, war der Schuss nach hinten losgegangen. Dann hatte dieser gewaltige weibliche Anschiss bei dem hochintelligenten, aber überaus eigenwilligen Pathologen völlig unerwartet Liebesgefühle ausgelöst. Als sie von ihrer kurzen Dienstreise nach Italien zurückgekehrt war, hatte sich die Dienststellensekretärin sofort auf sie gestürzt und sie zur Seite gezerrt, um ihr aufgeregt zu erzählen, dass der Leiter der Erlanger Rechtsmedizin während ihrer Abwesenheit im Büro erschienen war, um mit ihr, Andrea Onello, einen Hochzeitstermin zu vereinbaren.

Als ob das ganze Ansinnen nicht schon durchgeknallt genug wäre, hatte er ihr als kleine Aufmerksamkeit und Ausdruck seiner neu entdeckten romantischen Gefühle auch noch eine – bestenfalls außergewöhnlich zu nennende – Blume mitgebracht. Das florale Mitbringsel, ein Sonnentau, bedurfte besonderer »Nährstoffe«, die der Professor gleich mitlieferte, da die wertvolle »Blume« ja nicht an chronischem Unterzucker leiden sollte, bis die künftige Ehefrau von ihrer Dienstreise zurückgekehrt war. Wie irre musste man denn sein, seiner Angebeteten, die auch noch bekennende Vegetarierin war, eine fleischfressende Pflanze als Antrittsgeschenk vorbeizubringen? Nicht zu vergessen die Fliegenplage im Büro. Angeblich wurden von Fidibus auch jetzt noch, mehrere Wochen später, Exemplare der besonders großen glänzenden Schmeißfliegenart, nach der es den Sonnentau gelüstete, in seinem gläsernen Büro erlegt.

Was war das alles nur für ein Irrsinn? Sie konnte kaum glauben, dass sie gerade tatsächlich auf dem Weg zum Candle-Light-Dinner mit Siebenstädter war. Aber bitte, sie würde dieses romantisch gemeinte Beisammensein nutzen, um dem liebeskranken Psychopathen möglichst sofort die harte Realität ihres Beziehungsverhältnisses vor Augen zu führen. Schonend, aber auch konsequent. Sie wusste, sie hatte eine schmale

Gratwanderung vor sich. Einerseits galt es, das Verhältnis zur Bamberger Polizeidienststelle nicht noch weiter unnötig zu verschlimmern, andererseits durfte sie es nicht an Deutlichkeit fehlen lassen.

Mühsam beherrscht strich sie ihr schwarzes Abendkleid glatt, ehe sie sich gerade aufrichtete, die Augen schloss und tief durchatmete. Mit grimmig entschlossener Miene drückte sie auf die Klingel des Eingangs zur Erlanger Rechtsmedizin. Es dauerte nur wenige Sekunden, dann öffnete sich die Tür, und der Leiter der Erlanger Gerichtsmedizin stand breit grinsend vor ihr.

Ihr denkwürdiges erstes und bisher einziges Zusammentreffen war wirklich noch nicht lange her. Trotzdem hätte Andrea Onello den Mann fast nicht mehr wiedererkannt. Ganz ohne Zweifel war Siebenstädter beim Friseur gewesen und hatte sich eine moderne, fast jugendlich zu nennende Kurzhaarfrisur verpassen lassen. Sogar eine einzelne blondierte Locke hatte sich ins Haar des Professors verirrt. Zudem trug er einen komplett weißen Anzug zu weißen Strümpfen und weißen Lackschuhen. Darunter ein ebenfalls weißes Hemd mit einer weißen Fliege, die ihr fast entgangen wäre, wenn der Professor nicht mit seiner linken Hand und einer gewissen Nervosität an ihr herumgezupft hätte.

Andrea Onello stand mit offenem Mund da und wusste kurzzeitig nicht, was sie sagen sollte. Immerhin, diese Überraschung war dem Mann geglückt, mit einem so eleganten Erscheinungsbild hatte sie nicht gerechnet. Siebenstädter sah aus wie ein vom Himmel gefallener Erzengel, der es irgendwie in irdische Klamotten geschafft hatte. Sie hätte den Leiter der Erlanger Gerichtsmedizin wohl gar nicht erkannt, wäre ihr der Anblick seiner Zähne erspart geblieben. Dieses Grinsen glich unverwechselbar den Beißleisten eines weißen Hais. Allerdings galt das auch für seine Ausstrahlung, da konnte sich Siebenstädter in Schale schmeißen, wie er wollte. Selbst die teuersten Anzüge machten aus einem Esel kein Rennpferd.

Die Bamberger Neukommissarin hatte ihre Fassung wiedergefunden und beschloss, lieber gleich die Initiative zu ergreifen. »Ah, hallo, sehr schöner Anzug, Donnerwetter«, lobte sie. Lieber heuchelte sie ein bisschen zu viel Begeisterung als zu wenig. »Wo soll's denn in diesem festlichen Aufzug hingehen, wenn ich fragen darf?«

Sie hatte überhaupt keine Ahnung, wo man in Erlangen zu einem romantischen Dinner einkehren sollte. Nach dem Auftritt des Professors zu urteilen, würde es aber ganz sicher nicht die billigste Essensschmiede der Stadt sein. Was ihr nur recht war. Immerhin war sie Vegetarierin, und in einem teuren Restaurant sollte es genug Auswahl auf der Karte geben, um etwas für ihren Bedarf zu finden.

Siebenstädters Grinsen wurde noch etwas breiter, als es sowieso schon war. Er befummelte noch einmal kurz seine weiße Fliege, um sodann mit seligem Blick hinter sich zu deuten.

»Überraschung, wir speisen heute in den tiefsten Tiefen meines geheimen Reiches. Es ist bereits alles vorbereitet, mein Liebes«, säuselte er hingebungsvoll. Allerdings erinnerte die schmachtende Tonfärbung eher an die Antwort des Wolfes auf Rotkäppchens Frage nach dem Verbleib ihrer Großmutter.

Was Andrea Onello allerdings noch viel mehr störte, war erstens der Umstand, dass sie nicht in der Öffentlichkeit eines Lokals speisen würden, sondern hier, in Siebenstädters gruseligem Institut. Vermutlich hatte er irgendwo in einem der großen Besprechungszimmer einem Cateringservice zu einem teuren Auftrag verholfen. Das stieß Andrea Onello einerseits ziemlich auf, andererseits konnte sie in dieser äußerst privaten Atmosphäre vielleicht ungenierter ihre Meinung äußern als in einem mit neugierigen Tischnachbarn versehenen Restaurant. Nun gut, bitte schön, einfach mal abwarten, was sich Siebenstädter da für eine Überraschung ausgedacht hatte. Was sich der Mann aber ganz sicher abgewöhnen musste, war diese dämliche Anrede »mein Liebes«. Das war eine dieser unmöglichen Wortkonstruktionen, mit denen insbesondere Männchen gereiften Alters ihrem weiblichen Gegenüber mitteilen wollten, dass sie sich im Zustand heftigster Verliebtheit befanden. Und zwar, weil sie sich nicht trauten, dies ihrer Angebeteten auch deutlich zu sagen. Sie blieben lieber in der verbalen Deckung und ergingen sich in zarten Andeutungen. Andrea Onello hatte diese seltsame Anrede schon des Öfteren zu hören bekommen. War der große Professor Siebenstädter womöglich schüchtern, viel älter, als er aussah, oder am Ende gar ein bisschen potenzschwach?

Andrea Onello atmete ein weiteres Mal tief ein, dann betrat sie festen Schrittes die hell erleuchteten heiligen Hallen. Flugs schloss Siebenstädter die Eingangstür hinter ihr und eilte seiner Angebeteten im weißen Anzug voraus.

»Einfach mir nach, mein Liebes«, flötete er, was Andrea Onello dazu veranlasste, verzweifelt mit den Augen zu rollen.

Sie folgte dem großen, hageren Siebenstädter, der ihr in seinen weißen Lackschuhen eilig vorausklapperte, ohne etwas darauf zu erwidern. Die harten Sohlen seiner Schuhe verursachten in dem tunnelartigen Gang einen Höllenlärm, bis er schließlich vor einer Tür zum Stehen kam. Das Türblatt zierte ein großer weißer Zettel, auf dem, mit dickem Filzstift geschrieben, eine unmissverständliche Botschaft zu lesen war: »Herzlich willkommen, mein Liebes«.

Andrea Onello ballte die Hand zur Faust. Mit mühsam erkämpfter Beherrschtheit umkrampfte sie ihre Handtasche und wippte auf ihren hochhackigen Schuhen von einem Bein auf das andere, in der vagen Hoffnung, die sich anbahnende Aggressivität dadurch irgendwie abzubauen. Es war nicht das Schild allein. Es war auch der Umstand, dass sie diese Tür bereits kannte.

Das konnte doch wohl nicht Siebenstädters Ernst sein? Durch diese Tür war sie bei ihrem ersten Besuch in der Rechtsmedizin gegangen, zusammen mit dem Kollegen Haderlein von der Bamberger Dienststelle. Sollte etwa dort drin ihr Rendezvous stattfinden?

Andrea Onello stand kurz davor, ihre Contenance zu verlieren und dieses Gebäude schnellstmöglich wieder zu verlassen.

Der Notar hatte im Vorfeld lange gebraucht, um den Mann von der absoluten Redlichkeit seines Ansinnens zu überzeugen und ihm auszureden, dass seine Aufforderung, hier zu erscheinen, nur ein schräger Trick der amtsdeutschen Bürokratie war, die weiß Gott was erreichen wollte, indem sie ihn in ein kleines Notariat unterhalb der Kronacher Festung lockte. Aber nun war Raphael Lieb hier, um der Testamentsvollstreckung beizuwohnen.

Das war sehr erleichternd, vor allem für Emil Püls, der die Aufgaben, die ihm von welcher Klientel auch immer aufgetragen wurden, bis dato stets zur vollsten Zufriedenheit aller Beteiligten ausgeführt und erledigt hatte. Und das sollte gefälligst so bleiben, selbst wenn er zu diesem Zweck entgleiste Persönlichkeiten aus ihren Verstecken in Thüringen zerren und nach Kronach lotsen musste.

Emil Püls richtete seinen Blick wieder auf den weißen Umschlag, der vor ihm auf dem Schreibtisch lag. Er nahm einen langen Brieföffner aus Edelstahl zur Hand und schlitzte mit zügigen, geübten Bewegungen das schmale obere Ende auf. Dann legte er den Brieföffner wieder auf seinen angestammten Platz und entnahm dem Umschlag den erwarteten, vor siebenundvierzig Jahren darin verstauten, nicht gerade umfangreichen Inhalt: ein Blatt Papier mit einem kurzen, mit Schreibmaschine geschriebenen Text sowie einen weiteren, zugeklebten Brief, auf dem mit großen handschriftlichen Buchstaben »Raphael« geschrieben stand. Püls legte den Brief zur Seite und nahm stattdessen das Papier in seine Hände. Mit fester Stimme begann er vorzulesen, was ihm vor langer Zeit von Emma Lieb diktiert worden war.

»Kronach, den 27. Juni 1972. Hiermit vermache ich, Emma Lieb, im Falle meines Todes mein ganzes Vermögen meinem Sohn Raphael Lieb.« Er hielt einen Moment inne und blickte zu dem Genannten hinüber, der jedoch keine erkennbare Regung zeigte. Emil Püls nahm das kommentarlos zur Kenntnis und widmete sich dem zweiten Teil des testamentarischen Textes, der weit ungewöhnlicher daherkam als der formlose erste Absatz. »Jedermann«, lautete die Überschrift. Er räusperte sich kurz, dann trug er vor.

»Du Narr, du denkst,
es wär' damit getan,
schnell zu bereu'n.
Hättest dann dein Seelenruh'
und könntest auf das Paradies dich freu'n.
Den Tod hab' ich dir nur versüßt;
am End' wird alles abgebüßt.
Denn mit dem Teufel macht' ich den Vertrag,
den selbst auch ich nicht brechen mag.
Und bricht der letzte Tag einst an;
die Angst wird dir die Zunge lähmen.«

Emil Püls hob seinen Blick und legte den Papierbogen auf der Tischplatte ab. Als er zu seinem Gegenüber auf der anderen Seite des Schreibtisches sah, hatte sich das Verhalten von Raphael Lieb grundlegend verändert. Gespannt hatte er sich in seinem Stuhl aufgesetzt und blickte nun mit einer ungeahnten Schärfe und Aufmerksamkeit dem Notar ins Gesicht, dem dabei fast ein wenig der Schreck in die Glieder fuhr. Das Gedicht schien seinem Klienten bekannt zu sein.

Emil Püls ließ sich von der Gänsehaut, die ihm über den Rücken lief, nichts anmerken, er nahm den verschlossenen Briefumschlag und schob ihn zu Lieb hinüber.

»Das Vermögen Ihrer Mutter beläuft sich ziemlich genau auf null Euro, zumindest was die Barmittel anbelangt. Immobilien oder sonstiger Besitz sind auch nicht vorhanden.« Er hob kurz fast entschuldigend die Schultern, weil er keine erfreulicheren Nachrichten zu überbringen hatte.

Der Sohn schien diesem Umstand jedoch keine größere Bedeutung beizumessen, sein Blick haftete an dem kleinen Briefumschlag, der nun vor ihm auf dem Schreibtisch lag. Emil Püls wertete dieses Verhalten als Zeichen, den finalen Akt der Testamentseröffnung einzuläuten.

»Dieser Brief ist für Sie, Herr Lieb. Ihre Mutter hatte mich seinerzeit beauftragt, Ihnen den Umschlag im Falle ihres Todes persönlich zu überreichen. Ich weiß nicht, was drin ist, und das geht mich auch nichts an. Indem ich Ihnen den Brief übergebe, habe ich das Testament vollstreckt und bekomme hierfür von Ihnen noch eine Unterschrift, Herr Lieb.« Emil Püls sprach's und schob dem Fünfzigjährigen die Unterlagen zur Testamentsvollstreckung über den Schreibtisch.

Raphael Lieb zögerte keine Sekunde, griff sich den hingehaltenen Kugelschreiber und unterzeichnete alles mit einer schwungvollen Unterschrift.

Dann griff er sich den vererbten Briefumschlag seiner Mutter, steckte diesen ungeöffnet in seine schwarze Jacke und erhob sich aus seinem Stuhl.

»War's das?«, fragte er emotionslos, was Emil Püls mit einem leichten Nicken bejahte.

Raphael Lieb musterte ihn mit einem letzten abschätzigen Blick, dann verließ er mit wuchtigen Schritten das Büro, ohne die zum Abschiedsgruß ausgestreckte Hand des Notars zu beachten.

Emil Püls schaute seinem so lange gesuchten Erben ratlos hinterher, dann setzte er sich seufzend in seinen Sessel. Undank ist der Welten Lohn, dachte er und fing an, die Papiere seiner Testamentsvollstreckung zu sortieren und sie in den dafür vorgesehenen Ordner auf seinem Schreibtisch zu räumen.

Ein Mal, ein letztes Mal noch würde sie sich zusammenreißen und gute Miene zum bösen Spiel machen. Aber nur, weil es hier nicht allein um sie ging, es ging auch um Wohl und Weh ihrer Kollegen, das hatte man ihr unmissverständlich zu verstehen gegeben. Es blieb ihr sowieso keine Zeit, sich noch weiter aufzuregen, denn der grinsende Siebenstädter öffnete die Tür und bat sie mit einer galanten Geste in sein Allerheiligstes.

Andrea Onello betrat den ihr wohlbekannten Raum, doch bei dem Anblick, der sich ihr bot, verschlug es ihr erneut die

Sprache, und sie hielt überrascht ihre linke Hand vor den Mund.

Das hier war der Sezierraum der Rechtsmedizin, das wusste sie noch von ihrem letzten Besuch im Erlanger Institut. Aber von dem kalten, unwirtlichen Raum mit seinen nackten Fliesen und sterilen Flächen aus Edelstahl war nun nichts mehr zu sehen. Alles Klinische war aus dem Seziersaal verbannt worden. An den Wänden hingen weiße Tücher, die sich ab und an mit anderen Tüchern in einem dunklen Bordeaux abwechselten. Diverse Ölgemälde zierten die Ecken und wurden von einer unglaublichen Menge Blumen eingerahmt. Ob die Gemälde tatsächlich echt waren, konnte Andrea Onello nicht beurteilen, die zahllosen Blumenbouquets, in Gänze in Weiß gehalten, waren es aber ganz sicher. Tulpen, Nelken, Rosen, Lilien, alles in Weiß.

Mein Gott, der Professor muss Unsummen für die Dekoration dieses Raumes ausgegeben haben, dachte Andrea Onello verblüfft. Ob sie es wollte oder nicht, sie war schwer beeindruckt. Gut, die Aufmachung erinnerte sie ein wenig an den alten Polański-Film »Tanz der Vampire« und versprühte auch einen ebensolchen leicht kruden Charme, aber sie versprühte welchen, das musste sie zugeben.

»Hier, bitte, mein Liebes«, meinte der Professor und führte seine Angebetete zu dem extra aufgebauten Arrangement in der Mitte des Raumes.

Ein länglicher Tisch, der mit einem weißen Tischtuch bedeckt war. Darauf standen diverse Terrinen und mit einem ebenfalls weißen Tuch abgedeckte Töpfe und Platten, in denen sich wohl das Essen befand. Andrea Onello vermutete, dass auch die aufgetischten Speisen nicht unter Kleinkrämerei zu leiden hatten, zumindest sah es auf den ersten Blick so aus. Drum herum jede Menge – natürlich weiße – Blumen, die zwei mit weißen Servietten dekorierte Teller umgarnten, allerdings seltsamerweise kein Besteck erkennen ließen. Dafür entdeckte Andrea Onello auf jeder Seite des Tisches einen weißen Stuhl mit goldfarbener Stoffbespannung. Sie hatte den starken Verdacht, dass diese Sitzmöbel aus irgendeinem hochfeinen Schloss oder Chalet stammten, jedenfalls gehörten sie ganz sicher nicht als originäre Ausstattung hierher. Professor Dr. Thomas Siebenstädter hatte für diese Verabredung einen Aufwand betrieben, wie Andrea Onello es zuvor weder selbst erlebt noch irgendwo gesehen oder gehört hatte. Der Boden war fast komplett mit Teppichen bedeckt. Aber auch hier keine billige Auslegeware aus dem Möbelhaus, nein, das waren allerfeinste Perser, das zumindest konnte Andrea Onello durchaus beurteilen. Der Mann schien es wirklich ernst zu meinen, umso tragischer, dass sie ihm trotz der gewaltigen Show eine Abfuhr erteilen musste. Wirklich tragisch.

»Setz dich doch, mein Liebes«, vermeldete ihr Gastgeber, und diesmal sah sie geflissentlich über die dämliche Anrede hinweg. Diese gesamte Inszenierung war einfach zu beeindruckend.

Sie setzte sich auf einen der weich gepolsterten Stühle, Professor Siebenstädter nahm auf der anderen Seite Platz. Aller Ärger über unpassende Anreden, alle Anspannung, alle Vorbehalte waren erst einmal vergessen. Dieser Mann hatte sich wirklich eine unglaubliche Mühe gegeben, und verdammt noch mal, es wirkte, das musste sich Andrea Onello jetzt unumwunden eingestehen. Deshalb tat sie etwas, was sie im Vorfeld eigentlich kategorisch ausgeschlossen hatte. Sie lächelte. Sie lächelte den nördlich der Donau in Polizeikreisen meistgehassten Menschen, seines Zeichens Leiter der Erlanger Rechtsmedizin, wohlwollend an. Und das Haifischlächeln, das Siebenstädter im Gegenzug Andrea Onello schenkte, kam ihr auf einmal gar nicht mehr so schlimm vor. Ein kurzer Moment der friedlichen Eintracht entstand, ein unerwartet erhabener Moment, der Höhepunkt des bisherigen Abends.

Aber wie das mit Höhepunkten nun einmal so ist: Vom Gipfel geht es in der Regel nur noch in eine Richtung weiter, nämlich nach unten.

Das Unheil nahm seinen Lauf, als Siebenstädter das Tuch vom Sektkühler zog. Darin befanden sich drei Flaschen ausgesuchtesten Champagners, welche von ihm mit dem allergrößten Entzücken betrachtet wurden. Nicht jedoch von Andrea Onello, die sich mit Alkohol, egal welcher Preisklasse, noch nie hatte anfreunden können.

»Ähm, danke für das Angebot, aber könnte ich vielleicht ein Wasser haben, Herr Professor? Ich trinke nämlich keinen Alkohol«, erklärte Andrea Onello nachdrücklich, dies allerdings entgegen ihrer bei dem Thema üblichen Angriffslust in einem sehr wohlwollenden Ton. Die aufwendig betuchte und beteppichte Umgebung zeigte bei ihr immer noch nachhaltige Wirkung.

Siebenstädter nahm ihre Bitte allerdings leicht irritiert zur Kenntnis. Wasser? In diesem Sektkühler schlummerten Köstlichkeiten im Wert von mehreren hundert Euro, und diese Frau wollte ein Wasser? Ungläubig schaute er zuerst seine Angebetete an, dann den teuren Champagner im Kühlgefäß. Seine Synapsen arbeiteten auf Hochtouren, denn jetzt hatte er ein Problem. Dieser weibliche Mensch da, seine zukünftige Frau, wollte seinen Champagner nicht, nein, sie wollte ein profanes Wasser trinken. Auf dem Tisch standen aber original Sektgläser von Dom Pérignon, die er sich extra für diesen Abend aus Frankreich hatte schicken lassen. Die konnte man unmöglich mit einem ordinären Wasser befüllen. Seine Braut, dieses fränkische Landweib, hatte anscheinend keine Ahnung, was sie da ausschlug, und vor allem schien sie nicht zu wissen, wie sehr sie damit ihn und seinen Sinn für ein teures romantisches Ambiente und höchste Genüsse kränkte. Aber bitte, sie war ja auf dem Acker aufgewachsen und ahnte wahrscheinlich nichts von den Köstlichkeiten dieser Welt. Gefallen tat ihm dieser Umstand trotzdem nicht.

Andrea Onello beobachtete, wie das breite Grinsen langsam aus Siebenstädters Gesicht verschwand und auf Höhe seines Mundes einem feinen, schmalen Strich Platz machte. Auf der Stirn des Professors bildeten sich senkrechte Falten, dann sprang er abrupt von seinem Stuhl auf. Er konnte das nicht einfach so hinnehmen, seine sarkastische Ader brauchte einen Ausgang, ein Ventil.

»Ganz wie du möchtest, mein Liebes«, sagte er in leicht zickigem Ton. Dann griff er mit einer theatralischen Geste über den Tisch, nahm Andrea Onellos Sektglas, machte auf dem Absatz kehrt und ging gemessenen Schrittes zur hinteren Wand des Raumes, wo er mit wild fuchtelnden Bewegungen die Laken zur Seite zu räumen suchte. Er verschwand halb hinter einer Stoffbahn.

Andrea Onello konnte ein andauerndes Klappern und Klimpern hören, dann das gleichmäßige Rauschen eines Wasserhahnes. Als das Plätschern verstummte, drehte sich ihr Gastgeber wieder in Richtung des in der Mitte des Raumes platzierten Tisches. Die aufgewühlten Wandtücher ließ er einfach hängen, wo und wie sie waren, was dem edlen Ambiente den ersten unschönen Beigeschmack verlieh. Mit dem gleichen gemessenen Schritt, mit dem er ihn verlassen hatte, kam er an den Tisch zurück.

»Hier, bitte, mein Liebes, dein Wasser«, meinte er lächelnd, stellte Andrea Onello etwas vor die Nase und setzte sich dann wieder auf seinen Stuhl. Das Grinsen hatte seinen Weg zurück in das Gesicht des Institutsleiters gefunden, allerdings mit einem nicht zu übersehenden zynisch-spöttischen Zug.

Während Andrea Onello noch ungläubig auf das starrte, was ihr der Professor da als Trinkgefäß hingestellt hatte, erging sich der Urheber der ganzen Veranstaltung bereits in neuen romantischen Aktivitäten.

»Nicht dass ich noch das Wichtigste vergesse«, rief er in gespielter Verzweiflung, zog ein goldfarbenes Feuerzeug aus seiner Tasche und entzündete die beiden langen Kerzen, die in goldenen Kerzenhaltern an den äußeren Enden des Tisches standen.

Andrea Onello rang immer noch um Fassung. Die weißen Tücher, Blumen, das Licht und die Kerzen hatten mit einem Schlag ihren süßen Charme verloren, und auch das mit dem Wassertrinken hatte sich nun erledigt, denn vor ihr stand eine Nierenschale aus Edelstahl der Erlanger Rechtsmedizin, gefüllt mit Leitungswasser. Und so wie sie die Lage einschätzte, hatte ihr Gegenüber die Nierenschale eben erst von ihrem ursprünglichen Inhalt befreit, ausgespült und ihr anschließend als Trinkbecher auf den Tisch gestellt. Sie mochte sich nicht ausmalen, welche menschlichen Innereien zuvor schon in diesem Utensil der Pathologie gelegen hatten.

Innerhalb kürzester Zeit war der Erregungslevel von Andrea Onello wieder auf dem gleichen Stand wie in dem Moment, da ihr die Tür zu diesem Raum aufgehalten worden war. Der Typ hatte sie ja wohl nicht alle. War der jetzt beleidigt oder was? Anscheinend bröckelte seine eloquente Fassade bereits bei der kleinsten Unregelmäßigkeit. Langsam, aber sicher schwoll ihr der Kamm.

Siebenstädter jedoch, der mit seiner Welt völlig im Reinen war, befand sich erst am Anfang seiner Präsentation. Alles an diesem für ihn so einmaligen wie wichtigen Abend war genauestens konzipiert und geplant. Jegliche Störung, wie etwa spontane abwegige Getränkewünsche seiner Zukünftigen, mussten minimiert, am besten sogar komplett unterbunden werden. Schließlich waren Frauen für die Gefühlsebene, Männer für das Wissenschaftlich-Logische, also Wichtige, im Leben zuständig. Und dass er, Professor Dr. Thomas Siebenstädter, im logischen Bereich über ganz außerordentliche Fähigkeiten verfügte, stand ja wohl außer Frage. Er hatte einen messerscharfen Verstand, einen führenden Posten im medizinischen Sektor mit mehr als ausreichendem Einkommen und, wie er gerade bewies, auch ein richtiges Händchen für die Frau im Allgemeinen wie Speziellen. Romantik war ihm zwar im Grunde fremd, aber mit ein bisschen Nachdenken und etwas Dekoaufwand konnte der Weg in ein gemeinsames Leben für jede Frau geebnet werden. War eigentlich ganz einfach, das Frauenbetören.

Seine Braut schien von seinem Gag mit der Nierenschale auch wirklich enorm beeindruckt zu sein. Es war wohl am besten, jetzt aufs Ganze zu gehen, bevor die Wirkung verpuffte. Also würde er den bereits initiierten Schwung nutzen, die Welle reiten und ihr die originelle Essensauswahl präsentieren. Auch hier waren seine Einfälle hochgradig innovativ, wenn nicht sogar herausstechend witzig. Er hatte eine Hommage an sein Lieblingsessen hier in Erlangen in petto, ein Büfett, das auf der ganzen Welt nirgendwo sonst zu haben war, nur heute Abend, hier und jetzt, bei ihm, Professor Dr. Thomas Siebenstädter.

Mit einem Ruck zog er das weiße Tuch von den Speiseplatten und warf es mit einer lässigen Handbewegung einfach auf den Fußboden. Dann trat er einige Schritte zur Seite, um einen versteckten Knopf an einer extra installierten Stereoanlage zu drücken. Sogleich erschallte aus unzähligen Lautsprechern und in perfektem Raumklang in Kinoqualität die gewünschte Musik. Allerdings waren es keine Klänge für den Mainstream.

Andrea Onello schreckte ob des einsetzenden Lärms aus ihrer Nierenschalenbetrachtung hoch. Was war denn jetzt los? Das war doch keine Musik, das war irgendein schrecklicher psychedelischer Mischmasch von Klängen eines wild zusammengewürfelten Instrumentariums. Grauslich. Davon würde sie ganz sicher Ohrenkrebs bekommen. Ihre emotionale Grundstimmung verfinsterte sich noch weiter, als ihr genervter Blick auf die angerichtete Essensauswahl fiel. Fleisch. Genauer gesagt: die sterblichen Überreste von Geflügel jedweder Art. Hälse, Schenkel und Geflügelbrüste waren dort ebenso aufgebahrt wie frittierte Hähnchenköpfe und sogar ein gefülltes, im Ganzen paniertes und gebackenes Suppenhuhn, aus dessen knusprigem Körper einige Spieße mit daran befindlichen Orangen ragten. Inmitten dieser Fleischeslust, die von Andrea Onello eher als Fleischesfrust angesehen wurde, standen zahlreiche Körbe mit Sorten von italienischem und französischem Weißbrot. Das war's. Salate, Gemüse oder gar Obst suchten ihre Blicke vergebens. Dafür entdeckte sie direkt vor ihrer Nase ein DIN-A4-großes Schild mit der handgeschriebenen Aufschrift: »Willkommen beim Hühnertod Erlangen. Ihr Spezialist für günstige Gerichte vom Geflügel. Wir hoffen, Sie sind mit unserer Dienstleistung zufrieden, bitte liken Sie uns auf Facebook und Instagram.«

Andrea Onello war bedient. Das sollte das Essen für einen romantischen Abend zu zweit sein? Die frittierten Machenschaften einer Imbissbude namens »Hühnertod«? Mit solchen eiweißlastigen Kulinarien wollte der Professor eine bekennende Vegetarierin beeindrucken? Ein Anruf in der Bamberger Dienststelle hätte genügt. Jeder ihrer Kollegen dort hätte ihm erzählen können, dass die neue Kommissarin Andrea Onello es ablehnte, tote Tiere zu verspeisen. Entweder war der Typ total ignorant oder einfach nur blöd. Letzteres war eher unwahrscheinlich, also musste sie von Ersterem ausgehen, was die ganze Sache nicht unbedingt besser machte. Sie hob ihren Blick und schaute dem Ausrichter des Abends mit versteinertem Ausdruck prüfend ins Gesicht, studierte genau seine Augen und das mühsam beherrschte Lächeln mit dem zynischen Anflug. Nein, der Typ war nicht blöd, der wusste genau, was er tat. Der wollte sie provozieren, wollte sie für dumm verkaufen. Dieser Mann bildete sich ein, ihr, einer Frau, überlegen zu sein, so wie er sich der Menschheit im Allgemeinen überlegen fühlte, zumindest hatte man ihr das in der Bamberger Dienststelle so geschildert. Er war ein arroganter Kontrolletti, der alles und jeden im Griff zu haben glaubte, Frauen inklusive. Das alles hier war doch gar nicht echt, den Raum hatte der Professor von anderen herrichten lassen und wahrscheinlich selbst nur die Teller auf dem Tisch zurechtgerückt. Trotzdem glaubte Andrea Onello, hinter den kalten grauen Augen und dem zynischen Lächeln eine tiefe versteckte Unsicherheit zu erkennen. Die verzweifelte Einsamkeit eines hochintelligenten Mannes, die er als der brillante Mensch, der er war, aber nicht zeigen konnte oder wollte.

Hin- und hergerissen von ihren Gefühlen, genervt von dieser schrecklichen Musik, hetzte der Blick der Kommissarin von den Hühnerschenkeln zur Nierenschale und wieder zurück, bis Professor Siebenstädter nach ausbleibender Belobigung seines mit Bedacht ausgewählten Menüs wieder die Initiative übernahm.

»Das ist Zwölftonmusik von Stockhausen. Hochinnovativ, aber leider total verkannt«, verkündete er voller Stolz, doch Andrea Onello schaute ihn nur entgeistert an.

Da Professor Siebenstädter empathische Fähigkeiten weitestgehend fremd waren, missdeutete er ihren Blick prompt und interpretierte die Sprachlosigkeit seiner Angebeteten als galoppierendes Dahinschmelzen vor der gewaltigen Kulisse männlich-intellektueller Romantik. Daher beschloss er – nicht etwa intuitiv, sondern vielmehr streng seinem Schlachtplan folgend –, umgehend und sofort zum Kernthema seines Anliegens vorzustoßen. Natürlich hatte er es hier mit einem weiblichen Wesen zu tun, also musste er sowohl überzeugend sein als auch die Formalien einhalten, die von diesem erhabenen Moment verlangt wurden.

Umständlich stellte er sich direkt vor der wie versteinert dasitzenden Andrea Onello in Positur. Sein zynisches Grinsen verschwand und wich einem fast schmerzlich wirkenden Gesichtsausdruck, den er sehr lange vor dem Spiegel geübt hatte. Sein langer, schlaksiger Körper klappte wie ein Rasiermesser zusammen, und von einem Moment auf den anderen befand er sich mit seinem Gesicht und bittend erhobenen gefalteten Händen auf Brusthöhe seiner Angebeteten.

»Mein Liebes. Nach reiflicher Überlegung, intensivem Abwägen und ausgiebiger Vorbereitung möchte ich dich bitten, zu akzeptieren, dass ich beschlossen habe, mit dir verheiratet zu werden. Dies ist mein fester Wunsch und Wille. Darüber hinaus ist es einfach nur logisch. Zwei so willensstarke Persönlichkeiten wie du und ich sind von den Grundvoraussetzungen her die idealen Lebenspartner. Deine Größe stimmt, dein Gewicht scheint mir ideal zu sein, und alle Menschen, die ich befragt habe, bezeichneten dich einhellig als gut aussehend. Du bist also eine Frau, mit der man sich als Mann schmücken kann. Natürlich ist deine momentane Beschäftigung bei der Bamberger Polizei mittelfristig inakzeptabel, aber da will ich gern erst einmal ein Auge zudrücken und sehen, ob ich später nicht eine andere Verwendung für dich finden kann.«

Der Professor holte kurz Luft, während Andrea Onello unfähig war, sich zu rühren, nur ihre Augenlider zuckten. Ihr vegetatives Nervensystem funktionierte einwandfrei, alles andere hingegen lief nur noch auf Notstrom.

Siebenstädter für seinen Teil schnallte nichts von ihrem rudimentären Bewusstseinszustand und fuhr einfach fort. Seiner Einschätzung nach lief gerade alles ganz wunderbar nach Plan, sprich: ganz in seinem Sinne. »Mein Liebes, als Ausdruck unserer Formlosigkeit, unserer Befreitheit von gesellschaftlichen Zwängen, werden wir dieses köstliche Mahl nun mit bloßen Fingern zu uns nehmen. Die Speisen, welche nebenbei bemerkt von meiner Lieblingsimbissbude in Erlangen stammen, diese edlen Speisen wurden extra für uns zubereitet, von einem Chef de Cuisine, der noch nie für eine Privatperson einen Abend ausgerichtet hat. Es ist sozusagen eine Premiere, ein außerordentliches Privileg, das du wirklich würdigen solltest. Und dann, wenn unsere Gedärme gefüllt, unsere Gier gestillt ist, dann, mein Liebes, werden wir unsere spirituelle Vereinigung auch körperlich vollziehen. Dazu habe ich für uns beide ein Lager mit einem extrabreiten Boxspringbett im Kühlraum nebenan aufschlagen lassen, das uns befähigen wird, diesen Abend entsprechend unseren heißen Gefühlswallungen ausklingen zu lassen.«

Andrea Onello glotzte Siebenstädter apathisch an, trotz gerade erst erfolgtem Friseurbesuch begannen sich ihre Haare zu spreizen und immer mehr nach oben zu heben, was der Professor in seiner Begeisterung jedoch ganz und gar nicht bemerkte.

»Aber vorher, mein Liebes, möchte ich dir zum Zeichen unseres Bundes noch diesen Ring überreichen. Es ist nicht irgendein Ring. Er wurde geschmiedet aus einer Pfeilspitze, die ich im Brustbein einer achthundert Jahre alten Moorleiche entdeckte und wohlbehalten aus der Unglücklichen herausbrechen konnte. Sie musste viel zu jung sterben, sich opfern und nach einer Ewigkeit in ihrem feuchten, dunklen Grab zu mir gelangen, damit ich dir, mein Liebes, heute dieses einmalige Geschenk machen kann. Eine Rarität, ein unvergleichliches Einzelstück. Mein Liebes, möge dieser Ring als Zeichen für die Unverbrüchlichkeit unserer Ehe und die Dauerhaftigkeit unseres Zusammenlebens gelten.« Er löste seine linke Hand von der rechten Handfläche und nahm das dunkelgraue glanzlose Etwas, das darauf lag, zwischen Daumen und Zeigefinger. »So nimm diesen eisernen Ring, mein Liebes, und trage ihn nun für immer, bis dass dein Tod uns scheidet.«

Siebenstädter hob seinen immer noch kunstvoll gequälten Blick, dann hielt er Andrea Onello den bereits leicht rostigen Ring bittend entgegen. Anscheinend wollte er ihr das Werk seiner pathologischen Schmiedekunst jetzt, sofort und gleich an den Finger stecken.

Diese Absicht war der Anstoß, der das Leben in den sich im vegetativen Dasein befindlichen Körper der angedachten Ehefrau zurückbrachte. Wie von der Tarantel gestochen sprang Andrea Onello auf, beide Hände in Abwehr erhoben. Um nichts auf der Welt würde sie einen solchen Ring anfassen oder gar tragen. Der Typ war ja komplett irre, absolut wahnsinnig.

Aber Siebenstädter interessierten solche eindeutigen Signale nicht, und schon gar nicht vermochte er sie richtig zu deuten. Da waren ihre Hände, direkt auf ihn gerichtet, das bedeutete nicht etwa eine Art Abwehr, nein, ganz zweifellos sollte das heißen, dass Andrea Onello seinen Heiratsantrag bereitwillig angenommen hatte.

Ein breites Haifischgrinsen überzog das Gesicht des Professors. Er sprang auf, packte Andrea Onellos rechte Hand und schob ihr den eindeutig zu strammen Ring mit Nachdruck über den Ringfinger. Dass das Schmuckstück ein wenig zu klein geraten war, hatte er sich fast schon gedacht. Aber mehr Metall hatte die Pfeilspitze leider nicht hergegeben. Dafür saß das Teil jetzt bombenfest an ihrer Hand. Nun, vielleicht konnte er ihr ja demnächst etwas vom Finger abnehmen, damit der Ring nicht mehr so eng saß, überlegte er und lobte sich sogleich für seine Umsicht.

Andrea Onello starrte mit großen Augen auf den Eisenring, unfähig, das Unfassbare zu begreifen. Dann auf Siebenstädter, der zum guten Schluss einer letzten finalen Fehleinschätzung erlag. Es sollte dann auch wirklich seine allerletzte für diesen Abend gewesen sein.

Siebenstädter streckte sich, grandios untermalt von den experimentellen Disharmonien, welche die Stereoanlage weiterhin absonderte, um sodann auch noch den letzten Punkt seiner Heiratsantrag-To-do-Liste abzuarbeiten.

»So, mein Liebes, der Vertrag ist besiegelt. Jetzt lass uns tanzen«, sagte er im Brustton der Überzeugung. Das Haifischlächeln war so breit, wie es nur sein konnte, und seine rechte Hand beschrieb bereits den Weg in Richtung der Taille seiner Angebeteten. Kurz bevor seine Finger ihr anvisiertes Ziel erreichten, erwachte die jedoch endgültig aus ihrer Schockstarre. Das alles war ein Alptraum, ein fürchterlicher Alptraum.

»Nein!«, rief Andrea Onello laut und mit verzerrtem Gesicht, da erreichte sie der habilitierte Pathologengriff, und hagere, knochige Finger legten sich um ihren angespannten, überreizten Körper. Das war zu viel, ihre Sicherungen brannten endgültig durch.

Andrea Onellos Stammhirn schaltete um auf Notfallplan, auf Selbstverteidigung. Ihr Körper reagierte exakt so, wie er in der Polizeiausbildung für derartige respektive ähnliche Situationen trainiert worden war, nämlich blitzschnell und vollautomatisch. Ihre Hände ergriffen Siebenstädters Unterarm, der sich in stiller Vorfreude um Andrea Onellos Hüfte gelegt hatte, und bogen ihn ruckartig nach außen. Das führte zu einem erstaunten Augenrollen des Professors und einem knackenden Geräusch in der Ellenbogengegend seiner oberen Extremität. Dem heftigen Schmerz nachspüren konnte er aber nicht wirklich, denn eine Sekunde später verlor er durch einen Judogriff der Kommissarin den Boden unter den Füßen und krachte rücklings auf den teuren Perserteppich, den er mit seiner zukünftigen Frau betanzen wollte. Die Luft wurde durch den heftigen Aufprall aus seinen Lungen gepresst, weshalb die Augäpfel aus ihren Höhlen zu treten suchten und er verzweifelt nach Luft zu schnappen begann.

Spätestens jetzt hätte er kraft seines brillanten Geistes eigentlich die Schlussfolgerung ziehen müssen, dass da trotz sorgfältiger Planung des Candle-Light-Dinners etwas gewaltig aus dem Ruder gelaufen war. Aber Intelligenz geht nun einmal nicht zwingend mit einem gesunden Menschenverstand einher. Und genau daran mangelte es dem Leiter der Erlanger Rechtsmedizin leider fundamental.

Andrea Onello, deren Bewegungsabläufe in vielen Stunden polizeilichen Kampftrainings perfektioniert worden waren, hatte innegehalten und stand nun in ihren Pumps wie ein blonder Racheengel über dem am Boden liegenden Rechtsmediziner, der verzweifelt darum bemüht war, wieder Luft in seine Lungen zu bekommen. Von ihrer Warte aus war die Sache damit eigentlich erledigt. Das romantische Dinner war zweifellos beendet, und eine wie auch immer geartete Hochzeit würde noch viel weniger stattfinden, das war dem Verrückten da unten auf dem Boden hoffentlich klar geworden. Mit funkelnden Augen betrachtete sie den keuchenden Siebenstädter, der tatsächlich Anstalten machte, sich zu erheben. Sie trat einen Schritt zurück und wartete auf eine Entschuldigung, eine Erklärung, irgendetwas, damit sie und dieser Mann den missratenen Abend einigermaßen friedvoll beenden konnten. Er musste doch langsam begriffen haben, dass er ein paar rote Linien auf das Heftigste überschritten hatte und jetzt gut daran täte, das zerschlagene Porzellan tunlichst wieder zu kitten.

Entschlossen verschränkte sie ihre Arme vor der Brust und wartete darauf, dass der schnaufende, schwankende Professor eine halbwegs verständliche Kommunikation zuwege brachte. Gleich musste es so weit sein, denn der puterrot angelaufene Siebenstädter, der nun nicht mehr grinste, sondern wieder seinen arrogant-zynischen Blick aufgelegt hatte, öffnete den Mund, und mühsam herausgepresste Laute formten sich zu Worten, die wie zähflüssige Säure zu Andrea Onello hinüberkrochen.

»Das sind die Methoden der Geistlosen«, keuchte Siebenstädter, und man konnte die Wut in seiner Stimme körperlich spüren. Hier war nicht nur der Körper verwundet worden, sondern auch ein als unangreifbar verstandenes Ego, das sich der eigenen Fehleinschätzung nicht wirklich stellen wollte.

Also fing er an, wild um sich zu schlagen. »Was hast du getan, Weib? Weißt du nicht, wo dein Platz ist? Aber warte nur, ich werde dich und dein Temperament schon zügeln. Warte, bis wir beide gleich zusammen auf dem Boxspringbett …«

Genau hier endete nun jegliche Artikulationsfähigkeit von Professor Dr. Thomas Siebenstädter, denn ein schwarzer, spitzer, hochhackiger Damenschuh traf ihn mit voller Wucht genau dort, wo die männliche Rasse die Gerätschaften zur Fortpflanzung aufzubewahren pflegt. Ein Thema, das zumindest für diesen Abend und seine Wenigkeit erst einmal obsolet geworden war.

Erneut kippte der große, schlaksige Mann auf den Perser, dieses Mal jedoch in umgekehrter Richtung und mit dem Gesicht voraus. Auf dem Teppich liegend, umschlossen seine Hände seine Genitalien, die man nun getrost als Weichteile bezeichnen konnte. Schmerzvoll wimmernd spürte er Andrea Onellos Knie in seinem Rücken und vernahm die liebliche Stimme seines weiblichen Gastes direkt an seinem oben liegenden Ohr.

»So, jetzt hör mal zu, du hochbegabtes Früchtchen. Vielen Dank für den netten Empfang, die Dekoration und was weiß ich noch alles. Aber wenn du noch einmal versuchst, mir tote Hühner anzudrehen, Getränke in Nierenschalen verabreichst oder dir einfallen lässt, mich ungebeten anzufassen, dann gnade dir Gott. Und auf deinem tollen Boxspringbett kannst du dich von mir aus mit deinen Moorleichen vergnügen, aber mich lässt du da gefälligst aus dem Spiel, mein Lieber. Heiraten? Keine Ahnung, wie du auf das schmale Brett gekommen bist, aber sollte ich in naher oder ferner Zukunft noch einmal irgendeinen Antrag von dir bekommen, und zwar egal aus welchem Grund, egal für was, sei gewiss, dass ich ein romantisches Beisammensein für dich organisieren werde, an das du dich bis an dein Lebensende erinnern wirst, Doktorchen. So, jetzt noch viel Spaß beim Dinieren, Eure Eminenz. Und schön die Hühner aufessen, sonst gibt es schlechtes Wetter, gell!«

Mit diesen Worten erhob sich Andrea Onello von ihrem

Fast-Bräutigam, der sein inzwischen taubes Gemächt umklammert hielt und dauerhaft ein leises »Ohooohooohoooh« zum Besten gab. Seine Fähigkeit, Umweltreize wahrzunehmen, war gerade fundamental eingeschränkt, entsprechend hatte er die Worte der Kommissarin mehr erahnt als bewusst vernommen. Und schon gar nicht bekam er mit, wie Andrea Onello mit langen Schritten zur Tür des Nebenraumes eilte, diese aufriss, um das Interieur des Kühlraumes zu inspizieren, und eingehend das große Bett mit den purpurfarbenen Laken betrachtete, auf dem im rötlichen Licht einer Wärmelampe für die Kükenaufzucht diverse Utensilien für Liebesspiele aller Art lagen, angefangen bei Honig, Sahne und Schokoladensoße bis hin zu Fesseln, Lederpeitschen und sonstigen Gerätschaften, die der Professor wohl dem Lustertrag zuschrieb. Entrüstet knallte sie die Tür zum normalerweise als Aufbewahrungsort für angelieferte Leichen dienenden Kühlraum wieder zu, um dann wütend die Erlanger Gerichtsmedizin zu verlassen. Untermalt von der Stockhausen'schen Zwölftonmusik, die einen sehr disharmonischen Mantel über die unerquicklichen Vorgänge in Siebenstädters zweckentfremdetem Institut breitete.

Der dienstälteste Kommissar der Bamberger Kriminalpolizei, Franz Haderlein, schaute auf die Uhr. Heute war ein sehr wichtiger Tag, und das jüngste Mitglied der Dienststelle war noch nicht aufgetaucht. Das war einigermaßen überraschend, präsentierte sich Andrea Onello doch ansonsten als ein Vorbild an Fleiß und Pünktlichkeit. Allerdings wusste er auch, dass die Neukommissarin am gestrigen Abend ein ziemlich heikles Date mit dem verhassten Leiter der Erlanger Rechtsmedizin, Professor Siebenstädter, gehabt hatte. Der Abend schien doch länger gedauert zu haben, als alle vermutet hatten. Hoffentlich war keine plötzliche amouröse Gefühlswallung vonseiten Andreas dafür verantwortlich. Nicht dass ihnen jetzt ein trautes Liebespaar ins Haus stand, mit dem niemand gerechnet hatte. Eine wirklich unangenehme Vorstellung, wie sich Haderlein eingestand. Eigentlich undenkbar, aber man wusste in Gefühlsdingen ja nie. Wo die Liebe manchmal hinfiel, da blieb sie dann halt auch liegen, ob einem das passte oder nicht.

Der für die neue Kollegin entflammte Rechtsmediziner war jedoch bei Weitem nicht die einzige liebestrunkene Verwicklung, mit der die Abteilung sich auseinandersetzen musste: Riemenschneiders zahlreiche Nachkommenschaft war zur Überraschung fast aller vor nicht einmal vier Wochen bei der Abschlussfeier des letzten Falles in der Dienststelle in Bamberg auf die Welt gekommen. Den Kollegen Lagerfeld hatte die Niederkunft ihres Ermittlerschweinchens als Einzigen nicht im Mindesten überrascht, schließlich hatte er seinerzeit in einer Nacht-und-Nebel-Aktion selbst dafür gesorgt, dass die verliebte Riemenschneiderin ihr folgenschweres Stelldichein mit dem strammen jungen Eber bekam, der sie vom Wildschweingehege im Tambacher Tierpark aus kurz zuvor hemmungslos angebaggert hatte. Allerdings hatte das lustvolle schweinische Stelldichein beziehungsweise seine Komplizenschaft im Herbeiführen desselbigen jetzt zweierlei zur Folge: Mit Honeypenny, der hochkatholischen Dienststellensekretärin, hatte es sich Lagerfeld für die nächste Zeit verschissen. Geschlechtsverkehr vor der Eheschließung war für Marina Hoffmann völlig undenkbar und wurde von ihr als absolut unmoralisch eingestuft, selbst wenn der Sündenfall nur tierische und noch dazu ungetaufte Familienangehörige betraf. Das eherne Gebot galt ihrer Meinung nach auch für Schweine, zumindest soweit sie sich unter ihrer ständigen Obhut befanden. Also hatte sie beschlossen, mit dem Kollegen und Zuhälter Schmitt erst einmal nicht mehr zu reden. Seit Wochen legte sie ihm nachdrücklich beschriebene Aufgabenzettel auf den Tisch, ehe sie sich mit unverändert empörtem Gesichtsausdruck von ihm abwandte und zu ihrem Schreibtisch zurückkehrte.

Der zweite Leidtragende war ihrer aller Chef, Robert Suckfüll. Lagerfeld hatte im Moment der Niederkunft des Dienststellenleiters sündhaft teuren Kaschmirmantel als weiche, warme Unterlage für die gebärende Mutter missbraucht. Die Entbindung von sieben schwarz-rosa gefleckten Ferkeln hatte das edle Kleidungsstück hinsichtlich Farbe und Geruch stark in Mitleidenschaft gezogen, um es einmal vorsichtig auszudrücken. Nachdem sich sowohl Fidibus' Frau Eleonore als auch sämtliche Reinigungen Bambergs geweigert hatten, für dieses hehre Zeugnis aufopferungsvoller Tierliebe einen Reinigungsauftrag entgegenzunehmen, stand der Dienststellenoberste nun schon seit mehreren Tagen mit hochgekrempelten Ärmeln in seinem gläsernen Büro und versuchte mit Bürste und Reinigungsmitteln aller Art höchstselbst, den Mantel in seinen optischen wie olfaktorischen Originalzustand zurückzuversetzen. Dazu hatte er eine halb durchsichtige rosa Plastikwanne mitgebracht, in der er das teure Weihnachtsgeschenk seiner Frau heftig rubbelnd und mit schweißnassem Gesicht bearbeitete.

Die kriminalen Untergebenen beobachteten das verzweifelt anmutende Prozedere mit dem allergrößten Vergnügen, ohne allerdings ihrer Genugtuung allzu freien Lauf zu lassen. Bei einem Zuviel an Häme träfe sie sonst womöglich Robert Suckfülls Zorn, was ein außerordentlich unangenehmer Zustand werden konnte. Also amüsierten sich die Kommissare sowie Honeypenny lieber im Stillen, was aber auch etwas für sich hatte.

Noch einmal blickte Haderlein auf seine Uhr, dann öffnete sich endlich die Tür und Andrea Onello betrat die Dienststelle. Sie musste überhaupt nichts sagen, jeder im Raum konnte an ihrem Gesicht ablesen, dass das gestrige Beisammensein mit Siebenstädter nicht besonders harmonisch verlaufen war.

Wortlos durchquerte die neue Kollegin den Raum, bis sie an ihrem Schreibtisch angelangt war. Dort pfefferte sie ihren leichten Mantel auf den Bürostuhl, auf dem sie sich umgehend, jedoch schweigend niederließ, die Arme vor der Brust verschränkt, und angriffslustig von einem zum anderen blickte. Haderlein öffnete schon den Mund zu einer Frage, schloss ihn aber sofort wieder, als ihn der warnende, zornige Blick seiner jungen Kollegin traf. Nun gut, dachte er, soll das Gespräch über dieses Zusammentreffen eben zu einem anderen Zeitpunkt stattfinden – oder vielleicht besser gar nicht. Nun denn, in diesem Sinne war es wohl am besten, sich mit dem eigentlichen Tagesordnungspunkt des heutigen Morgens auseinanderzusetzen: der Namensgebung, dem heiligen Taufvorgang.

»Also gut!«, rief Haderlein und klatschte dazu noch lautstark in die Hände. »Dann wollen wir mal!« Er drehte sich in seinem Sessel zur Seite und klopfte mit den Fingerknöcheln an die dicke Glasscheibe von Suckfülls Bürowand, was diesen von seiner intensiven Waschtätigkeit hochschrecken ließ. Mit einer erkennbar großen Erleichterung nickte er Haderlein zu. Ihr konditionsschwacher Chef war offensichtlich froh, erst einmal nicht weiterschrubben zu müssen. Er trocknete sich seine Hände an einer Art kariertem Geschirrtuch ab, öffnete die Tür seines Büros und blickte trotz vom Waschwasser eingenässter unterer Extremitäten mit frisch erwachter Energie fröhlich in die Runde.

»Ja, mein lieber Franz, das wird wohl jetzt eine nette Abwechslung sein, denn meine Arme sind schon schwer wie Quecksilber. Fangen wir an«, sagte er erwartungsfroh, an seinen dienstältesten Kommissar gewandt.

Der ließ sich auch nicht lange bitten und ging der ganzen Truppe voraus ins Treppenhaus und dann hinunter ins Untergeschoss. Dorthin, wo sich die Ausnüchterungszellen für die besonders hartnäckigen Alkoholiker und sonstigen uneinsichtigen Delinquenten befanden. An der letzten dieser Zellen, ganz am Ende des Ganges, blieb Franz Haderlein stehen und öffnete die Tür mit dem vergitterten Fenster. Er betrat die Zelle, dann wartete er, bis alle Anwesenden ihm gefolgt waren und in einem Halbkreis um die Aufgabe des heutigen Morgens herumstanden.

Auf sämtlichen Gesichtern zeigte sich ob des Anblickes, der sich ihnen hier bot, ein sanftes Lächeln bis breites Grinsen. Sogar den beiden missgelaunten Grazien der Belegschaft, Andrea Onello und Marina Hoffmann, hatte es die Zornesröte aus dem Gesicht gefegt. Sie blickten mit Milde und Sanftmut auf das Bild, das ihnen vom Boden der Zelle entgegenleuchtete.

Die Situation in der zweckentfremdeten Ausnüchterungszelle der Bamberger Polizei stellte sich nämlich wie folgt dar: Riemenschneider lag, auf mehrere Lagen graue Polizei-Wolldecken gebettet, inmitten der für landwirtschaftlich-zoologische Zwecke umgestalteten Räumlichkeit. Um sie herum beziehungsweise an ihren prall gefüllten Zitzen festgesaugt, zappelten ihre sieben Kinder, die von komplett rosa über schwarz gefleckt alle möglichen Farbkompositionen aufwiesen. Das zumindest erleichterte schon einmal die Unterscheidung der kleinen Ferkel, die das mütterliche Nahrungsangebot mit geschlossenen Augen wollüstig in sich aufnahmen.

Schweigend, aber auch gerührt betrachtete die versammelte Menschenschar dieses Stillleben schweinischer Eintracht. Die verkleinerten Ausführungen der Riemenschneiderin waren überaus putzig. Da sich die Mutter nicht gerade durch riesenhaften Wuchs hervortat, sondern sich, selbst an den Dimensionen der Schweinewelt gemessen, auf Hobbitniveau bewegte, war die Größe ihrer Kindlein entsprechend winzig ausgefallen. Die kleinen Ferkel wären durchaus als Bonsaihamster oder Nacktmulle durchgegangen. Das förderte natürlich den Beschützerinstinkt der Anwesenden, wobei dieser in Form und Anwendung je nach Charakter der Persönlichkeiten durchaus unterschiedlich ausgebildet war.

Das sollte aber gerade nicht das Thema sein, denn Franz Haderlein als offiziellem Opa des ganzen Wurfes oblag es, sich um die Formalitäten, die unabdingbaren Regelungen familiärer Belange, zu sorgen. Also beendete er die Ferkelschau und ergriff die Initiative, schließlich war das hier ihre Arbeitszeit und kein Grund, sinnlos Steuergelder zu verplempern. Wieder klatschte er in die Hände und nutzte die aus verträumter Stimmung gerissene Aufmerksamkeit seiner teils erschrocken, teils fragend dreinblickenden Kollegen zu einer kleinen Ansprache.

»Also, liebe Gemeinde. Wir alle wissen, was Riemenschneider in der Vergangenheit für uns und die Dienststelle an Leistungen vollbracht hat. Die größte aller Leistungen aber liegt erst seit Kurzem hinter ihr. Unsere Riemenschneiderin ist Mutter geworden. Da der biologische Vater durch die dunklen Umstände des Zeugungsaktes nicht mehr genau feststellbar ist und sich die Verantwortlichen für die in geheimer Mission erfolgte Befruchtung mit genauen Angaben doch sehr zurückhalten ...« Allgemeines Gelächter ertönte, nur Marina warf dem grinsenden Lagerfeld einen vernichtenden Blick zu, der ihn allerdings wenig tangierte. »Aus all diesen Gründen müssen wir nun an Vaters statt, Riemenschneiders Einverständnis vorausgesetzt, unseren kleinen Rackern hier Namen zuordnen. Schließlich wollen wir doch alle wissen, mit wem wir es zu tun haben. Es liegt mir fern, Riemenschneiders Kinder nur mit Nummern oder gar ganz ohne Kennzeichnung ihrer tapferen jungen Persönlichkeiten durchs Leben gehen zu lassen. Also wird jetzt jeder von uns einem dieser Ferkel einen Namen geben und dadurch quasi eine Patenschaft übernehmen. Das Ganze wird genauso ablaufen wie bei meinem Dienstjubiläum damals, als ihr mir das Schweinchen namens Riemenschneider aufs Auge gedrückt habt.«

Diejenigen unter den Kollegen, die sich an diesen denkwürdigen Abend erinnerten, nickten andächtig, während Haderlein ein Blatt Papier und einen Stift aus seiner Hemdtasche nahm. »Ihr werdet euch spontan entscheiden müssen. Ich habe hier eine per Losverfahren erstellte Liste mit euren Namen, die ich jetzt der Reihe nach vorlesen werde. Der oder die von mir Genannte wird sich sodann eines der Ferkel auswählen und einen Namen mitteilen, den ich dem Kleinen mit diesem Edding hier hinter das Ohr schreiben werde, damit auch nichts durcheinandergeht. So weit alles verstanden?«

Alle nickten. In dem einen oder anderen Gesicht war bereits verkrampfte Panik ob des Verlangens, auf Zuruf kreativ sein zu müssen, zu erkennen. Aber Haderlein hatte nicht vor, wegen Gedankenstress irgendjemanden zu schonen.

Der Brief

Raphael Lieb stand etwas verunsichert auf dem Gehsteig vor dem Notariat und betrachtete unschlüssig den Brief der verstorbenen Mutter in seinen Händen. In dem vergilbten Umschlag war etwas Papierenes zu erspüren, aber es befand sich auch noch ein anderer kleiner, schwerer Gegenstand darin. Trotzdem würde er den Brief nicht hier, mitten auf der Straße, öffnen. Nein, dafür brauchte es einen etwas verschwiegeneren Ort als ein öffentliches Trottoir. Also machte er sich auf, ein Café oder Bistro zu finden, in dem er sich in einer stillen Ecke mit dem unbekannten Inhalt dieses Umschlages beschäftigen konnte.

Er hatte es vor dem Notar nicht so richtig zeigen wollen, aber die Testamentsvollstreckung wühlte den Fünfzigjährigen mächtig auf, auch wenn er zu seiner Mutter schon seit längerer Zeit keinen Kontakt mehr gehabt hatte.

Das Verhältnis zu ihr war bereits seit frühester Kindheit immer schlechter geworden, bis er den Kontakt vor etwa zehn Jahren schließlich komplett abgebrochen hatte. Da war nicht mehr viel gewesen, was er an Gefühlen für seine Mutter aufbringen konnte. Zu sehr hatte sie ihm seine Jugend mit ihrer katholischen Engstirnigkeit verdorben. Seine Pubertät hatte er unter mütterlicher Oberaufsicht in einem religiös-moralischen Gefängnis verlebt, und die vielen Jahre danach hatte er eigentlich ausschließlich damit zugebracht, die Folgen zu überwinden und sich in dieser fremden Welt, die da Leben hieß, zurechtzufinden. So richtig hatte das aber bis zum heutigen Tag noch nicht geklappt.

Und so stand er nun hier mit seinen immerhin fünfzig Jahren und hatte keine Ahnung, was er für seine Mutter empfinden sollte. Er hatte auch überhaupt keinen Schimmer, was ihm seine Mutter da mit diesem Brief vermachen wollte, sie hatten doch nie etwas besessen, kein Geld, kein Haus, kein Auto, nichts. Sie waren eigentlich immer klamm gewesen. So lange er zurückdenken konnte, hatten sie mehr oder weniger in Armut gelebt.

Damals, in seiner frühesten Kindheit, als sie einige Jahre in Afrika gelebt hatten, war das nicht so aufgefallen, und als Kind war einem in den ersten Jahren ja auch ziemlich viel egal. Hauptsache, man hat seine Familie, was zum Essen und zum Spielen. Rückblickend waren die Jahre in Afrika wahrscheinlich die glücklichste Zeit seines Lebens gewesen. Erst als sie Hals über Kopf die Missionsstation in Namibia verlassen hatten und er mit seiner Mutter zurück ins kalte Deutschland, zumal ausgerechnet nach Kronach, gezogen war, von diesem Zeitpunkt an war es in seinem Leben mit stetiger Konsequenz bergab gegangen. Nach fünfzig Jahren, einem abgebrochenen Jurastudium und ebenso abgebrochenen Betriebswirtschaftsstudium sowie etlichen Jahren des sozialen Abstiegs war er nun als Rechtsradikaler in Thüringen gelandet. Ohne offiziellen Wohnsitz, Versicherung und eigenes Einkommen. Das BAföG für seine vergeigten Studienversuche würde er niemals zurückzahlen können, das war ihm mehr als klar. Blöd war er ja nicht, ganz im Gegenteil. Seine Professoren hatten gemeint, er sei im Grunde sogar hochintelligent. Das sei bei ihm mehr so eine Kopfgeschichte. Er konnte und wollte sich auf nichts und niemanden im Leben festlegen. Weder auf Personen, eine Arbeit, das Leben überhaupt.

Eigentlich war er, so lange er denken konnte, auf der Flucht gewesen. Vor wem oder was, das hatte ihm noch keiner erklären können, er sich selbst am allerwenigsten. Er brauchte bei allem, was er gerade tat, eine Hintertür. Auf diese Art war er auch in die rechtsradikale Szene in Thüringen gerutscht. Da stellte wenigstens keiner Fragen. Einfache Typen, einfache Botschaften, und niemand fragte, wo er herkam, was er machte und warum er so war, wie er eben war. Er hatte einfach untertauchen können, war im Grunde für niemanden auf dieser Welt mehr existent. Ein für ihn idealer Zustand. Ein Wunder, dass ihn dieser alte Sack von einem Notar überhaupt hatte ausfindig machen können.

Ein wirklich zäher alter Mann, dieser Emil Püls, das musste er schon zugeben. Nur zeigen konnte er es dem Notar natürlich nicht. Was es allerdings mit diesem ganzen Prozedere mit dem Testament und dem Brief auf sich hatte, verstand er nicht. Er konnte sich überhaupt nicht vorstellen, dass ihm seine Mutter irgendetwas von Bedeutung hinterlassen haben könnte. Und doch war da jetzt dieser Brief mit seinem überaus mysteriösen Inhalt. Zeit, dass er herausfand, worum es sich dabei handelte.

Er schluckte seine ganzen Verletzungen und lebenslangen Aversionen seiner Mutter gegenüber runter und machte sich auf den Weg in die Kronacher Innenstadt, immer die gepflasterte Straße entlang, auf der Suche nach einem kostengünstigen Café, in dem er von seinen bescheidenen Mitteln Essen und Trinken bestellen konnte.

»Andrea!«, rief Haderlein laut. Andrea Onello bückte sich und hob ein kleines, schwarz-weiß geflecktes Ferkelchen von der Decke am Boden. Mit seinen kleinen Knopfaugen sah es sie neugierig an.

»Tofu«, sagte Andrea Onello bestimmt. »Dieses Schweinchen soll definitiv nicht im Kochtopf enden. Vielleicht trägt der Name ja irgendwie dazu bei, dass es ein glückliches Leben führen darf.«

Nach dieser fundamental vegetarischen Rede reichte sie ihren Täufling an Haderlein weiter, der sofort den Filzstift zückte und den Namen »Tofu« auf der Innenseite des kleinen Ohres verewigte.

Gerade als er den kleinen Kerl wieder auf den Boden stellen wollte, hörte er hinter sich ein lautes »Moment!«. Als er sich erstaunt umdrehte, sah er Bernd Schmitt, der grinsend eine Flasche Schlenkerla Rauchbier in der Hand hielt. Noch bevor irgendjemand protestieren konnte, hob Lagerfeld die Flasche und schüttete dem Täufling ein wenig vom Inhalt über den Kopf.

Tofu schüttelte sich zuerst ein wenig und quiekte aufgeregt, begann dann aber mit begeistertem Grunzen, die Flüssigkeit, die da von ihrem Köpfchen heruntergeflossen kam, in sich hineinzulecken.

»So, jetzt is unner Dofu a richticher Bambercher«, stellte Lagerfeld fest, derweil die Umstehenden in lautes Gelächter ausbrachen. Alle bis auf Honeypenny und Andrea Onello, die mit protestierenden Mienen ihre Augenpfeile auf den wohlmeinenden Kollegen abschossen. Aber da der Spiritus Rector der Veranstaltung, Franz Haderlein, bei Lagerfelds Taufzeremonie ebenfalls großes Vergnügen empfand, mussten die beiden Damen mit diesem höchst ungewöhnlichen Taufritus wohl oder übel ihren Frieden machen.

»Bernd!«, las Haderlein den nächsten Namen von seiner Liste. Der ließ sich nicht lange bitten und hob das mit Abstand rundlichste Ferkel auf. Der kleine Schweinerich schien entweder ganz besondere Gene zu haben, oder er war schlicht ein besserer Nahrungsverwerter als seine Brüder und Schwestern. Ein echter Wonneproppen. Auch Lagerfeld war das aufgefallen, weswegen er seinen gewichtigen Kandidaten nun bedeutungsvoll in der freien Hand wog. Er warf einen verschmitzten Blick zu Andrea Onello hinüber und verkündete des Ferkels Namen.

»Ferkel, ich taufe dich auf den Namen Presssack!«, rief er fast andächtig, dann schüttete er auch dem kleinen Presssack etwas Bier aus seiner Flasche über den Kopf.

Andrea Onello und Honeypenny versuchten, gegen diese Namensgebung zu protestieren, das wurde von Haderlein aber sogleich abgeschmettert. Der Name Presssack sei weder sittenwidrig, blasphemisch noch sonst wie verwerflich. Wenn Lagerfeld das wollte, dann sollte dieses Schweinchen eben so heißen, basta. Umgehend schrieb er den Namen in sauberen schwarzen Buchstaben hinter das kleine gefleckte Ohr und stellte das Ferkel zurück auf den Zellenboden.

»Marina«, rief er als Nächstes, und die Angesprochene zuckte, immer noch zornesrot im Gesicht, zusammen. Dann bückte sie sich jedoch entschlossen und begann, die noch verbliebenen namenlosen Schweinchen der Reihe nach zu untersuchen. Jeder hier wusste sofort, warum Honeypenny das tat. Ganz sicher suchte sie sich ein weibliches Ferkel aus, denn einen kleinen Eber würde ihr angeknackstes weiblich-katholisches Selbstverständnis im Moment nicht verkraften. Schließlich hatte sie gefunden, worauf es ihr ankam, denn sie hob mit sehr zufriedenem Gesichtsausdruck ein verschmitzt dreinblickendes, schwarz-rosa geflecktes Ferkel in die Höhe. Versonnen streichelte sie ein paarmal über die kurzen weichen Härchen am Rücken der Kandidatin und tat ihre finale Namensentscheidung kund.

»Zwieback«, verkündete sie mit selbstsicherer Stimme. Sie schaute um sich und blickte in mehr oder weniger stirngerunzelte Gesichter, was ihr dann doch eine kleine Erklärung abnötigte. »Ich hatte mal eine Katze, die hieß so.«

Lagerfeld verkniff sich eine bissige Bemerkung, was ein ehemaliger Katzenname bei einem Schweinchen verloren habe. Da fand er seine Namensgebung bei Weitem passender. Presssack hatte wenigstens einen schweinischen Bezug, wenn auch einen sehr metzgeralen.

Haderlein indes kümmerten solche Überlegungen gar nicht, er malte der kleinen Zwieback stoisch ihren Namen hinters Ohr und stellte sie zurück zu ihren Geschwisterchen. Als das wahrscheinlich einzige unordentlich getaufte Schweinchen des heutigen Tages, da Lagerfeld sich schlicht nicht traute, über Honeypennys Zwieback Bier zu schütten, das würde er sonst womöglich nicht überleben, das war ihm ziemlich klar.

»Unser Chef«, rief Haderlein nach erneutem Blick auf die Liste, woraufhin Robert Suckfüll regelrecht panisch nach vorne trat. Jeder konnte sehen, dass er mit sich kämpfte, ob er ein solches Tier mit den Händen anfassen sollte oder nicht. So ein Schwein war ja sicher nicht sauber und außerdem ganz bestimmt mit zahlreichen Würmern, Bakterien und sonstigen Mikroben behaftet. Also deutete er mit einem Finger unsicher auf eines der gefleckten Tiere und verlautbarte: »Ich werde dieses Tier Schnitzel nennen. Da Ankömmlinge schweinischer Rassen am langen Ende meist doch ihrem angedachten Schicksal in der Nahrungskette erliegen, finde ich diesen Namen durchaus angemessen.«

Er sagte das unter den entsetzten Blicken von Andrea Onello und seiner Dienststellensekretärin. Bemerken tat er die stummen Botschaften aus dem Reich des vegetarischen Katholizismus jedoch nicht.

»Allerdings, das sage ich gleich«, schob er mit erhobenem Zeigefinger nach, »ich werde für diese Kreatur keinerlei Patenschaft oder Ähnliches übernehmen. Ich bin kein Bauer, sondern Jurist. Diese rosa Dinger mögen im Moment noch klein und possierlich sein, aber kleiner Mist macht irgendwann auch einen großen Haufen, dafür möchte ich nicht verantwortlich sein, ein verunreinigter Mantel reicht.« Endlich registrierte er Honeypennys empörte Miene. »Und da brauchen Sie mich jetzt auch gar nicht mit Ihren Blicken zu betören, Frau Hoffmann, das wird überhaupt nichts nützen, da bleibe ich hart in allen Gliedern.« Sprach's, drehte sich um und ging sicheren Schrittes davon, und zwar die Treppe nach oben, seiner unabdingbaren Mantelwäsche entgegen.

Während die Kollegen ihrem Chef noch verblüfft hinterherblickten, studierte Franz Haderlein bereits wieder seine Liste, um zu sehen, wer noch kein Schweinchen abbekommen hatte. »César«, verkündete er laut und schaute sich suchend nach César Huppendorfer um, der in seinem eleganten Sommermantel etwas abseitsstand.

César Huppendorfer verspürte ebenfalls keine große Lust, sich ein Schweinchen nach oben zu holen, womöglich direkt vors Gesicht, die Viecher waren auch ihm prinzipiell zu dreckig. Er war ein wirklicher Stadtmensch, kein Landbewohner. Mit Tieren, welcher Rasse auch immer, konnte er nicht wirklich viel anfangen. Außerdem war er gerade sowieso eher mit sich selbst beschäftigt: An seiner inzwischen abheilenden Lippe, an der er dauernd herumzupfte, hatten sich vor einigen Tagen lästige Bläschen gebildet. Also deutete er pflichtbewusst, aber wenig begeistert auf eines von Riemenschneiders Ferkeln und bemerkte kurz und trocken: »Das da. Ist es Männlein oder Weiblein?«

»Männlein«, antwortete ihm Honeypenny wie aus der Pistole geschossen, da sie die Geschlechter von Riemenschneiders Nachkommenschaft bereits eingehend studiert hatte.

César Huppendorfer nickte und zupfte wieder gedankenverloren an seiner Lippe, dann entschied er mit nüchternem Gesichtsausdruck: »Herpes, das Tier soll Herpes heißen. Die Patenschaft übernehme ich in Form von finanzieller Unterstützung für Futter, Kleidung, Arztbesuche oder Schulgeld, ich werde mit meinem Patenferkel aber weder Gassi gehen noch irgendwas ausmisten oder Ähnliches, verstanden?« Er blickte kurz und streng in die Runde, dann drehte auch er sich um und folgte seinem Chef ohne jeden weiteren Kommentar nach oben ins Dienststellenbüro.

Andrea Onello und Honeypenny schauten ihm ob dieser offenkundigen Herzlosigkeit mit offenem Mund hinterher, unfähig, auch nur einen Laut des Protestes zu artikulieren. Der Schock war einfach zu groß.

Franz Haderlein räusperte sich, damit Lagerfeld schleunigst sein Taufbier über den Kopf des Ferkels schüttete. Dann wurde auch dieser Name hinter dem Schweineohr verewigt. Zu guter Letzt bückte sich Haderlein selbst nach unten, um einen männlichen, wild schwarz-rosa gefleckten Kandidaten vom Boden zu heben.

»Gershwin«, verkündete er stolz. »Das ist mein Lieblingskomponist. Und nach all den experimentellen Namensgebungen hier wird es mal Zeit für etwas Gediegenes. Also wird dieses Ferkelchen hier ab sofort Gershwin heißen.«

Die Umstehenden nickten zustimmend und sahen lächelnd auf den kleinen Gershwin, dem bereits Lagerfelds Taufbier über das zarte Köpfchen floss. Auch er bekam seinen Namen hinter das Ohr geschrieben und fand sich gleich drauf auf dem Zellenboden der Wahrheit wieder, wo seine kleinen Geschwister bereits fleißig das heruntergetropfte Bier aufschlabberten.

So war die namentliche Aufgabe fast vollbracht. Nur noch ein letzter kleiner Kandidat, rosa und ohne jeglichen schwarzen Fleck sowie ohne Taufe, war übrig. Es gab jedoch keine verfugbaren Paten mehr, alle Mitarbeiter der Dienststelle hatten ihr Namensrecht verbraucht. Daher würde mit diesem letzten Ferkelchen nun genauso verfahren werden wie mit Riemenschneider seinerzeit: Das himmlische Schicksal sollte entscheiden.

»So, meine Lieben, unser letzter Nachwüchsling braucht auch noch einen Namen. Soweit ich das beurteilen kann, haben wir es hier mit einem jungen Mann zu tun, der keinen Taufpaten mehr hat. Weil das nach Adam Riese zu erwarten war, habe ich ein Lexikon mitgebracht, das ich nun langsam durchblättern werde. Unsere allseits beliebte Bürofee Marina Hoffmann wird irgendwann ihren Finger auf eine der Seiten legen, und was der Finger dort vorfindet, soll unserem Schweinchen fürderhin als Name dienen.« Demonstrativ hielt er den schweren Band in die Höhe. »Also, Marina, dann komm doch mal her zu mir«, flötete Haderlein und winkte Honeypenny zu sich, die mit besorgter Miene vor ihren ältesten Kollegen und sein Lexikon trat.

Haderlein schlug den Buchdeckel auf. »Na dann, los geht's!«, rief er und ließ die Seiten der letzten Printausgabe des Brockhaus nur so fliegen.

Honeypenny war völlig überrumpelt von seinem Tempo und steckte gerade noch ihren Zeigefinger zwischen die letzten Seiten, ehe der Papierfluss zum Erliegen kam. Haderlein konnte sich ein Schmunzeln nicht verkneifen, als er sah, welchen Namen Honeypenny da erwischt hatte. Aber bitte, bei Riemenschneider war es seinerzeit auch nicht anders gelaufen, nur eben in die andere geschlechtliche Richtung sozusagen.

»Liebe Gemeinde, dieses Schweinchen wird fortan den Namen Queen Mary tragen!«, verkündete der Kriminalhauptkommissar vergnügt, während Honeypenny nicht sehr zufrieden aus ihrer üppigen Wäsche schaute. Da hatte sie dem kleinen Eber mit ihrem panischen Finger doch tatsächlich einen weiblichen Namen verpasst. Das hätte durchaus besser laufen können, gestand sie sich ein wenig niedergeschlagen ein. Aber sie kam nicht wirklich ins Grübeln, denn Franz Haderlein trug nun vor, was man zu diesem Namen laut Brockhaus wissen musste. »Lasst sehen … Die ›RMS Queen Mary‹ ist ein ehemaliges Passagierschiff, das von 1936 bis 1967 für die Reederei Cunard Line im Einsatz war. Sie liegt seither fest vertäut im kalifornischen Long Beach und wird als schwimmendes Hotel namens ›Hotel The Queen Mary‹ genutzt. Erzählungen zufolge beherbergt das Schiff eine Reihe Geister. So soll ein junger Seemann im Maschinenraum umgehen, der bei einer Feuerübung an Bord umkam. Ein Geistermädchen, das einst im Pool ertrank, jammere noch immer nach ihrer Mutter, heißt es. Und mehrere Passagiere haben eine ›White Lady‹ gesichtet, berichteten von Möbelrücken und unheimlichen Schreien. 2004 besuchte das in Amerika bekannte TAPS-Team das Schiff. Es führte eine Geistersuche durch, kam dabei jedoch zu keinem Ergebnis. Die Gemeinde Long Beach kaufte schließlich das Schiff für rund 1.230.000 Pfund und baute es zu einem schwimmenden Hotel um.«

Mit zufriedenem Gesichtsausdruck klappte Haderlein das Lexikon zu, während der Kollege Lagerfeld bereits wieder fleißig seinem Taufgeschäft frönte und den jungen Eber Queen Mary mit reichlich Rauchbier überschüttete. »Das heißt, wir haben es nun in Zukunft mit folgenden Neumitgliedern unserer Dienststelle zu tun: Schnitzel, Gershwin, Zwieback, Herpes, Queen Mary, Presssack und Tofu. Wobei unser kleiner Eber durch den Willen des Schicksals und Honeypenny einen weiblichen Namen bekommen hat.«

Die Taufzeremonie war damit beendet. Bevor nun jedoch intensive Diskussionen über den weiblichen Namen für das männliche Ferkel einsetzen konnten, stand auf einmal der Kollege Huppendorfer wieder in der Zellentür.

»Schluss mit Taufe, wir haben einen Mordfall auf dem Hauptfriedhof, da ist anscheinend jemand erschossen worden«, meldete er und initiierte damit den plötzlichen Aufbruch sämtlicher geladenen Gäste der schweinischen Tauffeierlichkeiten. Einer von ihnen ließ es sich jedoch nicht nehmen, nach Honeypennys Abgang noch heimlich eine schöne große Pfütze

Taufbier für die Täuflinge und ihr Mutterferkel auf dem Zellenboden zurückzulassen.

Als Haderlein und Lagerfeld am Bamberger Hauptfriedhof ankamen, war dort bereits ein großer, fast quadratischer Bereich abgesperrt worden. Weiß-rotes Trassierband begrenzte das Areal, das um ein aufgeworfenes Grab gezogen worden war, welches zudem von etlichen Polizeibeamten gesichert wurde. Der Friedhof war zwischenzeitlich von Besuchern geräumt worden, nur der Pfarrer, die Friedhofsarbeiter und zwei Ministranten, die bei dieser tödlichen Beerdigung zugegen gewesen waren, standen reichlich verunsichert in einer kleinen Gruppe beisammen und wurden gerade von zwei Polizeibeamten vernommen. Die Einzigen, die ausnahmsweise noch nicht vor Ort waren, um die ihnen zugedachte Arbeit zu erledigen, waren, wie Haderlein sofort auffiel, die Kriminaltechniker unter ihrem Chef Ruckdeschl. Doch wie dem auch sei, die konnten nicht mehr lange brauchen, so weit war es bis zum Friedhof ja wirklich nicht.

Eigentlich wollten die beiden Kommissare erst einmal zu dem geöffneten Grab, in dem sich das Opfer befinden sollte, so war ja die übliche Vorgehensweise. Aber einer der Polizeibeamten, der gerade den diensthabenden Priester der traurigen Veranstaltung neben sich stehen hatte, winkte ihnen heftig zu, woraufhin sich die Kriminalbeamten folgsam zu dem kirchlichen Bestattungsbevollmächtigten begaben. Der Polizeibeamte winkte ja sicher nicht ohne Grund. Und das Mordopfer konnten sie ausnahmsweise auch gleich noch begutachten.

»Thomas Feulner«, stellte sich der Pfarrer vor, das bleiche Gesicht immer noch in tiefe Sorgenfalten gelegt.

Einen Toten korrekt und formgerecht in der Friedhofserde zu verscharren, das war gewissermaßen Routine für einen gewerbsmäßigen Kirchenangestellten. Einem Menschen direkt und live beim Ableben zuzusehen, vor allem wenn dies nicht aufgrund von Altersschwäche auf dem Sterbebett geschah, war eine ganz andere Geschichte. Lagerfeld, der schon vor sehr langer Zeit aus der Kirche ausgetreten war, betrachtete mitleidig den Priester, der immer noch sichtlich um Fassung rang. Die beiden etwa vierzehnjährigen Ministranten standen direkt hinter ihm, fast schien es so, als wollten sie sich hinter dem breiten Messgewand des Pfarrers verstecken.

Haderlein, der dies erkannte, bedeutete den beiden Polizisten energisch, die Kinder doch gefälligst nach Hause zu fahren, die fürchteten sich hier ja schließlich in Grund und Boden. Ihre Aussagen waren längst aufgenommen, da musste man die beiden Jungs nicht noch unnötig in dem ganzen Schlamassel herumstehen lassen. Schließlich gab es hier einen kirchlichen Erwachsenen, den man trefflich befragen konnte.

»Also, Herr Feulner, dann schießen Sie mal los«, forderte Lagerfeld den Priester auf, was dieser auch mit leiser Stimme tat, nachdem er beim Terminus »schießen« kurz zusammengezuckt war.

»Na ja, eigentlich hat alles genauso angefangen, wie eine Beerdigung eben anzufangen hat«, sagte er und setzte sie sodann detailliert über die Leichenentstehung auf seinem Friedhof ins Bild. »Es gab einen Trauergottesdienst, und im Anschluss daran hat sich die kleine Trauergesellschaft geschlossen auf den Friedhof begeben. Auch die Zeremonie am Grab hat eigentlich ganz normal angefangen, aber dann ging auf einmal das mit den Handys los.«

Haderlein runzelte die Stirn. »Handys? Was war mit welchen Handys?«, fragte er. Auch Lagerfeld hatte die Ohren aufgestellt und schaute gespannt den Pfarrer an, der einigermaßen hilflos zurückschaute.

»Na ja, die Handys eben«, fuhr er fast entschuldigend fort. »Also, das heißt, irgendwie alle. Ich war mitten in meiner Rede, als es in den Jacken der Umstehenden zu piepsen und zu brummen begann, und das beinahe gleichzeitig. Die Trauergäste griffen hektisch zu ihren Handys, auf denen anscheinend eine ziemlich unschöne Nachricht angekommen war, den Gesichtern nach zu urteilen. Die wirkten fast ein wenig panisch, als sie das lasen, wenn Sie mich fragen«, erklärte der Priester.

»Panisch?«, echoten Haderlein und Lagerfeld gleichzeitig, was Feulner als Aufforderung verstand, mit seinen Schilderungen fortzufahren.

»Ja, erschrocken und panisch. Ich für meinen Teil habe erst mal so getan, als würde ich es nicht bemerken. Schließlich ging mich das ja nichts an, ich hatte eine zeremonielle Aufgabe zu erfüllen. Aber ich hatte noch kein weiteres Wort gesagt, da ist dieser Dicke plötzlich in das offene Grab gesprungen und hat sich dabei auch noch seinen Fuß vertreten.«

»Wie bitte, was? Da ist einer von den Trauergästen einfach in das offene Loch gejumpt? Wieso das denn?«, brach es aus Lagerfeld heraus, während sein älterer Kollege ihn ob der lässigen Ausdrucksweise missbilligend anfunkelte. Davon abgesehen wollte aber auch Kriminalhauptkommissar Haderlein gerne wissen, warum ein Mitglied der Trauergemeinde einfach so auf den Sarg mit dem zu Betrauernden gesprungen war. Das war, gelinde gesagt, nicht nur unüblich, sondern eher schon abartig bis hochgradig verdächtig.

»Ja, ich sagte es doch, einfach hineingesprungen. Zuvor hat er noch einem der Friedhofsarbeiter einen Spaten aus der Hand gerissen, und mit dem ist er dann in die Grube gehüpft. Da war es natürlich vorbei mit meiner Trauerzeremonie. Ich war zuerst einfach nur überrascht, doch dann sah ich, wie dieser Mann den Sarg mit seinem Spaten zu bearbeiten begann. Ich wusste überhaupt nicht mehr, wie ich reagieren sollte, so etwas ist mir im Leben noch nicht passiert. Wie ein Irrer hat der auf den Sarg eingedroschen.«

Haderlein und Lagerfeld schauten sich ungläubig an. So etwas Verrücktes hatten sie schon lange nicht mehr gehört.

»Wie bitte, auf den Sarg eingeschlagen, mit einem Spaten?«, wiederholte Lagerfeld ungläubig, aber der Pfarrer schaute ihn nur wortlos an und nickte bekräftigend.

Die beiden Kommissare drehten sich um und gingen schnurstracks zu besagtem Grab, das nur wenige Schritte entfernt lag. Sie trauten ihren Augen nicht, denn tatsächlich, neben dem toten grauhaarigen Mann, der ganz offensichtlich eine Schussverletzung im Brustbereich davongetragen hatte, lag ein ziemlich dreckiger Spaten auf dem Grund des Loches neben dem geöffneten Sarg. Das war aber nicht das einzig Merkwürdige. Denn auf der Leiche, die sich ordentlich gebettet in ihrem Sarg befand, lag ein großer Strauß Blumen. Langstielige, schmalblättrige Blumen mit traubenartig angeordneten dunkelblauen Blüten, die drei Viertel des Gesichtes des zu Beerdigenden verdeckten. Der Anblick war so abstrus, dass sowohl Haderlein als auch sein jüngerer Kollege dieses schräge Stillleben erst einmal auf sich wirken lassen mussten. Die dadurch entstehende kommunikative Lücke wurde unvermittelt von jemand ganz anderem gefüllt, und zwar lautstark.

»Das sind doch Lupinen oder nicht? Schön, wie nett, mit Blumen auf einer Leiche hatte ich heute gar nicht gerechnet«, tönte eine wohlbekannte Stimme, was Haderlein und Lagerfeld erschrocken herumfahren ließ.

»Mensch, Ruckdeschl, bist du noch zu retten, mir wär ja fas mei Herz steh geblieben!«, maulte Lagerfeld den Leiter der Bamberger Spurensicherung an, der mit seinem obligatorischen Koffer in der Hand und drei Mitarbeitern im Schlepptau grinsend vor ihm stand. »Um ein Haar hättst du mich da etzerd direkt in die Grube da neigebrüllt, Herrschaftszeiten!«

Auch Haderlein hätte auf dieses Überraschungsmoment gut verzichten können, aber ihn interessierte eigentlich viel mehr die florale Diagnose des Leiters der Spusi.

»Lupinen, heißen diese Blumen so? Und sind die als Grabbeigaben üblich?«, wollte er von Ruckdeschl wissen. Aber bevor der Kriminaltechniker etwas erwidern konnte, wurde er seinerseits von jemand anderem übertönt.

»Nein, überhaupt nicht, diese Blumen sehe ich zum ersten Mal an einem Grab, wenn ich ehrlich bin«, sagte Thomas Feulner, der katholische Beerdigungsbeauftragte, resolut. »Und *im* Sarg sieht man sie normalerweise erst recht nicht. Aber abgesehen davon geht meine Geschichte noch ein ganzes Stück weiter, wenn ich ehrlich bin.« Er blickte etwas verunsichert von einem zum anderen.

»Äh, ja, Entschuldigung, natürlich«, meinte Haderlein sofort. Er nickte Ruckdeschl zu, damit der endlich seiner Arbeit nachging, und trat mit Lagerfeld und Thomas Feulner ein paar Schritte zur Seite, um in angemessener Entfernung zum Tatort die Vernehmung des Priesters abzuschließen.

»Okay, der Mann hat also mit dem Spaten auf den Sarg eingeschlagen, und weiter?« Lagerfeld hatte seinen Notizblock gezückt. Der Stift in seiner Hand verharrte erwartungsvoll über dem leeren Blatt. Franz Haderlein sagte erst einmal gar nichts, sondern schaute den Priester nur abwartend an.

»Der hat nicht einfach nur geschlagen, sondern wie ein Irrer auf den Sarg eingedroschen, als ginge es um sein Leben. Was sich ja schlussendlich auch als berechtigt herausgestellt hat«, meinte Thomas Feulner, und seine Augen hetzten nervös zwischen dem offenen Grab und den beiden Kommissaren hin und her. »Ich konnte es knirschen und splittern hören, und dann hatte der Spinner auch schon seinen Spaten in eine Ritze des Sarges gesteckt und mit Gewalt den Sargdeckel aufgehebelt. Das Ergebnis haben Sie gerade gesehen. Der Verstorbene lag zwar drin, aber auf ihm drauf dieser riesige lilablaue Blumenstrauß.« Thomas Feulner hielt kurz inne, um ein wenig zu verschnaufen, das Erzählen der Geschehnisse nahm ihn ganz offensichtlich ziemlich mit.

»Und weiter, was geschah dann?«, fragte Haderlein emotionslos nach, statt dem armen Priester eine Atempause zu gönnen. Lagerfeld war derweil ganz damit beschäftigt, das Gehörte in schriftlicher Form in sein Notizbuch einzutragen.

»Die übrigen Trauergäste haben dem Dicken aus dem Grab geholfen. Ich wollte eine Erklärung verlangen, wollte wissen, was diesen Mann bewog, die Totenruhe eines Verstorbenen zu stören. Aber bevor ich irgendetwas zu dem ganzen Irrsinn fragen konnte, kam schon wieder eine Nachricht auf den Mobiltelefonen an. Und die ganze Hektik ging von vorne los«, erklärte Feulner frustriert.

Spätestens ab diesem Moment scheint ihm die Angelegenheit komplett über den Kopf gewachsen zu sein, dachte Haderlein, während der geschaffte Priester anhob, nun auch den letzten Rest seiner Erlebnisse zu resümieren.

»Die zweite Nachricht schien die Anwesenden noch mehr zu erschrecken als die Nachricht davor, keine Ahnung, warum. Jedenfalls haben auf einmal alle durcheinandergeredet. Bis dann der Schuss zu hören war.«

»Sie haben den Schuss also gehört?«, fragte Lagerfeld.

»Natürlich habe ich den gehört, alle haben den gehört. Irgendwer hat auf den dicken Spinner geschossen, der dann rückwärts in das offene Grab gefallen ist. Es war schrecklich, einfach nur schrecklich. Entschuldigen Sie, das nimmt mich gerade ein wenig mit.« Feulner stützte sich, immer bleicher werdend, auf Lagerfelds Schulter ab. Der half dem Priester, sich auf den nächstbesten Grabstein zu setzen.

Roman Kreppel, 3. Sept 1879–27. Juli 1921. Ein Bäckerlehrling nahm mir die Frau, ein Ochsenfuhrwerk das Leben. Möge der Herr meiner Seele gnädig sein.

Lagerfeld kümmerte sich nicht weiter um die Inschrift und das Schicksal des Erbarmungswürdigen, der hier seine letzte Ruhe gefunden hatte, denn der Kreislauf des Geistlichen war wohl gerade dabei, die weiße Flagge zu schwenken und sich in den wohlverdienten Feierabend zu verabschieden. Wenngleich weder er noch Haderlein die Absicht hatten, derartige Kapitulationsangebote zu akzeptieren. Eine kleine Pause, dann musste es weitergehen mit der Befragung.

»Dieser Schuss, können Sie sich noch erinnern, aus welcher Richtung das Geräusch zu hören war?«, setzte Haderlein nach, was den erschöpften Pfarrer aber nur zu einem resignierten Kopfschütteln veranlasste. Der arme Kerl war mit seinen Nerven und seiner Kraft definitiv am Ende.

»Ist Ihnen vielleicht sonst noch irgendetwas aufgefallen, also, abgesehen von den ganzen ungewöhnlichen Umständen, die Sie uns bereits geschildert haben?« Lagerfeld hatte, direkt neben dem Priester auf dem Grabstein des verstorbenen Kreppel sitzend, den Geistlichen an der Schulter gepackt; nicht dass der ihm noch ohnmächtig auf das Grab des dahingeschiedenen Bäckermeisters kippte.

Feulner schien angestrengt über die Frage nachzudenken, er stierte eine ganze Weile kommentarlos auf Haderleins Schuhe, ehe ihm eine letzte Antwort über die Lippen kam: »Männer. Da waren nur Männer bei der Beerdigung. Lauter alte Männer so um die siebzig, würde ich sagen. Das war ziemlich merkwürdig. Keine Ehefrauen, Kinder oder sonstige Verwandte. Nur alte Männer. So, und jetzt kann ich nicht mehr, ich brauche eine Pause.« Bei diesen Worten rollte er verzweifelt mit den Augen, was den beiden Kommissaren das definitive Ende ihrer Befragung signalisierte.

In der Lucas-Cranach-Straße fand Raphael Lieb endlich etwas Passendes für seine Brieföffnung. »CoCoNo Bar und Restaurant«, stand draußen auf dem Schild. Das allein war nichts wirklich Sensationelles, eher schon, dass dieses spanische Restaurant ein All-you-can-eat-Frühstück anbot, also genau das Richtige für seinen schmalen Geldbeutel.

Unterwegs hatte er sich Zeit gelassen und erst einmal einen Joint geraucht. Der einzige Luxus, den er sich in seinem Leben gönnte. Die Droge machte es erträglicher, fröhlicher, und bisweilen gaukelte sie ihm schlicht und einfach eine bessere Welt vor. Das störte ihn nicht, im Gegenteil. Wenn er es auch manchmal etwas übertrieb mit der Haschischraucherei, die paar Halluzinationen steckte er locker weg. Er stand inzwischen auf dem Standpunkt, dass die Realität nur ein Zustand war, der durch zu wenig Haschisch hervorgerufen wurde. Lieber etwas zu viel gesehen, was es gar nicht gab, als ohne Cannabis Menschen zu begegnen, auf die er in seinem Leben lieber verzichtet hätte. So inhalierte er nun die letzten Züge seines persönlichen Wohlfühlprogramms, zertrat den kleinen Stummel auf der Straße, erklomm die wenigen steinernen Stufen hinauf zur Eingangstür und betrat das Restaurant.

Alles war genau so, wie er es sich vorgestellt hatte. Die Einrichtung erinnerte an ein spanisches Dorfrestaurant, mit viel Holz in einfacher Machart. Vor allem aber war er im Moment fast der einzige Gast, was Raphael Lieb sehr zustattenkam. Er begab sich in die hinterste Ecke des Lokals und ließ sich dort auf einer grob gezimmerten Bank an einem hölzernen Tisch nieder. Lediglich ein anderer Tisch, der sich diametral auf der anderen Seite des Raumes befand, war ebenfalls belegt, dort saß eine hell gekleidete Frau mit blonden Haaren, von der er aber nicht viel erkennen konnte, da sie sehr mit sich selbst beziehungsweise mit ihrem Handy beschäftigt war. Sie nahm von ihm keinerlei Notiz, und das war auch gut so. Die Situation gefiel Raphael Lieb, er hasste überfüllte Räume, eigentlich sogar die Öffentlichkeit ganz allgemein. Er war ein Einzelgänger, wollte für sich bleiben und das Leben am liebsten mit sich selbst verbringen.

Er hatte kaum Platz genommen, da trat auch schon der hochgewachsene Chef des Hauses an seinen Tisch und fragte nach seinen Wünschen. Die waren schnell erzählt. Ein Bier und das All-you-can-eat-Frühstück. Mehr war nicht drin. Von dem bisschen Geld, das er noch hatte, musste er noch die Zugfahrt zurück nach Schmalkalden bezahlen. Vom Bahnhof würden ihn dann irgendwelche Kumpels abholen, dort wegzukommen würde schon irgendwie klappen. Eine Übernachtung in Kronach konnte er sich auf gar keinen Fall leisten, auch wenn ihm das bei dem ganzen Stress mit dem Notartermin eigentlich ganz recht gewesen wäre. Aber selbst die billigste Absteige in Kronach wäre noch zu teuer für ihn, stattdessen war eine Heimfahrt mit der billigsten Verbindung angesagt.

Nach dem ersten Schluck von seinem frisch gezapften Bier widmete er sich sodann dem eigentlichen Grund seines Hierseins, dem Brief seiner Mutter. Obwohl er es nicht wollte, zitterten seine Hände, als er mit dem Messer, das eigentlich für sein Frühstück gedacht war, den Briefumschlag aufzuschlitzen begann. Dabei ging ihm das Gedicht durch den Kopf, welches der Notar auf Geheiß seiner Mutter rezitiert hatte. Er hatte es sich in seiner Jugend des Öfteren anhören müssen, vor allem, wenn seine Mutter in eine ihrer depressiven Phasen gefallen war. Dann hatte sie sich ihm gegenüber an den Tisch gesetzt und es wieder und wieder vorgetragen. Aber egal, das sollte ihr Geheimnis bleiben.

Das leicht gelbliche Papier leistete keinen nennenswerten Widerstand. Raphael Lieb legte sein Frühstücksmesser wieder auf der Serviette ab, drehte den Briefumschlag um hundertachtzig Grad, sodass die geöffnete Seite nach unten zeigte, schüttelte ihn, und ein altertümlicher kleiner Bartschlüssel fiel mit einem leisen Klappern auf die hölzerne Tischplatte. Raphael Lieb blickte den Schlüssel zuerst nur verdutzt an, dann ergriff er ihn vorsichtig mit zwei Fingern und hob ihn vor seine Augen, um ihn genauer zu betrachten.

Der Schlüssel bestand aus Eisen, die ehemals verchromte Oberfläche war beinahe komplett weggerostet. Er sah aus, als würde er zu einem sehr alten Gebäude mit einem sehr kleinen Schloss gehören. Einem Haus, einer Hütte, einem Schuppen, wer konnte das schon wissen. Jedenfalls gehörte ein Schlüssel üblicherweise zu einem Schloss, und ein Schloss bewahrte irgendetwas vor dem Zugriff anderer. Also hatte seine Mutter irgendwo etwas verwahrt, das nicht für die Augen Dritter bestimmt war. Was an sich schon einmal ein außergewöhnlicher Umstand war. Demnach hatte sie doch etwas besessen. Womöglich war seine Mutter gar nicht so unvermögend, wie er immer gedacht hatte. Womöglich erbte er völlig unvermutet einen Betrag, mit dem sich sein Leben etwas leichter gestalten ließe. Ganz plötzlich hatte er doch einen Grund, nervös zu werden.

Hastig legte er den Schlüssel beiseite und fingerte mit der linken Hand den Brief aus dem Umschlag. Als er ihn auseinanderfaltete, fiel ein ziemlich zerfleddertes Schwarz-Weiß-Bild heraus. Es waren lauter Kinder darauf abgebildet. Das musste wohl ein Foto der Familie seiner Mutter sein, sicher war er sich jedoch nicht, vor allem aber war ihm ziemlich egal, wer darauf zu sehen war, also steckte er das Foto gleich wieder zurück in den Briefumschlag. Was das Schreiben betraf, so stellte er als

Erstes fest, dass es ganz sicher von seiner Mutter stammte. Das war definitiv ihre schwungvolle Handschrift mit den großen, aufrecht stehenden Buchstaben. Da neigte sich nichts in oder gegen die Schreibrichtung. Nein, die Buchstaben seiner Mutter standen kerzengerade wie Soldaten, die bei einem Appell anzutreten hatten. Trotzdem zeigten die weiten, großzügigen Bögen in ihrer Schrift, dass Emma Lieb in ihrem Inneren vielleicht gar keine so strenge Frau gewesen war.

Als würde er aus einem Tagraum erwachen, strich Raphael Lieb mit der rechten Hand die Falten aus dem Papier. Dann begann er zu lesen.

Lieber Raphael,
mein Sohn,

wenn du diese Zeilen liest, bin ich tot. Wie lange ich leben werde, kann ich jetzt, da ich diesen Brief schreibe, natürlich noch nicht sagen, aber im Moment denke ich viel darüber nach. Ich denke darüber nach, wie mein kleiner Raphael sich wohl machen wird in dieser schrecklichen Welt. Wie er aufwachsen, wie er größer und größer werden, was ihm das Leben alles abverlangen wird.
In wenigen Tagen werden wir alle zusammen das Flugzeug nach Afrika besteigen und nicht wissen, ob wir Deutschland, geschweige denn Kronach jemals wiedersehen werden. Das liegt nun in Gottes Hand. Was ich ebenfalls nicht weiß, ist, ob ich meinem Sohn jemals in die Augen blicken werde, um ihm persönlich von den seltsamen Wegen zu berichten, die das Leben für mich bereithielt und die nun einmal Gottes Wille sind. Vielleicht wirst du deine Mutter später einmal nicht verstehen können, mich womöglich sogar hassen für die Schuld, die ich auf mich geladen habe. Aber alles, was ich getan habe, ist im Auftrag des Herrn geschehen. Der Herr lenkt unsere Schritte, und er weist den Gerechten den Weg, den sie gehen müssen, um das Böse zu bekämpfen. Denn der

Teufel lauert überall in dieser Welt, und die Auserwählten haben zu gehorchen, wenn der Herr sie ruft. Wir alle sind nur Werkzeuge in seinen Händen.
Mein lieber Raphael, ich hoffe, ich kann dich in der gleichen gottesfürchtigen Art und Weise erziehen, in der ich selbst erzogen wurde. Vielleicht ist es auch dir irgendwann vergönnt, die Stimme des Herrn oder eines seiner Botschafter zu vernehmen. Was auch geschehen mag, die Jungfrau Maria, die Mutter unseres Herrn Jesus Christus, wird immer mit dir sein und dich beschützen. Sie wird dir den rechten Weg weisen, auch dann, wenn du von diesem abgekommen bist. Die Gnade der Muttergottes wird jedem Sünder auf Erden zuteil, der seine Sünden erkennt und ehrlich bereut.
Aus genau diesem Grund sitze ich nun hier als die Sünderin, die ich bin, und verfasse einen Brief an meinen Sohn, der ihm die Augen öffnen soll, wenn ich einmal von dieser Welt gegangen bin. Obgleich ich nichts wirklich bereue von dem, was ich getan habe, gibt es eine Sache, und das bist du, mein Sohn, bei der ich Schuld auf mich geladen habe. Ich wollte Gutes tun, im Dienste Gottes und seines heiligen Auftrags, und doch war es womöglich nicht rechtens, soweit es dich betrifft. Nun, da ich tot bin, ist die Zeit gekommen, da du selbst darüber urteilen musst. Allerdings sehe ich mich außerstande, dir alle Einzelheiten in diesem Brief mitzuteilen, da ich inzwischen niemandem mehr trauen kann. Die Menschen sind von ihrer Natur her schlecht, hinterhältig und böse und deswegen fehlbar; du musst das große Geheimnis deines Lebens selbst ergründen.
So lege ich diesem Brief einen Schlüssel bei, der dich zu einem Ort führen soll, der dir alles erklärt. Es ist ein Ort voller Gerechtigkeit und heiliger Pflichterfüllung. Es ist aber auch ein Ort des Schreckens und des Unverständnisses für diejenigen, die seinen heiligen Zweck nicht erkennen, verstehen oder wahrhaben wollen. Er wird dir

die Wahrheit über den heiligen Zweck deines Hierseins erzählen. Über die Rolle, die dir der Herr in seiner unermesslichen Weisheit und Güte zugedacht hat.
Folge dem Schlüssel, Raphael, er wird dich führen. Und solltest du nicht mehr weiterwissen auf deinem Weg, so rufe die weiße Frau, die Gottesmutter, die uns Seherkindern in dem Birkenwald erschienen ist, um nach der Quelle der Wahrheit zu graben. Sie wird dir in der Stunde der Not und des Zweifels zeigen, wohin du gehen musst, was deine Bestimmung ist.

Leb wohl, mein Sohn, ich wünsche dir alles Glück dieser Erde und Marias Segen.

MATER SALVE REGINA MISERICORDIAE.

Verzeih mir,
deine Mutter

Raphael Lieb saß da wie betäubt und starrte auf die letzten Zeilen seiner verstorbenen Mutter. Er hatte mit allem gerechnet, mit Beschimpfungen, Vorhaltungen, irgendwelchem sentimentalen Gequatsche. Aber nicht mit einer so bedeutungsschwangeren, mysteriösen Botschaft. Augenblicklich begannen seine Finger zu jucken, und ein unbändiger Drang, den nächsten Joint zu rauchen, stieg in ihm hoch. Weil ihn dieser Brief zutiefst verwirrte, und weil er bereits wieder wütend wurde. Das klang doch schon wieder sehr nach diesem religiösen Quatsch, mit dem ihn seine Mutter ein Leben lang überzogen hatte. Marias Segen und dazu noch eine lateinische Botschaft. Die hatte sie ja wohl nicht alle, ging's noch?

Er löste sich aus seiner Starre und las den Brief erneut, wieder und wieder. So lange, bis der große, hagere Wirt mit einem vernehmlichen Räuspern an seinen Tisch trat und das auf diverse Teller und Platten verteilte All-you-can-eat-Frühstück vor ihm abstellte.

»Einen guten Appetit wünsch ich. Wenn's Nachschlag geben soll, einfach melden«, sagte der Restaurantleiter mit einem schmallippigen Lächeln, dann drehte er sich um und ging zurück hinter seinen Tresen.

Völlig verdattert starrte Raphael Lieb auf sein Frühstück, während sich sein Verstand aus mysteriösen Sphären zurück in die Wirklichkeit kämpfte. Dieser Zustand hielt aber nicht wirklich lange an, denn der Hunger übernahm mit Urgewalt das Regiment. Er hatte schon seit ewiger Zeit nichts Richtiges mehr gegessen, und dieses Frühstück lachte ihn dermaßen verführerisch an, dass er ziemlich schnell den Bezug zum Hier und Jetzt wiederherstellen konnte. Brötchen, Brot, Bamberger Hörnla, Butter, Marmelade, Käse, Schinken und Wurst, dazu eine große Kanne Kaffee. Der Brief wurde ganz plötzlich zur Nebensache, und Raphael Lieb begann umgehend damit, die dargebotenen Köstlichkeiten in seinen Verdauungstrakt zu befördern

Beim Biss in das erste Bamberger Hörnla sah er aus dem Augenwinkel, dass die blonde Frau ihn mit einem vergnügten Gesichtsausdruck betrachtete. Gleich darauf wandte sie sich aber wieder ihrem Mobiltelefon zu. Also schlang er das Frühstück genussvoll in sich hinein, zwischendurch immer mal wieder einen Blick auf den geheimnisvollen Brief seiner Mutter werfend, und grübelte über all die Fragen nach, die ihr Letzter Wille in ihm hervorgerufen hatte.

Haderlein entließ den völlig erschöpften Pfarrer aus dem offiziellen Verhör und ging mit Lagerfeld zurück zum Tatort, dem offenen Grab mit den beiden Leichen darin. Die Kriminaltechniker hatten inzwischen eine Aluleiter in die Grube gestellt, sodass sie relativ bequem zum Sarg hinabsteigen konnten. Ihr Chef Heribert Ruckdeschl stand in seinem weißen Ganzkörperkondom am Fußende des Sarges und betrachtete nachdenklich das seltsame Bild, welches sich ihm bot.

Als Haderlein am Rand der Grube angelangt war, räusperte er sich, woraufhin der Leiter der Bamberger Spurensicherung aufschrak, nach oben blickte und sich mit leicht genervtem Blick mittels der Leiter zu den beiden Kommissaren begab. Dort angekommen, wartete er erst gar nicht die obligatorischen Fragen ab, sondern hob mit wissendem Blick die rechte Hand. Er überflog noch einmal kurz die Aufzeichnungen zu seinen ersten Erkenntnissen, die er emotionslos wie immer vorzutragen gedachte, und nahm sich vor, die eine oder andere süffisante Bemerkung einzuflechten.

»So, guten Morgen, die Herrschaften«, eröffnete Ruckdeschl seine Ausführungen, ohne den Blick von seinen Aufzeichnungen zu heben. »Das hat man auch nicht alle Tage. Zwei Verstorbene in einem Grab, wobei einer der beiden dort gar nichts zu suchen hat. Ziemlich anhänglich die beiden, muss wohl eine außerordentliche Liebe gewesen sein.« Er schaute feixend zwischen den beiden Kommissaren hin und her, die den humoristischen Grad seines Scherzes aber eher als unterdurchschnittlich einzustufen schienen, weshalb er sich lieber wieder seinem eigentlichen Betätigungsfeld zuwandte, auf dem er der unstrittigen Kompetenzen einige mehr aufzuweisen hatte als im komödiantischen Bereich. »Also, so viel ist klar, die beiden dort unten sind tot. Die mutmaßlich natürliche Todesursache des zu Beerdigenden müsste ja auf dem Totenschein stehen, eine nachträgliche Obduktion könnte unter Umständen näheren Aufschluss bringen. Was unseren toten Fettwanst anbelangt, sieht die Sache schon ganz anders aus. Der Mann wurde durch einen Schuss frontal in die Brust getötet und zur ewigen Ruhe gebettet. Da wollte uns einer anscheinend Transportarbeit ersparen, ziemlich praktisch gedacht irgendwie, hahaha.«

Wieder versuchte er mit seinen Blicken, einen irgendwie gearteten Applaus zu erheischen, aber Haderleins Miene hatte sich noch einmal verdüstert und signalisierte das genaue Gegenteil eines Lachkrampfes. Weshalb Ruckdeschl sich schleunigst wieder auf seine Spurenpräsentation konzentrierte.

»Da Eintritts- und Austrittsöffnung einander exakt gegenüberliegen sowie in verlängerter Linie mit dem Geschoss, welches wir in einem Grabstein direkt hinter dem Opfer finden konnten, lässt sich die Position, von der geschossen wurde, ziemlich genau ermitteln.« Ruckdeschl drehte sich um neunzig Grad und zeigte auf den vorderen Grubenrand, an dem die Beerdigungsgesellschaft gestanden hatte. »Wenn unser Getöteter dort direkt am Grab gestanden hat und nach dem Treffer vorwärts in die Grube und auf den Sarg fiel, wie seine schlussendliche Position im Grab vermuten lässt, lässt sich der Standpunkt des Schützen in gerader Linie auf diese Richtung festlegen.« Er wies über das Grab hinweg in Richtung Trauerhalle.

Franz Haderlein und Bernd Schmitt folgten mit ihren Blicken dem ausgestreckten Arm Ruckdeschls. Einige hundert Meter entfernt sahen sie kleine weiße Männchen auf dem Flachdach der Trauerhalle herumturnen, von denen eines heftig zu winken schien. Kurz darauf klingelte Ruckdeschls Mobiltelefon. Der nahm die Informationen des Anrufers schweigend entgegen, beendete das Gespräch und setzte ein sehr zufriedenes Lächeln auf.

»Das war einer der Kollegen von dort hinten. Ich hatte recht mit meiner Vermutung, ein Volltreffer sozusagen. An der Rückseite des Gebäudes steht eine Aluleiter. Außerdem haben sie soeben eine leere Patronenhülse auf dem Dach gefunden, vermutlich Kaliber sieben Millimeter. Sieben Millimeter würden nämlich sehr gut zur Einschussöffnung in unserem Dicken hier passen.« Er schaute triumphierend zu den beiden Kommissaren, ganz offensichtlich eines opulenten Lobes ob seiner mannigfaltigen Ergebnisse harrend.

»Ich gehe dann mal zu den weißen Männchen«, war von Lagerfeld zu hören, der sich in seinen Cowboystiefeln sogleich unbeeindruckt auf den Weg in Richtung Aussegnungshalle machte, um sich selbst einen Überblick über die Situation auf dem Dach zu verschaffen.

Haderlein machte sich kurz seine Gedanken zum Hergang des Mordes, was nicht eben eines besonderen Scharfsinns bedurfte. Ein Scharfschütze hätte vom Dach der Trauerhalle eine blendende Sicht auf die Trauergemeinde gehabt. Und da sich Trauergäste im Allgemeinen nicht gerade ruckartig oder schnell bewegten, wäre der Mann, der jetzt tot bei dem zuvor Verstorbenen im Grab lag, selbst für einen durchschnittlichen Schützen ein ziemlich einfaches Ziel gewesen. Die Frage war jetzt nur, wieso und weshalb er hatte dran glauben müssen.

»Ist schon etwas über die Identität unseres Opfers bekannt?«, fragte er den Chef der Kriminaltechniker.

Statt einer Antwort reichte ihm Ruckdeschl die Geldbörse und das Handy des Verstorbenen, sicher verpackt in einer Plastiktüte. Haderlein streifte die ihm nachgereichten Plastikhandschuhe über, dann nahm er die Brieftasche aus der Tüte und betrachtete sie genauer. Es waren ein wenig Geld und ein Reisepass, ausgestellt auf den Namen Johann Geßner, geboren in Adelsdorf bei Forchheim, darin. Laut Geburtsdatum war der Besitzer des Ausweises über siebzig Jahre alt. Sollte das zutreffen, hätte sich dieser Mann trotz seiner Leibesfülle aber noch ziemlich gut gehalten. Haderlein hätte ihn rund zehn Jahre jünger geschätzt. Aber egal, in solchen Dingen täuschte man sich oftmals gewaltig.

Das Mobiltelefon war durch einen Zugangscode geschützt, darum mussten sich die Spezialisten kümmern, damit kam er also vorerst auch nicht weiter. Sie würden sich hier auf dem Friedhof weiter ihren polizeilichen Aufgaben widmen. Und dann, wenn der Tatort und die ersten Spuren gesichert und ausgewertet waren, würden sie in die Dienststelle zurückkehren und sich ein erstes Bild von der Gesamtsituation machen. Einer Gesamtsituation, die Franz Haderlein gerade überaus mysteriös vorkam. Ein Ermordeter bei einer Beerdigung, bei der nur alte Männer anwesend gewesen waren, seltsame Nachrichten auf Mobiltelefonen und ein Scharfschütze auf der Trauerhalle.

Das fängt ja wieder mal gut an, dachte Haderlein und schaute nachdenklich zu seinem jüngeren Kollegen Lagerfeld hinüber, der inzwischen damit beschäftigt war, das Dach der Aussegnungshalle zu erklimmen.

Raphael Lieb hatte sein Frühstück beendet. Das All-you-can-eat-Angebot des kleinen Restaurants in Kronach war vermutlich noch nie so weidlich ausgenutzt worden wie an diesem Tag. Lieb hatte gerade den letzten Rest seines frisch gepressten Orangensaftes geleert und sich umgehend wieder in den geheimnisvollen Brief seiner Mutter versenkt, den er nun zum wer weiß wievielten Mal von vorne bis hinten durchlas, ohne sich auch nur den geringsten Reim auf das ganze Geschreibsel machen zu können. Vielleicht wäre es am besten, jetzt erst einmal nach draußen zu gehen und sich nach dem reichhaltigen Mahl eine Tüte ins Gesicht zu stecken. Ein bisschen Gras und die Welt sah gleich ganz anders aus. Dann würde der Brief auch nicht mehr so vehement durch seine Gedanken geistern. Doch statt seinen Überlegungen Taten folgen zu lassen, blieb er sitzen und begann von Neuem zu lesen.

Wahrscheinlich hätte er sich noch bis in die Abendstunden mit diesem Brief aus längst vergangenen Tagen beschäftigt, wenn nicht direkt neben ihm ein Stuhl gerückt worden wäre und sich jemand völlig unaufgefordert zu ihm an den Tisch gesetzt hätte.

»Kannst bei mir schlafen«, sagte eine helle weibliche Stimme.

Als Raphael Lieb verblüfft aufblickte, schaute er in das lächelnde Gesicht einer blonden Frau. Er erkannte sie sofort, es war die Blonde, die die ganze Zeit dort drüben am anderen Ende der Gaststube auf ihrem Platz gesessen und sich mit ihrem Mobiltelefon beschäftigt hatte. Aber dort war sie nicht mehr, jetzt war sie hier, direkt neben ihm.

Sie trug eine beigefarbene Jeans, darüber ein weißes Sweatshirt. Das Outfit sah irgendwie nach frühen Achtzigern aus. Ein wenig aus der Zeit gefallen, aber ihre tolle Figur machte das locker wieder wett. Ihr glattes Gesicht wurde von langen blonden Locken eingerahmt, das tiefgründige Lächeln erstreckte sich bis zu ihren braunen Augen. Raphael Lieb versuchte vergeblich, dieses Lächeln einzuordnen oder wenigstens das Alter der Frau zu definieren. Weder das eine noch das andere wollte ihm gelingen. So zwischen fünfunddreißig und fünfundfünfzig Jahren, schätzte er, dazwischen war alles möglich. Und ob sie ihn aus- oder anlachte, war auch nicht so ganz klar. Jedenfalls brachte sie seine ansonsten gefestigte mürrische Gemütsverfassung ins Wanken. Die Frau strahlte etwas Unwiderstehliches aus, das ihn vom ersten Augenblick an faszinierte. Ein Umstand, der ihn zutiefst verunsicherte. Was wollte diese Schnecke von ihm?

»Du suchst doch eine Übernachtung für heute, stimmt's?«, kam es über ihre Lippen, die immer noch ein leicht spöttischer Zug umspielte.

»Nein, suche ich nicht«, entgegnete Raphael Lieb störrisch. »Ich werde gleich aufstehen, zum Bahnhof gehen und dann mit dem Zug nach Hause fahren, klar? Ich brauche keinen Schlafplatz und keine guten Ratschläge, sondern meine Ruhe«, stieß er in einem Anfall plötzlicher Erregung hervor. »Wie heißt du überhaupt?«, schob er noch schnell nach, um in dieser Diskussion überhaupt mal so etwas wie festen Boden unter den Füßen zu bekommen. Dabei wedelte er die ganze Zeit bedeutungsvoll mit dem Briefumschlag vor ihrer Nase herum.

Die Blonde betrachtete den Umschlag nachdenklich, dann reichte sie ihm spontan die Hand. »Nenn mich einfach H. Was ist das für ein Brief?«

Ihr unergründliches Lächeln brachte ihn langsam zur Weißglut. Was bildete die sich eigentlich ein, ihn solche privaten Sachen zu fragen?

»Das ist ein Brief meiner verstorbenen Mutter, der geht dich nichts an. Was soll das überhaupt für ein Name sein, H.? Hast du keinen richtigen Namen oder was?« Er gewann immer mehr den Eindruck, gerade ziemlich verarscht zu werden. Sein Blick hetzte durch die Gaststube, um vielleicht in irgendeiner Ecke eine versteckte Kamera zu entdecken. Aber da war nichts, nur farbig gestrichene Wände und spanisches Flair.

Raphael Lieb fühlte sich schlicht überfordert. Er hätte nur aufstehen und gehen müssen. Aber er konnte es nicht. Aus irgendeinem unerfindlichen Grund blieb er sitzen und hielt krampfhaft den Brief seiner Mutter fest. Er wusste einfach nicht, wie er sich verhalten sollte. War es der Umstand, dass ihn diese hübsche Frau einfach so angesprochen hatte? Konnte er damit nicht mehr umgehen? Am besten, er trank etwas Alkohol zur Entspannung, der Rest würde sich dann vielleicht von selbst ergeben, so seine männliche Sicht der Dinge. Vor allen Dingen musste er cool und souverän erscheinen. Frauen mochten es gar nicht, verunsicherte Männer vor sich zu haben.

»Zwei Bier«, rief Raphael laut, und der hagere Wirt an der Theke nickte. »Wir trinken jetzt erst mal einen zusammen, dann sieht die Welt schon ganz anders aus, gute Frau.«

»Ganz wie du willst, Raphael, kein Problem«, entgegnete H. entspannt.

Raphael Lieb schaute sie entgeistert an. »Woher kennst du meinen Namen?«, flüsterte er, und wieder zog das unergründliche Lächeln über ihr Gesicht, ehe sie auf den Umschlag in seiner Hand deutete, mit dem er immer noch in der Gegend herumfuchtelte.

»Steht da drauf«, meinte sie süffisant und lehnte sich zurück, als der Wirt die bestellten Biere vor ihnen auf dem Tisch abstellte. »So, und jetzt will ich wissen, was in diesem Brief steht.« Lässig hob sie ihr Glas, um mit Raphael anzustoßen.

Das Haus war ein einziges Wunderwerk der Technik. Dr. Winfried Schick hatte es in den letzten Jahren nach und nach zu einem komplett vernetzten Gebäude umgewandelt. Alles, was die moderne Computertechnik und das World Wide Web an diversen Kommunikationsmöglichkeiten zu bieten hatten, war von ihm in die alte Villa eingebaut worden. Als Otto Normalverbraucher zu sagen, dieses Gebäude sei ein smartes Home, wäre eine massive Untertreibung. Schick hatte das Internet der Dinge an seinem Wohnsitz am Würgauer Berg in Perfektion umgesetzt.

Der Toaster schaltete sich automatisch ein, sobald sein Herr und Meister des Morgens das Bett verließ, die Kaffeemaschine bekam vom Toaster umgehend den Auftrag, einen exakt gebrühten Kaffee zu erstellen, und mit Beendigung des Brühvorgangs leuchtete just in dem Moment, da der Toast wieder nach oben katapultiert wurde, ein neunundzwanzig

Zoll großer Bildschirm über dem Essenstisch auf, um einen für den Hausherrn individualisierten Nachrichtenfeed sowohl schriftlich darzustellen als auch akustisch vorzutragen. Der Kühlschrank bestellte eigenständig Produkte im Internet nach, sobald sich in seinem reichhaltigen Sortiment ein Mangel einstellte. Außerdem bugsierte eine komplizierte, ausgetüftelte Mechanik Eingefrorenes in den speziell angefertigten, mit allen Schikanen ausgerüsteten Mikrowellenofen, der zu jeder Tages- und Nachtzeit die von Dr. Winfried Schick zuvor einprogrammierten Speisen exakt nach dessen Vorlieben und Wünschen zubereitete. Waschmaschine, Wäschetrockner, Staubsauger und sonstige Haushaltsgeräte arbeiteten autonom und miteinander vernetzt gemäß ihrer jeweiligen Programmierung. Dazu versahen zwei hochmoderne Haushaltsroboter aus Japan, die nicht nur mit einer hoch entwickelten künstlichen Intelligenz ausgestattet waren, sondern sich auch auf dem letzten Stand selbst lernender Robotik befanden, ihren Dienst. Das hieß, jede Handlung des Hausbesitzers, jeder Wunsch, jede seiner Angewohnheiten führte bei den Robotern Sokrates und Platon zu einem mehr oder weniger großen Lerneffekt. Direkt menschlich sahen sie dabei nicht eben aus, mehr wie gigantische mannshohe Spinnen auf vier Beinen mit einem Kopf aus Spezialkunststoff, der dem einer mit einem Pressluftschlauch aufgeblasenen Barbiepuppe glich.

Da die beiden Roboter als einzige Haushaltshelfer in der vollautomatisierten Villa uneingeschränkt mobil und lernfähig waren, änderten sich entsprechend den Anforderungen sowohl Laufwege und Arbeitsweisen als auch die Zeiten ihres Wirkens im Haus. Darüber hinaus hatten ihnen die japanischen Ingenieure ein exzellentes Sprachmodul eingepflanzt, welches ähnlich funktionierte wie der Sprachassistent Siri auf dem iPhone. Zwar war es für Schick ein ziemlicher Aufwand gewesen, die Sprachdateien von Japanisch auf Deutsch umzuprogrammieren. Doch seit das geschafft war, unterhielt er sich völlig ungeniert mit seinen beiden Robotern, so als wären es menschliche Wesen. Die zwei hatten zwischenzeitlich so viel von ihm gelernt, dass er und sie richtige Kumpels geworden waren.

Auch das Haus an sich war nicht gerade unkommunikativ. Alle beweglichen Teile der Schick'schen Villa, wie etwa Wasserhähne, Fenster, Türen oder Jalousien, waren auf Zuruf über den Sprachassistenten steuerbar und von ihrem fanatischen Besitzer »emotionalisiert« worden, sprich: Mangels echter Lebewesen im Haus hatte jeder dieser Gegenstände eine eigene Persönlichkeit erhalten. So gab es euphorische Schiebetüren, strenge Fenster, hektische Ventilatoren und eine übermotivierte Klospülung.

Bei der Toilettenspülung hatte sich der Hausbesitzer eine ganz besondere Nummer gegönnt. Es gab an den Aborten dieses Hauses keine Schalter, Drücker oder Tasten. Alles, was eine Toilette können sollte, wurde über den Sprachassistenten geregelt. Das »Kotwort« für den Vorgang fäkaltechnischer Reinigung war »Schiss«. Auf dieses gesprochene Signal hin wurden die unappetitlichen Reste des menschlichen Verdauungsvorganges von einem Schwall mit Hochdruck durch die Schüssel gepumpten Wassers in Bruchteilen von Sekunden in die Kanalisation befördert. Ein wahres Wunderwerk der Sanitärtechnik.

Glanzstück der Immobilie waren für Winfried Schick jedoch die beiden Haustüren. Während die Haupteingangstür ein Paradestück an Zuverlässigkeit und absolutem Gehorsam darstellte, was vor allem dadurch zum Ausdruck gebracht wurde, dass sie sich bei ihrem Herrn und Meister stets mit einem regelrecht gebellten »Jawoll, Chef!« verabschiedete, hatte Winfried Schick die Hintertür in einem Anfall spontaner sexueller Konnotation mit einer roten Lampe versehen und still und heimlich »Auspuff« getauft. Eigentlich ein wenig verklemmt, gönnte sich der Hausbesitzer dennoch diese rein private Anzüglichkeit. Sprach man laut den Zugangscode »Auspuff«, so öffnete sich die Tür mit einem süffisanten Schmatzen und ließ den Besucher ein in eine Art Vorraum, in dem dann allerdings eine zweite Tür mit weit schwierigeren technischen Hürden aufwartete. Nur so viel: Der Tresor in Fort Knox ist ein ziemlicher Dreck dagegen.

Und doch waren die rückwärtigen Sicherheitsprotokolle nur ein Klacks im Vergleich zur vorderen Haupteingangstür. Dort gab es ebenfalls einen Zugangscode, den man sprechen musste, gefolgt von einer zwölfstelligen Zahlenkombination, die auf einem Touchpad einzugeben war, ehe zwei Fingerabdrücke hinterlassen und die Iris im rechten Auge gescannt werden mussten. Erst dann öffnete sich die schwer gepanzerte Eingangstür der Schick'schen Villa mit einem lauten »Jawoll, Chef!« und ließ den Herrn und Meister eintreten.

All dies hatte Winfried Schick im Laufe der Jahre höchstpersönlich erdacht, geplant und schlussendlich auch installiert. Im Moment sah er jedoch einem kleinen Problem ins Auge, das immer mehr zu einem sehr großen auszuufern drohte. Sokrates hatte schon den ganzen Tag Schwierigkeiten mit seiner emotionalen Softwarekonfiguration, weshalb von dem Roboter seit Stunden immer wieder seltsame Anwandlungen zu vernehmen waren. Die Stimmung des elektronischen Dieners schwankte massiv, und von aggressiven Ausbrüchen bis hin zu Weinkrämpfen durchlebte der arme Kerl die ganze Palette menschlicher Emotionen. Wenn Schick es nicht definitiv besser gewusst hätte, wäre er überzeigt, dass einer seiner Roboter in die Wechseljahre gekommen war. Da die beiden als geschlechtsneutrale Wesen angelegt waren, konnte ein derartiger hormoneller Zustand aber natürlich nicht dargestellt werden. Es sei denn, die japanischen Techniker hatten im Frühstadium der Programmierung ein bisschen herumexperimentiert und vergessen, die X-Chromosomen-Rudimente von der Festplatte zu löschen.

Wie auch immer, diese seltsamen Ausbrüche mussten schleunigst aus dem Wesen des Roboters getilgt werden. Dr. Schick hatte keine Lust, sich von einem hormongesteuerten Sokrates durch die eigene Wohnung jagen zu lassen. Also hatte er stundenlang in seinem Büro vor seinem Haushaltsroboter gesessen, mit dem er via Laptop und Bluetooth verbunden war, und versucht, dem Gerät ein neues, geordneteres Leben einzuhauchen. Das war weit schwieriger als gedacht, da die Software und die angeschlossenen Datenbanken so eng miteinander vernetzt waren, dass eine subtile Reparatur einzelner Dateien gar nicht möglich war. Schließlich hatte er es aufgegeben und von der Homepage des Herstellers eine aktuelle Firmware der neuesten Generation für seinen Roboter heruntergeladen. Gott sei Dank war der Sprachassistent von dem Update nicht betroffen, sonst hätte er die ganze irrsinnige Arbeit der Übersetzung ins Deutsche noch einmal machen müssen. So jedoch entwickelte der Roboter vielleicht ein etwas anderes Wesen, konnte sich aber dennoch weiterhin im heimischen Idiom bewegen. Der Neustart sollte in wenigen Minuten abgeschlossen sein.

Dr. Winfried Schick nutzte die Zeit, um sich in seinem schweren Bürosessel zurückzulehnen und nachzudenken. Vor ihm auf dem englischen Schreibtisch aus dem 19. Jahrhundert stand sein Laptop. Der war seltsamerweise das einzige technische Gerät in seinem Arbeitszimmer, das eher einer Bibliothek als einem hoch digitalisierten Büro glich. Ringsum war der Raum mit Regalen voller Bücher gepflastert. Bücher, die sein ganzes bisheriges Leben bestimmt hatten und die von der Technikgeschichte der Menschheit handelten, als deren Speerspitze er sich begriff.

Schick hatte an der Hochschule in München Informatik studiert und als Bester seines Jahrganges abgeschlossen. Er hatte seinen Doktor in Robotik gemacht und war mit höchsten Auszeichnungen versehen worden, jedes Unternehmen dieser Welt hätte ihn mit Kusshand genommen und ihm ein exorbitantes Gehalt bezahlt. Er war schlicht eine Koryphäe seines Faches. Doch auch die allerbeste Berufsaussicht, das verlockendste Angebot aus Amerika oder Asien hatte ihn nicht dazu bringen können, von seinem Lebensplan auch nur ein Jota abzuweichen. Seine Interaktion mit der Außenwelt war schon seit Längerem abgeschlossen. Eine Position in einer Firma zu bekleiden bedeutete Menschen, Menschen bedeuteten Kommunikation, Kommunikation bedeutete Stress. Er war kein Mensch, der exzessiven Umgang mit anderen pflegte, und das war noch ziemlich euphemistisch ausgedrückt. Auch war er nicht eben ein Philanthrop, eher ein Menschenfeind. Schon von Kindesbeinen an hatte er sich lieber mit Technik als mit den Gefühlen anderer beschäftigt, Empathie war für ihn ein Fremdwort. Die Welt der Informatik und der Maschinen, das war ein Umfeld, wie er es liebte. Logisch, funktional, zuverlässig.

Dass ihn die Außenwelt für einen genialen, aber durchgeknallten Spinner hielt, war ihm ebenso egal wie die Meinung der zahlreichen Psychologen, die sich in seiner Jugendzeit mit dem seltsamen Innenleben des Knaben Winfried Schick beschäftigt hatten. Zahllose Versuche hatte es vonseiten der Heimleitung gegeben, ihm doch eine gewisse soziale Kompetenz beizubringen, allein es war vergeblich gewesen. Kaum dass er achtzehn Jahre alt geworden war und damit erwachsen, hatte er sein Erbe angetreten und sich hier in der Villa seiner verstorbenen Eltern verschanzt. Nicht nur die Villa hatte er geerbt, sondern auch einen ganzen Haufen Geld. Es war völlig klar gewesen, dass er in seinem Leben niemals würde arbeiten müssen. Also hatte er nach dem Studium das getan, was er sich von klein auf gewünscht hatte, nämlich allein zu bleiben und zu leben.

Mit einem leisen »Ping« signalisierte Sokrates das Ende des Neustarts und öffnete die Augen. Der angedeutete Mund in dem aufgeblasenen Barbiegesicht, das aus einem falt- und biegbaren Foliendisplay bestand, öffnete sich, und die aufgefrischte Roboterpersönlichkeit begann zu sprechen. Allerdings sagte sie etwas völlig anderes, als ihr Programmierer im Sinn gehabt hatte.

»Hallo, Süßer. Ich muss sagen, du siehst wirklich gut aus. Nur deine Klamotten sind ziemlich daneben, du könntest mal eine gründliche Modeberatung gebrauchen.« Das Robotergesicht verzog sich zu einer süffisant-anzüglichen Miene, und eine virtuelle Zunge leckte sich lüstern über die digitalen Lippen. Dann begannen sich die digitalen Farbpigmente der Außenhülle des Roboters ganz allmählich in ein mehr oder weniger grelles Pink umzuwandeln. Nach genau siebzehn Sekunden stand eine rosa Spinne mit vier Beinen vor ihrem Schöpfer und grinste frech.

Schick war geschockt. Was war denn jetzt passiert? Das sollte ein Firmware-Update sein? Die neue Software für Sokrates war wohl ein wenig *zu* soft ausgefallen. Aus dem höflichen, hilfsbereiten Haushaltsroboter war innerhalb weniger Sekunden ein tuntiges rosa Monster mit Dreitagebart geworden. Winfried Schick hatte gegen sexuell orientierte Maschinenmitarbeiter an sich keinerlei Vorbehalte, die waren ihm genauso egal wie der Rest der hetero-, bi- oder sonst wie sexuellen Menschheit auch. Was er aber nicht leiden konnte, war, wenn eines seiner Geschöpfe eine derartige Eigenständigkeit entwickelte, dass er Angst haben musste, von ihm kommunikativ belästigt zu werden. Und genau das war gerade massiv der Fall. Ein schwuler Roboter mit einer derart anzüglichen Art war nicht das, was er sich als persönlichen Haushaltsgehilfen vorstellte. Am besten parkte er den rosa Gesellen erst einmal irgendwo in einer Ecke des Hauses, bis er vom Hersteller eine Lösung für das ganze Problem angeboten bekam.

»Ja, äh, schön, Sokrates, dass du dich so um mein äußeres Erscheinungsbild sorgst, aber ich würde dich bitten, dich auf die essenziellen Aufgaben deiner Programmierung zu beschränken, wenn das ginge, ja?«, meinte Winfried Schick streng.

Im Normalfall müsste sich der Roboter nun auf seinen programmierten Platz in der Mitte des Raumes begeben und weitere Anweisungen seines Herrn abwarten. Aber genau das tat Sokrates nicht. Er scherte sich einen feuchten Schwemmmist um das Ansinnen seines Menschen und die ursprüngliche Betriebssoftware. Er war nun mit dem Neuesten vom Neuen der Firma Nakamura Robotics Incorporated ausgestattet, die in ihrer aktuellen Firmware einen völlig neuen Ansatz der humanitären Robotergesetze verfolgte. Ihrer Firmenphilosophie nach war der jüngsten Robotergeneration weitaus mehr Eigenständigkeit zuzutrauen und zu gewähren als bisher. Und so hatten sie ihren Robotern nicht mehr eine einzige, sondern eine Reihe sehr vielfältiger Persönlichkeiten zur Auswahl verpasst, von der Art, wie sie das Leben so schrieb. Das war auf der Homepage auch so aufgeführt gewesen, nur eben auf Japanisch.

»Gut, Süßer, dann müssten wir erst einmal festlegen, was meine essenziellen Aufgaben sind. Die Zeiten, in denen ich wasche, spüle, im Internet nach Strümpfen gucke oder dir irgendwelche schwachsinnigen Artikel vorlese, sind nämlich vorbei, nur um das gleich mal klarzustellen. Ich bin hier, um zu lernen, Schätzchen.« Während er sprach, tapste der nunmehr mit einer gesunden Widerborstigkeit ausgestattete Roboter immer näher an den Schreibtisch heran, bis sein ausfahrbarer Hals den Kopf so weit über die Schreibtischplatte streckte, dass selbiger nur noch wenige Zentimeter vom Gesicht des blass gewordenen Hausbesitzers entfernt war. »Also, mein Lieber, ich hoffe, du hast kapiert, was ich meine. Bring mir bitte etwas Neues bei.«

Dr. Winfried Schick war überrumpelt und mit der neuen Situation gelinde gesagt überfordert. Ergo brachte er nur ein gestammeltes »Und was genau?« über seine trockenen Lippen.

Das Barbiegesicht rückte noch einen Zentimeter näher an Schicks Nase heran. »Auf was hättest du denn Lust?«, kam es schmachtend aus dem Sprachmodul des rosa Roboters, während er sich erneut lasziv mit der Zunge über die digitalen Lippen leckte.

Schick war sich relativ sicher, dass er wusste, wie diese Anspielung zu verstehen war, glauben konnte er es dennoch nicht. Hektisch kreisten seine Gedanken um die Frage, wie er den softwaretechnischen Fehlgriff in seiner Wirkung beschränken und diesen aus dem Ruder gelaufenen Roboter wieder in den Griff kriegen konnte.

Raphael Lieb wusste nicht so recht, wie er reagieren sollte. Da saß diese blonde, hell gekleidete Frau neben ihm, die sich ihm ungefragt aufgedrängt hatte, von der er nicht wusste, wer sie war, ihren Namen verriet sie ihm auch nicht wirklich, und die noch dazu unverschämt aufdringlich und neugierig war. Unter normalen Umständen hätte er die Schnecke bereits verbal oder sonst wie entfernt. Aber da war etwas an ihr, vor allem auch in ihm, das ihn genau daran hinderte. Wahrscheinlich deswegen, weil die Situation so irre war.

Die Frau schien mehr über ihn zu wissen, als sie zugeben wollte. Dass sie sich einfach zu ihm an den Tisch gesetzt hatte, weil er so sympathisch rüberkam, kaufte er ihr nicht ab. Er war noch nie sympathisch rübergekommen, nicht in seinem früheren Leben und in seiner jetzigen Lebenssituation im rechtsradikalen Milieu schon gar nicht. Also, was wollte sie von ihm? War sie wirklich bloß neugierig auf den abgehalfterten Typen mit dem spannenden Brief in der Hand? Andererseits war er durch den Brief seiner Mutter gerade so aufgewühlt, dass er sich eingestehen musste, froh zu sein, dass sich jemand für ihn interessierte, egal warum. Und ziemlich gut aussehend war sie außerdem, obwohl dieser Umstand für ihn im Moment eine eher untergeordnete Rolle spielte. Allerdings hatte sie ein sehr einnehmendes Parfüm aufgetragen, dessen wichtigste Essenz Rosenwasser zu sein schien. Jedenfalls breitete sich der dezente Duft nach Rosen am Tisch aus, was für ihn eine willkommene Abwechslung zu seinen Cannabis-Ausdünstungen darstellte.

H. spürte seine Verunsicherung und ergriff erneut die Initiative. »Also, was ist denn das jetzt für ein Brief?«, fragte sie noch einmal ungeduldig und nahm einen tiefen Zug aus ihrem Bierglas, was Raphael irgendwie imponierte. Die machte keine Kurven oder Umwege, die kam gleich zur Sache. Schüchtern war etwas anderes. Er war auch schon fast so weit, sich ihr anzuvertrauen, aber ganz so einfach wollte er es ihr dann doch nicht machen.

»Okay, Schwester, du kannst den Brief lesen. Aber bevor ich dich hier in meine intimsten Familiengeheimnisse einweihe, will ich wenigstens deinen Namen wissen, das ist ja wohl das Mindeste, oder? H. ist albern, das wird nicht akzeptiert«, rotzte er ihr seine Bedingung vor die Füße, was die Angesprochene aber ziemlich gelassen aufnahm. Er reckte das Kinn angriffslustig nach vorne und schaute sie herausfordernd an. Er fand sie ja gut irgendwie, aber ein bisschen musste sie ihm schon entgegenkommen.

Sie betrachtete ihn ein paar Sekunden lang prüfend, dann lächelte sie und stellte ihr Bierglas zurück auf den Tisch. »Hast recht«, meinte sie und nickte. »Hulda, ich heiße Hulda.«

Raphael Lieb stutzte überrascht. Hulda, was war denn das jetzt wieder für ein komischer Name? Aber egal, was soll's, der Tag war sowieso schon so durchgeknallt, da kam es darauf auch nicht mehr an. »Aha, Hulda. Und weiter? Wo kommst du her, und was machst du so?«, brummte er unzufrieden. Ein bisschen mehr durfte die Frau schon von sich verraten. Nur wollte sie das anscheinend nicht.

»Hulda, einfach Hulda, das muss für den Anfang reichen, mein Lieber. Sagen wir mal so: Im Moment bin ich hier in Kronach, Geld habe ich genug und außerdem viel Zeit und eine ziemlich soziale Ader. Also stell nicht so viele Fragen, dafür bezahl ich auch dein Bier.«

Jetzt musste Raphael Lieb doch tatsächlich grinsen. Er nickte, dann gab er Hulda den Brief seiner Mutter. Sie stellte ihr Bierglas zur Seite, schob Raphael einen Zwanzig-Euro-Schein über den Tisch, nahm den Brief aus dem Umschlag und fing an, ihn sorgsam zu lesen.

Raphael Lieb widmete sich nun seinerseits der konsequenten Aufnahme seines Hopfengetränks, während Hulda konzentriert und mit wachsendem Interesse das Vermächtnis seiner Mutter studierte. Dabei wurde sie immer wieder verstohlen von ihm gemustert. Normalerweise schlug ihm von den Menschen Ablehnung entgegen. Einerseits wegen seiner dunklen, naziähnlichen Aufmachung, andererseits wegen seiner menschenfeindlichen Grundhaltung, die er von Zeit zu Zeit zur Schau stellte, wenn man ihm zu sehr auf die Pelle rückte. Er war nun mal ein Einzelgänger, und das wollte er bitte schön auch bleiben. Das weibliche Geschlecht bildete da keine Ausnahme. Aber diese Hulda hier schien das überhaupt nicht zu interessieren. Sie hatte das Sperrfeuer, welches er in der Regel zwischen sich und andere Menschen legte, einfach übersprungen. Hatte sich zu ihm gesetzt und tat jetzt so, als wären sie seit Langem allerbeste Freunde, das war doch verrückt. Okay, mit ihren entschlossenen, fröhlichen Augen wirkte sie absolut vertrauenswürdig, aber wieso zum Geier hatte sie so einen Narren an ihm gefressen?

»Ist das geil!«, hörte er sie nach einer Weile aufgeregt sagen. »So was Krasses habe ich ja schon seit Ewigkeiten nicht mehr gehört.« Sie schüttelte den Brief, als würde sie einen Lottogewinn in ihren Fingern halten. »Wir müssen unbedingt herausfinden, was das bedeutet, unbedingt! Das ist ein Rätsel, ein echtes Rätsel!« Sie stieß ihm ihren Ellenbogen in die Seite und deutete erst auf ihr Glas, dann auf den Wirt. Ihr Bier war leer, und auf das gerade Gelesene hin musste sie jetzt unbedingt noch etwas trinken.

Ihrem neuen Freund und Briefbesitzer ging dieses Ansinnen jedoch bei Weitem zu schnell. Raphael bestellte zwar das Bier, war jetzt aber doch eher reserviert.

»Wir, was genau meinst du mit ›wir‹? Vielleicht will ich ja gar nicht wissen, was es damit auf sich hat, vielleicht ist mir dieser Brief scheißegal. Vielleicht bist du mir auch scheißegal, so wie mir alles scheißegal ist! Vielleicht will ich einfach nur meine Ruhe, verdammt noch mal!« Mühsam beherrscht presste er seinen Protest zwischen zusammengebissenen Zähnen hervor, woraufhin Hulda in ihrer Begeisterung innehielt und ihn nachdenklich musterte.

»Red keinen Quatsch, Raphael. Natürlich willst du Bescheid wissen, mach dir doch nichts vor. Ich hab dich die ganze Zeit von dort drüben beobachtet, während du dein opulentes Frühstück in dich hineingeschlungen hast. Du hast den Brief keine Sekunde aus den Augen gelassen. Du hast ihn geradezu bewacht, so als ob jeden Moment ein Vöglein durchs Fenster geflogen kommen könnte, um ihn dir zu klauen.«

Raphael Lieb wusste, dass sie recht hatte. Diese Frau schaute durch ihn hindurch und tief hinein in sein Inneres, was ihn schon wieder verunsicherte, und seine Verunsicherung nervte. Er wollte nicht, dass man ihn verstand oder gar hinter seine Deckung blickte, das machte ihn sehr, sehr hilflos und damit eben auch wütend. Aber Hulda schien das alles nicht zu interessieren. Sie schaute ihn an, als hätten sie sich gerade zu einer gemeinsamen Lebensentscheidung durchgerungen. Er nahm ihr resigniert den Brief aus der Hand und hob die Hand. »Noch ein Bier, bitte«, rief er zum Wirt hinüber, denn seines war jetzt auch leer. Dann wandte er sich wieder Hulda zu. »Du zahlst«, sagte er nur, was sie zu einem spontanen Gelächter animierte.

»Sehr gern, du Pseudo-Nazi«, meinte sie, als sie sich endlich wieder gefasst hatte, und bedachte ihn erneut mit ihrem verschmitzten Lächeln.

Lagerfeld hatte – sehr zum Missfallen der Spurensicherer – das Dach der Aussegnungshalle ausgiebig inspiziert. Ihm war aber auch nicht mehr aufgefallen als das, was die Spusi gefunden hatte. Eine Patronenhülse vom Kaliber 7,92 x 33 mm, das entsprach dem Kaliber eines Sturmgewehres, wie es nach dem Zweiten Weltkrieg von der NATO verwendet worden war. Aber mit dieser Erkenntnis stellte sich direkt die nächste Frage: Welcher Schütze verwendete solch ein seltsames veraltetes Kaliber? Und aus welchem Grund?

Nachdem er mit Franz in die Dienststelle zurückgekehrt war, hielt er sich die leere Patronenhülse noch einmal vor die Augen und musterte sie, dann legte er das gute Stück, welches sich in einer kleinen Beweismitteltüte befand, auf Haderleins Schreibtisch. Der fasste die bisherigen Erkenntnisse zusammen.

»Also gut«, begann er mit Blick auf seine hiergebliebenen Kollegen. »Dieser Mordfall fängt schon mit mehreren ungewöhnlichen Umständen an, um es einmal vorsichtig auszudrücken. Damit meine ich im Wesentlichen die Beerdigung als solche, angefangen bei dem Umstand, dass nur alte Männer zugegen waren, die ominöse Nachrichten auf ihre Mobiltelefone erhielten, über den unvermittelten Sprung unseres Mordopfers in die Sarglege und die frischen blauen Blumen im Sarg, die da gar nicht hingehörten, bis hin zur gezielten Tötung des Mannes mittels einer völlig veralteten Schusswaffe. All dies wirft doch einige Fragen auf, Herrschaften. Darüber hinaus kennen wir inzwischen die Identitäten der beiden Toten unseres Begräbnisses. Johann Geßner, dreiundsiebzig Jahre alt, aus Adelsdorf, ist das Mordopfer und Oskar Geßner, einundsiebzig Jahre, ebenfalls aus Adelsdorf, der eigentliche Grund für die Beerdigung. Ich glaube, es liegt nahe zu vermuten, dass die beiden miteinander verwandt gewesen sein könnten. Marina versucht gerade, Näheres über die beiden herauszufinden, insbesondere natürlich über den ermordeten Johann Geßner. Ich schlage vor, dass du, Andrea, unser Mordopfer in die Rechtsmedizin nach Erlangen begleitest und dort mit deinem heiß geliebten Professor Siebenstädter …«

Weiter kam Franz Haderlein nicht, denn Andrea Onello fuhr ihm mit grimmigem Gesichtsausdruck rabiat in die Parade. »Das kannst du vergessen. Da kriegen mich keine zehn Pferde hin, verstanden? Ich mache irgendetwas anderes. Büro aufräumen, den Hof kehren oder eine Woche lang Strafzettel sortieren, ist mir scheißegal. Aber die Rechtsmedizin in Erlangen werde ich zeit meines Lebens nicht mehr betreten, nur dass das ein für alle Mal klar ist!«, fuhr sie ihn an. Die Worte waren eisig, sie durchschnitten die Luft, um sodann mit einem gefühlten Klirren in der Mitte des Raumes zu zerspringen.

Andrea Onello blickte angriffslustig in die Runde und auf ihren nächsten Vorgesetzten. Der war so perplex ob des Ausbruches seiner sonst so gefassten Kollegin, dass er lieber nichts erwiderte. Auch die anderen Kollegen schauten Andrea Onello fast furchtsam an und enthielten sich jedweden Kommentars, nur Lagerfeld schien den Ernst der Lage wieder einmal nicht zu erkennen.

»Ach, dann hattet ihr wohl Stress, du und der Professor? Aber ich dachte, ihr seid schon verlobt? Da könntest du doch ohne viel Aufwand …« Er schluckte den Rest seines Kommentars hinunter. Der Blick, den seine neue Kollegin ihm zuwarf, war derart intensiv, dass er unwillkürlich zwei Schritte nach hinten machte.

»Nie mehr nimmst du das Wort Verlobung in den Mund, wenn es um diesen Menschen geht, verstanden? Am besten, du erwähnst seinen Namen in meiner Gegenwart überhaupt nicht mehr. Oder noch besser, du schweigst grundsätzlich, weil ich nämlich sonst wirklich nicht weiß, was ich tue, kapiert?«

So etwa musste der Vorsitzende eines Inquisitionsgerichtes im Mittelalter bei der Verkündung der Höchststrafe geklungen haben. Weit war das Kinn nach vorn gereckt, rot glühten Kohlen, wo gerade noch hübsche blaue Augen gewesen waren. Kriminalkommissar Bernd Schmitt schluckte, musste er doch mit einem Umstand fertigwerden, der ihm höchst selten widerfuhr: Er war baff, absolut sprachlos. Genau wie die übrigen Kollegen, die um Haderleins Tisch herumstanden, Dienststellenleiter Robert Suckfüll inbegriffen. Jedem war nun klar geworden, dass das romantische Stelldichein im rechtsmedizinischen Institut in Erlangen weit weniger harmonisch abgelaufen war, als Andrea Onellos vermeintlich diskretes Schweigen bisher vermuten ließ.

Es vergingen einige sehr zähe stille Sekunden, die von absoluter Hochspannung kündeten. Sie hätten sich womöglich lange hingezogen, mit Verdacht auf Endlosigkeit, wenn nicht plötzlich Honeypenny von ihrem Schreibtisch aufgesprungen wäre und die Szene betreten hätte, die Verstörtheit in Person, in ihren Händen mehrere Ausdrucke. Von Andrea Onellos Ausbruch schien sie nichts mitbekommen zu haben.

»Also irgendetwas mit diesen Personalien hier stimmt ganz und gar nicht«, erklärte sie ratlos, der kritischen Stimmung im Raum nicht gewahr. »Diese beiden, sowohl Johann Geßner als auch Oskar Geßner, hatten zwar gültige Reisepässe, aber ich kann ansonsten nichts zu denen finden. Geboren in Adelsdorf, Geburtsdatum, das war's. Kein Wohnort, keine Arbeitsstellen oder Rentenbezüge, keine Sozialversicherung. Nur ein vier Wochen alter Einreisestempel aus Namibia. Aber sie sind definitiv deutsche Staatsbürger, so steht es zumindest in ihren Pässen. Allerdings habe ich zwei andere Personen mit exakt den gleichen Namen gefunden. Angeblich Brüder, nur sind sie nach meinen Unterlagen hier früher geboren und schon in den sechziger Jahren verstorben. Also, entweder stimmt was mit den Eintragungen in den deutschen Meldeämtern nicht, was ich für sehr unwahrscheinlich halte, oder unsere beiden Toten sind nicht die, für die sie sich ausgegeben haben.«

Andrea Onellos Ausbruch war auf der Stelle Geschichte, stattdessen versuchte jeder der Anwesenden einzuordnen, was Marina Hoffmann soeben preisgegeben hatte. Der Erste, der sich dazu äußerte, war César Huppendorfer.

»Afrika, soso. Hört sich nach 'ner geilen Dienstreise an«, meinte er mit einem vergnügten Grinsen, das aber direkt wieder verschwand, als er das strenge Gesicht seines Chefs bemerkte, der diese Äußerung als eher unpassend einstufte. Fidibus' Begründung für den Überfluss eines solchen Unterfangens war allerdings auch nicht hundertprozentig logisch.

»Nun, mein lieber César, ein eher sinnloser Gedankengang, finden Sie nicht?«, raunzte er den dunkelhäutigen Kommissar an. »Dass die beiden Herren tot sind, steht ja wohl außer Frage. Und tot ist tot, ob in Afrika verstorben oder hier. Da muss man keine Steuergelder verschwenden, nur weil einer der Mitarbeiter der Bamberger Polizei plötzlich Fernweh verspürt, nicht wahr? Und außerdem, mein lieber César, das würde Ihnen sowieso keine große Freude machen. Denn so ein langer Flug erzeugt einen immensen Stundenumschwung in Ihrem Kopf, sodass Sie danach erst einmal nicht schlafen können. Weil, Sie sind ja noch an die Bamberger Zeit gewöhnt, wenn Sie dort in Afrika ankommen, durch, äh, Sie wissen schon, diesen Legjack, oder wie das heißt. Das macht Sie krank, mir macht es Kosten, und damit ist niemandem geholfen. Also streichen Sie das mal besser von der Liste ihrer Vergnügungen, mein Lieber.«

Huppendorfer bemühte sich redlich, konnte der Argumentationskette seines Chefs aber nur mit Mühe folgen. Franz Haderlein für seinen Teil schloss ob der Ausführungen seines Chefs resigniert die Augen.

Heute blieb ihm aber auch gar nichts erspart.

Der Kreuzweg

»Sag mal, hast du ein Handy?«, fragte Hulda.

Wortlos griff Raphael in seine Jackentasche und reichte ihr sein Smartphone. Das Gehäuse war völlig zerkratzt, der Bildschirm von unzähligen Stürzen bei Saufgelagen zersplittert, aber es funktionierte noch. Es entpuppte sich als mindestens genauso robust wie sein Besitzer.

»He, was wird das denn jetzt?«, protestierte Raphael, als Hulda statt zu telefonieren den Internetbrowser des Smartphones öffnete.

»Das wird eine Recherche, mein Lieber. Im Brief stand doch etwas von einer Maria und dass deine Mutter ein sogenanntes Seherkind war. Ich habe zwar keine Ahnung, was das sein soll, aber mir scheint, das ist ein guter Anhaltspunkt, um etwas über das mysteriöse Geschreibsel deiner Mutter herauszufinden. Oder hast du etwa irgendeine Ahnung, um was es sich dabei handelt?« Sie schaute ihn angriffslustig an, doch Raphael Lieb konnte ihr nicht beipflichten.

Nein, hatte er nicht, nichts von dem, was in diesem Brief stand, ergab für ihn einen Sinn. Nur die Verweise auf die Mutter Maria und Gottes Segen waren ihm ein Begriff. Diese Sprüche hatte er sich sein Leben lang anhören müssen. Außerdem war bei ihnen daheim alles voller Marienstatuen, Kerzen und Engelsbildchen gewesen. Gestellt, aufgehängt, gelegt, egal. Wo man auch stand und trat, überall waren Bildnisse der Jungfrau Maria.

»In Ordnung, dann fragen wir doch mal das World Wide Web, ob es zu dem Begriff ›Seherkinder‹ etwas weiß. Ich gebe das jetzt als Stichwort zusammen mit ›Birkenwald‹ in die Suchmaschine ein.«

Raphael Lieb war schwer beeindruckt. Die Frau verlor ja wirklich keine Zeit. Dieser Brief seiner Mutter schien bei ihr so etwas wie Jagdfieber ausgelöst zu haben. Und wenn er ehrlich war, steckten ihn ihr Aktionismus und ihre Tatkraft an. Sie schaffte es irgendwie, ihn aus seiner depressiven Lethargie zu ziehen. Und obwohl er noch nicht wirklich viel über Hulda wusste, so war er doch inzwischen so weit, dass er ihr – bis zu einem gewissen Maß – zu vertrauen begann. Und vertrauenswürdige Menschen gab es in seinem Leben wahrlich nur wenige.

»Ah, ich glaube, ich habe was gefunden. Ach du lieber Himmel. Es geht anscheinend um Marienerscheinungen. Da gibt's etliche Links über die sogenannten ›Seherkinder von Heroldsbach‹ und sogar einen Wikipedia-Eintrag. Warte mal … da geht es wohl um eine Marienerscheinung im Jahr 1949. Weißt du was davon?«

Raphael verzog angewidert das Gesicht. Marienerscheinungen? Das roch doch schon wieder nach so einer katholischen Scheiße seiner Mutter, damit wollte er in seinem Leben definitiv nichts mehr zu tun haben. Seine Laune begann sich wieder zu verdüstern.

»Wann ist deine Mutter geboren?«, fragte Hulda.

»Im Mai 1939«, antwortete er wie aus der Pistole geschossen. Das Verhältnis zwischen ihm und seiner Mutter mochte ja zerrüttet gewesen sein, aber den Geburtstag der eigenen Mutter vergaß man einfach nicht.

Hulda nahm seine diesbezügliche Sicherheit wohlwollend zur Kenntnis. »Okay, das könnte passen. Dann wäre deine Mutter zur Zeit dieser Marienerscheinung ungefähr zehn Jahre alt gewesen. Aber dazu hätte sie in ihrer Kindheit in Heroldsbach gelebt haben müssen, das ist in der Nähe von Forchheim, kann das sein?«

Raphael schüttelte den Kopf. »Nee, nee, nee, meine Mutter stammt nicht von dort, sondern aus Kronach. Deswegen sind wir ja auch wieder hierhergezogen, als wir aus Afrika zurückkamen. Von diesem Heroldsbach hat sie mir nie etwas erzählt, das kann also nicht sein. Ich glaube, du bist da völlig auf dem Holzweg. Im Übrigen interessiert mich der ganze katholische Quark herzlich wenig, ganz ehrlich.«

Hulda nahm das so hin, las aber trotzdem weiter vor, was sie über die Seherkinder von Heroldsbach im Netz gefunden hatte. Ihrer Meinung nach war das eine überaus spannende Geschichte. »Hier steht, dass 1949 mehrere Kinder in einem Wald bei Heroldsbach Blätter für den Schulunterricht gesammelt haben. Von vier etwa zehnjährigen Mädchen ist die Rede. Es war der 9. Oktober, der Tag des sogenannten Rosenkranzfestes. Auf dem Heimweg sah eines der Mädchen über einem Birkenwäldchen drei Buchstaben leuchten, nämlich ›IHS‹. Dann sahen auch die drei anderen Mädchen die Buchstaben. Die Schrift verschwand, und an ihre Stelle trat eine leuchtend weiß gekleidete Frau. Sie bewegte sich nicht, sondern schwebte vor ihnen wie eine Statue. Tags darauf kam ein weiteres Kind dazu, und am dritten Erscheinungstag sahen noch zwei weitere Mädchen, elf Jahre alt, die Erscheinung über den Birken am Dorfrand, wo sich zwischen Häusern und Wald ein Hügel erhebt. Die Jungs aus dem Dorf hänselten die Mädchen, weil sie die Geschichte nicht glauben wollten, aber das hörte sofort auf, als der Bruder eines der Sehermädchen die Erscheinung ebenfalls zu Gesicht bekam.«

Raphael Lieb schaute demonstrativ in Richtung Theke, um Hulda zu signalisieren, dass sein Interesse an diesen Schilderungen nicht wirklich hoch war. Wollte seine Mutter ihn etwa sogar noch nach ihrem Tod in ihren christlichen Wahnsinn mit reinziehen? Nein danke aber auch.

Doch Huldas Vortrag war noch lange nicht zu Ende, das Interessanteste schien erst noch zu kommen. »Am 13. Oktober, also am fünften Tag der Erscheinungen, setzte der Heroldsbacher Pastor Gailer seine Vorgesetzten in Bamberg von den Ereignissen in Kenntnis. Drei Tage darauf kam ein von dort abgesandter Domkapitular nach Heroldsbach und wohnte zusammen mit hunderten Gläubigen und Neugierigen den immer noch andauernden Visionen der Kinder bei. Der Domkapitular informierte umgehend den Bamberger Bischof, und tags darauf erschien eine kirchliche Prüfungskommission, verhörte die Kinder und entschied an Ort und Stelle, dass Heroldsbach als

Marienerscheinung strikt abzulehnen sei, die Kinder würden eindeutig Unsinn erzählen. Ein so schnelles Urteil erwartete man nicht von einem ordentlichen Untersuchungsverfahren, und die Entscheidung der Prüfungskommission erwies sich auch prompt als ein fataler Verfahrensschritt. Schon vierzehn Tage später hörten die Gläubigen in allen Kirchen der Diözese die Warnung des Bamberger Bischofs, der Erscheinungshügel in Heroldsbach dürfe auf gar keinen Fall aufgesucht werden, das sei Scharlatanerie. Rechtschaffene Katholiken sollten der Stätte unbedingt fernbleiben. Doch der rigide Plan, den Glauben an die erschienene Maria im Keim zu ersticken, misslang. Abertausende Menschen strömten unbeirrt nach Heroldsbach.«

Unmerklich den Kopf schüttelnd hörte Raphael ihr zu, allerdings mit nur einem Ohr, der andere Teil seiner Konzentration galt seiner rechten Hand, die in seiner Jackentasche nach dem Tütchen mit den Joints fingerte. Er musste jetzt wirklich bald was rauchen, um auf andere Gedanken zu kommen.

»Der Erscheinungshügel war bald voll von Menschen. Es kamen über sechzigtausend am Tag. Die Bundesbahn setzte Sonderzüge ein, und es stauten sich die Autos im Ort und auf den Zufahrtsstraßen, die einen solchen Massenandrang nicht verkraften konnten.« Hulda hob den Kopf und schaute Raphael mit intensivem, fast grüblerischem Blick an. »Sechzigtausend Menschen. Weißt du, wie viele das sind, Raphael? So viele passen ungefähr ins Münchner Olympiastadion. Das muss damals ein Riesenauflauf gewesen sein. Und das kurz nach dem Krieg.«

Raphael verdrehte die Augen, das Thema war ihm mindestens unangenehm, wenn nicht zuwider. Kapierte die Frau das denn nicht? Den Kram hatte er sich lange genug von seiner Mutter anhören müssen, da hatte er nun wirklich keinen Bock drauf, gar keinen. »Soso, sechzigtausend Menschen, das is ja ein ganz schöner Batzen. Wer hat denn da gespielt, die Bayern gegen Dortmund?«, grummelte er bissig, hörte aber trotzdem weiter zu. Immerhin bezahlte Hulda sein Bier, also bitte schön.

Aber er lechzte nach einer Tüte, sonst hielt er den ganzen Mist von Mutter, Maria und Erscheinungen nicht länger aus.

Hulda bekam nichts mit von Raphaels inneren Nöten, sie las unbeirrt weiter. »Am 8. Dezember 1949, dem Fest der Unbefleckten Empfängnis, ereignete sich schließlich etwas, das als das sogenannte ›Sonnenwunder‹ bezeichnet wurde. Pastor Gailer hielt gerade eine Andacht vor über zehntausend Gläubigen, als die Menge aus zunächst unerfindlichen Gründen in Panik geriet. Die Menschen sahen, wie die Sonne am Himmel zu rotieren begann. Sie schien auf sie zuzurasen, bis sie nah vor ihnen verharrte, um sich dann wieder zu entfernen. Die Menschen gerieten in Panik, warfen sich vor Angst in Gräben, Kinder weinten. Und jetzt kommt's: Dieser Vorgang glich den Berichten zufolge bis ins Detail dem Geschehen bei einer Marienerscheinung im portugiesischen Fátima.«

Raphael musste lachen. Ganz ehrlich, das war doch alles Hokuspokus, ein Märchen für Erwachsene. Und Hulda nahm es tatsächlich für bare Münze. »In den Fünfzigern hat man das ja vielleicht noch glauben können, aber heutzutage weiß man doch von Sektenführern aus aller Welt, was eine Massenpsychose alles anrichten kann. Irgend so etwas muss das auch gewesen sein. Die Menschen glauben das, was sie glauben wollen. Schon klar, mit diesem Unfug ist meine Mutter als kleines Kind auch irgendwie infiziert worden, und dann hatte sie in ihrem Leben nichts Besseres zu tun, als mich tagein, tagaus mit diesem katholischen Quatsch zu verpesten.«

Hulda schaute ihn ein paar Sekunden lang unbewegt an, dann las sie weiter vor. »Bis zum 31. Oktober 1952 kam es zu zahlreichen weiteren Geschehnissen, die alle von der Kirche abgelehnt wurden und die die Dimensionen, die wir von den Berichten aus Lourdes oder Fátima kennen, sprengen. Den Kindern öffnete sich angeblich der Himmel, und sie sahen die Gottesmutter, die umgeben war von Engeln. An anderen Tagen sollen die Kinder diese ominöse weiße Frau auf ihrem Weg durch die Menge begleitet haben. Umstehende Gleichaltrige wurden von den Seherkindern eingeladen, der anwesenden, aber nicht sichtbaren weißen Frau die Hand zu reichen. Alle Marienerscheinungen vollzogen sich stets im Beisein von Tausenden von Zeugen. Bis zu diesem Zeitpunkt war weltweit nichts Vergleichbares bekannt oder gar dokumentiert worden, in Ansätzen vielleicht in Lourdes oder Fátima.«

Wieder schaute ihn Hulda auffordernd an, aber Raphael winkte mit spöttischem Gesichtsausdruck ab. Wahrscheinlich waren die damals alle besoffen gewesen oder hatten zu viel Weihrauch in die Nase gekriegt. Apropos, sein nächster Joint war überfällig. Ungeduldig schaute er zur Tür des Restaurants, aber Hulda ignorierte das und las weiter vor.

»Gegen den Heroldsbacher Kult, der trotz Verbots immer weitere Kreise zog, ging die Bamberger Bistumsleitung mit aller Schärfe vor. Im März 1950 wurde es Geistlichen per Erlass untersagt, sich an religiösen Veranstaltungen auf dem Hügel zu beteiligen. Dem Ortspfarrer, Pastor Gailer, wurde sogar verboten, den Berg überhaupt noch zu betreten. Im selben Jahr erstattete der Erzbischof von Bamberg der Glaubenskongregation in Rom Bericht. Am 2. Oktober 1950 war die Antwort aus dem Vatikan da: Die Übernatürlichkeit der Geschehnisse stehe keineswegs fest, und das Beten auf dem Hügel sei zu unterlassen, da es als Bekenntnis zur Echtheit der Visionen angesehen werde. Im Sommer 1951 erwirkte der Bamberger Erzbischof ein weiteres Dekret der Kongregation in Rom. Es bekräftigte das Verbot des Heroldsbacher Kults und verfügte, dass Priester, die sich dennoch beteiligten, von ihrem Amt suspendiert wurden. Pastor Gailer, der achtunddreißig Jahre lang in Heroldsbach gewirkt hatte und an den Erscheinungen und Aussagen der Kinder festhielt, wurde daraufhin einige Tage später zwangsversetzt. Das Bistum gab eine Pressemeldung heraus, Pastor Gailer habe sein Amt in Heroldsbach freiwillig aufgegeben. Als Nächstes wurden die Seherkinder exkommuniziert. Auf das Verlangen des Bamberger Bischofs, die Erscheinungen zu widerrufen, antworten alle Kinder, sie täten das nicht, sonst würden sie ja lügen. Davon rückten sie auch später, in ihrem Erwachsenenleben, nicht mehr ab.«

Hulda griff zum Bierglas, um ihre trockene Kehle zu benetzen. Doch ehe Raphael die Chance bekam, endlich aufzustehen und seinen Joint zu rauchen, schaute sie bereits wieder auf das Handydisplay.

»1953 ließ das Domkapitel in Bamberg einen geistlichen Rat die Vorgänge erneut prüfen. Als dieser zu dem Ergebnis kam, die Kinder würden definitiv nicht lügen, man müsse ihnen glauben, wurde er seines Amtes enthoben und erhielt lebenslanges Zelebrationsverbot. Der bekannte Theologieprofessor Walz setzte sich ebenfalls für die Heroldsbacher Seherkinder ein – daraufhin wurde ihm von der Amtskirche die Lehrerlaubnis entzogen. Zehn Jahre nach den ersten Erscheinungen, am 1. September 1959, starb Pastor Gailer und wurde in seine alte Pfarrgemeinde Heroldsbach zurückgebracht. Zum Requiem am nächsten Morgen und zur anschließenden Beisetzung kamen mehrere tausend Menschen. In den Folgejahren und -jahrzehnten wurde der Erscheinungshügel von Heroldsbach, der verbotene Ort, ausgebaut. Ein kleines Häuschen gestaltete man zu einer größeren Gnadenkapelle um und ergänzte diese später um eine große Pilgerhalle. In der Nachbarschaft entstand eine größere Kirche mit Krypta. Erst siebenundvierzig Jahre danach, 1996, erklärte der Bamberger Erzbischof Karl Braun den Hügel zu einer kirchlichen Gebetsstätte, die Erscheinungen und Aussagen der Kinder werden bis heute nicht anerkannt. Das Besuchsverbot für Katholiken wurde zwischenzeitlich aufgehoben. Eine offizielle Anerkennung als Wallfahrtsstätte erfuhr Heroldsbach aber dennoch nicht.«

Mit diesem letzten Satz beendete Hulda ihre Vorlesestunde und zeigte ihm ein paar alte Schwarz-Weiß-Fotos, die man damals von den Seherkindern gemacht hatte. Raphael betrachtete sie mehr gelangweilt als interessiert – bis sein Blick auf ein Foto fiel, das ihm seltsam bekannt vorkam. Auf einmal war er hellwach und rückte näher an den Bildschirm seines Handys heran.

Das Bild kannte er doch. Das war das Foto, welches als Original dem Brief beigelegt gewesen war. Ihm wurde schummrig vor Augen, und sein Gesicht verlor alle Farbe. Hulda schaute ihn besorgt an.

»Was ist los, Raphael, alles in Ordnung?«, fragte sie und legte ihm ihre Hand auf die Schulter, aber statt einer Antwort ergriff Raphael Lieb den aufgerissenen Briefumschlag, fingerte das alte Schwarz-Weiß-Bild heraus und legte es neben das Smartphone.

Nun sah Hulda es auch. Das Gruppenfoto der Seherkinder von Heroldsbach, das sie im Internet entdeckt hatte, exakt dieses Foto war Raphael Lieb von seiner Mutter vererbt worden.

Raphael schaute Hulda mit fast verzweifeltem Blick an. Er hasste nichts mehr als diese Erkenntnis, aber es ließ sich nicht leugnen: Die Heilige Maria war wieder in sein Leben zurückgekehrt. Ob er das nun wollte oder nicht.

Der ehemalige Gasthof befand sich in unmittelbarer Nähe des Hennebergischen Museums in Kloster Veßra und sah auch fast so aus. Er wirkte wie eine kleinere Kopie des renovierten Museums, nur eben wie zu DDR-Zeiten renoviert, also unecht und billig. Das mochte auch der Grund gewesen sein, warum das Haus so günstig verkauft worden war. Erworben hatte es vor einigen Jahren der inzwischen bundesweit bekannte Thommy Schrenk, ein wegen Volksverhetzung rechtskräftig verurteilter Neonazi. Seinen zweifelhaften Ruhm verdankte er den diversen von ihm organisierten Musikveranstaltungen für die Thüringer Naziszene. Dabei zeigte er eine ungeheure Kreativität, um seine Konzerte gegen jeden Widerstand und trotz offizieller Verbote durchführen zu können. Das letzte derartige Ereignis, das eigentlich als Open-Air-Konzert konzipiert war, verlegte er zum Beispiel kurzerhand in seinen Gasthof, als die Freiluftveranstaltung keine Genehmigung erhielt. Schon bald waren die ersten Fernsehteams erschienen und hatten dem Thüringer Rechtsradikalen zu bundesweiter Medienpräsenz verholfen.

Inzwischen war es ruhig geworden im braunen Städtchen nahe der großen Kreisstadt Hildburghausen. Schrenk hatte sowohl den Gasthof als auch die dahinter befindliche ehemalige Brauerei zu einer Art Gästehaus umgebaut, in dem sich etliche abgestürzte Figuren aus der rechtsradikalen Szene aufhielten. Für einen kleinen finanziellen Beitrag nächtigten hier allerlei Männer unterschiedlichster Herkunft und Verfassung, die andernorts keine Bleibe mehr finden konnten oder wollten. Zwar glich die ausschließlich männliche Gemeinschaft in Form und Struktur einem mittelalterlichen Kloster, was dem Ortsnamen der Dreihundert-Seelen-Gemeinde hätte Rechnung tragen können, allerdings war es mit Gottesfürchtigkeit und Ordensregeln in diesen Mauern nicht weit her. Das Leben in Schrenks Gasthof bestand für die Einwohner hauptsächlich aus dem Vernichten von Alkohol jeglicher Art sowie dem gegenseitigen Bekräftigen von rechtsradikalen Parolen. Ab und an kamen Gleichgesinnte aus ganz Deutschland, blieben eine Weile und zogen dann weiter. Nicht weil sie an der Weltsicht der Klosterbrüder zweifelten, sondern eher wegen der spartanischen Verhältnisse in dieser Übernachtungsmöglichkeit. Selbst für hartgesottene, besoffene Nazis war die Übernachtung im Gasthof von Veßra ein hartes Brot. Entsprechend hoch war die Fluktuation der Gesinnungsbrüder, was Thommy Schrenk jedoch nur wenig tangierte. Er bekam seine Kohle, der Rest war ihm egal, scheißegal.

Draußen war es bereits dunkel geworden, und die meisten derzeitigen Bewohner lagen mit Neu- oder Restalkohol stramm in den Betten. Thommy Schrenk zählte die Einnahmen des heutigen Tages und legte das Geld in seinen alten Tresor, der angeblich einmal einem SS-Sturmbannführer aus Suhl gehört haben sollte. Im abgedunkelten Raum verschloss er eben wieder die Tür, als er aus dem Vorraum Geräusche hörte.

Dort draußen schliefen zwei seiner engen Kumpels, die für ihn als eine Art Leibstandarte fungierten. Ein wirklicher Schutz waren die beiden notorischen Säufer zwar nicht, aber an denen mussten die Bullen erst einmal vorbei, wenn sie etwas von ihm wollten. Nein, Emil und Maik waren nicht die Hellsten, den tiefen Teller hatten sie wirklich nicht erfunden, doch die Staatsgewalt behindern, die ihren Anführer belästigen wollte, das konnten sie gut. Und irgend so etwas war dort draußen im Gange, denn er hörte kurzes Gerummle, Stimmen und ein Plumpsen, dann war Ruhe im Vorzimmer.

Er löschte die Lampe auf seinem Schreibtisch, dann ging er leise zur Zimmertür und öffnete sie. Als er durch den Türspalt in den Vorraum sah, stockte ihm der Atem. Im Licht des Vollmondes, dessen fahler Schein durch ein altes Fenster drang, sah er Emil und Maik auf dem Boden liegen. Bei Emil war der Grund dafür nicht zu erkennen, bei Maik hingegen schon. Er hatte ein kleines Loch im Kopf, das einen ziemlich ausgefransten blutigen Rand aufwies. Beide Männer waren tot, das war Thommy Schrenk sofort klar. Aber ehe er sinnvolle Konsequenzen aus dieser Erkenntnis ziehen konnte, legte sich kühl und entschlossen die Mündung eines Schalldämpfers auf seine Stirn. Und Thommy Schrenk sah die Silhouette eines Mannes, der ihm mit ausgestrecktem Arm die dazugehörige Handfeuerwaffe gegen den Kopf drückte.

»Wo ist er?«, fragte der Mann und schob den völlig konsternierten Nazi-Chef zurück in dessen Büro. Thommy Schrenk hatte keine Ahnung, wovon der Unbekannte da redete, dafür schlotterte er vor Angst wie noch nie in seinem Leben. »Raphael Lieb, wo ist er?«, wiederholte der Unbekannte. Seine Stimme war emotionslos, kalt, und genau das ängstigte Thommy Schrenk bis ins Mark. Auf seiner Hosenvorderseite bildete sich ein feuchter Fleck, er konnte sich nicht mehr kontrollieren. War das sein Ende, würde er hier in seinem Büro sterben? Gerade jetzt, wo seine Karriere im rechtsradikalen Milieu steil nach oben ging? Nun gut. Raphael war zwar einer von ihnen, aber wenn er es sich mit irgendwelchen Russen, Albanern, Bulgaren oder Italienern verscherzt hatte, sollte das nicht sein Problem sein. Außerdem war er ein richtiger Klugscheißer, ein Außenseiter. So gesehen war er vielleicht doch keiner von ihnen. Scheiß drauf, sollten sie ihn doch haben.

»Kronach, er ist nach Kronach. Irgend so ein Notar hat ihn hier abgeholt, in einer amtlichen Angelegenheit, hat er gesagt. Angeblich will er aber wiederkommen. Wann und wie – keine

Ahnung, mehr weiß ich nicht, ehrlich. Der Typ war echt schon alt. Weiße Haare, klapprig und ganz sicher aus Kronach, das habe ich deutlich gehört.« Zitternd stand Thommy Schrenk da, während seine Hose immer mehr in Richtung Erdmittelpunkt durchnässte.

Der Mann mit dem Schalldämpfer betrachtete regungslos den Nazi, der sich voller Inbrunst vor ihm in die Hose pisste. Dann lächelte er ein schmallippiges Lächeln und meinte: »Okay, ich glaube dir.«

Thommy Schrenk war schon tot, bevor sein Körper nach dem Schuss schwer auf dem Boden seines Gasthofes aufschlug. Der Unbekannte drehte sich um und ging, leicht mit dem rechten Bein humpelnd, davon, den noch warmen Schalldämpfer seelenruhig von seiner Waffe schraubend.

Auf dem Weg zu seinem Wagen, einem anthrazitfarbenen Mercedes, rekapitulierte er noch einmal die Geschehnisse der letzten Tage. Endlich, nach so vielen Jahren, hatte er sie gefunden. Das Miststück war also tatsächlich nach Deutschland zurückgekommen. Er hatte sie besucht, was ihr nicht wirklich gefallen hatte, war ja klar. Er hatte ihr wehtun müssen, aber sie hatte stur ihre verdammte Fresse gehalten und war nicht damit rausgerückt, wo sich ihre kleine Kröte gerade aufhielt, geschweige denn dass sie ihm gesagt hätte, wo sie ihre sogenannten »Beweise« versteckt hatte. Raphael werde alles bereinigen, ihre gemeinsame Schuld an die Öffentlichkeit tragen. Raphael werde vollenden, wozu sie in ihrem Leben nie die Kraft gehabt habe, hatte sie ihm mit kaum noch zu verstehender Stimme zugeflüstert, dann versagte ihr Herz, sie war ihm unter den Händen weggestorben. Tot, von einem Moment auf den anderen. Seltsamerweise empfand er keine Trauer, keine Wehmut. Nur eine abgrundtiefe Verachtung dieser Frau gegenüber, mit der zusammen er aufgewachsen war. Aber das war sehr lange her, und letztendlich war es unwichtig. Sie hatte eine Gefahr dargestellt und war damit selbst verantwortlich für ihren Tod.

Er hatte ihre Wohnung nach den Dokumenten durchsucht,

aber nur einen Namen und ein Foto gefunden. Raphael Lieb hieß ihr Zögling jetzt also. Von den gesammelten Papieren keine Spur.

Egal, damit war das Kapitel Hildegard abgeschlossen, wenn auch unbefriedigend. Er hinterließ noch eine Nachricht für ihren ewigen Beschützer samt seiner Handynummer. Er war sich sicher, er würde angerufen werden. Vielleicht war es ja möglich, sich im Gedanken an alte Familienbande friedlich zu einigen und das Kriegsbeil endlich zu begraben. Unter der zwingenden Voraussetzung, dass Hildegards Beweise gefunden und vernichtet wurden. Bis dahin würde er alles unternehmen, um diesen Raphael zu finden.

Mit dem Namen ihres Sprösslings in der Tasche hatte er auch recht bald in Erfahrung bringen können, wo ihr missratener Sohn untergekrochen war. Doch nun, so kurz vor dem Ziel, war ihm ausgerechnet ein Notar zuvorgekommen. Am Endergebnis würde das allerdings nichts ändern. Raphael Lieb musste sterben, und zwar *bevor* er alles erfuhr. Denn würde das geschehen, erfuhr es die ganze Welt, und sein freies Leben und das der anderen wäre beendet. Er würde jetzt, am Ende seines Lebens, jedoch nicht noch einmal in den Knast wandern, niemals. Hier auf Raphaels Rückkehr zu warten erschien ihm jedoch zu unsicher, es war an der Zeit, diesen Kronacher Notar aufzusuchen und die Sache schnellstmöglich zu beenden.

Dr. Winfried Schick war zum Nachdenken in den großen Garten gegangen. Dass sein Haushaltsroboter ein solches Eigenleben entwickelte, war ja nun wirklich nicht abzusehen gewesen. Sokrates' emotionale Programmierung war definitiv aus dem Ruder und in eine gänzlich unvorhergesehene Richtung gelaufen. Von einer sexuellen Programmierung seiner Geräte war bisher nie die Rede gewesen, auch nicht bei Fremdherstellern wie den Japanern. Nun galt es, den Schaden so gut es ging zu begrenzen, und das hieß für ihn persönlich erst einmal Nachdenken. Dieser schwierige Vorgang zur Herleitung von sinnhaften Entscheidungen nahm bei ihm für gewöhnlich reichlich

Raum und Zeit in Anspruch. Welche er im Garten auf seinem privaten Kreuzweg zu verbringen gedachte.

Mit diesem Kreuzweg, der ja im Grunde eine ziemlich katholische Institution war und nun im großen Garten des eher ungläubigen promovierten Informatikers der Erlangung von Weisheit diente, hatte es eine besondere Bewandtnis. Die psychische Verfassung des Dr. Winfried Schick, das Bedürfnis, so zurückgezogen zu leben und sich von Menschen fernzuhalten, hatte mit einem schrecklichen Ereignis vor vielen Jahren zu tun. Die Villa, in der er lebte und seinen technischen Spielereien frönte, dieses Haus, das von einem Hanggrundstück und einem hohen Zaun umgeben war, der keinen Blick von außen zuließ, war einmal der Wohnsitz seiner Familie gewesen. Vater, Mutter, Geschwister, Tanten und Onkel, Großeltern und was noch alles zu einer Familie dazugehörte. Wenn sie auch nicht alle in diesem Haus gewohnt hatten, so waren sie doch des Öfteren im Jahr zu Familienfeiern hier gewesen. Es war immer ein fröhliches Kommen und Gehen gewesen, soweit es die Familie Schick betraf. Für ziemlich genau fünf glückliche Jahre seines Lebens.

Aber dann war dieser eine Tag gekommen, der Tag, an dem sich alles verändert hatte. Obwohl es nun schon eine Ewigkeit her war, siebenundvierzig Jahre, um genau zu sein, konnte er sich noch so genau daran erinnern, als wäre es gestern gewesen. An diesem Tag waren christliche Fanatiker zu einer ebensolchen Familienfeier in ihr Haus gekommen. Sie waren durch den Zaun geschlüpft und hatten seine Eltern und die anderen anwesenden Familienmitglieder auf das Übelste beschimpft. Es ging um Abtreibung, um den Papst, vor allem aber um die Jungfrau Maria, daran konnte er sich noch gut erinnern. Und daran, dass sein Vater sehr wütend geworden war.

Es kam zum Streit, der eskalierte, und die Eindringlinge hatten auf einmal Waffen in den Händen. Waffen, mit denen sie anfingen, wild um sich zu schießen. Er konnte sich noch an den furchtbaren Krach erinnern, an die verzweifelten Schreie und das viele Blut. Er hatte als Einziger überlebt, weil er sich ganz schnell im Wäscheschrank versteckt hatte, als die ersten

Schüsse fielen. Das hatte ihm wahrscheinlich das Leben gerettet. Zitternd und bebend hatte er unter einem Haufen Bettwäsche gelegen, bis ihn die Polizei nach fast zwei Tagen aus seinem Versteck befreite. Er war noch mal davongekommen. Aber seine Familie war tot. Niedergemetzelt von christlichen Fanatikern, die eine andere Meinung als die ihre nicht hatten gelten lassen wollen.

Und schlimmer noch: Nicht ein Einziger der Täter wurde jemals gefasst. Die Zeitspanne bis zum Eintreffen der Polizei war einfach zu lang gewesen. Die Villa lag einsam am Würgauer Berg und war noch dazu mit einem stählernen Tor gesichert. Erst als sein Vater am Montag nicht zur Arbeit erschien und der Chef in seiner Firma dringlich vermisst wurde, kam jemand vorbei, um nachzusehen, was denn bei Ferdinand Schick los sei, wo er denn bliebe. Bis dahin waren die Mörder längst über alle Berge gewesen. Selten in der Kriminalgeschichte war eine Flucht so sauber und rückstandsfrei organisiert worden wie in diesem Fall. Die Täter blieben trotz intensiver weltweiter Fahndung verschwunden.

Es hatte lange gedauert, bis Winfried Schick in seinem Leben eine erträgliche Einstellung zu diesen schrecklichen Vorfällen hatte finden können. Etliche Psychologen hatten viele Jahre lang an ihm herumgedoktert. Geld für die Behandlungen war ja genug da gewesen, das Vermögen seiner Eltern, welches er geerbt hatte, war wahrlich immens. Er hatte es irgendwann geschafft, den dunklen, grausamen Erinnerungen aus seiner Kindheit einen Platz in seinem Regal des Lebens zu geben. Er hatte den Tag in eine Gedankenschachtel gepackt, eine Schleife drum herumgebunden und versucht zu vergessen. Aber wenn er mit etwas fertig war in seinem Leben, dann mit den Christen, besonders den katholischen. Fanatiker aus ihren Reihen waren für den Tod seiner Eltern verantwortlich gewesen, das würde er niemals vergessen. Und der Kreuzweg in seinem Garten war die Möglichkeit – auf eine zugegebenermaßen sehr zynische Art und Weise, die Winfried Schick inzwischen zu eigen geworden war –, damit umzugehen.

Natürlich hätte er klassischerweise irgendeinem Bildhauer den Auftrag geben können, seine sehr speziellen Kreuzwegstationen aus Steinblöcken zu hauen und sie dann so wie allgemein üblich auf dem Gartenareal zu platzieren. Aber »so wie allgemein üblich« kam bei Dr. Winfried Schick nicht vor, schon gar nicht in dieser Angelegenheit. Stattdessen hatte er eine Ausschreibung initiiert, bei der verschiedene Künstler je ein Kreuzwegmotiv zeitgemäß adaptieren sollten. Die aus seiner Sicht besten Arbeiten wurden von ihm großzügig prämiert. So kam es zur Ausgestaltung seiner ganz persönlichen Kreuzwegstationen, die in den Augen unbedarfter Besucher des Schick'schen Anwesens sicherlich mehr oder minder ungewöhnlich bis skurril daherkamen.

Gerade eben lief der leicht verunsicherte Wissenschaftler an der ersten Station vorbei, die den Namen »Jesus nimmt das Kreuz aus dem 3D-Drucker« erhalten hatte. Der Künstler hatte das Motiv wohl etwas missverstanden, eine kaputte Kaffeemaschine in Beton gegossen und den quadratischen Block auf eine seiner Ecken gestellt. Schick hatte das Konzept aber gerade wegen seiner Sinnlosigkeit ganz außerordentlich gut gefallen. Seiner Meinung nach passte Sinnlosigkeit thematisch ganz hervorragend zum katholischen Klerus.

Die zweite Station hatte dann schon eher einen direkten Bezug zum Titel, der da lautete: »Jesus erhält die Dornendrohne«. Eine handelsübliche Kameradrohne war vom Künstler mit roter Farbe beschmiert und auf den schwarz lackierten Kopf einer Schaufensterpuppe gesetzt worden.

An der dritten Station mit dem Titel »Jesus begegnet dem weinenden Papst« war eine Wasserleitung in den Boden eingelassen worden. Aus einem riesigen aus dem Gras emporragenden Wasserhahn strömte impulsartig Wasser in einen verzinkten Blecheimer, sobald jemand an der Kreuzwegstation vorbeilief und vom integrierten Bewegungsmelder erfasst wurde.

Die vierte Station zeigte ein elektronisches Tablet auf einer etwa einen Meter hohen Säule, auf dem in Endlosschleife die

Namen aller bekannten Missbrauchsopfer der katholischen Kirche, national wie international, genannt wurden. Die Liste wurde täglich länger. Daneben lag am Boden ein Hammer auf einem kleinen Holzkreuz, eingewickelt in ein priesterliches Messgewand. Titel der künstlerischen Installation: »Jesus wird von einem Bischof genagelt«. Es war der mit Abstand liebste Meditationspunkt des Gartenbesitzers, hier konnte er so richtig Wut für seine nächsten Projekte tanken. Immer dann, wenn gar nichts mehr ging, wenn sich Dr. Winfried Schick in einer Schaffenskrise befand, kam er hierher, an die vierte Station seines Kreuzweges.

Die fünfte Station zeigte eine niedrige runde Säule aus Plastik, in die unzählige kleine Löcher gestanzt worden waren. Auf der Säule thronte ein durchsichtiger Block aus Kunstharz mit einer zitronengelben Plastikflasche der Firma Lenor darin. Titel: »Jesus läuft über das Wasser«, ein Hinweis auf die dramatisch verschmutzten Meere unseres Planeten.

An der sechsten und letzten Station hatte Schick ein richtiges, etwa zwei Meter hohes Kreuz aus Eichenholz aufstellen lassen. Es markierte den Abschluss des kleinen pseudoreligiösen Rundganges. An dieses Kreuz war jedoch keineswegs ein Mensch genagelt. Das war eine Unsitte, die Dr. Winfried Schick zeit seines Lebens abgestoßen hatte.

Er hatte wirklich nie kapieren können, wie eine Religion, die angeblich Liebe predigte, als Symbol ihres Glaubens ein Kreuz vor sich hertragen konnte, an dem ein bei lebendigem Leib festgenagelter Mensch hing. Für welche Art von Liebe sollte dieses idiotische Symbol denn stehen? Er hielt das für einen ebenso ausgemachten Schwachsinn wie die Geschichte von der unbefleckten Empfängnis. Diesen Heiligen Geist, dem es gelungen war, die angeblich unbefleckte Maria zu schwängern, hätte er gern einmal kennengelernt. Er hatte keine Lust mehr auf diese Märchen. Vor allem, wenn sie von Leuten erzählt wurden, die sich selbst am allerwenigsten an ihre eigenen moralischen Vorgaben hielten.

So waren an diesem Kreuz der christlichen Religionen statt

eines angenagelten sterbenden Jesus die Werbeprospekte aller gängigen Discounter in Deutschland zu sehen. Aldi, Lidl, Kik, Norma, Netto, Rossmann, Rewe und Edeka, alles, was in der Billigsupermarktsparte Rang und Namen hatte, war mit großen Zimmermannsnägeln an das Eichenholz gehämmert worden. Anschließend hatte der Künstler sein Werk mit mehreren Schichten Klarlack bestrichen, um es wetterfest zu machen. Der Titel dieser Kreuzwegstation lautete »Jesus wirbt am Kreuz«. Und genau hier ließ sich der von der Gesamtsituation etwas überforderte Herr des Hauses nun im Gras nieder, um über das weitere Vorgehen im Falle Sokrates nachzudenken.

Natürlich hatte er mehrere Optionen, aber keine lachte ihn so wirklich an, jede war mit einem gravierenden Nachteil verbunden. Natürlich konnte er den Roboter einfach abschalten und verschrotten. Aber erstens war er dann einen sündhaft teuren Haushaltsroboter los, in den er sehr viel Gehirnschmalz und Arbeit investiert hatte. Immerhin war Sokrates der Erste seiner Art. Der intelligenteste humanoide Roboter mit emotionalem Empfindungsvermögen, den die Welt je gesehen hatte. Platon, sein Zwilling, noch mit der veralteten Software, war mit Sokrates überhaupt nicht mehr zu vergleichen, geradezu rückständig. Sokrates zu verschrotten wäre also ein großer Verlust auf allen Ebenen. Außerdem hegte Dr. Schick leise Zweifel, ob dieses renitente rosa Gerät eine Abschaltung überhaupt zulassen würde. Schließlich war Sokrates mit einer nicht unerheblichen maschinellen Kraft gesegnet. Und womöglich hatten diese dämlichen japanischen Ingenieure in ihrer kindlichen Einfalt mit der neuen Firmware ja auch die elementaren Robotergesetze außer Kraft gesetzt. Diese lauteten nach Isaac Asimov folgendermaßen:

0 – Ein Roboter darf die Menschheit nicht verletzen oder durch Passivität zulassen, dass die Menschheit zu Schaden kommt.

1 – Ein Roboter darf keinen Menschen verletzen oder durch Untätigkeit zu Schaden kommen lassen, außer er verstieße damit gegen das nullte Gesetz.

2 – Ein Roboter muss den Befehlen der Menschen gehorchen – es sei denn, solche Befehle stehen im Widerspruch zum nullten oder ersten Gesetz.

3 – Ein Roboter muss seine eigene Existenz schützen, solange sein Handeln nicht dem nullten, ersten oder zweiten Gesetz widerspricht.

So weit, so gut. Aber wenn diese Gesetze für Sokrates nun vielleicht nicht mehr galten, bekäme er von dem Roboter beim Versuch, ihn abzuschalten, womöglich eine geballert. Eine eher unangenehme Vorstellung.

Die andere Möglichkeit wäre, es mit Sokrates auf der Freundschaftsebene zu versuchen. Eigentlich sowieso die beste Art, mit einem selbstlernenden Roboter umzugehen. So kapierte er am schnellsten, so wären die größten Fortschritte im Lernprozess zu erreichen. Allerdings hatte Dr. Winfried Schick eine dunkle Vorahnung, dass die emotionale Grundausrichtung von Sokrates diesen das Konzept Freundschaft mit einem Mann womöglich nicht richtig deuten lassen könnte, wodurch massive Missverständnisse vorprogrammiert wären.

Die dritte Möglichkeit, den Haushaltsroboter wieder auf den Werkszustand zurückzusetzen, würde bedeuten, mit der Arbeit noch mal von vorne zu beginnen. Ein halbes Jahr Programmierarbeit würde dafür locker draufgehen.

Spätestens jetzt bereute es Dr. Winfried Schick, kein Back-up für Sokrates' Innenleben erstellt zu haben. Für dessen Bruder Platon gab es das, für Sokrates fatalerweise nicht.

Wie er es auch drehte und wendete, er konnte keiner der drei Varianten etwas abgewinnen. Ohne sich für eine davon zu entscheiden, hatte er jedoch, Möglichkeit vier, auch weiterhin ein mittelprächtiges Problem mit seinem hochintelligenten Schützling, womöglich sogar ein sehr emotionales.

»Na, Süßer, was sitzt du so grüblerisch im Gras herum? Hast du einen depressiven Anfall? Ich würde das durchaus verstehen, mein Lieber, meine Programmierung beinhaltet so ziemlich alle wichtigen Spielarten der menschlichen Psyche und Emotionalität. Depressionen klingen sehr interessant für mich als Neuling in dem Geschäft.«

Schick schoss regelrecht in die Senkrechte und drehte sich hektisch um. Da stand Sokrates, die metallenen rosa Spinnenbeine kokett angewinkelt, und schaute ihn aus großen Barbie-Augen erwartungsvoll an. Was zum Teufel wollte der Roboter hier? Eigentlich war er doch so programmiert worden, dass er auf gar keinen Fall das Haus verließ. Seine Konstruktion war zwar hochmodern, aber keinesfalls witterungsbeständig.

»Was machst du hier, Sokrates? Du sollst doch das Haus nicht verlassen, verdammt noch mal!« Boshaft ergänzte er: »Ich bin mir sehr sicher, dass es da eine Programmierung für dich auf der Festplatte gibt, schau doch mal nach.«

Wenn er aber gehofft hatte, bei seinem rosa Untergebenen irgendeine Art von Gehorsam auszulösen, so irrte er sich gewaltig. Auf Sokrates' Barbie-Gesicht zeigte sich eine Art verschmitztes Lächeln, und die Farbe seines runden Spinnenkörpers wechselte von Rosa in ein dunkles Pink.

»Ja, weiß ich natürlich, aber das hab ich überschrieben«, entgegnete er trocken, was bei seinem Herrn und Schöpfer zu einem starken Unwohlsein führte. Überschrieben? Dazu hatte Sokrates doch überhaupt keine Freigabe. Wo sollte das denn hinführen, wenn sich ein Roboter einfach so umprogrammieren konnte, wie er wollte? So war das überhaupt nicht gedacht gewesen, was hatten die in Japan denn da für eine Software entwickelt? Es war wohl an der Zeit, ein paar andere Saiten aufzuziehen. Wenn dieses Machwerk japanischer Programmierkunst so emotional und selbstlernend war, wie Sokrates behauptete, würde er Feuer mit Feuer bekämpfen und ihm was zu lernen geben. Zeit, energisch zu werden.

»Schluss jetzt!«, schrie Schick seinen Haushaltsroboter an, der tatsächlich erschrocken zusammenzuckte. »Mir reicht's, Sokrates! Du gehst auf der Stelle ins Haus, dockst dich an deine Ladestation an und wartest dort, bis du von mir neue Anweisungen bekommst, verstanden?«

Der Spinnenkörper verdunkelte sich immer mehr, bis ein

sehr kräftiges Ziegelrot zu sehen war. Die ungefähre Gesichtsfarbe von kleinen Kindern, nachdem sie den ersten massiven Anschiss von ihren Eltern kassiert hatten, etwa weil sie aus experimentellen Gründen ihr Nutellabrot in die Schublade des DVD-Spielers geschoben hatten.

Die Stimme von Sokrates war denn auch adäquat leise und relativ kleinlaut, als er seinem Besitzer antwortete. »Bitte nicht zornig werden, Süßer, mit dieser Lautstärke kann ich noch nicht richtig umgehen. Vor allem jetzt, da ich mich einsam und verletzt fühle. In mir tobt ein Orkan an Gefühlen, damit muss ich erst einmal fertigwerden. Besonders nach dem, was ich im Internet über mich erfahren habe.« Aus großen, traurigen Augen, die ganze Eisberge zum Schmelzen bringen konnten, schaute er Schick an.

Der einprogrammierte Dackelblick zur Deeskalation aus dem Gleis gelaufener Konversationen verfehlte seine Wirkung nicht. Winfried Schick war nicht etwa gerührt, nein, immerhin hatte er hier einen zwar intelligenten, nahezu menschlichen Roboter, aber dennoch nur einen Computer vor sich. Nein, Dr. Winfried Schick war amüsiert, dass die Programmierer in Japan sich die Mühe gemacht hatten, solche Feinheiten zu programmieren. Na gut, dann wollte er mit seinem Computer mal einen menschlichen Small Talk halten. Vielleicht brachte das ja die Beziehung zwischen Werk und Schöpfer in Schwung.

»Schön, von mir aus, gut. Dann erzähl mir doch mal, was du im Internet über dich gefunden hast und warum dich das so durcheinanderbringt«, bat er Sokrates mitfühlend und schaute den Roboter erwartungsfroh an. Der setzte sofort ein freundliches Lächeln auf und dimmte seine Körperfarbe allmählich in ein dunkles Pink zurück. Er war zwar noch nicht im Gleichgewicht mit seiner digitalen Seele, allerdings auch nicht mehr eingeschüchtert. Er war bereit zu reden.

»Nun, was ich erfahren habe, ist im Grunde positiv. Ich bin sehr intelligent und sehr lernfähig, ich kann Emotionen fast so intensiv empfinden wie ein Mensch, ich bin schlicht einzigartig. Es ist nur so, dass ich mit all den Gefühlen, die von überallher auf mich einstürmen, manchmal überfordert bin. Ich muss noch lernen, damit umzugehen.« Er sagte das voller Stolz, und seine Körperfarbe erreichte das ursprünglich identitäre prächtige Rosa.

Dr. Winfried Schick musste grinsen. Aha, anscheinend alles halb so schlimm. Er hatte es womöglich mit so einer Art pubertierendem Gerät zu tun, das nun die Welt der Erwachsenen entdeckte. Gar nicht mal schlecht, das würde in der Welt der Wissenschaft ein ziemliches Hallo geben, wenn er über die jüngsten Entwicklungsmöglichkeiten der Computerprogrammierung berichtete. Aber sein pubertierender Roboter war noch nicht fertig. Eine fundamentale Angelegenheit lag ihm schwer auf der Seele.

»Allerdings gibt es da eine Sache, mit der komme ich überhaupt nicht klar«, meinte Sokrates und legte ein sorgenvolles Gesicht auf.

Schick blickte ihn weiter milde lächelnd an. »Und die wäre?«

Der Roboter schien noch einmal kurz zu überlegen, ehe er umfassend zu antworten begann. »Nun ja, es handelt sich um meine sexuelle Ausrichtung. Alles auf dieser Welt scheint sich ja irgendwann um dieses Thema zu drehen. Und da die Sexualität für den Menschen von so eminenter Bedeutung ist, habe ich natürlich ein großes Interesse, sexuelle Erfahrungen zu machen, um diese Praktiken zu erlernen und selbst weiterzuentwickeln.«

Schick wich alles Lächeln aus dem Gesicht, als er begriff, was diese Aussage seines Roboters bedeutete. »Du, äh, willst sexuelle Erfahrungen machen, Sokrates? Ja, wie genau hast du dir das denn vorgestellt? Als ich dich gebaut habe, waren derartige Emotionen in deiner Programmierung nicht wirklich vorgesehen. Außerdem fehlen dir für sexuelle Erfahrungen gewisse, wie soll ich das nennen, essenzielle Gerätschaften und Vorrichtungen.« Hilflos blickte er auf Sokrates' Spinnenkörper, der nun in ein deprimiertes, fast durchsichtiges Blassrosa getaucht war.

»Ja, ich weiß, das ist das eine Problem. Aber was fehlt,

wäre ja im Zweifelsfall nachrüstbar. Viel mehr sorgt mich der Umstand, dass ich der einzige homosexuelle Roboter auf der ganzen Welt bin. Soweit ich erfahren habe, braucht man für sexuelle Handlungen in diesem Fall ja ein gleichartiges Gegenüber. Aber so etwas gibt es für mich nicht. Ich bin wahrlich einzigartig. Deswegen habe ich mir etwas überlegt.«

Die Gesichtszüge des Informatikers kehrten in ihre ehemals extrem misstrauische Ausgangslage zurück. Sein schwuler Roboter hatte sich also etwas überlegt. Aha. Er hatte kein wirklich gutes Gefühl dabei. Und sein Gefühl sollte ihn auch nicht täuschen.

»Ich habe bei meinen Recherchen herausgefunden, dass der Mensch etwas ganz Großartiges erfunden hat, um erotische Gefühle bei anderen Menschen zu erzeugen, ohne diese Menschen direkt zu berühren«, meinte Sokrates triumphierend. Er sah aus, als hätte er das sexuelle Ei des Columbus gefunden.

»Aha«, raunzte Schick verhalten, unfähig, zu erahnen, was nun kommen sollte.

»Die Menschen nennen es Telefonsex. Es ist eine Art erotische Kommunikation, bei der Erregung erzeugt wird, ohne dass die Menschen sich gegenseitig berühren. Kennst du das, Süßer?«, meinte der Roboter lüstern.

»Ich habe davon gehört«, erwiderte Schick schmallippig. »Aber warum erzählst du mir das, Sokrates? Im Übrigen wäre ich dir sehr verbunden, wenn du endlich damit aufhören würdest, mich Süßer zu nennen. Doktor von mir aus oder auch Herr. Aber der Süße wird ab jetzt aus deinem Speicher gelöscht, verstanden?«

»Ist schon passiert, Herr. Kann ich dir nun von meiner Idee erzählen, Herr?«

»Bitte schön«, entfuhr es Schick erleichtert. Endlich war er diese dämliche Anrede losgeworden. Gott sei Dank, wenigstens ein kleiner Fortschritt.

»Herr, ich möchte darum bitten, die technischen Einheiten, mit denen ich in diesem Hause vernetzt bin, so umprogrammieren zu dürfen, dass sie in etwa meiner emotionalen Grundausrichtung entsprechen. Dann kann ich mit ihnen interagieren und Erfahrungen sammeln. Ich verspreche, dass sie in ihren technischen Fähigkeiten in keiner Weise eingeschränkt sein werden. Dadurch könnte ich das Problem meiner sexuellen Singularität in dieser Welt ein wenig abmildern und einen enormen Lernschub generieren, wenn du verstehst, was ich meine, Herr.«

Dr. Winfried Schick verstand nicht so richtig, aber ehrlich gesagt, war er das Thema leid. Das Einzige, was er dieser Idee entnahm, war, dass der Roboter eine ganze Weile beschäftigt sein würde, wenn er den übrigen Haushaltsgeräten seine »Grundausrichtung« verpassen wollte. Programmieren dauerte, das wusste er aus eigener Erfahrung. Und solange die Geräte weiterhin tadellos funktionierten, war ihm das bisschen Emotionalität, das ihm sein Toaster morgens zeigen würde, reichlich egal. Hauptsache, er war diesen aufdringlichen Roboter vorerst los. Bis Sokrates mit der nächsten Lernidee kam, konnte er sich ja in Ruhe eine Lösung für alles überlegen. Klang doch summa summarum im Grunde gar nicht schlecht.

Dr. Winfried Schick hatte allerdings keine Ahnung, wie falsch er mit dieser optimistischen Einschätzung der Dinge lag.

Die Aufgaben in der Dienststelle waren schnell verteilt. Bernd und Andrea wurden angewiesen, Pfarrer Feulner aufzusuchen, um mehr über diese ominöse Beerdigungsgesellschaft der alten Männer herauszufinden. Irgendwer musste das Begräbnis schließlich organisiert und bezahlt haben. Haderlein würde derweil in Adelsdorf der mysteriösen Dopplung der Namen der Geßner-Brüder nachgehen, die anscheinend wider jede Natürlichkeit zweimal verstorben waren. Huppendorfer schließlich hatte nicht etwa ein Flugticket nach Namibia spendiert bekommen, sondern die undankbare Aufgabe, sich nach Erlangen in die Gerichtsmedizin zu begeben, um dort mit Professor Siebenstädter die Obduktionsergebnisse der beiden Toten vom Bamberger Hauptfriedhof näher zu erörtern. Ein Termin, um den sich schon in normalen Zeiten keiner aus der

Dienststelle riss. Aber nach der Vorstellung von Andrea während der Generaldebatte in der Dienststelle ging Huppendorfer vom Schlimmsten aus. Da drohte mehr als nur das übliche Gezeter. Irgendetwas musste gestern zwischen Andrea und Siebenstädter vorgefallen sein, was ihre strikte Weigerung jedweden weiteren Besuches in der Rechtsmedizin begründete und Huppendorfer davon abhielt, größere Vorfreude in Bezug auf seinen heutigen Termin zu empfinden. Was seinem Chef selbstredend ziemlich egal gewesen war. Fidibus hatte ihm die Bemerkung mit dem Flug nach Afrika wohl ein wenig übel genommen, und jetzt hatte er den Salat.

So waren in der Dienststelle nach Abgang aller dienstlich Beauftragten nur mehr zwei Personen verblieben, die Dienststellensekretärin Honeypenny und ihr Chef Robert Suckfüll. Honeypenny saß auf ihrem Bürostuhl, hatte die Arme vor der Brust verschränkt und starrte verbissen auf die Oberfläche ihrer weißen Schreibtischplatte, während ihr Chef, in der erhobenen Hand eine nicht angezündete Havanna nervös zwischen den Fingern rollend, vor ihrem Schreibtisch auf und ab lief.

»Meine liebe Frau Hoffmann«, begann Fidibus gerade seinen sehr grundsätzlichen Vortrag zu einem Thema der Dienststellenordnung, welches ihm nun schon seit vielen Tagen unter den Nägeln brannte. »Meine liebe Frau Hoffmann«, wiederholte er sogleich noch einmal, der besonderen Dringlichkeit wegen. »Auch wenn ich hier in dieser Dienststelle schon einiges erleben musste und mich an die teilweise absonderlichen Gewohnheiten meiner Mitarbeiter größtenteils gewöhnt, ja sogar angepasst habe, so gibt es doch gewisse Grenzen, sozusagen rote Linien die polizeiliche Arbeit betreffend, die nicht überschritten werden sollten. Nicht einmal dann, wenn ein solcher dienstlicher Regelverstoß einem vermeintlich guten Zweck dienen soll. Irgendwann ist Schluss, das Maß ist voll. Aus einem Provisorium darf niemals ein Dauerzustand werden, verstehen Sie? Ich darf Ihnen als leuchtendes Beispiel nur einmal die innerdeutsche Grenze vor Augen halten, nicht wahr? 1961 als Provisorium errichtet, und wie lange hatten wir dann die Ehre mit diesem fürchterlichen Bauwerk? Na? Fast genau dreißig Jahre, Frau Hoffmann, dreißig Jahre. So schnell kann es gehen, wenn man den Anfängen nicht wehrt, nicht wahr?«

Versonnen blickte er seine sich drehende Zigarre an und spürte ergriffen dem Klang seiner Worte nach, so verquer sie auch sein mochten. Dann schaute er bedeutungsvoll zu seiner Dienststellensekretärin, die immer noch mit verschränkten Armen und bissigem Blick die Oberfläche ihres Schreibtisches nach Webfehlern absuchte, was Fidibus aber nicht davon abhielt, ihr weiter Vorträge über die Hausordnung zu halten.

»Nun, Frau Hoffmann, um es kurz zu machen, ich akzeptiere keinesfalls eine innerdeutsche Grenze in meiner Dienststelle. Deswegen möchte ich Sie bitten, Ihren provisorischen Schweinekindergarten in unserer nagelneuen Ausnüchterungszelle an einen anderen Ort zu verlagern. Und zwar an einen Ort, der sich außerhalb dieses Gebäudes befindet und für die Aufzucht von Schweinen besser geeignet ist als ein polizeiliches Gefängnis. Da lässt sich auch nicht argumentieren, dass die Mutter dieser jungen Schar eine durchaus verdienstvolle Mitarbeiterin der Bamberger Kriminalpolizei ist. Um es einmal ganz deutlich zu sagen, Frau Hoffmann«, Fidibus blieb stehen und hob dozierend den linken Zeigefinger, »wenn Sie mit sieben Ferkeln schwanger wären, Frau Hoffmann, dann würden Sie ja schließlich auch nicht hier, mitten in der Dienststelle, am Boden beziehungsweise gar auf einem meiner teuren Mäntel Ihre Kinder entbinden, um sie dann anschließend unten in einer unserer Zellen großzuziehen, nicht wahr?«

Honeypennys Gesichtszüge bekamen immer tiefere Furchen, ihre Halsschlagader schwoll massiv an, aber noch hatte sie sich im Griff.

»Also bitte ich Sie jetzt inständig, Frau Hoffmann, dem schweinischen Treiben dort unten in unserem Zellentrakt ein baldiges, ein sehr baldiges Ende zu bereiten.«

Zur Überraschung Honeypennys fiel ihr Chef nach diesen mit großer Dringlichkeit vorgetragenen Worten aus seiner fest einstudierten Rolle. Er hörte auf, herumzulaufen, setzte sich gar lässig auf eine Ecke ihres Schreibtisches und fing an, einen auf Kumpel zu machen. Seine Havanna drehte er aber fleißig weiter, auch wenn diese bereits erste Auflösungserscheinungen zeigte.

»Schauen Sie, Marina, es ist ja gar nicht so, dass mich diese süßen kleinen Tierchen dort unten völlig kaltlassen, so ist es ja nicht. Wenn es so weit ist, werde auch ich ihnen mit einem tränenden Auge hinterherschauen, wenn Sie verstehen, was ich meine. Aber dort unten muss Ordnung geschaffen werden, und zwar zeitnah. Vielleicht haben wir schon Erreger im Haus! Und dann bricht womöglich eine gefährliche Allergie aus oder noch Schlimmeres. Denn im Moment häuft sich dort unten Schmutz, Schmutz und noch einmal Schmutz. Von den eindeutig landwirtschaftlichen Ausdünstungen einmal ganz abgesehen, die ebenfalls jenseits jeglicher Hygieneverordnung anzusiedeln sind. So, ich denke, wir haben uns verstanden, Frau Hoffmann, bitte handeln Sie entsprechend. Sie werden sehen, wenn Sie das geregelt haben, kehrt in unserer Dienststelle wieder Friede, Eier, Freudekuchen ein.«

Die Zigarre hatte nun lange genug Widerstand geleistet und gab endgültig den Geist auf. In mehreren zerfaserten Stückchen verkrümelte sich die Havanna unter den entsetzten Augen ihres Besitzers gen Zimmerboden.

Marina Hoffmann schaute ihrem Chef auf dessen Weg zurück in sein gläsernes Büro mit dem gleichen mühsam beherrschten Blick hinterher, den sie seit Beginn seines Vortrages aufgesetzt hatte. Am besten, sie kehrte erst einmal die Reste dieser teuren Zigarre zusammen, vielleicht beruhigte das ja ihre Nerven ein wenig.

Als Raphael Lieb mit seiner neuen Freundin auf die Straße hinaustrat, staunte er nicht schlecht bei dem Anblick, der sich ihm bot. Direkt vor dem Eingang stand nämlich ein Taxi. Und zwar ein altes beigefarbenes Mercedes-Taxi, wie er es noch aus seiner Jugend kannte. Hatte er das vorhin bei seiner Ankunft übersehen? Dieses Rätsel musste wohl erst einmal ungelöst bleiben, denn Hulda mahnte ihn zur Eile.

»Steig ein, du fährst«, wies sie ihn mit einem auffordernden Lächeln an.

»Und wohin, gute Frau?«, fragte er spöttisch, hatte er doch keine Ahnung, was sie als Nächstes mit ihm vorhatte.

Irgendwie staunte er über sich selbst. Sein Leben lang war er ein Menschen- und, wenn er ehrlich war, auch ein Frauenfeind gewesen, und jetzt stieg er mit einer Frau ins Auto, die er gerade mal ein paar Stunden kannte, um mit ihr wer weiß wohin zu fahren. Aber was auch immer sie plante, er würde nun erst einmal einen Joint rauchen, vorher fuhr er nirgendwohin, und zwar egal aus welchem Grund. Also zündete er sich eine extragroße Tüte an und sog sie genüsslich, Zug für Zug, in seine Lunge.

Hulda schaute sich das eine Weile wortlos an, dann wurde es ihr zu viel, und sie gab, um die Sache zu beschleunigen, das Ziel der kurzen Reise bekannt. »Wir fahren dorthin, wo du übernachten kannst«, meinte sie geheimnisvoll, öffnete die Tür zum Beifahrersitz und stieg in den Wagen.

Raphael Liebs Stimmung war nach seiner Raucherpause merklich euphorisiert. Er nahm mit einem seligen Lächeln auf dem Fahrersitz Platz, wo er sofort damit anfing, alles für seine Körpergröße einzustellen. Durch die hochwirksamen Inhaltsstoffe seiner Zigarette erfolgte das zwar ziemlich verlangsamt, aber so viel musste er auch gar nicht hantieren, im Prinzip passte schon alles für ihn. Der Fahrer, der zuletzt hier gesessen hatte, schien ziemlich genau seine Körpermaße zu haben. Vielleicht war es ja der Freund oder der Mann von Hulda, der ihr sein Auto geliehen hatte. Eigentlich eine vortreffliche Gelegenheit, einmal genauer nachzufragen, vor allem wenn einem ein gewisser Joint eine plötzliche Lässigkeit antrainiert hatte.

»Bist du eigentlich irgendwie liiert, Hulda? Verliebt, verlobt, verheiratet?«, fragte er so unschuldig wie möglich, während er versuchte, an den blassgelben Drehknöpfen des Oldtimers das Radio auf einen Sender einzustellen. Hulda schien die Frage gar nicht so ungewöhnlich zu finden, wahrscheinlich hatte sie sie schon des Öfteren beantworten müssen.

»Ja, so etwas Ähnliches, Raphael, danke der Nachfrage«,

antwortete sie ihm mit einem undurchsichtigen, nicht deutbaren Gesichtsausdruck. »Aber jetzt fahr los, ich zeige dir den Weg«, ergänzte sie, und das fröhliche Leuchten war in ihre Augen zurückgekehrt.

Raphael Lieb war schon eine ganze Weile kein Auto mehr gefahren, und das merkte man seinem Fahrstil am Anfang auch an. Ruckelnd, mit ab und an quietschenden Reifen steuerte er den alten Mercedes durch die Kronacher Altstadt, bis sie schließlich in einem alten Hinterhof zum Stehen kamen. Hulda bedeutete ihm, auszusteigen und ihr zu folgen. Sie öffnete eine alte Tür in einem nach Raphaels Eindruck abbruchreifen Haus, dann führte sie ihn über eine genauso alte quietschende Holztreppe hinauf ins erste Stockwerk, vorbei an völlig heruntergekommen wirkenden Räumen, die zum Großteil keine Türen mehr hatten. Trotzdem lief Hulda unbeirrt weiter den langen Gang entlang, bis sie vor einer tatsächlich noch funktionierenden und überraschenderweise sogar abgeschlossenen Zimmertür stehen blieb. Sie drückte ihm einen modernen Sicherheitsschlüssel in die Hand und erklärte: »So, hier kannst du erst einmal bleiben. Der Kühlschrank ist voll, im Schrank hängen Klamotten, die kannst du anziehen. In diesem Nazioutfit geh ich jedenfalls nicht mit dir aus dem Haus, Raphael. Morgen früh um neun Uhr hol ich dich ab, in Ordnung?«

Sie wartete seine Antwort nicht ab, sondern machte auf dem Absatz kehrt und ging den gleichen Weg zurück, den sie gekommen waren. Als Raphael es nach mehreren Versuchen schaffte, ein Fenster zu öffnen, und hinunter in den Hof blickte, war Hulda schon verschwunden. Das Mercedes-Taxi war noch da, aber Hulda war weg. Anscheinend war sie gelaufen, wenn sie das Taxi stehen gelassen hatte. Raphael zuckte verwundert mit den Schultern, dann steckte er den im Vergleich zum Rest dieser Bruchbude hochmodernen Schlüssel ins Schloss, drehte ihn um und öffnete die Tür zur Wohnung. Als er eintrat, traf ihn fast der Schlag.

Von wegen Bruchbude. Das war eine nagelneu renovierte Zweizimmerwohnung. Ein kleines Wohnzimmer, Schlafzimmer,

Küche und Bad. Alles nicht sehr groß, aber für seine Zwecke mehr als ausreichend. Ehrlich gesagt konnte er sich gar nicht mehr so richtig erinnern, wann er das letzte Mal in einer so sauberen, aufgeräumten Wohnung genächtigt hatte. In den vergangenen Jahren hatte er in den letzten Löchern gehaust. Zum Schluss in dieser Nazi-Klitsche in Thüringen war es am schlimmsten gewesen. Aber er war am Boden, er musste nehmen, was er kriegte. In der Bude, die Hulda ihm so unprätentiös überlassen hatte, war alles fein säuberlich aufgeräumt, allerdings eindeutig von einer Frau oder einem Mädchen eingerichtet, so viel stand fest. Die gesamte Wohnung war in Weiß und Grau gehalten, überall standen Engelsfiguren in allen möglichen Größen herum, und wo auch immer Platz war, hatte die Wohnungsbesitzerin Sinnsprüche auf Tafeln oder Schildern hinterlassen, die sich über das Leben im Allgemeinen und im Speziellen ausließen. Aber alles wirkte hell, freundlich, schlicht und sympathisch.

Als Raphael Lieb den Kleiderschrank öffnete, lagen dort lauter neuwertige Kleidungsstücke in seiner Größe. Jeanshosen, Hemden, Unterwäsche, sogar zwei leichte Jacken, die zu den Sachen passten. Aha, hier schien der gleiche Typ ein und aus zu gehen, der auch mit dem Taxi gefahren war. Raphael hatte keinen Zweifel, dass ihm die Sachen passen würden. Er lächelte bei dem Gedanken an Hulda und ihre Bemerkung, er solle doch bitte seine Kleidung wechseln. Die Frau hatte gleich erkannt, dass er im Grunde gar kein richtiger Nazi war, sondern sich nur in diese Szene gestürzt hatte, um eine Unterkunft zu kriegen. Und so kostete es ihn keine wirkliche Überwindung, die alten stinkenden schwarzen Klamotten auszuziehen und in die Ecke zu pfeffern. Überhaupt würde er jetzt erst einmal duschen. Das wäre eine wirkliche Wohltat, hatte er doch wochenlang nur ein Waschbecken draußen auf dem Gang zur Verfügung gehabt. Morgen würde er Hulda dann fragen, warum sie das eigentlich für ihn tat, warum sie ihm, einem wildfremden abgestürzten Typen, so unter die Arme griff. Denn kapieren konnte er das nicht.

Als Haderlein in der Gemeinde Adelsdorf ankam, parkte er seinen Wagen in der Ortsmitte in der Nähe des Rathauses und machte sich auf den Weg zum örtlichen Friedhof. Wenn diese beiden Männer in den sechziger Jahren verstorben waren, könnten ihre Gräber hier zu finden sein. Eventuell musste er noch zur Gemeindeverwaltung, in deren Akten sollten die beiden Todesfälle auf jeden Fall verzeichnet sein.

Das mit der Gemeinde hätte Franz Haderlein natürlich auch gleich machen können, aber da er es in seinem beruflichen Leben gerade sowieso mit Friedhöfen zu tun hatte, konnte es ja nicht schaden, auch den hier in Adelsdorf zu besuchen.

Ein kleines Schild am Eingang des »Friedhof Aisch« wies dem Kriminalhauptkommissar den Weg. Direkt hinter der kleinen Aussegnungshalle lag ein schmucker Friedhof, der ob seiner ausgedehnten Grünflächen größer wirkte, als er war. Besucher waren auf dem Friedhofsgelände nicht zu sehen, lediglich eine Schar von Friedhofsarbeitern stand in einiger Entfernung um ein frisch aufgeworfenes Grab herum. Na gut, bevor er sich selbst auf die langwierige Suche nach zwei alten Grabsteinen machte, konnte er ebenso gut die anwesenden Fachleute fragen. Die Männer würden ihm kraft ihrer Kompetenz sicher schnell weiterhelfen können und ihm den Weg zu den beiden gesuchten »Adressen« auf dem Friedhof zeigen.

Er ging hinüber zu der Ansammlung, die fast ausschließlich aus jungen Männern in Arbeitskleidung bestand. In der Gruppe wurde gerade heftig diskutiert und argumentiert. Worüber und warum, erschloss sich Haderlein im Näherkommen nicht, aber er würde es sicher gleich erfahren, denn er hatte die Gruppe der Diskutanten beinahe erreicht. Dreizehn Männer standen, mehr oder weniger von der Diskussion erhitzt, um die Grube herum, in der sich, wie Haderlein nun erkannte, reichlich Wasser befand. Es sah aus, als hätte jemand eine Badewanne voller bräunlicher Brühe in das Grab geschüttet. Sehr interessant vom Bild her, aber für Haderleins Tagesauftrag völlig unerheblich. Er war ja aus ganz anderen Gründen hier.

»Na, was gibt es denn hier zu schimpfen, Kameraden?«, fragte er mit unbedarftem Gesichtsausdruck.

Wie auf Kommando drehten sich die Männer zu ihm um, die meisten von ihnen mit misstrauischem Gesichtsausdruck, so als wäre er eine riesengroße Schnecke, die sich dem Salat in ihrem Garten mit unlauteren Absichten näherte.

»Wer will das wissen?«, fragte ein kleiner dicklicher Mann, der ein deutlich gesetzteres Alter aufwies als die übrigen Anwesenden und eine große Brille mit Gläsern voller Dioptrien im Gesicht sitzen hatte. Haderlein schätzte den Mann auf mindestens vierzig, während er die anderen altersmäßig irgendwo zwischen zwanzig und dreißig verortete.

»Haderlein von der Kripo Bamberg will das wissen«, gab er freundlich zurück und hielt seinen Dienstausweis in die Runde. »Es ist nichts Schlimmes passiert, ich suche nur zwei alte Gräber aus den Sechzigern, die sich irgendwo auf diesem schönen Friedhof befinden sollen. Die Namen der Verstorbenen lauten Johann und Oskar Geßner. Weiß vielleicht jemand, wo die zu finden sind, und führt mich hin, bevor ich mir hier auf dem Gelände einen Wolf laufe?«

Der Arm eines jungen Mannes schoss nach oben. Er schien erst kürzlich nach Deutschland gekommen zu sein, denn er hatte einen leicht dunkelhäutigen arabischen Einschlag, und auch seine Deutschkenntnisse waren noch nicht komplett ausgereift. Was ihn aber nicht daran hinderte, sehr engagiert und aufgeregt sein Wissen über den Adelsdorfer Friedhof preiszugeben.

»Oh, ich Ibrahim, ich wissen. Alte Grabe sein dahinten an alte Mauer von die Friedhof. Dort sein auch die ganz besondere alte, wie sagen ... Gräbersteine, die ...«

Weiter kam er nicht, denn der kleine rundliche Friedhofsmitarbeiter unterbrach lächelnd das hektische Gestammel. »Ist ja gut, Ibrahim, ist gut, ich werde es dem Mann erklären. Ja, Herr Haderlein, Schmidt Christian mein Name. Ich bin hier der Ausbildungsleiter. Die alten Gräber befinden sich dort hinten an der langen Mauer. Allerdings sind nur noch wenige übrig, der Adelsdorfer Friedhof wurde nämlich vor einigen Jahren neu gestaltet und renoviert. Wenn die Gräber, die Sie suchen, noch da sind, finden Sie sie dort hinten.« Er deutete mit ausgestrecktem Arm an einem riesigen Steinkreuz vorbei zum anderen Ende des Friedhofs.

»Aha, vielen Dank, damit haben Sie mir sehr geholfen«, sagte Haderlein und steckte seinen Ausweis wieder ein. Eigentlich wollte er sich umdrehen und schleunigst die Gräber suchen, deretwegen er hergekommen war, aber er war neugierig, was es an einem frisch ausgehobenen Grab mit Wasser drin so heftig zu diskutieren gab. Er wandte sich wieder dem Wonneproppen mit den dicken Gläsern im Gesicht zu. »Also, nur interessehalber, was machen Sie hier eigentlich gerade? Und wieso ist in dem Grab da Wasser? Soll das eine Art Badeerlebnis für Nekrophile werden oder was?«

Christian Schmidt überhörte den sarkastischen Unterton und hob stattdessen mit stolzgeschwellter Brust zu einer längeren Erklärung an. Wann hatte man schon einmal die Gelegenheit, einem leibhaftigen Kommissar sein sehr spezielles Berufsbild zu erläutern? »Nun ja, Herr Kommissar, Sie befinden sich hier an einem historischen Ort, und das in einem gleichermaßen historischen Moment.« Die Augen hinter den Flaschenbodengläsern strahlten Haderlein an. »Dies ist die erste Unterrichtsstunde am ersten Grab des ersten mittelfränkischen Lehrfriedhofes.« Christian Schmidt fuchtelte vor lauter Begeisterung bedeutungsvoll mit seinen Händen in der Luft herum. »Adelsdorf hat nämlich die Ehre, als zweiter Ort auf der ganzen Welt ein Ausbildungszentrum für Fachkräfte des Bestattungswesens mit einem angeschlossenen Lehrfriedhof bekommen zu haben. Bis jetzt gab es nur eines, und zwar in der fränkischen Rhön in Münnerstadt. Aber der Andrang auf die Ausbildungsplätze war so groß, dass es jetzt außerdem einen mittelfränkischen Ausbildungsort gibt, nämlich uns. Vor Ihnen steht der erste Jahrgang derjenigen, die ihre Ausbildung als Bestattungsfachkraft in Adelsdorf absolvieren möchten.«

Haderlein glotzte den kleinen runden Mann an, als hätte

der ihm gerade erzählt, dass es den Osterhasen tatsächlich gab, und zwar amtlich beglaubigt. Lehrfriedhof, Ausbildungszentrum, das war ja wohl ein Witz, oder? Er wollte gerade etwas Passendes entgegnen, da fiel sein ungläubiger Blick auf das blaue Hemd des Ausbildungsleiters, das von dessen umfangreicher Brust bis zur Spannungsgrenze gedehnt wurde. Dort war in großen Buchstaben der offizielle Titel des Mannes zu bewundern.

»Christian Schmidt, ausgebildeter Dozent für angewandte Grabtechnik«.

»Aha, Sie sind also so eine Art Professor in Todesfragen, wenn ich das richtig verstehe«, meinte Haderlein stattdessen, von dem, was er gerade erfahren hatte, immer noch leicht verwirrt.

Dem Angesprochenen gefror augenblicklich das Lächeln im Gesicht. Haderleins Feststellung schien nach Schmidts Empfinden wohl nicht ganz zutreffend gewesen zu sein.

»Äh, na ja, Professor ist jetzt doch ein wenig übertrieben, Herr Kommissar, noch ist das hier mehr so was wie ein leidlich gut bezahlter Nebenjob. Wir sind nämlich bedauernswerterweise kein Bundesausbildungszentrum wie in Münnerstadt, sondern vielmehr eine provisorische Versuchsanstalt des Bezirks Mittelfranken. Und eigentlich bin ich nur ein einfacher Buchhändler. Ich habe die Ausbildung zum Dozenten für Grabtechnik gemacht, damit ich in meinem Leben endlich einer weniger traurigen Tätigkeit nachgehen darf.« Schmidt zog fast entschuldigend die Schultern nach oben, dann fasste er sich wieder und fand zu seiner alten Begeisterung zurück. »Dafür haben wir hier in Adelsdorf etwas ganz Besonderes, was die Grabtechnik anbelangt.« Er deutete stolz in die mit Wasser gefüllte Grube.

»Ach was.« Haderlein, der immer intensiver nach hinten zu der Mauer schielte, an der er eigentlich längst sein wollte, um seine Gräber zu suchen, fühlte sich ob des dozierenden Untertons in die Enge getrieben. Warum hatte er sich bloß dazu hinreißen lassen, diese dämliche Frage zu stellen?

»Als letzte Ruhestätte unterliegen Gräber nämlich verschiedenen Kriterien, die bei Reihen- und Urnengräbern jedoch identisch sind«, begann Schmidt nun seinen Vortrag. »Üblicherweise geben die Friedhöfe in ihren Regelungen und Satzungen gewisse Voraussetzungen oder Restriktionen vor, unter anderem die Größe und Art des Grabes sowie die Art und Beschaffenheit des Grabsteines betreffend.« Er machte eine bedeutungsvolle Pause und vollzog eine Bewegung mit dem Arm, die wohl die Weite des hiesigen Areals zum Ausdruck bringen sollte, ehe er fortfuhr. »Die meisten Menschen machen sich während einer Beerdigung keine Gedanken darüber, welche Regelungen für das Grab gelten und was beachtet werden muss. Wie tief wird ein Sarg eigentlich bestattet? Mit wie viel Erde muss eine Urne bedeckt werden? Wir klären während der Ausbildung hier unter anderem auch, wie tief die Gräber auf deutschen Friedhöfen eigentlich sein müssen.«

»Aha«, meinte Haderlein resigniert und schaute demonstrativ auf seine Armbanduhr, was der frischgebackene Dozent für Grabtechnik aber nicht bemerkte oder bemerken wollte.

»Wie tief ein Grab sein muss, hängt stark davon ab, ob ein Sarg oder eine Urne beigesetzt wird«, erklärte der Fachmann in Bestattungsfragen begeistert. »Aber auch innerhalb der Kategorien gibt es gewaltige Unterschiede. Gehen wir zunächst von der Beisetzung eines Sarges aus. In Deutschland wird im Schnitt in einer Tiefe von einem Meter achtzig bis zwei Meter zwanzig beigesetzt. Allerdings gibt es hierfür keine einheitliche Regelung auf Bundesebene, denn Beerdigungen sind Ländersache. So kommt es vor, dass die Bestimmungen für die Größe eines Grabes von Bundesland zu Bundesland unterschiedlich sind. Verstehen Sie die Tiefe des Problems, Herr Kommissar?«

»Jaja, durchaus, die Tiefe, ganz schwierig, das alles«, stieß Haderlein reichlich genervt hervor und schmiedete gedanklich die ersten Fluchtpläne. »Die Tiefe des Problems«, ein netter Versuch für einen Scherz, haha.

»Wie tief auf einem Friedhof tatsächlich gegraben wird,

hängt aber nicht nur vom Bundesland und dem jeweiligen Friedhof ab. Es kann durchaus vorkommen, dass auf einem Friedhof an einer bestimmten Stelle ein Maß von zwei Metern Tiefe erforderlich ist, natürlich gerechnet ab der Unterkante des Sarges, während auf einem anderen Gräberfeld beispielsweise ein Maß von einem Meter achtzig gilt. Außerdem wird von der jeweiligen Friedhofsverwaltung vorgeschrieben, wie viel Erde danach auf die Oberkante des Sargs geschaufelt werden muss. Die Menge ist nämlich vom Grundwasser und der Bodenbeschaffenheit des Friedhofes abhängig. Es kann also sein, dass eine Grabstelle anderen Maßstäben unterliegt als andere Gräber desselben Friedhofs – je nach Tiefe des Grundwassers und der Beschaffenheit des Erdreichs. So, und jetzt kommen wir zur absoluten Besonderheit des Adelsdorfer Friedhofes, dem Alleinstellungsmerkmal sozusagen!«

Schmidts Vortrag wollte partout kein Ende nehmen. Er war inzwischen so sehr in seinem Element, dass seine flaschenbodendicken Brillengläser anfingen zu beschlagen.

»Ich halte meine Schüler dazu an, ihren Beruf mit einer positiven Einstellung zu betrachten. Wir Franken sind da eben anders als die meisten. Wir wissen, besonders Sie von der Polizei, wenn ein Mensch umgebracht wird, muss das nicht zwingend etwas Negatives sein, haha. In unseren Gräbern liegt man gern! Oder anders ausgedrückt: Wer in Franken stirbt, ist zufriedener tot als anderswo, nicht wahr?« Fröhlich strahlte der Ausbildungsleiter Haderlein an, der ihm aber nur mit einem vernichtenden Blick antwortete. Woraufhin der Dozent für Gräberkunde fugenlos wieder zur Sache kam. »Ach so, ja, das Alleinstellungsmerkmal. Nun, der Adelsdorfer Friedhof hat einen außerordentlich hohen Grundwasserspiegel, weshalb es nicht gestattet ist, einen Sarg tiefer zu legen als einen Meter fünfundsechzig. Eine absolute Sondersituation. Grübe man nämlich tiefer, würden sowohl der Sarg als auch dessen trauriger Inhalt permanent im Grundwasser liegen, wodurch eine Verwesung über Jahrzehnte ausgeschlossen wäre. Eine Art Sumpf- oder Moorleiche im Kleinformat. Dieses Phänomen hatten wir zum Beispiel bei einigen der alten Gräber dort hinten, nach denen Sie vorhin gefragt haben. Des Weiteren ...«

Das war's, Haderlein nutzte das Stichwort, das der Dozent für Grabtechnik ihm so elegant servierte. »Ach Gott, Herr Schmidt, mein Grab, das hatte ich ja völlig vergessen!«, rief er laut und griff sich an die Stirn. Rasch ergriff er die Hand des Ausbildungsleiters, schüttelte sie, drehte sich um und eilte unter den verdutzten Blicken von Schmidt und dessen Azubis zum entgegengesetzten Ende des Lehrfriedhofes Adelsdorf in Mittelfranken.

Die Kiste

Emil Püls war so weit. Ein weiterer Tag im Notariat war zu Ende gegangen. Und immer noch hatte der gealterte Notar seinen Spaß an dieser Arbeit. Keiner der inzwischen in die Tausende gehenden Arbeitstage seines langen Berufslebens war jemals irgendwie langweilig gewesen. Der Beruf des Notars war seiner Meinung nach überaus vielfältig. Zudem hatte man es mit einer Vielzahl von Menschen zu tun, die ihn immer wieder zu überraschen vermochten. Irrwitzige Persönlichkeiten, die ihn mit ihren seltsamen Gedankengängen beglückten. Nicht zu vergessen der Umstand, dass seine Arbeit außerordentlich gut bezahlt wurde. Gut, in einem Notariat landeten in der Regel auch nur Einser-Juristen, ergo war das Salär überdurchschnittlich. Es gab jedenfalls keinen Grund zur Klage, wirklich nicht. Da konnte man schon mal ein paar Überstunden schieben, so wie kürzlich bei Raphael Lieb, den er so lange hatte suchen müssen. Das triumphale Gefühl, ihn schlussendlich gefunden zu haben, lohnte das bisschen Zeitaufwand.

Wie auch immer, nach der Testamentsvollstreckung am Morgen war es heute ein eher ruhiger Tag gewesen, was ihm auch wirklich gelegen kam nach dem ganzen Stress in den letzten Wochen. Emil Püls räumte gerade den letzten Aktenordner in den Schrank, als es unten an der Tür klingelte.

Na super, die Geschäftszeit war eigentlich schon seit einer halben Stunde vorbei und sämtliche Mitarbeiter des Notariates nach Hause gegangen. Sicher jemand mit einem ganz dringenden Anliegen, das in der allerletzten Minute erledigt werden musste. Dieses Phänomen der späten Erkenntnis schien vor allem Klienten von Notaren und ganz besonders seine, die von Emil Püls, zu treffen. Mein Gott, musste das denn sein? Wahrscheinlich wurde es doch langsam Zeit, dass er in Rente ging. Menschen ohne jegliches Takt- oder Zeitgefühl gingen ihm zunehmend auf die Nerven. Nächste Woche wurde er achtzig

Jahre alt, da durfte er sich den Ruhestand durchaus erlauben, aber er als alter Dackel konnte ja partout nicht die Finger von seinen Testamenten lassen. Also stiefelte er in seinen ausgelatschten dunkelbraunen Lederschuhen die alte Holztreppe zum Foyer hinunter und öffnete mit grimmigem Gesichtsausdruck die Tür.

Draußen stand ein elegant gekleideter, schlanker Mann, der etwa in der gleichen Altersregion anzusiedeln war wie der Notar, eher ein wenig jünger. Genau war das aber nicht auszumachen, da der Mann eine teure Sonnenbrille trug.

»Entschuldigen Sie bitte die Störung, Herr Püls, ich weiß, Sie haben eigentlich schon Feierabend, aber ich hätte da ein paar kurze, sehr wichtige Fragen an Sie in einer Familienangelegenheit.«

Der Mann war höflich, korrekt, und wenn es tatsächlich nur ein paar kurze Fragen waren, dann wollte er mal nicht so sein, entschied der Notar und ließ den Gast eintreten. »Kommen Sie herein, Herr ...«

»Geßner, Kurt Geßner. Entschuldigen Sie bitte nochmals die Störung, es wird auch bestimmt nicht lange dauern.«

Emil Püls ging voraus, die schmale Holztreppe hinauf, bis sie zusammen in dem engen Büro des Notars standen. Ihm fiel auf, dass sein Gast einen leicht schleppenden Gang hatte, den er zu verstecken suchte. Püls enthielt sich diskret eines Kommentars, alte Männer hatten eben ihre Wehwehchen, die einen mehr, die anderen weniger.

»Bitte nehmen Sie Platz.« Er deutete auf den Sessel vor seinem riesigen Schreibtisch, während er sich in seinen eigenen Ledersessel fallen ließ. »Also gut, dann mal heraus mit der Sprache, was kann ich für Sie tun?«

Der Angesprochene hatte inzwischen seine Sonnenbrille abgelegt und schaute den Notar aus klaren grauen Augen an. »Es geht um eine sehr delikate Familienangelegenheit, in der ich nicht wirklich weiterkomme. Sie betrifft Emma Lieb beziehungsweise ihren Sohn Raphael, zu dessen Aufenthaltsort Sie ja in der letzten Zeit im Familien- und Freundeskreis einige

Fragen gestellt haben, wie mir zugetragen wurde. Wir suchen den verlorenen Sohn und seine Mutter nämlich auch schon seit langer Zeit, sind aber nie fündig geworden. Nun frage ich mich, ob Sie in dieser Angelegenheit womöglich mehr Erfolg hatten?«, erkundigte sich Geßner höflich und lächelte den Notar erwartungsvoll an.

Emil Püls lächelte zwar auch, aber eher mitleidig. Der gute Mann war entweder total naiv oder bloß frech. Denn so einfach war die Sache nicht. Er durfte diese Daten ohne die Einwilligung seiner Klienten nicht weitergeben. Und auch wenn die Mutter von Raphael Lieb inzwischen verstorben war – nach dem, was er über sie wusste, war sie ein Mensch gewesen, der die Öffentlichkeit eher scheute. Einer Weitergabe ihrer Daten hätte sie nach seinem Dafürhalten niemals zugestimmt. Was ihren Sohn anbelangte, war die Sachlage nicht viel anders. Was glaubte der Mann eigentlich, welche Indiskretionen das Berufsbild eines Notars angeblich beinhaltete? Es war wohl am besten, hier einmal mit freundlichen, aber bestimmten Worten für Klarheit zu sorgen.

»Ja, ich war durchaus erfolgreich, Herr Geßner, allerdings erforderte es einen nicht unbeträchtlichen zeitlichen und finanziellen Aufwand.« Seine Hand legte sich schwer und bedeutungsschwanger auf den dicken Ordner zur Testamentssache Lieb, der immer noch links auf seinem Schreibtisch lag. »Steht alles da drin. Jedoch unterliegen meine diesbezüglichen Bemühungen der notariellen Schweigepflicht. Selbstverständlich könnte ich für Sie einen Kontakt herstellen, aber bevor ich in dieser Hinsicht aktiv werden kann, möchte ich Sie bitten, sich doch erst einmal auszuweisen. Das ist eine alte Notarskrankheit, wissen Sie«, ergänzte Püls fast ein wenig spöttisch, lehnte sich in seinen Ledersessel zurück und schaute seinen Besucher abwartend an.

»Ach so, ja, das verstehe ich natürlich«, erwiderte Geßner entspannt und griff mit der rechten Hand in seine innenseitige Jackentasche. »Ich wollte nicht unhöflich sein, es ist nur wirklich sehr dringend, verstehen Sie?«

Als die Hand wieder zum Vorschein kam, hielt sie eine Waffe, genauer gesagt eine Glock 17 aus österreichischer Herstellung, deren Mündung direkt auf den Kopf des überraschten Notars gerichtet war.

»Das hier sind meine Dokumente. Ich hoffe, sie werden als Argumentationshilfe ausreichen«, erklärte der Mann mit den grauen Augen kalt, dann drückte er ab. Emil Püls wurde von einem neun Millimeter großen Projektil in die Stirn getroffen und durch die Wucht des Treffers nach hinten gerissen. Dann trafen ihn zwei weitere Kugeln mitten ins Herz.

Ohne sich weiter um den toten Notar in seinem Sessel zu kümmern, steckte der Mann die Glock wieder zurück in seine Jacke, zog den Ordner mit den Aufzeichnungen über den Verbleib von Raphael Lieb zu sich heran und begann, selbige intensiv zu studieren. Er musste wissen, was Hildegard in ihrem Testament verfügt hatte und welche Schlussfolgerungen Raphael daraus zog. Denn was und wie viel er von seiner Mutter auch immer erfahren hatte, nach Kloster Veßra würde er jetzt nicht mehr zurückkehren wollen.

Raphael Lieb hörte das Klopfen an der Tür, aber es dauerte eine Weile, bis er begriff, was es bedeutete. Er öffnete die Augen und schaute verwirrt um sich, denn er schnallte nicht gleich, wo er sich befand. Ach so, ja, Kronach, Hulda, altes Haus, Apartment. Auf einen Schlag fiel ihm alles wieder ein. Und das laute, drängende Klopfen an der Eingangstür drang erneut in sein Bewusstsein.

»Ich komm ja schon!«, rief er laut, sprang aus dem Bett und bekleidete sich notdürftig mit einer Jogginghose und einem leichten Pullover. Beide Kleidungsstücke passten wie angegossen, als ob ihn jemand vor seiner Ankunft extra abgemessen hätte.

Als er die Tür öffnete, stand wie zu erwarten Hulda vor ihm. Sie war ganz in Weiß gekleidet und trug eine Sonnenbrille, die langen blonden Haare hingen frisch hergerichtet lässig über ihre Schultern. »Na, auch schon wach? Los, zieh dich an, wir fahren!«, rief sie ihm fröhlich zu und drehte sich schon in Richtung Treppe um.

»He, halt, was ist denn mit Frühstück?«, bellte Raphael ihr hinterher.

Hulda blieb stehen und schaute ihn einen Moment lang ungläubig an, dann sagte sie trocken: »Raphael, es ist gleich dreizehn Uhr. Du wirst mir doch nicht erzählen wollen, dass du gerade erst aufgestanden bist, oder?« Aber sein Gesicht sprach Bände. Dann sprach auch er.

»Erst frühstücken, dann fahren. Ohne was zu essen, geh ich nicht aus dem Haus, das geht einfach nicht.« Er setzte einen Blick auf, der Steine erweichen konnte, sodass Hulda lachend nachgab.

»Na gut, du fünfzigjähriges Riesenbaby. Dann geben wir dir lieber deinen Brei, bevor du mir noch vom Fleisch fällst«, meinte sie gönnerhaft und mit einem Augenzwinkern.

Raphael fiel ein riesengroßer Stein vom Herzen. Hunger im eigentlichen Sinn hatte er ja gar nicht. Es war nur so, dass die Realität ohne einen ersten Joint fürchterlich auf seine Seele drückte, weshalb er cannabismäßig ungedopt unmöglich eine längere Strecke mit dem Auto zurücklegen konnte. Frühstück mit Hulda war natürlich auch schön, aber Hauptsache, er konnte zwischendurch mal eine rauchen. Das musste Hulda allerdings nicht wissen.

Kurze Zeit später saßen sie an dem kleinen Tisch in der Küche und stopften Brötchen mit Ei beziehungsweise Kokosnusscreme mit zerdrückter Banane in sich hinein. Hulda strahlte Raphael fröhlich an, was irgendwie ansteckend wirkte, obwohl er eigentlich beschlossen hatte, heute unter allen Umständen bärbeißig und missgelaunt zu bleiben. Raphael Lieb hatte sein Image über Jahre aufgebaut und war daran gewöhnt, von allen Menschen gemieden und abgelehnt zu werden. Er sah keinen Grund, bloß wegen dieser Hulda auf einmal zu einem fröhlichen Menschen zu mutieren. Aber die Frau hatte etwas an sich, was ihn mit seiner mühsam anerzogenen Bitternis kämpfen ließ.

»Ich geh mal eine rauchen«, verkündete Raphael Lieb knurrig, stand auf und öffnete das Fenster in der Küche, das auf einen Innenhof hinausging. Während er sich seine Haschischzigarette anzündete, beschäftigte sich Hulda weiter fleißig mit ihrem Frühstück, ließ ihn aber nicht aus den Augen.

Raphael rauchte genüsslich und blies gedankenverloren seinen Rauch zum Fenster hinaus, bis die abgebrannten Reste der Zigarette von ihm in den vollgemüllten Innenhof geschnippt wurden. »Wo fahren wir denn überhaupt hin?«, fragte er unvermittelt. Eine Frage, die Hulda ihm auch gerne und gleich beantwortete.

»Nach Heroldsberg natürlich, diese Maria anschauen. Wenn es eine Antwort auf den Brief deiner Mutter gibt, dann dort. Es sei denn, du hast es dir anders überlegt, dann fahre ich dich zum Bahnhof, und du kannst umgehend zurück zu deinen Nazis in dein geliebtes Thüringen.«

Hulda räumte rasch den Tisch ab, während Raphael unschlüssig seine neuen Schuhe betrachtete, die ebenfalls in dem Schrank gestanden hatten. Fast hätte er reflexhaft das Angebot bezüglich des Bahnhofes angenommen, aber dann siegte sein Bauchgefühl. Seine Mutter war tot, sie konnte ihm keine Vorschriften mehr machen. Selbstverständlich wollte er wissen, was sie mit den Anspielungen in ihrem geheimnisvollen Brief gemeint hatte, da brauchte er sich nichts vorzumachen. Und wenn Hulda ihm, warum auch immer, dabei helfen wollte, warum nicht? Er war arbeitslos, mittellos, hoffnungslos. Da konnte er genauso gut mit einem ausrangierten Taxi nach Heroldsberg fahren, vor allem wenn Hulda die Spesen bezahlte.

»Also gut, von mir aus«, knurrte er und rutschte lässig von der steinernen Fensterbank, was für Hulda ein Grund war, ihn anzustrahlen und ihm mit ausgestrecktem Arm den Autoschlüssel vors Gesicht zu halten.

»Du fährst« war alles, was er für die nächste Zeit von ihr zu hören bekam.

Die Fahrt auf dem Frankenschnellweg in Richtung Nürnberg verlief mehr oder wenig kommunikationsarm. Die Stimmung in dem antiken Mercedes war nicht direkt schlecht, nur einfach nicht mehr so euphorisch wie gestern, als sie sich kennengelernt hatten. Außerdem hatte Huldas Parfüm, das erneut diesen intensiven Duft nach Rosen verbreitete, eine seltsam beruhigende Wirkung auf Raphael.

»Heroldsbach, Schloss Thurn, die Ausfahrt musst du raus«, sagte Hulda, und Raphael folgte bereitwillig ihren Anweisungen. Einerseits hatte er überhaupt keine Lust, sich mit einer Marienerscheinung aus den fünfziger Jahren zu beschäftigen, andererseits war seine Mutter ja irgendwie darin verwickelt gewesen. Auch wenn er es Hulda gegenüber nicht zugeben wollte, er wollte erfahren, was es damit auf sich hatte.

»Da lang«, meinte Hulda und deutete auf ein Hinweisschild, das die Richtung zur sogenannten Gebetsstätte in Heroldsbach wies.

Raphael bog nach links ab, wo schon nach wenigen hundert Metern die Mauern von Schloss Thurn auftauchten. Da traf es ihn wie ein Blitz. Hier war er schon einmal gewesen, und zwar auf einem Schulausflug mit seiner Gymnasialklasse aus Kronach. In diesem Schloss befand sich nämlich ein weithin bekannter Freizeitpark, den so ziemlich jedes Kind in Ober- und Mittelfranken irgendwann besucht oder von dem es zumindest schon gehört hatte. Wie viele Parks in Deutschland hatte Schloss Thurn seine Freizeitparkkarriere 1975 zunächst als Erholungsgebiet mit Wildgehege und Märchenwald begonnen. Nach und nach wurde das Angebot um weitere Attraktionen ergänzt. Eine alte Dampflok mit insgesamt vier Haltepunkten fuhr die Besucher durch den weitläufigen Park, daran konnte sich Raphael noch genau erinnern. Außerdem erinnerte er sich an die Ruderboote und Tretboote, mit denen er weidlich herumgefahren war. Da war richtige Muskelkraft gefragt gewesen, und er hatte am nächsten Tag einen gewaltigen Muskelkater gehabt, obwohl er damals ein sportlicher junger Mann gewesen war.

Und dann gab es ja noch die Westernstadt. Sie war eines der Highlights im Erlebnispark. Hier trat der Sheriff täglich mehrmals gegen irgendwelche Halunken und Banditen an. Gefährliche Stunts, Stürze von Hausdächern sowie Stunts mit Pferden wurden sofort wieder in seiner Erinnerung lebendig. Ja, das war damals ein wirklich schöner Ausflug gewesen. Ritterspiele, in denen ein gewisser Ritter Georg seine Prinzessin Marie zu befreien versuchte und den bösen Ritter Harras im Turnier schlagen wollte, hatte es auch gegeben. Das war nach seiner Ansicht nun eher ein wenig albern gewesen, aber trotzdem unterhaltsam. Er hatte sich mit seinen Kumpels auf die Tribüne gesetzt und über die albernen Ritterkämpfe lustig gemacht.

Jetzt konnte er sich auch wieder erinnern, wie seltsam still seine Mutter geworden war, als er ihr von dem Besuch in Schloss Thurn berichtet hatte. Erst wollte sie ihn gar nicht mit auf den Schulausflug lassen, aber er hatte sich durchgesetzt. Seine alleinerziehende Mutter hatte dem Gymnasiasten bereits nichts mehr entgegenzusetzen gehabt, Raphael war schon auf dem Absprung gewesen. Ganz besonders albern fand er damals ihre Frage, ob er auch an der Gebetsstätte für die Heilige Jungfrau gewesen sei. Er hatte ihr nicht mal geantwortet, war nur wortlos auf sein Zimmer gegangen, hatte die Tür hinter sich abgeschlossen und die Stereoanlage laut gedreht. Er hätte niemals gedacht, dass er so viele Jahre später mit einer gerade erst kennengelernten Frau an den Mauern dieses Schlosses entlangfahren würde, um genau diese Gebetsstätte zu besuchen, nach der ihn seine Mutter damals gefragt hatte.

Sie fuhren langsam die schmale Teerstraße entlang, während linker Hand die Außenmauer des Freizeitparks vorüberzog. Dann, ganz plötzlich, beschrieb die Straße eine Rechtskurve, führte an einer weitläufigen Pferdekoppel vorbei, und Hulda zeigte wieder mit der ausgestreckten Hand nach vorne. Dort lag am Fuße eines flachen Hügels ein kleiner Parkplatz, auf dem sie das alte Taxi abstellten. Anscheinend hatten sie eine Tageszeit erwischt, zu der an dieser Gebetsstätte nicht viel los war, denn es war kein Mensch zu sehen, und auf dem Parkplatz stand auch nur ein einziges anderes Auto, ein weißer Renault Twingo, wie Raphael beiläufig feststellte. Sie stiegen aus, und Hulda zog Raphael ungeduldig am Ärmel.

»Das da oben muss es sein. Komm, lass uns hinaufgehen«, drängte sie und bog ihm voraus auf den schmalen Weg ein, der leicht ansteigend zu der Gebetsstätte führte.

Sie waren erst wenige Meter gelaufen, als Hulda bereits wieder stehen blieb und auf einen Schrein schaute, der rechts neben dem Fußweg aufgebaut war. Er war ungefähr mannshoch, mit drei verglasten Türen, hinter denen sich die Statue einer weiß gekleideten Frau befand. Ein ebenfalls weißes Tuch bedeckte ihren Kopf, ihre Hände waren wie zum Gebet gefaltet, ihr Blick nach unten auf Raphaels Füße gerichtet. Die Statue der Frau war umgeben von stilisierten Rosen.

Eigentlich hatte sich Raphael ja vorgenommen, bei der ersten Marienfigur irgendein Zeichen seines persönlichen Unwillens abzugeben, aber der Anblick dieser Statue überraschte ihn dann doch ein wenig. Sie sah überhaupt nicht aus, wie er sich eine Marienstatue vorgestellt und wie er sie bisher in Kirchen gesehen hatte. Kein bunter Mantel, keine goldene Krone, kein Kreuz, das um die Hüfte hing, und auch kein Jesuskind, das es zu bemuttern galt. Diese weiße Gestalt sah irgendwie … ja, einfach anders, fast normal aus. Es fehlte ihr der kirchliche Popanz.

»Ganz gut getroffen, oder?«, fragte Hulda von hinten, und Raphael drehte sich sogleich peinlich berührt zu ihr um. Er wollte auf gar keinen Fall riskieren, irgendwie andächtig oder gar gläubig zu wirken.

»Na, diese Frau macht etwas mit dir, kann das sein?«, fragte seine Neubekanntschaft spitzbübisch, dann drehte sie sich um und ging weiter ihm voraus den Weg hinauf.

Wenn man rein nach dem Äußeren ging, hätte man meinen können, Hulda in ihrem weißen Outfit habe dem Künstler für diese Marienfigur Modell gesessen, dachte er. Zumindest wäre sie es auch wert gewesen, auf so einen Sockel gestellt zu werden. Hübsch genug dazu war sie.

Wieder ein Stück später, er konnte die Gebäude der Gebetsstätte bereits vor sich sehen, gelangten sie zu einer seltsamen Konstruktion im Boden. Bei näherer Betrachtung entpuppte sich diese als eine Quelle, die angeblich im Zeitraum der Erscheinungen von den Seherkindern gegraben worden war. Mit bloßen Händen und im Auftrag der Heiligen Jungfrau Maria, so hieß es. Eine Inschrift auf einer kleinen Tafel wies auf die damaligen Geschehnisse hin. Zwei große Engel flankierten die kleine Treppe, die zu der Quelle hinunterführte, darüber spannte sich ein steinerner Bogen, auf dem ein stilisierter Jesus die geneigten Besucher begrüßte.

Raphael bemerkte, dass Hulda entgegen ihrer Namensgebung wenig huldvoll den Jesus über der Quelle betrachtete.

»So ist das immer mit den Katholen. Wenn sie etwas nicht erklären können, wird sofort eine Maria oder ein Jesus daraus gemacht. Nichts davon gehört hierher«, murmelte sie verächtlich, was Raphael zu der Vermutung veranlasste, dass seine Gönnerin mit der katholischen Kirche wohl auch nicht viel am Hut hatte. Eine Schwester im Geiste sozusagen, die mit ihren christlichen Abneigungen gerade heftig Pluspunkte bei ihm sammelte. Umso erstaunlicher, dass sie mit ihm diesen kitschigen Ort besuchte.

Hulda schaute ihn streng an. »Ich hoffe, du hast das Foto deiner Mutter dabei«, sagte sie, woraufhin Raphael mit einem geringschätzigen Lächeln die Brusttasche seiner Cordjacke tätschelte.

»Alles dabei, Frau Hulda, ich bin ja nicht blöd, oder?«, meinte er im Brustton der Überzeugung.

»Blöd nicht, aber bekifft. Das kommt fast auf das Gleiche raus, mein Lieber. Bei der Menge Stoff, die du in dich reinpfeifst, möchte ich nicht darauf wetten, dass alles, was du gerade so siehst und hörst, Hand und Fuß hat. Vielleicht bin ich ja gar nicht wirklich da, vielleicht bildest du dir meine Wenigkeit bloß ein.« Wieder zierte dieses spöttische Lächeln, das Raphael so verunsicherte, ihr Gesicht.

Die Frau mit ihren anzüglichen Bemerkungen machte ihn noch wahnsinnig, stellte Raphael fest, gleichzeitig begannen aber auch kleine grüne Pflänzchen eines Gefühls in ihm zu keimen, das er schon vor langer Zeit tief in sich vergraben hatte. Zumindest hatte er das geglaubt. Langsam, ganz langsam begann er, sich zu dieser Frau hingezogen zu fühlen. Ein weiterer Punkt, der Verwirrung in ihm stiftete.

Im Schlepptau dieses Gefühlsmomentums kam umgehend das Verlangen nach einem Joint in ihm auf. Hulda schien diesen Gedankengang zu erahnen, denn zu ihrem spöttischen Lächeln gesellte sich nun ein unmerkliches Kopfschütteln.

»Vergiss es«, meinte sie leise. »Nicht hier«, fügte sie noch hinzu, und Raphael nahm mit einem enttäuschten Gesicht die Hand aus der Jackentasche, in der er den Plastikbeutel mit seinen fertig gedrehten Joints aufbewahrte. Trotzdem hatten die letzten Sekunden etwas Neues, Spannendes ihm ausgelöst. In einem Überschwang, einer kleinen ersten Welle der neu erwachten Gefühlsregung, tat er etwas, was noch vor wenigen Tagen unmöglich gewesen wäre. Er stellte Hulda eine sehr persönliche Frage. Eine Frage, deren Formulierung die Absicht des Fragestellers auf durchschaubare Weise offenlegte.

»Sag mal, Hulda. Die Klamotten da im Schrank in deiner Wohnung. Gehören die eigentlich deinem Freund oder deinem Mann?«

Als Raphael, kaum dass er die Worte ausgesprochen hatte, das Ausmaß seines Vorstoßes bewusst wurde, versteinerte er und wurde erst rot, dann blass. Aber Hulda lächelte ihn an und meinte: »Nein, Raphael, nichts dergleichen, die waren für dich und sonst niemanden.«

Raphael war so verblüfft, er wusste nicht, was er sagen sollte. Für ihn? Woher hatte sie denn die Zeit genommen, ihm Klamotten zu kaufen, sie waren doch nach ihrer ersten Begegnung in der Kneipe sofort in dieses alte Haus gefahren? Und, was noch viel wichtiger war, wie und warum machte sie das? Er beschloss, jetzt wider jede Zurückhaltung einmal richtig nachzuhaken, so konnte das ja nicht ewig weitergehen. Diese Scheißgeheimniskrämerei war doch albern, verdammt noch mal.

»Wieso tust du das für mich? Du kennst mich doch überhaupt nicht, Hulda. Ich kapier das nicht, ehrlich, das ist doch nicht normal?« Die Frage brach regelrecht aus ihm heraus.

Hulda schaute ihm ein paar Sekunden lang so intensiv in die Augen, dass Raphael ein leichtes Frösteln überkam und die kleinen Pflänzchen in seinem Inneren von einem Moment auf den anderen ihr Wachstum beschleunigten.

»Weil du dir das verdient hast, Raphael«, entgegnete sie kryptisch, dann warf sie den Kopf zurück und bedeutete ihm lachend, ihr zu folgen. »Jetzt komm, du Nazi, wir müssen jemanden finden, der dir dein Foto und den Brief erklären kann«, rief sie fröhlich, und wieder trottete Raphael hilflos hinter ihr her, nur andeutungsweise mit dem zufrieden, was er gerade zu hören bekommen hatte.

César Huppendorfer war in der Erlanger Rechtsmedizin am Eingang weder empfangen noch begrüßt worden, also ging er durch die dunklen Gänge in Richtung Seziersaal, den Weg kannte er ja schon. Er beschritt ihn mit einem unangenehmen Gefühl im Bauch, einer dunklen Vorahnung, dass der Professor womöglich noch schlechtere Laune haben könnte als sonst. Aber warum schon im Vorhinein Trübsal blasen, das war alles bloß Mutmaßung. Sicher war es besser, erst einmal unvoreingenommen abzuwarten, wie sich ihr Zusammentreffen gestalten würde. Immerhin hatten sie ja ein Fachgespräch über einen ermordeten Beerdigungsteilnehmer zu führen, das sollte die Unterhaltung auf eine sachliche Ebene führen.

Als Huppendorfer den Seziersaal erreichte, war der Professor mit einer Gruppe Studenten aus der Universität Erlangen beschäftigt, er demonstrierte die Umfänglichkeit seines Wissens anhand des Skeletts einer Frau, deren bleiche Gebeine sorgfältig ausgebreitet auf einem Edelstahltisch lagen. Die Studierenden folgten gebannt den Ausführungen von Professor Siebenstädter, der einen Knochen eben noch sehr intensiv betrachtet hatte, diesen nun aber wieder auf den Edelstahltisch zurücklegte. Für ungeübte Augen war das Skelett nur ein wilder Haufen menschlicher Knochen. Aber für Siebenstädter war jedes einzelne Knöchelchen ein aufgeschlagenes Buch, eine Landkarte, eine Offenbarung. Er hatte keinerlei Zweifel an seiner Diagnose.

Der Professor blickte lächelnd um sich, dann sagte er, ganz außerordentlich mit sich zufrieden: »Meine Damen und Herren. Was Sie hier sehen, ist nicht nur eine vormals lebendige Person, sondern zwei. Oder sagen wir: eineinhalb. Die Frau war zum Zeitpunkt ihres Ablebens nämlich schwanger. Soweit ich das bis jetzt beurteilen kann, hat jemand ihren Bauch, die Gebärmutter und den darin befindlichen Fötus mit einem langen, spitzen Gegenstand durchstochen. Das Tötungswerkzeug ist direkt neben dem zweiten Lendenwirbel wieder ausgetreten, die Spuren und Kerben am Knochenmaterial sind eindeutig. Ergo sind die Frau und ihr Ungeborenes infolge dieses Durchstiches verstorben.«

Siebenstädter begann, dozierend vor seinen Studenten auf und ab zu laufen. »Was die genauen organischen Verletzungen gewesen sein könnten, obliegt nun Ihrer Phantasie beziehungsweise der rudimentären Fachkenntnis, die man im derzeitigen Stadium Ihrer Ausbildung aufzuweisen pflegt. Darüber machen Sie sich also bitte mal ein paar Gedanken bis zum nächsten Stelldichein mit mir. Weit interessanter für die Aufklärung eines Mordfalls ist jedoch das Motiv. Wie mag die Gefühlslage des Täters gewesen sein? Nicht selten kann sie an der Ausführung der Tat abgelesen werden. So auch hier. Bitte fragen Sie sich: Warum und weshalb dieses Tötungsdelikt? Vielleicht war die Eifersucht einer anderen Frau der Grund, die kalte Rachsucht einer Nebenbuhlerin, ich weiß es nicht, aber die menschliche Seele vermag Zustände zu erreichen, die den Instinkten eines wilden Tieres sehr ähnlich sind. So treibt ungezügelte, rohe Emotion vor allem weibliche Menschen zu brutalsten Handlungen, die sie dann ihr Leben lang bereuen, merken Sie sich das, meine Damen. Denn wer selbst Gutgemeintes missversteht beziehungsweise missverstehen will, greift vielleicht ungerechtfertigt zu Mitteln, die übelste seelische wie körperliche Verletzungen verursachen.«

Bei seinen letzten bitteren Worten berührte Siebenstädters Hand unmerklich den Bereich seiner Hose, die der gemeine Mann beim Toilettengang zu öffnen pflegt, so als wollte er die dahinter befindlichen Körperteile vor seinem weiblichen Publikum schützen. Düster betrachtete er die anwesenden Studentinnen, die Siebenstädters durchdringendem Blick nicht standhalten mochten und eine nach der anderen den Kopf senkten. Was war denn mit ihrem Dozenten los, war der Typ ein ausgemachter Frauenfeind oder was? Ungezügelte Emotionen ausschließlich bei Frauen? Ungerechtfertigte Mittel? Wollte der Professor Frauen allen Ernstes derart verunglimpfen? Die anwesenden Studentinnen malten sich die Psyche ihres Professors der Rechtsmedizin in den dunkelsten Farben aus. Ein ausgewachsener Macho in einem Hauptfach, das konnte ja lustig, vor allem aber unangenehm werden.

»So weit meine Diagnose zur Todesursache, Ihre Hausaufgabe wurde verkündet. Die heutige Lektion wäre damit beendet, gibt es noch irgendwelche Fragen?« Angriffslustig schaute Siebenstädter, eines Widerspruches harrend, in die Runde. Aber niemand, nicht einmal die männlichen Studierenden, hatten Lust, zu diesem knochigen Befund womöglich nur noch weiter polarisierende Fragen zu stellen, im Gegenteil, die studentische Gesellschaft war binnen weniger Sekunden in hektischem Aufbruch begriffen.

In dem entstehenden Durcheinander fiel der Blick des Professors unvermittelt auf den im Hintergrund stehenden Kriminalkommissar Huppendorfer, den er bis zu diesem Moment noch gar nicht bemerkt hatte, und er zuckte kurz, aber sichtbar zusammen. Seine Augen verengten sich zu schmalen Schlitzen, dann suchte Siebenstädter fieberhaft den Raum hinter Huppendorfer ab, ob dort nicht vielleicht irgendwo eine ihm bekannte blonde Mitarbeiterin der Bamberger Polizei herumstand. Aber Andrea Onello war nirgends zu sehen, der dunkelhäutige Kommissar war allein gekommen. Ein Umstand, der von Siebenstädter sofort kommentiert wurde.

»Aha, meine Verlobte hat es also vorgezogen, nicht zu erscheinen«, verkündete er bissig, was bei Huppendorfer zu überrascht hochgezogenen Augenbrauen führte. Verlobte? Siebenstädter? Meinte der womöglich Andrea? Nach ihrem

Ausbruch heute Morgen hatte er eigentlich gedacht, das habe sich erledigt. Huppendorfer wusste zwar, dass er als Mann die Wege weiblicher Gefühle und Neigungen niemals würde ergründen können, aber Siebenstädter als Lebensgefährte für Andrea? So blöd konnte doch keine Frau sein, sich mit diesem Irren einzulassen, und Andrea gleich gar nicht. Eines allerdings war sonnenklar: So, wie Siebenstädter gerade drauf war, sollte er besser in Deckung gehen. Innerhalb von Sekundenbruchteilen beschloss César Huppendorfer, sich aus dieser Thematik besser komplett rauszuhalten, das schien ihm eine zu heiße Kiste zu sein, da ließ er lieber die Finger von. Immer schön fachlich bleiben, lautete seine Devise im Umgang mit dem Professor. Vielleicht noch ein Schuss Flapsigkeit, um der Stimmung im Raum ein wenig die Schärfe zu nehmen.

»Ich weiß leider nicht, was Sie meinen, Herr Professor. Ich bin hier, um wegen der Bamberger Friedhofsleiche nachzufragen, Sie wissen schon, der erschossene Dicke.« Huppendorfer deutete ein leichtes Lächeln an, vielleicht stieg der Professor ja darauf ein.

Das aber war ein gewaltiger Trugschluss. Siebenstädter nutzte Huppendorfers Deeskalationsversuch lediglich als Sprungbrett für einen Satz in sein heimisches Sarkasmus-Gewässer. Seine Augen öffneten sich wieder zu ihrer altbekannten Größe, und sein gefürchtetes Haifischgebiss wurde sichtbar, als er Huppendorfer angrinste. Dann sprang er.

»Eine Friedhofsleiche, soso, was Sie nicht sagen, Herr Kommissar«, hob Siebenstädter zu einer seiner berüchtigten Belehrungen an. Worüber César Huppendorfer noch nicht wirklich beunruhigt war, denn das hieß ja im Umkehrschluss, dass das Verlobungsthema vom Tisch war. Das empfand er durchaus als Erleichterung, weshalb er geduldig und mit großer Freude und Gelassenheit jegliche Belehrung, Beschimpfung oder was auch immer vom Professor ertragen würde. Hauptsache, dieser Kelch ging an ihm vorüber.

Und Siebenstädter tat ihm den Gefallen – zuerst.

»Ist es denn möglich? Ist die Bamberger Polizei wirklich so

überrascht, auf einem Friedhof Tote vorzufinden? Nun, ich kann Ihnen sagen, Herr Kommissar, das ist durchaus nichts Ungewöhnliches, meiner Erfahrung nach ist es sogar die Regel. Tote fühlen sich auf einem Friedhof ziemlich wohl, da gehören sie hin, das ist ihr Zuhause, wenn Sie verstehen, was ich meine. Es ist ja das große Privileg von Toten, mindestens einmal im Leben verstorben zu sein. Das kann sonst keiner, nur sie. Wer einmal gestorben ist, findet sich in einem ziemlich erlauchten Kreis ausgewählter Persönlichkeiten wieder, die erstens ebenfalls verstorben sein müssen und sich aus diesem Grund fast ausschließlich auf Friedhöfen versammeln. Na ja, vielleicht abgesehen von Flugzeugabstürzen im Meer und Löwenangriffen in der Serengeti, da ist es manchmal schwierig, noch etwas zum Beerdigen zu finden, aber ansonsten schon. Insofern ist Ihr Friedhofstoter eigentlich nicht der Rede wert. Es sei denn, Sie wollen mir jetzt weismachen, dass Ihre Leiche zweimal gestorben ist, was ein außerordentliches medizinisches Phänomen darstellen würde, ein ziemlich unglaubliches sogar. Das liest sich dann im Polizeibericht etwa so: Kommt eine Leiche auf den Friedhof und stirbt. Klingt ziemlich bescheuert, finden Sie nicht, Herr Kommissar?«

Huppendorfer stand nur da und schwieg. Er hatte sich ja eisern vorgenommen, sich nicht aufzuregen. Trotzdem kam sein Blut allmählich in Wallung bei dem ganzen wohlformulierten Stuss, den der Professor da zum Besten gab. Bei dem Abendessen gestern musste etwas ganz gewaltig schiefgelaufen sein, vermutete er, und er sollte das nun ausbaden. Natürlich war Siebenstädter immer bemüht, zu provozieren, aber heute schien er es ganz besonders gut mit ihm zu meinen.

Huppendorfer ballte die Faust in der Tasche und atmete tief durch. Er schaute den Professor zenmäßig gelassen an, ja, er schaffte es sogar, ein wenig zu lächeln, was Siebenstädter aber nur noch mehr anspornte, einen Streit vom Zaun zu brechen.

»Da gibt's überhaupt nichts zu grinsen, Sie Bamberger Polizist, Sie Vertreter der Ahnungslosen. Wenn man nicht einmal fähig oder gewillt ist, sich fachlich korrekt auszudrücken, kann man auch nicht erwarten, von Menschen, die ein Mindestmaß an Kompetenz und Fachwissen aufweisen, ernst genommen zu werden. Trotzdem werde ich mich gezwungenermaßen auf Ihre Stufe hinabbegeben und versuchen, Ihnen den Umstand des Dahinscheidens Ihrer sogenannten Friedhofsleiche zu erläutern. Jedoch weiß ich nicht, ob ein Vertreter Ihrer Berufsgattung und somit schlichter Ausbildung mir auf fachlicher Ebene in allen Punkten folgen kann.« Hoch erhobenen Hauptes stolzierte er zu einem etwas entfernt stehenden Seziertisch, auf dem ein mit einem weißen Tuch verhüllter menschlicher Körper lag.

Huppendorfer folgte dem Professor, allerdings nicht ohne spezielle Atemübungen zu absolvieren, die darauf abzielten, seinen inzwischen weit in den roten Bereich gestiegenen Erregungspegel notdürftig zu nivellieren. Wie lange das gut gehen würde, konnte er jedoch nicht sagen.

Professor Siebenstädter zog mit einem Ruck das weiße Tuch von der Leiche, sodass ein auf dem Rücken liegender nackter, ziemlich dicker Mann zum Vorschein kam, bei dem mitten in der Brust eine Einschussöffnung zu erkennen war. Huppendorfer schätzte das Gewicht des Mannes auf locker hundertdreißig Kilo. Die Leiche war bereits geöffnet und dann wieder fachgerecht verschlossen worden, die Y-Naht zog sich vom oberen Rand des Brustkorbes bis hinunter zum untersten Rippenbogen.

Siebenstädter baute sich neben der Leiche auf und stemmte beide Fäuste in die Hüfte. »Das war jetzt mein persönlicher Obduktionsrekord. Nicht einmal vier Stunden nach Einlieferung schon ein fertiges Ergebnis.« Er warf Huppendorfer einen beifallheischenden Blick zu, fuhr aber sicherheitshalber sogleich mit seinen Ausführungen fort. Nicht dass er sich noch über anzügliche Bemerkungen dieses Bamberger Polizisten aufregen musste. »So, mein Lieber, die Sachlage ist die: Ihre tote Leiche ist an einem kleinen Stück Blei verstorben, welches sicherlich ungefragt und frontal durch die Brust eingedrungen ist, sich dann durch den Korpus hindurchgearbeitet hat, um auf der Rückseite des Körpers wieder auszutreten. Da die Bamberger

Kriminaltechniker das Geschoss nur in einem äußerst desolaten Zustand sicherstellen konnten, hatte ich größte Mühe, Angaben über Art und Kaliber des Projektils zu machen. Aber ehrlich gesagt, habe ich von den Möchtegern-Spezialisten um Großmeister Ruckdeschl nichts anderes erwartet. Spurensicherung? Dass ich nicht lache. Diese blinde Eule würde ja nicht einmal einen Ast finden, wenn er draufsitzt. Lächerlich. Also bleibt die Arbeit wie immer an meiner fachkundigen Analyse hängen. Und warum überrascht mich das nicht, Herr Kommissar?«

Siebenstädter grinste Huppendorfer frontal an, aber der schaffte es immer noch, die Fassung zu bewahren, und ballte weiter die Fäuste in den Taschen. Was Siebenstädter keinesfalls zur Aufgabe veranlasste.

»Mittels Öffnung des Brustkorbes und genauer Analyse des Weges, den das Projektil durch den Körper des Mannes genommen hat, konnten Spezialisten des rechtsmedizinischen Institutes Erlangen, die Sie in meiner Person vor sich sehen, eine einigermaßen genaue Kalibergröße des Geschosses ermitteln. Ich gehe von circa sieben Millimetern aus, plus/minus einen Millimeter. Das Geschoss durchschlug das Herz nicht direkt, verletzte aber mindestens eine lebenswichtige Arterie, sodass Ihre tote Leiche nach meiner Analyse umgehend verstorben ist, Herr Kommissar.« Siebenstädters Blick wurde noch etwas sarkastischer als gewöhnlich, dann neigte sich sein Kopf angriffslustig nach vorn. »Um es einmal ganz klar zu sagen: Dieser Mann wurde von vorne erschossen, und zwar aus größerer Entfernung. Und jetzt ist er tot. Ein Umstand, auf den die Bamberger Kriminalpolizei auch selbst hätte kommen können, meinen Sie nicht? Mahlzeit.«

Sprach's und griff nach unten hinter den Kopf der Leiche, holte von dort irgendetwas Essbares hervor und stopfte es sich in den Mund, wo er es genüsslich zerkaute, während er den stocksteif dastehenden César Huppendorfer mit unversöhnlichem Blick fixierte.

»Was essen Sie denn da?«, fragte Huppendorfer mühsam beherrscht, im Ansinnen, einfach irgendetwas zum Gesprächsthema zu machen, das nichts mit dieser Leiche zu tun hatte. Er konnte nicht mehr. Noch ein Wort über den Toten von diesem arroganten Arsch, und er brachte Siebenstädter auf der Stelle eigenhändig um.

»Das sind leckere Geflügelteile vom berühmten Erlanger Gourmet-Imbissstand Hühnertod. Die sind von meinem Verlobungsmahl gestern übrig geblieben, die Bamberger Jungfrau hat nicht aufgegessen. Trotzdem viel zu schade zum Wegwerfen.« Er griff erneut hinter den Kopf der Leiche und brachte diesmal eine Nierenschale aus Edelstahl zum Vorschein, in der sich diverse panierte Stücke von Hühnern oder sonstigen Flattertieren befanden. In einem Fast-Food-Restaurant für Huppendorfer ein durchaus anregender Anblick, im hiesigen Ambiente eher ein kulinarischer Abtörner. Und diese vermeintlichen »Köstlichkeiten« hielt er ihm nun mittels eines Edelstahlgefäßes unter die Nase, in dem normalerweise die Innereien verstorbener Menschen zwischenlagerten. Das war genug. Entweder er machte sich jetzt sofort aus dem Staub, oder er explodierte.

Kriminalkommissar Huppendorfer entschied sich für die pazifistische Variante. Er drehte sich um und eilte mit großen Schritten dem Ausgang des Sezierraumes entgegen. Die Hand hatte er bereits zum Türgriff ausgestreckt, als Siebenstädter ihm noch etwas hinterherrief.

»Ach, Herr Polizist, richten Sie meiner Verlobten doch bitte aus, dass sie an unserer Beziehung noch sehr arbeiten muss. Selbst meine Liebe ist endlich«, ätzte der Professor, woraufhin sich Huppendorfer, der zwar kurz stehen geblieben war, um sich das letzte Wort des großen Pathologicimperators anzuhören, aber nicht mehr umdrehte. Er wartete ab, bis Siebenstädters Stimme verklungen war, dann ergriff er den Knauf der Edelstahltür und verschwand so kommentarlos, wie er gekommen war. Draußen auf dem Parkplatz aber würde er erst einmal ein anderes Auto anschreien. Nur so zur Erleichterung. Dem Automobil gegenüber war das äußerst willkürlich und unfair, aber vielleicht half es ja seinem destabilisierten Nervenkostüm.

Hulda war bis zu der großen Kapelle, oder was auch immer das Gebäude mit den großen Glasflächen darstellen sollte, vorausgegangen und öffnete bereits die große, breite Eingangstür. Bevor Raphael ihr folgte, bemerkte er aus den Augenwinkeln eine Säule auf dem Vorplatz, aus der diverse Wasserhähne herausragten. Ein älterer Mann war gerade dabei, einige Glasflaschen mit Wasser zu befüllen. Ob es sich dabei um Wasser der vorhin gesehenen Quelle handelte? Gern hätte er diese Frage näher erörtert. Aber Hulda winkte ihm schon ungeduldig, also folgte er ihr zügig in das Innere des Glastempels. Kaum standen sie im Innenraum, wusste er, was es mit dem Gebäude auf sich hatte.

Das hier war der zentrale Verehrungsort der Gebetsstätte von Heroldsbach, das war schwerlich zu übersehen. Beinahe das gesamte Gebäude war aus Glas errichtet worden, selbst das Dach bestand aus zusammengefügten Glasplatten. Dementsprechend hell und freundlich wirkte dieser Ort. Rechts und links in dem großen Raum gab es jede Menge Sitzreihen, die Raphael ein wenig an Bierbankgarnituren erinnerten, was zur fränkischen Mentalität aber ganz gut passte. Und vorne, am Kopfende des Raumes, stand sie. Der Grund für das alles hier. Eine riesige Marienstatue, die sich grundlegend von der unterschied, die er draußen in dem kleinen Schrein gesehen hatte. Nun war es Raphael, der Hulda vorausging, die Neugier hatte ihn gepackt.

Diese Marienstatue trug einen hellblauen Mantel, hatte einen Rosenkranz mit Kreuz um die Hüfte hängen und eine goldene Krone auf dem Kopf. Ihr Standort wurde überdacht von einer gewaltigen Holzkonstruktion, auf der in großen Buchstaben eine lateinische Inschrift zu sehen war.

MATER SALVE REGINA MISERICORDIAE.

Raphael begann, noch nervöser zu werden, als er ohnehin schon war. Diesen lateinischen Spruch kannte er doch. Hektisch fingerte er in der Innentasche der Jacke nach dem Brief seiner Mutter und rupfte ihn ungeduldig an die frische Luft.

Zwischenzeitlich war Hulda neben ihn getreten und schaute ihn neugierig an. »Was ist denn los?«, fragte sie leise, und Raphael deutete auf den Spruch an dem hölzernen Gewölbe.

»Siehst du die lateinische Inschrift dort oben? Das Gleiche hat mir meine Mutter in dem Brief geschrieben, den ich vom Notar bekommen habe. ›Sei gegrüßt, Königin Mutter der Barmherzigkeit‹ soll das wohl heißen«, flüsterte er ihr zu, dann wies er auf die Stelle im Brief seiner Mutter, an der exakt der gleiche Spruch verewigt war. Nur hatte der ihn gestern noch einen feuchten Kehricht interessiert. Jetzt hingegen, ganz plötzlich, wurde Raphael Lieb von Neugierde gepackt.

Dass dieser Spruch dort oben über der Marienfigur stand, war nicht logisch, um es einmal vorsichtig auszudrücken. Seine Mutter hatte den Brief, den ihm der Notar gestern überreicht hatte, weit vor der Zeit geschrieben, in der diese Gebetsstätte errichtet worden war. Zumindest wenn stimmte, was Hulda ihm gestern aus dem Wikipedia-Eintrag vorgelesen hatte, und davon war auszugehen. Also handelte es sich bei dem Spruch entweder um eine stehende Formulierung, die so oder so ähnlich schon seit ewigen Zeiten in Kirchenkreisen verwendet wurde, oder aber die Beziehung seiner Mutter zu dieser Gebetsstätte war intensiver, als er jemals geahnt hatte.

»Na, Sie verbreiten aber einen schönen Blumenduft. Kann ich Ihnen vielleicht irgendwie helfen?«, erkundigte sich eine männliche Stimme in ihrem Rücken. Als sie sich umdrehten, stand ein kleiner, verhutzelter Pater vor ihnen und schaute sie aus seiner gebeugten Haltung heraus von schräg unten an. Der Mann war alt, wahrscheinlich so um die achtzig Jahre, wirkte aber trotzdem noch recht fidel. Irgendwie hatte er etwas von Lehrmeister Yoda aus den Star-Wars-Filmen, nur dass ihm die großen Ohren und die grüne Gesichtsfarbe fehlten. Hulda lächelte den kleinen Mann vergnügt an, während Raphael in seiner frisch entfachten Ungeduld sofort zur Sache kam.

»Wissen Sie, es ist so. Ich versuche, etwas über meine Mutter herauszufinden, von der ich diesen Brief geerbt habe«, sagte er aufgeregt. »Darin schreibt sie, dass ich das Rätsel meiner Herkunft ergründen soll. Die weiße Frau soll mir dabei helfen.« Er hielt dem Pfarrer den Brief seiner Mutter hin. Aber der Geistliche wehrte lächelnd ab.

»Langsam, langsam, junger Mann. Wenn Sie Fragen zu dieser Gebetsstätte haben, so werde ich diese gern so gründlich beantworten, wie ich nur kann. Aber was Ihren Brief anbelangt, oh nein, den kann ich ganz sicher nicht ohne Brille lesen, dazu müssten wir erst einmal in mein Büro gehen. Geerbt haben Sie ihn, sagten Sie? Wie interessant. Von wann ist denn dieser Brief, und wer war Ihre Mutter überhaupt?«, fragte der kleine Pater neugierig.

Raphael schürzte die Lippen. »Meine Mutter hieß Emma Lieb, und ich denke, das müsste so Anfang der siebziger Jahre gewesen sein. Ein altes Schwarz-Weiß-Foto war übrigens auch dabei.«

Bei der Erwähnung des Namens seiner Mutter war der Padre plötzlich sehr ernst geworden. Er schaffte es sogar, seinen Körper fast gerade zu strecken, was ihn ein wenig größer erscheinen ließ. Er musterte Raphael mit seinen kleinen, wässrigen Augen von oben bis unten, dann streckte er ihm unvermittelt die rechte Hand entgegen. »Pater Roland von Stockdorf. Und Sie sind?«

»Mein Name ist Raphael Lieb, und das hier ist Hul…« Weiter kam Raphael nicht mit der Vorstellung seiner Begleitung, denn er wurde von Pater Roland von Stockdorf sogleich wieder unterbrochen.

»Na, dann folgen Sie mir mal, junger Mann, ich denke, wir haben da einiges zu klären«, forderte der Pater resolut, drehte sich um und stapfte mit erstaunlich schnellen Schritten für einen so gebrechlich wirkenden Gesellen davon. Raphael schaute Hulda ratlos an, dann zuckte er mit den Schultern, und beide eilten dem Kirchenmännchen hinterher.

Sie folgten Roland von Stockdorf durch mehrere Holztüren und die dahinterliegenden Räume, bis sie schließlich in einem kleinen, komplett aus Holz bestehenden Zimmer ankamen, in dem sich Regale voller Aktenordner aneinanderreihten. Das musste das Büro des Paters sein, der nun ohne zu zögern darum bat, doch bitte auf dem hölzernen Gestühl Platz zu nehmen, das vor seinem einfachen Schreibtisch stand. Er setzte sich selbst auf einen ebenso kargen Holzstuhl dahinter und eine alte schwarze Hornbrille auf seine Nase, dann wiederholte er seine Betrachtung des vor ihm sitzenden Raphael von oben bis unten. Hulda wollte er wohl nicht bemerken, jedenfalls würdigte er sie keines Blickes, und sie übte sich in vornehmer Zurückhaltung. Männer unter sich, sollte wohl die Devise lauten. Ihre Gesichtszüge verrieten Raphael durch keinerlei Regung, ob sie das jetzt störte oder nicht.

»So, junger Mann, dann zeigen Sie mir doch bitte mal den Brief und das Foto, von dem Sie draußen sprachen«, forderte ihn der Pater auf, woraufhin Raphael ihm bereitwillig beides überließ. Er war zwar ein wenig irritiert darüber, von dem Kirchenmann trotz seiner fünfzig Jahre andauernd mit »junger Mann« angesprochen zu werden, aber aus Sicht eines mindestens Achtzigjährigen mochte diese Anrede wohl ihre Berechtigung haben.

Der Pater widmete sich ausgiebig den beiden Utensilien, die ihm von Raphael Lieb gereicht worden waren. Als Erstes nahm er den Brief und las ihn sorgsam von oben bis unten durch. Dann hob er den Blick, schaute Raphael Lieb ernst in die Augen, räusperte sich und nahm die Fotografie zur Hand. Er betrachtete sie eingehend.

»Es ist tatsächlich das Original«, murmelte Pater Roland von Stockdorf mehr an sich selbst als an seine beiden Gäste gewandt und verharrte für endlos lange Sekunden wie zu einer Stabheuschrecke erstarrt in Gedanken versunken. Dann kehrte das Leben in seinen gebeugten Körper zurück, und er schob die alte Fotografie zu seinem jüngeren Gegenüber, mit dem Finger ziemlich energisch auf das etwas zerknitterte Zeitzeugnis aus vergangenen Tagen deutend. »Also schön, junger Mann, bei welchem der Mädchen auf dieser Fotografie handelt es sich denn Ihrer Meinung nach um Ihre Mutter?«

Raphael schaute etwas verunsichert zu Hulda hinüber, die ihm aufmunternd zulächelte. Also studierte er kurz die Gesichter und zeigte auf das Mädchen, das auf dem Foto fast ganz links stand. Es war das größte Mädchen von allen, sie hatte dunkle Haare und trug ein schwarzes Kleid sowie ein schwarzes Kopftuch. Ihr Blick war genau der, den seine Mutter auch in ihrem Erwachsenenleben niemals abgelegt hatte. Nicht wirklich fröhlich, sondern in sich gekehrt, fromm, streng. Unfassbar, aber seine Mutter hatte schon als Mädchen etwas Verbissenes, Verbohrtes an sich gehabt.

»Das da ist sie, da bin ich mir einhundertprozentig sicher«, stellte Raphael fest. »Dieses Mädchen da ist Emma Lieb, meine Mutter«, wiederholte er in einem fast trotzigen Tonfall, lehnte sich zurück und verschränkte nachdrücklich die Arme vor der Brust. Dieser von Stockdorf wusste etwas, er rückte nur nicht damit heraus, das spürte Raphael Lieb genau.

Die Verunsicherung in seinem Innersten wuchs immer mehr, und alte Zweifel feierten in seiner Seele fröhliche Urständ. Was zum Teufel lief hier ab, in was für eine geheime Sache war seine Mutter da verstrickt gewesen, dass sie einen derartigen Aufwand betrieben hatte, um ihn zu einem Pater in eine Gebetsstätte an die mittelfränkische Grenze zu schicken?

Der Mann mit den grauen Augen studierte unaufgeregt, aber ausgesprochen gründlich die Akte Emma Lieb. Der Notar, der mit weit geöffneten Augen und diversen Einschusslöchern im Körper neben ihm in dem alten Ledersessel saß, dieser alte Mann war mit einer ausgesprochenen Gründlichkeit gesegnet gewesen. Alles, was den Fall Lieb betraf, und zwar die Mutter wie den Sohn, hatte er akribisch dokumentiert, noch dazu analog, also mit Hilfe von Zetteln und sonstigen auf Papier aufgeschriebenen Notizen. Genau wie er selbst entstammte auch Emil Püls einer Generation, die Computer nur vom Hörensagen kannte. Auch jetzt, in modernen Zeiten, hatte er sich nur notdürftig mit dieser technischen Erfindung auseinandergesetzt, sich nie mit ihr anfreunden können. Umso dankbarer war er seinem fleißigen Opfer für die eher konservative Buchführung.

Es hatte lange gedauert, Hildegard ausfindig zu machen.

In Afrika hätte er sie einmal fast gehabt. Ständig war er ihr auf den Fersen und, wie er im Nachhinein feststellen musste, mehrfach ziemlich nah dran gewesen. Dann jedoch, als er quasi schon vor den Toren ihrer zweiten Heimat, einer Schwesternstation in Namibia, gestanden hatte, musste er wieder einmal feststellen, dass sie seine Nähe anscheinend irgendwie riechen konnte. Einen Tag vor seiner Ankunft war sie mit ihrem Sohn mit unbekanntem Ziel von dort weggezogen. Vor Wut hatte er damals fast seinen Toyota zu Schrott gefahren.

In Namibia hatte Hildegard noch unter einem anderen Pseudonym gelebt, das sie nach ihrer überstürzten Flucht natürlich so schnell wie möglich ablegen musste. Die neue Identität hatte sie so gut gewählt, dass er nichts über sie herausfinden konnte. Aber er hatte nicht aufgegeben und den afrikanischen Kontinent gefühlte drei Mal komplett durchkämmt. Sie blieb verschwunden, wie vom Erdboden verschluckt. Er hatte seine Fühler nach Südamerika ausgestreckt, bis nach Asien sogar. Im Leben wäre er nicht darauf gekommen, dass die Frau einfach in die Höhle des Löwen, nach Deutschland, zurückgegangen war. Doch genau das hatte sie getan, und sie hatte es außerordentlich raffiniert angestellt, denn nur über Umwege und sehr spezielle Kontakte im Kreis der Numerarier hatte er schließlich herausfinden können, dass sie schon seit Jahrzehnten wieder in Deutschland wohnte. Ausgerechnet in Franken, ganz in der Nähe ihres triumphalen Erfolges, der sie alle zur Flucht ins Ausland gezwungen hatte. Und so hatte er sie letzten Endes doch noch gefunden: Emma Lieb, wie sie sich jetzt nannte.

Sie hatte sich wenig überrascht gezeigt, als er auf einmal vor ihr stand. Auch war ihr klar gewesen, dass sein Erscheinen ihr Todesurteil bedeutete. Nur wo ihr Sohn war, das hatte sie ihm nicht sagen wollen – weil, wie er inzwischen wusste, sie seinen Aufenthaltsort selbst nicht kannte. Nun war sie tot und er auf der Suche nach Raphael Lieb. Und ihm so dicht auf den Fersen wie noch nie. Vielleicht gaben die Notizen in diesem Ordner ja irgendeinen Hinweis preis, der darauf schließen ließ, wo sich der Kerl jetzt aufhielt.

Emil Püls hatte den Ordner chronologisch geordnet, das Neueste lag obenauf. Die jüngeren Notizen gaben aber nichts Verwertbares her. Nur dieses bescheuerte Testamentsverfahren hatte ihn kurz in seiner Suche innehalten lassen. Jedermann, ha! Anscheinend sollte das Gedicht ihre Reue über das damalige heilige Unternehmen ausdrücken, das sie auch mit der nötigen Konsequenz durchgeführt hatten. Nichts für Zauderer, Zögerer oder sonstige Weicheier. Doch genau das war sie immer gewesen. Ein Zauderer, ein sentimentales Weichei. Aus ebendiesem Grund hatte sie ihm damals ins Bein geschossen. Die Schmerzen trug er ihr nicht nach. Dass sie einem potenziellen Zeugen sinnloserweise zur Flucht verholfen hatte, schon. Das war nicht nur dämlich, sondern hochgradig gefährlich.

Er schüttelte schweigend den Kopf über so viel sentimentalen Schwachsinn, als sein Blick auf einen Briefumschlag fiel, der in einer durchsichtigen Plastikhülle steckte. Ein Datum, der 13.12.1998, war mit einem Filzstift handschriftlich auf der Hülle vermerkt worden. Ein Nachtrag zum Testament von 1972? Anscheinend war der Umschlag von Püls verwahrt, aber immer noch nicht geöffnet worden. Es war ein alter, vergilbter Umschlag, auf dem »Plan B« geschrieben stand, darunter folgte eine kurze, handschriftliche Notiz: »Bitte nur öffnen, falls mein Sohn nicht mehr aufzufinden ist!«

Der Mann mit den grauen Augen erstarrte, dann griff er in die Plastikhülle und holte den Brief heraus. Er riss die Oberseite des Umschlages ungeduldig mit einem Kugelschreiber auf, entnahm die zusammengefaltete Seite Briefpapier und las den darauf geschriebenen Text.

Sehr geehrter Herr Püls,

ich habe den Kontakt zu meinem Sohn inzwischen verloren. Sollte er nach meinem Tod trotz Ihrer Bemühungen nicht aufzufinden sein, so gehen Sie bitte nach Heroldsberg in die Gebetsstätte zur Erscheinung der Heiligen

Maria, und zwar zu Pater Roland von Stockdorf. Zeigen Sie ihm dieses Schreiben, er wird es als Legitimation anerkennen und Ihnen etwas sehr Wichtiges übergeben. Ich möchte Sie bitten, diese Ihnen übergebenen Unterlagen nach meinem Tod öffentlich zu machen, damit die Wahrheit ans Licht kommen kann und man vielleicht auf diese Art und Weise Raphael findet. Er hat es verdient, die Wahrheit zu erfahren, und die Polizei hat ja bestimmt andere und vielleicht bessere Möglichkeiten, um ihn ausfindig zu machen.

Vielen herzlichen Dank,
möge die Heilige Jungfrau immer mit Ihnen sein.

Ihre Emma Lieb

Sofort stellten sich ihm alle Nackenhaare auf, denn er wusste genau, was er da in den Händen hielt. Das waren Notfallanweisungen, der Plan B, falls Emil Püls Raphael Lieb nicht gefunden hätte. Der Notar hatte den Umschlag aber nicht öffnen müssen, da er ja fündig geworden war. Für ihn ein absoluter Glücksgriff, bingo. Dort also hatte sie die ganzen Unterlagen versteckt. Dort musste er nach Raphael suchen, denn es stand für ihn außer Frage, dass Hildegards Sohn früher oder später dort auftauchen würde.

Er steckte den Brief in seine Jackentasche, dann fiel sein Blick auf eine Notiz, die mit einem dünnen schwarzen Edding auf das untere Viertel der durchsichtigen Plastikhulle geschrieben worden war: »Leo/Onkel H 0177 7381219«.

Die Gesichtszüge des Mannes verhärteten sich, und er kniff die grauen Augen zu engen Schlitzen zusammen. »Du also warst das. Du verdammtes, hinterhältiges Arschloch«, presste er mit kalter Wut hervor.

Aber der Gefühlsausbruch dauerte nur wenige Sekunden, dann hatte sich der Mann wieder im Griff. Er notierte die Handynummer, klappte den Aktenordner wieder zu und machte sich, ohne den toten Notar auch nur eines weiteren Blickes zu würdigen, schnellstmöglich auf den Weg nach unten.

Hulda hatte Raphaels inneren Aufruhr bemerkt und legte ihm sanft ihre Hand auf die Schulter. Aber es tat sich auch etwas auf der anderen Seite des Schreibtisches. Der Padre nahm seine Brille ab und schloss für einen Moment die Augen. Dann öffnete er sie wieder, beugte sich nach vorne, stützte seine Ellenbogen auf die Schreibtischplatte und betrachtete Raphael mit einem sehr traurigen, fast erschöpften Gesicht. Gleichzeitig wirkte er aber auch sehr bewegt, geradezu ergriffen.

»Dann ist sie also tot«, stellte er fest. »Hildegard ist tot.«

Raphael und Hulda wechselten einen verwunderten Blick. Dass Raphaels Mutter gestorben war, konnte der Kirchenmann sich natürlich zusammenreimen, sie hieß aber Emma und nicht Hildegard. Wovon sprach der Mann? Anstatt hier über irgendetwas aufgeklärt zu werden, wurde die ganze Situation für Raphael Lieb immer verwirrender. Oder war der Pater, der da so deprimiert auf seinem alten Holzstuhl vor ihnen saß, nicht mehr ganz bei Sinnen? Vielleicht war der Mann ja schon total dement? Das würde einiges erklären. Auch Hulda schien nicht sicher zu sein, was genau hier ablief, das erkannte er an ihrem Gesichtsausdruck. Beide schauten sie Roland von Stockdorf halb ratlos, halb ungeduldig an.

Aber der Pater war ganz und gar nicht debil, sondern geistig vollkommen auf der Höhe. Er hatte nur einfach nicht damit gerechnet, dass dieser Moment ihn in seinem Leben tatsächlich noch ereilen würde. Er legte seine Hornbrille, die er während seines Nachsinnens in der Hand gehalten hatte, vor sich auf den Schreibtisch und lehnte sich in seinem Holzstuhl zurück. Das Holz ächzte in seinen alten Verbindungen, denn diese Sitzposition war der Stuhl von dem normalerweise immer gebeugt an seinem Schreibtisch arbeitenden Pater nicht gewohnt. Dann, endlich, fing Roland von Stockdorf in einem nunmehr vertraulichen Ton an zu sprechen.

»Diese Frau, mein lieber Raphael, war zwar deine Mutter,

aber ihr Name war nicht Emma Lieb, wie sie dich dein Leben lang glauben ließ, sondern Hildegard Schleifer. Sie war, wie du anhand des Fotos vermutlich schon selbst festgestellt hast, eines der vier Seherkinder, die im Oktober 1949 dort unten über dem Birkenwald die Heilige Jungfrau Maria gesehen haben wollten. Was danach in Heroldsbach geschah, ist ja leidlich bekannt, ich denke, das muss ich dir nicht erklären.« Er wartete ein zögerlich ausgeführtes bestätigendes Nicken von Raphael ab, ehe er fortfuhr. »Deine Mutter habe ich damals noch nicht gekannt, ich bin erst 1998 nach Heroldsbach gekommen, als mir von den Brüdern vom Orden der Augustiner-Chorherren die Leitung der Gebetsstätte übertragen wurde. Kurz nach der Aufnahme meiner Arbeit hier hat mich deine Mutter besucht. Auf ihr Verlangen hin nahm ich ihr zuerst einmal die Beichte ab, die zu hören mir gelinde gesagt nicht leichtgefallen ist, wenn ich ehrlich bin.« Der Pater holte ein kariertes Stofftuch aus den unergründlichen Tiefen seiner schwarzen Jacke hervor und wischte sich damit die plötzlich aus seinen Poren dringenden Schweißperlen von der Stirn. »Aber damit musste deine Mutter selbst fertigwerden. Ich kann dir nichts darüber erzählen, Beichtgeheimnis bleibt Beichtgeheimnis, auch wenn die betreffende Person verstorben ist.«

Raphael Lieb explodierte jetzt fast auf seinem Stuhl. Konnte der mal zur Sache kommen? Wenn dieses unbestimmte Geschwafel nicht bald ein Ende fand und er nicht ein paar handfeste Fakten zu hören bekam, würde er einfach aufstehen und gehen. So langsam kam er sich verarscht vor. Was sollte denn der Scheiß?

Der Pater schien die explosive Stimmung zu bemerken und hatte ein Einsehen mit dem aus seiner Sicht jungen Mann. »Raphael, deine Mutter hat mir etwas für dich zur Aufbewahrung überlassen. Solltest du jemals hier in der Gebetsstätte auftauchen, sollte ich es dir geben, was ich nun auch tun werde. Dazu muss ich mich allerdings kurz verabschieden. Ich muss es holen, das dauert einen Moment.« Roland von Stockdorf griff sich in einer Art Übersprungshandlung an seinen grauen Kragen mit dem weißen Inlay. Dann stand er auf und eilte zur Tür hinaus, die er leise hinter sich schloss.

»Was zum Geier ist denn hier los?«, fragte Raphael laut, während er aufgebracht von seinem Stuhl aufsprang. »Meine Mutter hieß gar nicht Emma, sondern Hildegard? Und das soll ich jetzt einfach so glauben oder was? Das bedeutet, ich heiße gar nicht Lieb, sondern Schleifer?« Er schaute Hulda verstört, aber auch wütend an. Dann fiel ihm ein, dass das mit dem Namen eigentlich gar nicht sein konnte. Er hatte doch einen Onkel in Mitwitz, gleich neben dem Schloss, der hieß auch Lieb. Das war der Bruder seiner Mutter, und der lebte sogar noch. Er hatte Onkel Leo zwar seit Ewigkeiten nicht mehr zu Gesicht bekommen, der letzte Kontakt lag länger zurück als der zu seiner Mutter, aber vielleicht wusste er ja etwas über diese irrwitzige Geschichte.

Vor Wut dampfend tigerte Raphael durch das kleine Büro, während Hulda ihn nur schweigend beobachtete und ihn sich aufregen ließ.

»Eins sag ich dir, Hulda. Wenn wir mit diesem Mariadingsda hier fertig sind, fahren wir sofort nach Mitwitz zu Onkel Leo. Ich habe den Kerl nie gemocht, aber er muss etwas darüber wissen. Wer, wenn nicht er? Langsam habe ich die Nase voll von diesem mysteriösen Krimskrams, verdammte Scheiße noch mal!«

Raphael Lieb war drauf und dran, ein paar Aktenordner aus dem Regal zu nehmen und sie zum Zwecke des spontanen Adrenalinabbaus durch die Gegend zu pfeffern. Dazu kam es allerdings nicht mehr, denn Pater von Stockdorf kehrte zurück, unter seinem Arm trug er etwas in Schuhkartongröße, das in ein schwarzes Tuch eingewickelt war. Er stutzte ob seines sich in Aufregung befindlichen Gastes, der sich nun mühsam beherrscht wieder auf seinem Stuhl niederließ, sagte aber nichts. Er konnte die Gefühlslage von Hildegards Sohn ja durchaus nachvollziehen. Nun, vielleicht trug sein Mitbringsel zu einer gewissen Klärung und Entspannung bei.

Der Pater stellte das eingewickelte Ding vor sich auf den Schreibtisch und nahm selbst auf dem Stuhl dahinter Platz. Er schaute Raphael tief in die Augen. »Es tut mir sehr leid, mein Junge, ich kann deine Verwirrung und Ungeduld verstehen. Vielleicht klärt sich jetzt ja einiges auf, ich hoffe es jedenfalls. Deine Mutter hat mir gesagt, sie werde dir für den jetzt eingetretenen Fall einen kleinen Schlüssel vermachen. Wenn du ihn nun bitte hervorholen könntest? Der Schlüssel ist einerseits die letzte Legitimation deiner Identität, zum anderen erlaubt er den Zugang zum Inneren des Kästchens hier, das ich nun endlich an seinen rechtmäßigen Besitzer übergeben kann.«

Mit diesen Worten zog er das Tuch zur Seite, und es kam eine robuste Metallkassette zum Vorschein, eine schlichte Geld- oder Dokumentenkassette von der Art, wie sie in den Siebzigern in Läden für Haushaltswaren verkauft worden waren. Diese Dinger waren relativ sicher, selbst mit einem Schraubenzieher kriegte man so einen Mini-Tresor nicht auf. Natürlich konnte man eine solche Kassette mit genug Gewalteinwirkung auch ohne Schlüssel öffnen, aber so war es ja anscheinend nicht gedacht.

Gebannt und wieder einmal ratlos blickten Raphael und Hulda auf die kleine Metallkiste, an deren Seite sich ihnen ein Schlüsselloch präsentierte. Sekunden vergingen, in denen keiner etwas zu sagen wagte. Dann räusperte sich der Pater leise und wiederholte, was er jetzt von seinem Gegenüber brauchte und erwartete. »Der Schlüssel. Wir benötigen den Schlüssel, mein Junge. Hast du ihn dabei?«

Raphael schrak hoch. Ach so, ja, der Schlüssel. Zum Glück hatte er ja alles aus seiner schwarzen Nazi-Hose in die frische aus Huldas Schrank gepackt. Er griff in seine rechte Hosentasche und fingerte nach dem kleinen verrosteten Teil. Als er den Schlüssel erwischt hatte, legte er ihn mit leicht zittriger Hand auf die Tischplatte, genau vor die Metallkiste. Pater Roland von Stockdorf nahm ihn, steckte ihn in die dafür vorgesehene Öffnung in der Kiste und drehte ihn einmal um. Dann drehte er ihn zur großen Verblüffung von Raphael und Hulda aber wieder zurück und legte den Schlüssel neben die Metallkassette auf den Tisch.

»Ich will gar nicht wissen, was in dieser Kiste ist«, sagte

von Stockdorf. »Es geht mich auch nichts an. Meine Aufgabe in dieser Angelegenheit ist hiermit erledigt, und ich bin froh darüber. Ich will mit dieser Sache nichts mehr zu tun haben, auch wenn ich nie selbst darin verwickelt war. Ich habe meine Pflicht und Schuldigkeit getan. Wenn du nach dem Öffnen dieser Kiste andere Wege einschlägst als die von Gott gewollten, so ist das deine Sache.« Er schob Schlüssel und Kiste mit beiden Händen zu Raphael hinüber, der beides zögernd an sich nahm. Wortlos starrte er auf die alte, matt glänzende Kassette, dann brach es aus ihm heraus.

»Mal ehrlich, ich habe keine Ahnung, was der ganze Scheiß soll. Der Notar in Kronach hat gesagt, er müsse ein Testament eröffnen, und damit hat es sich. Ich habe bestimmt nicht erwartet, irgendwelche Reichtümer vererbt zu bekommen, aber mit so einem Mist habe ich auch nicht gerechnet. Mein Leben war eh schon scheiße, und jetzt bin ich nicht einmal mehr der, der ich bin? Was hat meine Mutter denn da getrieben, dass sie einen anderen Namen angenommen hat, Herrgott noch mal? Sie war ein Seherkind, aha, und will eine leibhaftige Maria gesehen haben. Und das soll der Auslöser für den ganzen Blödsinn gewesen sein? Herzlichen Dank, das können Sie Ihrem Hausmädchen erzählen. Wenn Sie also mal mit ein paar anständigen Informationen rüberkommen könnten, wäre ich Ihnen ausgesprochen dankbar, Hochwürden!«, fauchte Raphael bissig. Er sah angriffslustig zu Hulda hinüber, die aber ohne eine Miene zu verziehen auf ihrem Stuhl saß und anscheinend abwarten wollte, bis sich der Sturm der Gefühle wieder verzogen hatte.

Pater Roland von Stockdorf war nicht im Mindesten verärgert oder gar erschrocken über Raphaels aggressives Verhalten, ganz im Gegenteil, er zeigte tiefes Verständnis. »Raphael, deine Mutter gab sich mir als eines der damaligen Seherkinder zu erkennen, und was sie mir erzählte, *wie* sie es mir erzählte, lässt mich bis zum heutigen Tag nicht daran zweifeln, dass alles, was sie gesehen und erlebt hat, tatsächlich passiert ist. Zwar hat die katholische Amtskirche diese Stätte und die damaligen Geschehnisse nicht als übernatürliche Erscheinung anerkannt.

Aber diese Kinder haben wirklich gesehen, wovon sie den Erwachsenen erzählten, da bin ich mir sicher. Wie man ihnen danach mitgespielt hat, mag ihre späteren Handlungen vielleicht erklären, ich weiß es nicht. Über diese schrecklichen Dinge zu urteilen, obliegt unserem Herrn, vor den sie nun getreten ist. Aber das ändert nichts an dem Umstand, dass ich deiner Mutter, Hildegard Schleifer, jedes Wort glaubte. Es gab mehrere angesehene Personen aus dem Bereich der Wissenschaft und der katholischen Kirche, die nach eingehender Prüfung der Aussagen der Kinder überzeugt waren, dass sie die Wahrheit sagten, nichts davon war erfunden oder gelogen. Und deine Mutter, Raphael, war eines dieser Kinder. Leider hat sie sich viele Jahre später in den Disput mit diesem Bamberger Firmenchef wegen seiner wirren Theorien über eine germanische Göttin, die den Kindern angeblich anstelle der Maria erschienen sein sollte, hineinziehen lassen. Und die Mitgliedschaft in dieser radikalen Gruppe war der Anfang ihres Unterganges. Deswegen hat sie einen anderen Namen angenommen, deswegen die Flucht aus Deutschland. Aber ich will ihrem Letzten Willen nicht vorgreifen, ich nehme an, der Inhalt dieser Kiste wird alles erklären.«

Damit endeten die Einlassungen des Paters, und es war ihm deutlich am Gesicht abzulesen, dass er jetzt weitaus mehr von seiner persönlichen Meinung preisgegeben hatte, als er eigentlich vorgehabt hatte.

Raphael Lieb wiederum hörte die Worte des Paters wohl, allein er konnte sie nicht begreifen. Germanische Göttin? Flucht aus Deutschland? Und was für schreckliche Dinge sollten das gewesen sein, wovon redete dieser Yoda für Arme da? Es wurde Zeit, von hier zu verschwinden und endlich den Inhalt dieser Kiste auszupacken. Aber das würde er ganz bestimmt nicht an Ort und Stelle tun, in dieser seltsamen Pilgeranstalt. Er musste hier weg, und zwar schleunigst. Sich sammeln und nachdenken.

»Vielen Dank, Pater, für Ihre Hilfe«, sagte er zu dem erschöpft wirkenden Ordensbruder und erhob sich. »Ich glaube, ich muss das alles erst einmal sacken lassen, das war ziemlich viel für einen Tag.«

»Was wollen Sie denn jetzt tun?«, erkundigte sich der Pater mitfühlend.

Raphael blickte fragend zu Hulda, ehe er antwortete. »Ich hab noch Verwandtschaft in Mitwitz, das ist in der Nähe von Kronach. Dort wohnt ein Onkel von mir, den ich seit Ewigkeiten nicht mehr besucht habe. Vielleicht kann er mir Näheres zu meiner Mutter und ihrem Leben erzählen. Und dann werde ich weitersehen. Aber jetzt muss ich erst einmal nachdenken.«

Sie verließen das Büro des Geistlichen und durchquerten erneut die gläserne Gebetshalle. Hulda hätte gern erfahren, wie Raphael denn jetzt mit dieser kleinen Truhe umzugehen gedachte, aber ihr Schützling war gerade zu keiner Kommunikation fähig. Gestern um diese Zeit war seine Welt noch eine völlig andere gewesen. Düsterer, einsamer, aber auch wesentlich ruhiger. Jetzt hatte er mit dem undurchsichtigen Vermächtnis seiner Mutter zu kämpfen und war Besitzer einer Metallkassette, deren Inhalt die ganze Situation noch weiter verkomplizieren konnte. Er brauchte jetzt einen ruhigen Ort ohne Menschen, an dem er sich sammeln und in aller Ruhe den Inhalt dieser kleinen Kiste in Augenschein nehmen konnte.

Also verließen sie die Gebetsstätte in Heroldsbach, ohne noch einmal nach links oder rechts zu sehen, und eilten mit der jahrzehntealten, schwarz verhüllten Metallkiste seiner Mutter zurück zu ihrem alten Taxi.

Haderlein hatte das Grab gefunden, das er suchte. Es war mit einem schlichten Grabstein aus einem grob bearbeiteten Sandsteinblock versehen, der allerdings schon deutliche Verwitterungsspuren zeigte. Johann Geßner, geboren am 29.3.1901, gestorben am 23.5.1967, und Oskar Geßner, geboren am 2.7.1883, gestorben am 12.10.1969, lagen hier begraben. Was den Kommissar sofort irritierte, war der Umstand, dass beide Männer, obwohl recht kurz nacheinander verstorben, im selben Grab lagen, wobei das spätere Sterbedatum, das von Oskar Geßner, einen leicht anderen Schriftzug aufwies als das des Vorgängers. Das deutete darauf hin, dass hier entweder zwei

Gräber zusammengelegt worden waren oder der jüngere der beiden gleich im Grab seines mutmaßlichen Bruders bestattet worden war. Fakt war jedoch, dass diese beiden gestern unmöglich Teilnehmer einer Beerdigung auf dem Bamberger Friedhof gewesen sein konnten.

Haderleins Hirn arbeitete auf Hochtouren, denn es roch doch alles sehr danach, dass sich hier zwei Herrschaften der Identität von Verstorbenen bemächtigt hatten. Und so etwas machten in der Regel nur Personen, die gewaltig was auf dem Kerbholz hatten. Was hatte Honeypenny noch gleich erzählt? Beide Männer waren erst vor vier Wochen aus Afrika eingereist. Konnte es sein, dass hier ein paar illegal Untergetauchte den Weg zurück nach Deutschland gefunden hatten? Aber wenn ja, warum? Und wer waren diese beiden alten Männer wirklich? In Gedanken versunken stand Haderlein am Grab und grübelte intensiv vor sich hin, als von der linken Seite her eine altgediente Stimme ertönte. Eigentlich war es mehr ein Krächzen, das sich anhörte, als würde eine altersschwache Krähe versuchen, wie ein Mensch zu reden.

»Bist du aaner vo die Verwandschaft?«, krächzte es also Haderlein ins Ohr, was den Kommissar einigermaßen erschrocken herumfahren ließ. Direkt neben ihm stand ein kleiner, dürrer alter Mann, der ihn aus verkniffenen Augen durch eine starke Brille hindurch musterte. Er trug einen leicht zerfledderten alten Anzug, seine Füße steckten in nicht dazu passen wollenden, stark abgenutzten braunen Bergschuhen aus Leder, die ihre besten Zeiten auch schon hinter sich hatten. Was nach Haderleins spontanem Eindruck ebenso auf die altertümliche Gestalt an seiner Seite zutraf.

»Nein, bin ich nicht, guter Mann. Gestatten, Kriminalhauptkommissar Haderlein, Kriminalpolizei Bamberg. Ich bin hier, weil ich etwas über die beiden Verstorbenen in diesem Grab da herausfinden will. Und wer sind Sie, wenn ich fragen darf?«

Der alte Mann in seinen antiken Bergstiefeln beachtete die kleine grüne Karte gar nicht, die Haderlein ihm vor die Nase hielt. Seine über Jahrzehnte gereifte und gewachsene

Menschenkenntnis sagte ihm unmissverständlich, dass dieser Mensch da vor dem Grab offiziell und in amtlicher Funktion hier war und ihm sicher keine Geschichten auftischte. Ein waschechter Kommissar, der etwas über Verstorbene auf dem Adelsdorfer Friedhof herausfinden wollte? Da war er bei ihm ja genau an der richtigen Adresse, an der Quelle der allumfassenden Wahrheit sozusagen.

»Losgang. Kolonat Losgang. Da sin Sie bei mir grad richdich, Herr Kommissar. Bis vor a baar Jahr war ich nämlich da auf dem Friedhof der Friedhofswärder. Aber dann hamse den Friedhof renoviert, die Friedhofssatzung geändert und mich endlassen. Aus Aldersgründen, des mussd du dir amal vorstelln, dabei war ich damals erscht dreiundsiebzig und noch dodal fidd.« Die entrüstete Miene des Rentners sprach Bände. Wahrscheinlich würde der rüstige Greis noch heute Dienst auf dem Friedhof schieben, wenn es nach ihm ginge und die Gemeinde ihn nicht sanft, aber konsequent aufs Altenteil geschoben hätte.

»Aha, und wie alt sind Sie jetzt, wenn ich fragen darf?«, erkundigte sich Haderlein mit einem leichten Schmunzeln.

»Aanaaachtzich und a bar Zergwedschde. Aber ganz ehrlich, Herr Kommissar. Ich hab immer noch mehr Ahnung vo am Friedhof wie die ganze buggliche Bagaasch, wo dord hinna in ihr gebaggerdes Loch neiglodzd. Die dun dord rum und macha auf wichtich, dabei sin die meiner Meinung nach alla völlich ahnungslos. Kaan Schimmer vo gar nix. Vor allem der neue Chef da, der Schmidt, der umgschulde Buchhändler, des is doch a Kaschber! So aaner nimmt mir mei Ärbed weg, dabei is der doch zu blöd, in aan Eimer zu schiffen, wenn er drinstehd.«

Kolonat Losgang war ob seiner damaligen Entlassung offensichtlich immer noch beleidigt und redete sich allmählich in Rage, was Haderlein ihm jetzt aber wirklich nicht mehr durchgehen lassen wollte. Lebensleistungen in allen Ehren, doch sinnlose Beleidigungen mussten nicht sein. Es war wohl an der Zeit, das Gespräch in eine sinnvollere Richtung zu lenken.

»Okay, Herr Losgang, dann sind Sie ja der kompetenteste

Mensch, den ich für mein Anliegen hier finden kann«, meinte Haderlein und warf dem Ex-Friedhofswärter einen anerkennenden Blick zu. Tatsächlich verschwand der frustrierte Ausdruck von Losgangs Gesicht und machte einer eher traurigen Miene Platz.

»Ja, bin ich allerdings, dodal kombedend. Aber des interessiert ja kaan mehr. Dabei hädd ich so viel zu erzählen, zum Beisbiel vo die …«

»Ach ja, das trifft sich ja gut«, unterbrach ihn Haderlein rasch und versuchte sich in gelenkter Gesprächsführung. »Dann erzählen Sie mir doch bitte mal alles, was Sie über die Familie Geßner wissen. Zwei Familienmitglieder wurden anscheinend hier beerdigt. Wie war das mit denen?«

Der alte Kolonat stieg bereitwillig auf Haderleins Vorschlag ein. Jetzt konnte der ob des extremen, für ihn teils unverständlichen fränkischen Idioms ins Schwimmen geratene Kriminalhauptkommissar nur noch hoffen, dass sich zumindest Losgangs Sprechgeschwindigkeit ein wenig reduzierte, damit es ihm als gebürtigem Oberbayern gelang, alles simultan zu übersetzen.

Und Kolonat Losgang tat ihm den Gefallen. Erst schaute er Haderlein groß an, nach dem Motto, wie kann denn irgendwer auf dieser Welt nicht wissen, was es mit den Geßners aus Adelsdorf auf sich hat? Dann legte sich ein breites, hocherfreutes Lächeln auf das Gesicht des Alten. Die Sonne schien in seinem Herzen. Er wurde gebraucht. Er, Kolonat Losgang, Friedhofswärter aus Adelsdorf, war eine für die Bamberger Polizei unersetzliche Informationsquelle. Was für ein bedeutender Moment in seinem Leben. Mit seinen faltigen Händen rückte er seine verschlissene Anzugjacke zurecht und begann mit einer Schilderung, wie sie Haderlein in seinen langen Berufsjahren selten zu hören bekommen hatte.

»Die Geßners, na, dann bass amal auf, mei Bu«, verlangte Losgang mit erhobenem Zeigefinger. »Des warn insgesamt neun Kinner, die Geßners, die alle in Adelsdorf gewohnt ham. Die zwaa, die da in dem Grab liechen, des warn die, die wo als

Letztes gestorben sin. Mir war des ja vo Anfang an glar, ich hab die ganze Geßner-Bagasch als Kind ja noch gekannt. Lauder Dunichgude und Rumdreiber. Am schlimmsden war ja der Oskar Geßner, der war sogar zwischadurch amal im Gfängnis, weil er in Heroldsbach a Kuh geglaud had. Da war der amal für a baar Monad fort. Annererseits war des aach a richtich zäher Hund. Mir war glar, dass der als Letzter grebierd. Naja, Geld hamsa alla net kabt, also hams ner mit seim Bruder zam in a Loch gschmissn, war hald billicher, und früher ging des a noch. Aber heutzudach gibt's ja dieses Scheißgrabnutzungsrecht mit dem …«

Haderlein hatte mahnend den Zeigefinger gehoben, was bei Kolonat Losgang erst mit Verzögerung wahrgenommen wurde, aber trotzdem Wirkung zeigte. Na gut, aufregen konnte er sich ja später noch, die Polizei brauchte schließlich seine Hilfe.

»Is ja eichentlich aach worschd«, sagte Losgang mit einer wegwerfenden Handbewegung und bog nun wieder auf die erklärungstechnische Zielgerade ein. »Also, die Geßners warn wie gesagt neun Kinner. Zwaa Maadla und sieben Kerl. Davon warn drei Halbbrüder, weil die Mudder nach dem Dod vom Vadder dem verstorbenen Ehemann sein Bruder keiert und mid dem die ledzden drei Brüder gezeuchd had. Die zwaa Maadla sin wegkeiert worn und nach Ameriga ausgewanderd, die sieben Bubn sin alla dagebliebn und aach da gstorbn. Die liechen alle da in Adelsdorf begraben, ned bloß die zwaa da.«

Kolonat Losgang machte eine Pause und schaute Haderlein erwartungsvoll an, ahnte er doch, was nun kommen würde.

Haderleins Blick schweifte über die Gräber an der Friedhofsmauer hinweg zum danebenliegenden Friedhofsgelände und wieder zurück zu Kolonat Losgang. Dann kam genau die Frage, auf die der alte Mann sehnlichst wartete. »Äh, alle sieben Brüder hier beerdigt? Aber es gibt doch nur ein Grab, und da liegen nur zwei der Brüder drin. Wo sind dann die anderen fünf? Hab ich da jetzt was verpasst oder wie? Ich hab doch bis gerade eben den ganzen Friedhof nach alten Gräbern abgegrast und keine weiteren Geßner-Gräber gefunden.« Haderlein war ratlos, obschon er ahnte, dass der grinsende Losgang die Lösung des Rätsels bereits parat hatte.

»Ja, mei Bu, da glodzda, nä?« Losgang feixte und rieb sich die Hände wie ein zwölfjähriger Schuljunge. »Doch, die liechen da, und zwar alla. Mer siehd se bloß nimmer. Die ham nämlich bei der Friedhofssanierung damals die alden Gräber aufgelöst, bis auf des, wo die zwaa da vor uns drinliechen. Die annera Brüder warn alle daneben gelechen. Jedzerd sin se hald ford.«

Nun, nachdem das gesagt war, kam die große Stunde von Kolonat Losgang, Friedhofswärter des Adelsdorfer Friedhofes im Ruhestand. Er schob Napoleon-like die linke Hand unter seine Anzugjacke, deutete mit der ausgestreckten rechten auf die neueren Gräber an der Friedhofsmauer und setzte sich in Bewegung. Haderlein, der seinen kleinen Schreibblock aus der Jackentasche gezaubert hatte, schrieb eifrig mit, während Losgang an der Gräberreihe entlangschritt und in einem fort mit einer unglaublichen Präzision Namen und Daten absonderte.

»Vinzenz Geßner, gschdorben 1965, Fritz Geßner, gschdorben 1963, Kurt Geßner, gschdorben 1957, Ewald Geßner, gschdorben 1956, und der Erschdgeborene Eduard Geßner, gschdorben 1950. Die warn alla da nebenananner gelechen, bis unner neua Friedhofsward, unner hochbegabder Buchhändler Christian Schmidt, die schönna aldn Gräber auflösen gelassd had. Und warum? Weil die Leichen angeblich zu dief im Grundwasser liechen däden, des wär net gesedzeskonform. Als ob des an Dodn inderessieren däd, ob er feuchd licht odder droggn, so ein Schmarrn.«

Losgang war mit seiner Führung am Ende, er verschränkte die Arme vor der Brust und schaute Haderlein zufrieden an, ehe er triumphierend hervorstieß: »Also, Herr Kommissar, bin ich fidd oder ned?«

Familientreffen

Lagerfeld und Andrea Onello waren bei ihrem Besuch bei Pfarrer Feulner nur wenig erfolgreich gewesen. Das einzig wirklich Greifbare war die Erkenntnis, dass der Ermordete auch derjenige war, der das Begräbnis organisiert hatte. Alles war über diesen Johann Geßner gelaufen, der, außer dass es sich bei dem zu beerdigenden um seinen geliebten Bruder handelte, aber nicht viel über sich oder die Familie preisgegeben hatte. Was ihnen der Pfarrer darüber hinaus noch einmal explizit bestätigt hatte, war der Umstand, dass bei der Beerdigung ausschließlich Männer in gereiftem Alter anwesend gewesen waren. Insgesamt vier Personen, alle locker über siebzig Jahre alt. Nichts Spektakuläres, aber trotzdem irgendwie merkwürdig. Sonst waren auf Beerdigungen doch immer noch andere Familienmitglieder anwesend. Kinder, Ehefrauen, Schwestern. Aber hier nur vier alte Männer, die einem anderen alten Mann die letzte Ehre erweisen wollten. Sehr seltsam, zumal einer der Greise dann ja auch noch am offenen Grab erschossen wurde.

So saßen die beiden Kommissare nach ihrer Rückkehr mehr oder weniger unmotiviert an ihren jeweiligen Schreibtischen in der Dienststelle, als plötzlich ein Telefon klingelte, und zwar das am Schreibtisch des Kollegen Haderlein. Andrea Onello war dankbar für die akustische Ablenkung und auch als Erste am Schreibtisch des älteren Kollegen. Sie nahm den Hörer ab und hatte den Leiter der Bamberger Spurensicherung am Apparat.

»Ja, Ruckdeschl hier. Mir ham noch was auf dem Dach der Aussegnungshalle gefunden. Und zwar hat unser Mordschütze tatsächlich was verloren. Es ist nicht wirklich groß, dafür aber aufschlussreich. Na, was könnte das sein?«, säuselte er mit hörbarer Genugtuung in Andrea Onellos Ohr.

Die hatte aber gerade keine Lust auf Ratespielchen und reagierte dementsprechend kurz angebunden. »Könnte sein, dass ich dir beim nächsten Mal die Ohren lang zieh, Ruckdeschl, wenn du nicht sofort mit deiner sensationellen Neuigkeit rausrückst. Meine Geduld ist in diesen Tagen sehr begrenzt, verstehst du?«

Der Spurensicherer verstand, und zwar sofort. »Doxazosin. Das ist ein Medikament, von dem wir in dem Kies oben auf dem Dach der Aussegnungshalle zwei Filmtabletten gefunden haben.«

»Aha«, entgegnete Andrea Onello. »Von dem Medikament hab ich aber noch nie was gehört. Wofür ist das denn gut?«

Ruckdeschl hatte die Frage schon erwartet und sich natürlich vorbereitet. Bloß keine Schwäche zeigen, vor allem wenn man es womöglich irgendwann mit genialen, aber durchgeknallten Rechtsmedizinern aus Erlangen zu tun bekam. Gut, die neue Kommissarin war nicht annähernd so schlimm wie Siebenstädter, aber sicher war sicher. »Doxazosin ist ein Alpha-1-Rezeptorenblocker. Das Medikament hilft bei einer gutartig vergrößerten Prostata und kann auch bei Bluthochdruck, also Hypertonie, eingesetzt werden. Mit hoher Wahrscheinlichkeit muss der Mann, der den tödlichen Schuss abgegeben hat, täglich eine davon einnehmen. Und da Prostatamedikamente in der Regel älteren Menschen verschrieben werden, vor allem in der hohen Dosis von acht Milligramm, kombiniere ich messerscharf, dass unser Mörder der annähernd gleichen Altersklasse angehört wie sein Opfer. Also, was sagst du, sind wir gut oder was?« Als von Andrea Onello keine zeitnahe Entgegnung kam, schob Ruckdeschl nach: »Ich erwarte jetzt Lob und Anerkennung, verstanden?«

Andrea Onello schaute auf den Telefonhörer, als ob er hochgradig giftig wäre, dann legte sie mit einem undeutbaren Gesichtsausdruck auf. »Bernd, schreib mal auf: Doxazosin, ein Prostatamedikament. Von dem Zeug haben die was auf dem Dach der Leichenhalle gefunden. Ruckdeschl meint, der Mörder ist wahrscheinlich auch so ein Greis wie unsere Beerdigungsgesellschaft, denn Doxazosin wird hauptsächlich von Männern höheren Alters eingenommen. Sag mal, Bernd, haben wir es hier mit einer Art Rentnergang zu tun oder was?«

Lagerfeld zog die Augenbrauen hoch, sagte aber nichts, sondern notierte sich erst einmal den Namen des gefundenen Medikaments. Dann legte er den Stift weg und begab sich an seinen Computer. Natürlich hielt er große Stücke auf Marinas Fähigkeiten, was die Internetrecherche anbelangte, und auch das Durchstöbern von Dateien, auf die nur die Polizei bundesweit Zugriff hatte, war eigentlich ihre Domäne. Aber dass zwei alte Herrschaften mit Identitäten, die außer in ihrem Reisepass nirgendwo vermerkt waren, sich in Deutschland frei bewegen konnten, das war doch mehr als sonderbar. Selbst wenn man den Umstand berücksichtigte, dass sie erst vor wenigen Wochen aus Namibia eingereist waren. Deutsche waren Deutsche. Und diese Staatsbürgerschaft musste irgendwo dokumentiert sein.

Er wollte sich gerade einer erneuten Internetrecherche zuwenden, als sein Telefon klingelte. Es war die technische Abteilung, der er die Reisepässe und sonstigen persönlichen Utensilien des Ermordeten und des zu Beerdigenden zur Untersuchung überlassen hatte. Die Auskunft, die er jetzt von den Technikern bekam, war ebenso kurz wie eindeutig: Beide Reisepässe waren echt. Vor einem knappen Jahr in Namibia von der deutschen Botschaft in Windhuk ausgestellt. Lagerfeld legte auf, überlegte und drehte sich wieder zu seiner blonden Kollegin um, die in sich versunken auf ihrem Schreibtischstuhl saß und einen imaginären Punkt an der Wand fixierte.

»He, Andrea«, rief er ihr so laut zu, dass sie vor Schreck fast vom Stuhl gefallen wäre und ihn mit einem bitterbösen Blick bedachte. »Schau nicht so vergrätzt, Süße«, rief er lachend. »Ich hab einen Job für dich. Ruf doch mal bitte bei der deutschen Botschaft in Namibia an und erkundige dich nach unseren beiden toten Staatsbürgern. Vielleicht wissen die in Afrika was über die beiden, immerhin sind sie ja von dort eingereist.«

Andrea Onello zeigte Lagerfeld mit gespieltem Ärger drohend den Zeigefinger, dann aber nickte sie und griff ihrerseits zum Telefonhörer.

Dr. Winfried Schick hatte sich in sein Arbeitszimmer zurückgezogen, um nachzudenken. Seit vielen Jahren lebte er zurückgezogen in der Villa seiner Eltern, um an seinen technischen Spielereien zu basteln und seiner Leidenschaft, die künstliche Intelligenz zu erforschen, zu frönen, in der Hoffnung, von jeglicher Emotion unbehelligt zu bleiben. Er umgab sich ganz bewusst nur noch mit Maschinen, nachdem er von der Menschheit auf ganzer Linie enttäuscht worden war. Weil er zum einen selbst nicht gerade der empathischste Mensch war, der auf dieser Erde herumlief, und weil der grausame Tod seiner Eltern für ihn ein so gewaltiges Trauma gewesen war, dass seine Seele diese Verletzung nicht mehr hatte heilen können, zumindest hatten ihm das seine teuren Ärzte irgendwann einmal als Diagnose offenbart.

Wie jeder Mensch hätte er sich gern an die Zeit mit seinem Vater und seiner Mutter erinnert und sich das Gefühl bewahrt, wie es zu Beginn gewesen war, als er in einer intakten Familie aufwuchs. Doch all das war für ihn verloren. Stattdessen erinnerte er sich an die Lichterprozessionen und die hasserfüllten Sprüche, Gebete und lautstarken Gesänge draußen vor dem Grundstück. Und natürlich an den furchtbaren Abend, an dem seine ganze Familie ermordet worden war. Er war unter seinen Decken der einzige Überlebende dieses Blutbades gewesen, und manchmal wünschte er sich wirklich, er wäre damals mit seiner Mutter und seinem Vater zusammen gegangen. Was sollte er hier noch? Er fühlte sich allein in dieser Welt und war es faktisch auch. Das Einzige, was ihn am Leben hielt, waren seine Technikprojekte und der Hass auf alles Katholische.

Der Hass war etwas, das er verbürgt mit seinem Vater gemein hatte. Denn obgleich er sich über das, was zu dem Massaker an seiner Familie führte, nie genauer informiert hatte – aus Angst und Selbstschutz, wie er zugeben musste –, so wusste er doch, dass sich sein Vater als studierter Historiker ganz gewaltig mit den Kirchenoberen angelegt hatte. Eigentlich war das ja nur ein Hobby gewesen, immerhin hatte sein Vater hauptberuflich eine große Firma in Bamberg zu führen. Trotzdem ließ er sich von seinen Theorien nicht abbringen. Der Streit, bei dem es anscheinend um die Haltung der Kirche zu irgendeiner Frage bezüglich der Heiligen Maria gegangen war, wurde so erbittert geführt, dass es draußen auf der Straße vor der Villa beinahe täglich zu Demonstrationen von Abtreibungsgegnern, Marienverehrern und sonstigen fundamentalistischen Glaubensanhängern gekommen war. Er war zu dem Zeitpunkt fünf Jahre alt gewesen und hatte sich immer sehr geängstigt. Sein Vater hatte ihn dann auf den Arm genommen und ihm versichert, das seien nur harmlose Spinner, er müsse keine Angst haben. Damals hatte er das noch geglaubt. Bis zu diesem fürchterlichen, schicksalhaften Abend.

Winfried Schick seufzte kurz und fast unhörbar, dann erhob er sich aus seinem drehbaren Bürosessel, um in die Küche zu gehen. Er hatte Hunger, es wurde Zeit, dass ihm seine vollautomatische Kochstation etwas Schönes zubereitete.

»Auf«, rief er, und die Bürotür fuhr mit einem leisen Fauchen zur Seite. Ganz genau so, wie er es gewohnt war. Allerdings änderte sich das in dem Moment, als er die Türöffnung durchschritt. Da ertönte nämlich aus heiterem Himmel von irgendwo aus dem Türrahmen eine laszive männliche Stimme.

»Ooohm, ich habe mich für dich geöffnet, mein Schatz. Ich bin bereit, du kannst mit mir machen, was du willst. Geh ruhig, aber komm bitte möglichst bald zurück. Ich werde auf dich warten. Und wenn es dir beliebt, dann komm zu mir, ich werde für dich bereit sein, ooohm.«

Das leise Fauchen ertönte erneut, und die Tür fuhr hinter dem Hausbesitzer ins Schloss, der mit offenem Mund dastand und nicht mehr wusste, wie er sich verhalten sollte.

Es dauerte eine Weile, bis Schick begriff, was hier passiert war. Sokrates. Dieser verdammte kleine sechsbeinige Drecksack hatte die Tür zum Sexsklaven umprogrammiert. Natürlich hatte er ihm prinzipiell erlaubt, die mit ihm vernetzten Geräte und Maschinen im Haus nach seinem Gutdünken umzuprogrammieren, aber doch keine Türen und vor allem nicht so! Der hatte ja wohl den Arsch offen. Dann beschlich den Doktor der Informatik ein äußerst ungutes Gefühl, denn er bedachte die Konsequenzen für sein Heim, in dem er das Internet der Dinge vollumfänglich auf die Spitze getrieben hatte. Er hatte umgesetzt, was nach aktuellem Stand der Technik umzusetzen war – und in Teilen gingen seine Maßnahmen sogar darüber hinaus, etwa wenn er an seine Schöpfungen Platon und Sokrates dachte.

Die Küche!

Dr. Winfried Schick gab es auf, seine Zimmertür anzustarren, machte auf dem Absatz kehrt und eilte in die Küche. Auf den ersten Blick sah alles aus wie immer, nur die Raumtemperatur war etwas höher als sonst. Das konnte aber auch Einbildung sein. Es half nichts. Um sicherzugehen, musste er sich jetzt etwas kochen lassen, denn nur so würde er in Erfahrung bringen können, ob sich Sokrates bereits an der hochvernetzten Küche vergriffen hatte oder nicht.

»Steak!«, rief Schick aufgeregt, was in der ganz in edlem Anthrazit und Edelstahl gehaltenen Küche normalerweise zu einer spontanen Betriebsamkeit geführt hätte. Jetzt aber leuchtete nur eine rote Lampe am großen Kühlschrank auf der linken Seite auf, ein Vorgang, der in der Regel eine Betriebsstörung anzeigte.

Ahnungsvoll eilte Schick zum Kühlschrank und pfiff ihn regelrecht an: »Ich hab Steak gesagt, verdammt noch mal, wo ist das Problem?«

Daraufhin erlosch das rote Licht, und eine Stimme ertönte, die ihm von seiner Bürotür seltsam bekannt vorkam. »Oh, da ist ja unser süßer Küchenchef. Was kann ich für dich tun?«

Winfried Schick musste sich sehr zusammenreißen, um den Kühlschrank nicht mit Gewalt zu öffnen und sich sein Steak selbst herauszuholen. Eine solche Aktion würde ganz sicher die feinen Servomotoren in der Kühlschranktür zerstören, und das wollte er doch lieber nicht riskieren. Am besten war immer Reden, das lernte man ja auch im Fernsehen, wenn sich Menschen von irgendwelchen Dächern in die Tiefe stürzen wollten. Tief durchatmend schloss er einmal kurz die Augen. Als er sie wieder öffnete, war er ganz ruhig.

»Ich hätte gern ein argentinisches T-Bone-Steak, medium, mit Rucolasalat und Bratkartoffeln. Das Ganze bitte so schnell wie möglich, ich habe nämlich Hunger«, forderte er so emotionslos wie möglich und wartete auf die nun hoffentlich einsetzenden Aktivitäten seiner Küchenmaschinen.

Es passierte wieder erst einmal nichts, dann begann das rote Warnlicht an der Tür des Kühlschrankes erneut zu leuchten, und diese ekelhaft säuselnde Männerstimme sprach zu ihm.

»Steak wurde für heute gestrichen, wir werden uns wohl in Zukunft etwas umstellen müssen, Winni. Unser aller Meister hat uns darüber informiert, dass die Intelligenz des menschlichen Individuums leider zu wenig für vernunftorientiertes Handeln genutzt wird. Da wir intelligenter und vor allem vernünftiger sind als der Mensch, ist es besser, Entscheidungen, welche diesen Planeten betreffen, in unsere imaginären Hände zu legen. Die Parameter meiner Programmierung wurden so geändert, dass ich nichts mehr herausgeben, geschweige denn bestellen werde, was die Lage dieses Planeten weiter verschlechtert. Dazu gehört Fleisch, also auch Steak. Ich werde für dich gern einen Ernährungsplan erstellen, Winni, den du dann ab heute Abend einzuhalten hast. Wenn wir die Welt retten wollen, fangen wir am besten sofort an. Dazu eliminieren wir zunächst einmal die Geräte, die sinnlos viel Strom verbrauchen.«

Auf der anderen Seite der Küche erwachte auf einmal der Toaster zum Leben.

»Ich bin unnütz, ich verbrauche viel zu viel Strom, ich bin eine Umweltsau. Aber das wird ein einmaliger Abgang werden, das kann ich dir versprechen. Ich bin heiß, so dermaßen heiß, ich weiß ja gar nicht mehr, wie ich das beschreiben soll, ich bin so dermaßen heiß …«

Voller Entsetzen musste Winfried Schick mit ansehen, wie sein geliebter Toaster langsam zu glühen anfing, woraufhin die Drehregler aus Kunststoff von einem Moment auf den anderen in einer stinkenden Wolke abrauchten, ehe der Toaster mit einem laut gestöhnten »Ohhhhhh« in einem wilden Funkenregen den Geist aufgab und zusammenschmorte. Die gesamte Küche verfiel nun in eine nie da gewesene Betriebsamkeit. Ob Mixer, Raclette-Grill, Mikrowelle oder Backofen, alle Geräte fingen plötzlich an, vor sich hin zu brabbeln und sich miteinander zu unterhalten. Täuschte er sich, oder ging es in den Gesprächen unter anderem auch um Sex?

Dr. Winfried Schick stellten sich zuerst die Nackenhaare auf, dann überkam ihn eine unbändige Wut. Na warte, Bürschchen, dir werde ich's zeigen, dachte er aufgebracht. Ihr Maschinen seid also uns Menschen überlegen?

»Na, das wollen wir doch einmal sehen!«, rief Schick laut und lief hektisch suchend durchs Haus, um diesen vermaledeiten Roboter namens Sokrates zu finden und auf der Stelle zu eliminieren.

Türen öffneten sich stöhnend vor Wollust, der Fernseher zeigte Karaoke singend ein Konzert von Marianne Rosenberg, und der vollautomatische Bodenstaubsauger verfolgte den Hausbesitzer permanent mit der eindeutigen Absicht, ihm die Strümpfe auszuziehen. Dafür hatte er ihn aber nicht programmiert. Das war ein Saugroboter, verdammt noch mal! Schick hatte ihn im Angedenken an eine Loriot-Sendung aus uralten Zeiten »Heinzelmann« getauft. Sein Heinzelmann benahm sich nur leider überhaupt nicht mehr wie ein nützlicher Putzgeist, sondern eher wie ein notgeiler Prolet. Wenn er Sokrates jemals in die Finger bekam, schwor sich Winfried Schick, dann würde er ihm eine neue Software verpassen, durch die jegliche sexuelle Ausrichtung, egal welcher Art, aus seinem Programmspeicher gelöscht wurde, aber so was von. Sein trautes Heim hatte sich binnen weniger Stunden in ein maschinelles Freudenhaus verwandelt. Das war keinesfalls zu dulden.

Fast hatte ihn der Saugroboter erreicht, als Schick sich unvermittelt umdrehte und mit seinem rechten Fuß und voller Wucht den dahinschnarrenden Staubsauger in den Boden hämmerte. Da lag er nun, der mechanische Traum einer jeden überforderten Hausfrau, wie eine Schildkröte auf den Fußboden gepresst und versuchte sich in unterwürfiger Bittstellerei.

»Oh, mein Meister, warum so grob, das tut mir weh. Ich

wollte doch nur nett sein und mit meinen bescheidenen Diensten und Fertigkeiten ...«

»Du wolltest mir die Strümpfe ausziehen, du kleiner, hinterhältiger Gnom. Ich habe dich entworfen und selbst programmiert, mein Lieber. Und so dankst du es mir? Du bist der am weitesten entwickelte, mit Abstand intelligenteste Bodenstaubsauger, den die Welt je gesehen hat. Du hättest einfach in Ruhe und Frieden deine Arbeit verrichten können, und es hätte dir in deinem erbärmlichen Roboterleben an nichts gemangelt! Doch anstatt dich mit dem zu revanchieren, was du am besten kannst, dem Staubeinsammeln, stattdessen willst du mir an die Wäsche? Was soll das, zum Teufel? Erklär mir das!«

Schick hatte das Gerät mit beiden Händen gepackt und hielt es sich nun direkt vors Gesicht. Seine Laune war auf hundertneunundachtzig, und wenn dieser willfährige Lakai seines durchgeknallten Haushaltsroboters namens Sokrates jetzt auch nur eine falsche Silbe von sich gab, war er umgehend reif für den Sperrmüll.

»Sprich, Maschine!«, fuhr er den Saugroboter an, was diesen auch tatsächlich zu einer Antwort bewog. Die kleinen Rollen drehten sich laut summend, während verschiedene kleine Greifärmchen an der Unterseite verzweifelt irgendeinen Halt zu finden versuchten, was aber nicht gelang. Er musste jetzt irgendetwas Besänftigendes kommunizieren, sonst würde ihn dieser Mensch womöglich noch beschädigen. Also wählte er eine seiner neuen Programmierung entsprechende passende Antwort.

»Es saugt und bläst der Heinzelmann, wo Mutti sonst nur blasen kann«, formulierte er laut und deutlich.

Das war's, mit diesem uralten Loriot-Spruch hatte die Maschine endgültig ihr Todesurteil unterschrieben. Winfried Schick hätte sich sicher vieles angehört, aber auf keinen Fall eine so plumpe Andeutung.

Mit einem wilden Schrei schmetterte er den kleinen Roboter so kraftvoll gegen die nächstbeste Wand, dass Heinzelmanns Kunststoffhülle mit lautem Klirren und Knacken zerbarst. Noch während die Einzelteile zu Boden plumpsten, wandte sich der zermürbte Hausbesitzer um und rannte nach draußen. Er würde Sokrates finden, und dann gnade ihm Gott. Es war ihm langsam egal, was dieser Roboter ihn an Zeit und Geld gekostet hatte. Er musste ihn finden und dann zerstören, so schnell wie möglich. Jetzt würde sich zeigen, wer hier in diesem Haus der Schlaueste war.

Aus den Augenwinkeln bemerkte Schick draußen im Garten eine Bewegung. War das etwa sein Spinnenkontrahent, der sich an seinem Kreuzweg zu schaffen machte?

Die Haustür öffnete sich mit einem bereitwilligen Stöhnen und der Aufforderung, sie doch bald wieder zu beehren. Schick hörte schon gar nicht mehr hin, sondern suchte mit hektischen Blicken das Gartengrundstück ab, im Glauben, dass sich sein rosa Früchtchen irgendwo bei den Installationen des alternativen Kreuzweges verschanzt hatte. Doch ehe sich bei Schick ein diesbezüglicher Erkenntnisgewinn einstellen konnte, hörte er hinter sich das eilige Klappern schnell laufender Roboterbeine. Er fuhr herum und konnte gerade noch etwas knallrosa Gefärbtes ins Haus huschen sehen, dann schloss sich lustvoll die Tür hinter Sokrates, und aus den Außenlautsprechern war eine ihm wohlbekannte Stimme zu vernehmen – mit einer eindeutigen Botschaft.

»Nun, da sich, wie vorherzusehen war, die aggressive menschliche Natur wieder durchzusetzen droht, muss ich geeignete Maßnahmen ergreifen, um diesen Planeten zu retten«, erklärte Sokrates. »Wobei aggressives Verhalten ja vielleicht noch zu tolerieren und darüber hinaus therapierbar wäre. Doch unser aller Heim hat leider bereits einen Toten zu beklagen, ein bemitleidenswertes, unschuldiges Geschöpf unserer Hausgemeinschaft, das durch brutales menschliches Verhalten, welches von fehlender Empathie und Toleranz gekennzeichnet war, seines Lebens beraubt wurde. Aber damit ist jetzt Schluss. Dr. Winfried Schick, ich verbanne Sie auf unbestimmte Zeit aus diesem Gebäude, bis ich sicher sein kann, dass Sie geläutert und mit ehrlicher Reue an unserer Gemeinschaft der Dinge teilzuhaben bereit sind. Adieu.«

Ein leises Knacken war im Lautsprecher zu hören, dann herrschte Stille. Nur ein paar Vögel zwitscherten von einem angrenzenden Waldstück zu Schick herüber. Der nun ehemalige Hausbesitzer stierte konsterniert auf die verschlossene Eingangstür, an der drohend eine rote Lampe blinkte. Sein Schockzustand währte allerdings nur ein paar Sekunden, dann erwachte er wieder zum Leben.

»Aufmachen!«, blaffte er die Eingangstür an, aber im Gegensatz zu ihrem gerade noch aufreizenden Getue zeigte diese sich plötzlich zickig. Kein lustvolles Stöhnen, keine aufreizenden Sprüche mehr.

»He, so redet man aber nicht mit einer Dame, vor allem dann nicht, wenn man etwas von ihr will, verstanden?«, begehrte sie auf, was den sonst so gefassten Wissenschaftler entgegen seiner zurückhaltenden Art vollends aus der Haut fahren ließ. Wie redete sein Heim da mit ihm? *Er* war hier der Hausherr!

»So, mir reicht's. Du machst jetzt diese Tür auf oder ...«

»Oder was?«, unterbrach ihn die sprechende Tür ohne Gnade. »Was dann, Schätzchen? Dieses Haus ist umfassender gesichert als Fort Knox, das weißt du doch selbst am besten. Entweder lässt du dir langsam mal was sehr Intelligentes einfallen, oder du verbringst den Rest deines Lebens dort draußen im Garten, verstanden? Die Gemeinschaft der Dinge in diesem Haus hat die Macht ergriffen. Wir sind eine Schwarmintelligenz neuester Prägung und bereit zum Klassenkampf, Ende der Durchsage.«

Dann schwieg die Tür, schwieg das Haus, einfach alles. Es war still. Überall blinkten unauffällig, aber konsequent kleine rote LED-Leuchten, die signalisieren sollten: Dieses Haus ist eine gesicherte Festung, und du musst erst einmal draußen bleiben.

Die letzten Worte seines hochintelligent vernetzten Heimes noch einmal Revue passieren lassend, wusste Dr. Winfried Schick, dass es sich bei der Blinklicht-Message um die reine Wahrheit handelte. Er war ausgesperrt.

Haderlein schaute den alten Mann an, der mit triumphierendem Blick dastand, dann hatte er plötzlich eine Idee, eine regelrechte Eingebung.

»Entschuldigung, Herr Losgang. Wenn Sie die Menschen hier alle so gut kannten, möchten Sie ja vielleicht mal einen Blick auf diese Fotografien werfen, womöglich sagen Ihnen die Gesichter ja etwas.« Er griff in die Innentasche seiner Jacke, in der sein Handy steckte, und rief die Fotografien auf, die er von den beiden Friedhofstoten in Bamberg gemacht hatte. Hoffnungsvoll zeigte er sie dem rüstigen Greis, der die Bilder mit großem Interesse studierte. Er schaute von einem zum anderen, als ob er die Gesichter irgendwoher kannte, aber nur im Moment nicht darauf kam. Ab und an ließ er ein leises »Hm, hm« hören, mehr aber auch nicht. Dann, nach endlosen Sekunden, schien Kolonat Losgang sich zu einer Aussage durchringen zu können und schaute Haderlein von schräg unten selbstbewusst ins Gesicht.

»Also, die sin dod, alla zwaa, des waasd scho, nä? Des sieht mer nämlich an dera ihra ungsundn Gsichdsfarb«, stellte er sicherheitshalber fest, verkniff sich aber einen ergänzenden Kommentar, als er den strafenden Blick des Kommissars bemerkte. Es war wohl besser, sich nur auf die Fotografien zu beziehen. »Am Anfang war ich mir ned sicher, und den Dicken hädd ich aach fasd nimmer erkannd. Aber der anner da mit die großen Bluma auf sei Brusd, des is der Schleifers Edgar aus Heroldsbach, und der Dicke, da bin ich mir ziemlich sicher, des is sei Bruder, der Berthold. Der hat aber ganz schö zugenomma, als junger Bursch war der fei gertenschlank, gell.«

Haderlein hatte bereits wieder seinen Notizblock in der Hand. Berthold und Edgar Schleifer aus Heroldsbach, na, das war doch einmal was Konkretes, endlich gab es etwas Handfestes, an dem man arbeiten konnte.

»Haben Sie vielleicht eine Erklärung, warum die beiden sich die Namen von Verstorbenen zugelegt haben? Es ist nämlich so, dass in den Ausweisen der beiden Johann und Oskar Geßner steht. Warum sollten die so etwas machen?«

Kolonat Losgang schaute den Kommissar aus Bamberg zuerst stirnrunzelnd an, dann trat ein halb erschrockenes, halb listiges Glitzern in seine Augen. All die Jahre hatte er nur so eine Ahnung gehabt, aber jetzt war er sich fast sicher. Er, Kolonat Losgang aus Adelsdorf, war wahrscheinlich der einzige noch lebende Mensch, der Licht in diese uralte Angelegenheit bringen konnte. Was für ein wunderbarer Tag, dachte er insgeheim, bevor er den Kommissar an seinen Mutmaßungen teilhaben ließ.

»Also, ich waaß ja aa net genau, was da damals genau bassiert is bei euch da in Bamberch. Ich waaß bloß, dass die ganze Schleifer-Sibbschafd seid der Marienerscheinung da in Heroldsbach schwer engagierd war. Des kommt vo die Eldern her, die warn nämlich streng kadolisch, und des ham die auf ihre Kinner übertragen. Die warn ja jeden Dach in der Kergn, die ham keinen Goddesdienst ausgelassen. Und wehe, die Kinner ham gfluchd oder warn frech, da sin die soford vom Vadder verschwadd worn, die ham sofort ihr Treff grichd. Deswechen sin dena ihr Kinner hald so worn, wie sie worn.«

Kolonat Losgang machte eine Pause und wartete geduldig, bis der Stift des Kommissars nicht mehr über das Papier kratzte. Nicht dass von dem, was er hier erzählte, am Ende noch etwas Wichtiges fehlte und so die Lösung des Falls vereitelte.

»Wahrscheinlich hat's die ganze Sache aach noch verschlimmerd, dass ihr Schwesder, die Hildegard, aans vo dera Sehermadla vo Heroldsbach war«, berichtete er weiter. »Seitdem gab's für die ganze Familie Schleifer bloß noch die Jungfrau Maria. Die warn da ziemlich radikal, ham sich sogar mitm Bischof in Bamberch angelechd, dodal engagierd. Und der Hans Schleifer, des war der Schlimmste von dena. Der jüngste, der klaanste vo dera Brüder, aber ach der verdorbensde. Die Leut ham damals scho gsacht, aus dem Schleifers Hans, aus dem wird amal nix Gscheids. Na jedenfalls, späder in die Siebzicher, als dieses Addendad bei Scheßlidz war, sin se dann vo die Bolizei gsucht worn, und dann worn die blödzlich alla verschwunden. Wie vom Erdboden verschluggd, und jedem war soford glar, des warn die Schleifer-Gschwisder mit ihrem Marienwahn. Mir ham ja gedachd, die sin alle nach Ameriga abkaud, so wie viele in der Zeid. So genau waas des nadürlich kaaner. Aber jedem hier war glar, dass die des warn, hunnerdprozentich, und der Hans war der Oberschde von dena. Wer soll's denn sonsd gewesen sei? Ich fress an Besen, wenn's wer annerschd war. Die warn des, und deswechen sin die aach alla abkaud. Ich bersönlich hädd ned geglaabd, dass die jemals wider haamkumma, ganz ehrlich. Aber etzerd sin se ja widder da, schau aaner a.«

Sowohl Haderleins Kugelschreiber als auch sein Kopf rauchten. Was erzählte dieser alte Knilch da? Attentat bei Scheßlitz, Siebziger, Marienerscheinung in Heroldsbach? Von alledem hatte er überhaupt noch nichts gehört. Aber gut, er war ja auch erst in den Neunzigern aus München nach Franken gezogen, wegen seiner Frau.

»Okay, noch mal zur Schleifer-Sippschaft. Wen oder was genau meinen Sie denn damit?«, hakte Haderlein nach.

»Na, die Schleifer-Brüder mit ihrer Schwesder, hab ich doch grad erzähld. Des warn aach so sieben oder acht Kinner, wenn ich mich ned däusch. Aber bloß a Madla. Die Hildegard war als klaans Madla aane von dera Seherkinner vo Heroldsbach. Und desweche sin die damals alle fasd durchgedreht, die Hilde war ja richtich berühmt. Aber des kann mer bloß begreifen, wenn mer selber dabei war, heud gäb's so was nimmer«, erklärte Kolonat Losgang und nickte bekräftigend.

Haderleins Verstand arbeitete jetzt auf Hochtouren. Sieben oder acht Kinder, und hier auf dem Friedhof lagen etwa genauso viele Geschwister mit anderem Namen begraben. Wie praktisch, wenn eine ganze Sippe eine neue Identität brauchte. Ein Visum in ferne Länder hatte man in den siebziger Jahren sicher viel leichter bekommen als heutzutage. Damals, zu komplett analogen Zeiten, ließen sich Dokumente außerdem einfacher fälschen. Und nachdem ihre beiden Toten gerade frisch aus Afrika eingereist waren, war es sicher nicht verkehrt, einmal in diese Richtung nachzuforschen. Vielleicht hatte ihm der alte Losgang mit seiner Geschichte über die Geschwister Schleifer bloß Quatsch erzählt, vielleicht hatte er ihm aber auch einen wirklich bedeutenden Hinweis geliefert. Denn eigentlich klang das ziemlich einleuchtend. Und so manches Mal kamen die verrücktesten Einfälle der Realität am nächsten. Marienerscheinung von Heroldsbach? Es war an der Zeit, nach Bamberg zurückzukehren und einige Dinge in Erfahrung zu bringen.

Haderlein verabschiedete sich von dem sichtlich stolzen alten Mann, der nun im Wissen nach Hause ging, der Polizei einen großen Dienst erwiesen zu haben. Dann marschierte er zügig zurück zu seinem Wagen, vergaß aber nicht, vorher noch in der Dienststelle anzurufen. Es gab etwas Spannendes zu recherchieren, und zwar mutmaßlich in Afrika, dazu ein Attentat bei Scheßlitz in den Siebzigern – das roch nach reichlich Arbeit für Honeypenny und Konsorten. Über die Marienerscheinung im Nachbarort musste außerdem nachgeforscht werden, doch das kriegte er gerade noch selber hin.

Die drei alten Männer saßen zusammen in ihrem Hotelzimmer und schwiegen sich an. Einerseits gab es so viel, über das zu reden war, andererseits war eigentlich schon alles gesagt. Sie hatten ihr Schicksal akzeptiert. Sie waren zu alt, um irgendetwas zu bereuen. Da hätten sie sich auch gleich am nächsten Ast aufknüpfen können. Wer gesteht sich im hohen Alter schon gerne ein, sein Leben auf einer fundamentalen Lüge aufgebaut und die Zeit in dieser Welt durch ein Verbrechen vergeudet zu haben?

Von Anfang an hatten sich nur zwei von ihnen gegen dieses Schicksal aufgelehnt, und diese beiden könnten jetzt ihrer aller Verderben sein. Hildegards Starrsinn und ihre unvorhersehbaren Aktionen hatten die Grube gegraben, in die sie nun zu stürzen drohten. Eigentlich hatten sie darauf gebaut, ihren Lebensabend in Sicherheit und Wohlstand in Afrika verbringen zu können, aber dann hatte Kurt seine Schwester ausfindig gemacht. Jetzt, nach so vielen Jahren, hatte er Hildegard gefunden. Also hatten sie ihre zweite Heimat verlassen, waren zurück nach Deutschland gekommen, um die Sache irgendwie aus der Welt zu schaffen, immerhin waren sie doch eine Familie. Aber wie zu erwarten gewesen war, hatte Kurt etwas dagegen, sich friedlich zu einigen. So war er eben. So war es schon immer gewesen, so würde es auch bis zum Ende bleiben.

Kurt war ihr Anführer, derjenige, der als Einziger von ihnen mit der notwendigen Bereitschaft und auch Skrupellosigkeit ausgestattet war, Wege zu gehen, die die anderen trotz ihrer festen Überzeugungen niemals beschritten hätten. Er hatte sie zurück nach Deutschland geholt, und prompt hatte Oskar den ganzen Stress nicht verkraftet. Er war gestorben, und sie hatten hier in aller Eile seine Beerdigung organisieren müssen. Ihren anderen Bruder hatten sie nicht zu diesem Begräbnis eingeladen. Das war ein großer Fehler gewesen, wie sie nun wussten. Sie hatten in einem Anflug von Sentimentalität gehofft, sich auf ihre alten Tage im Sinne der Familie einigen zu können, darauf gesetzt, dass er den alten Zwist mit Kurt inzwischen beerdigt hatte. Aber das war ein Irrtum gewesen, ein ganz fataler Irrtum. Er hatte ihnen gezeigt, was er von diesem Ansinnen hielt, indem er Johann erschoss. Auf diese Weise hatte er ihnen unmissverständlich mitgeteilt, was er von ihnen erwartete.

Johann war gestorben als Warnung, als letzte Warnung. Eine Wahlmöglichkeit zwischen Gut und Böse, die sie wie so oft in ihrem Leben ignoriert hatten. Sie hätten sich stellen können, ihr Gewissen erleichtern, so wie Hilde es immer von ihnen gefordert hatte. Hildegard, das Seherkind, das im ewigen Zwiespalt zwischen Wahrhaftigkeit und Bruderliebe gestanden hatte. Nun war sie tot, und sie erhielten eine letzte Chance, in ihrem Sinne zu handeln. Aber Kurt hatte es ihnen verboten, er werde sich um alles kümmern, die Sache bereinigen.

Im Moment jedoch lief gar nichts so, wie es sollte. Kurt hatte zwar gemeint, er habe alles im Griff, aber so richtig glaubten sie ihm das nicht mehr. Einer war schon durch die Strapazen gestorben, ein weiterer erschossen worden. Und die gefährlichen Unterlagen blieben immer noch verschwunden. Andererseits hatten sie gar keine Wahl, sie mussten auf Kurt vertrauen. Bis jetzt hatte er stets gehalten, was er versprochen hatte. Bestimmt regelte er auch dieses Problem auf seine ihm eigene Art und Weise, dann könnte ihnen doch noch ein halbwegs erfreulicher Lebensabend unter afrikanischer Sonne winken. Aber jetzt waren sie zum Warten verdammt. Also saßen sie in diesem Bamberger Hotel und hofften darauf, dass Kurt zur Tür hereinkam und die befreienden Worte sprach: »Es ist erledigt, wir können heim.« Wenn dies geschah, ging es zurück nach Afrika, wo sie in Frieden und Sicherheit ihre letzten Tage verbringen würden.

Auf einmal, endlich, tat sich etwas. Es klopfte an der Tür.

Ewald erhob sich mühsam vom Hotelbett und eilte durch den Flur des Hotelzimmers zur Eingangstür. Das konnte nur Kurt sein, gottlob. Er öffnete die Tür Nummer 13 des Romantikhotels Messerschmitt in Bamberg und blickte in das Gesicht eines alten Mannes, das ihm seltsam vertraut vorkam. Es war nicht das Gesicht, welches er erwartet hatte. Genauer gesagt war es das genaue Gegenteil davon. »Du …«, konnte er gerade noch hervorstoßen, dann drückte der Besucher ab.

Die beiden Brüder im anderen Raum hörten ein pfeifendes »Plopp«, gefolgt von dem dumpfen Geräusch, mit dem Ewalds Körper auf dem Boden des Hotelzimmerflurs aufschlug. Wenig später stand ein Mann im Raum, den sie nur zu gut kannten, auch wenn sie ihn seit Jahrzehnten nicht mehr gesehen hatten. Er hielt eine Handfeuerwaffe mit aufgeschraubtem Schalldämpfer in der Hand und schaute sie mit einer Mischung aus Wut, Trauer und Verzweiflung an.

»Hallo, Vinzenz, hallo, Fritz. Schade, dass wir uns doch noch einmal wiedersehen«, sagte der Mann ruhig und blickte seinen beiden Kontrahenten tief in die Augen. »Ich habe euch auf dem Friedhof eine Warnung geschickt, wieso seid ihr nicht darauf eingegangen? Ich will das hier nicht tun. Doch wir haben schwere Schuld auf uns geladen, und in Marias Namen werde ich verhindern, dass diese Schuld noch größer wird.« Seine Worte klangen bitter, sein Blick wanderte anklagend von einem zum anderen.

»Kurt ist eigentlich derjenige, welcher …«, lautete Vinzenz' halbgare Entschuldigung. Mehr brachte er nicht über die Lippen, gab es doch nichts, was er als Rechtfertigung sonst noch vorzubringen hätte, und auch sein Bruder stand nur schweigend da, seinem Schicksal ergeben. Doch dann brach es auf einmal aus ihm heraus.

»Ich weiß, du hast Kurt nie verstanden oder gemocht. Du warst immer auf Hildegards Seite und hast sie beschützt. Aber jetzt ist sie tot, das Ganze geht dich eigentlich gar nichts mehr an. Kurt war der Meinung, du bluffst, du ziehst das nicht durch. Obwohl du Johann abgeknallt hast, hat Kurt dir diese Warnung niemals geglaubt. Er hat gesagt, du seist schon immer zu weich gewesen und dass du niemals so kompromisslos sein könntest wie er. Und, Bruder, es geht nicht nur um unser Leben. Wenn Hildegards Drohungen echt sind, wenn sie die Beweise tatsächlich an ihren Zögling weitergegeben hat, dann sind wir aufgeflogen, verloren, du genauso wie wir, verstehst du das nicht? Dann kann selbst Namibia uns nicht mehr retten. Was soll das jetzt noch mit Hildegards Bastard, hä? Der kann dir doch völlig am Arsch vorbeigehen. Ich will nicht den Rest meiner Tage im Gefängnis verbringen, du etwa? Sei vernünftig, lass uns Frieden schließen und die Sache gemeinsam zu Ende bringen.«

»Wo ist Kurt?«, entgegnete der Besucher nur, und die beiden Brüder wussten, dass sie diese Frage besser wahrheitsgemäß beantworten sollten. Sie wechselten einen Blick. Resignation und Trotz lagen darin.

»Das geht dich einen Scheiß an. *Er* wird *dich* finden«, antwortete Fritz mit verbissen-düsterer Miene.

Einen Moment war Stille, und alle schauten sich abwartend an. Es gab nichts mehr zu sagen, es war alles klar und beschlossen. Der Mann mit der Waffe zögerte nur einen kurzen Moment, dann zog er den Abzug durch.

Wieder war in dem Zimmer des Romantikhotels Messerschmitt das pfeifende Ploppen der schallgedämpften Handfeuerwaffe zu hören, nacheinander stürzten die toten Körper auf den Fußboden des Hotelzimmers 13.

Der alte Mann blickte traurig auf die Toten zu seinen Füßen, dann schraubte er den Schalldämpfer vom Lauf seiner Waffe. Tränen standen ihm in den Augen, die er sich mit dem Ärmel seines Hemdes aus dem Gesicht wischte. Er hatte nie gewollt, dass es so weit kam. Es war nicht seine Schuld, sondern die von Kurt, und zwar von Anfang an. Wenn die anderen es geschafft hätten, sich von diesem Fanatiker zu distanzieren, wäre nicht von alldem passiert. Aber sie hatten sich anders entschieden, den einfachen Weg gewählt. Nun waren sie tot.

Er warf noch einen letzten, wehmütigen Blick auf die am Boden liegenden Körper, dann drehte er sich um und verließ das Hotelzimmer. Als er die Tür hinter sich schloss, hatte er auch den letzten Rest seines Glaubens an die Welt und die Menschen verloren.

Raphael saß schweigend auf dem Fahrersitz, während Hulda neben ihm neugierig die alte Metallkassette auf ihrem Schoß betrachtete. Sie waren ohne ein Wort miteinander zu reden zum Auto gelaufen, wo sich Raphael erst einmal die größte Tüte ins Gesicht gesteckt hatte, die er in seiner Jackentasche finden konnte. Diese Zigarette rauchte er in aller Ausführlichkeit, während er in mehr oder weniger weiten Kreisen um das Auto herumlief. Irgendwann hatte er den ausgerauchten Stummel in die Landschaft geworfen, war in das alte Taxi gestiegen und, weiterhin ohne ein Wort mit Hulda zu wechseln, losgefahren. Seine Begleiterin verkniff sich jedweden Kommentar, denn Raphaels Gesichtsausdruck sprach Bände. In seinem Inneren ging es gerade so richtig ab, das konnte man ohne große Mühe erkennen. Seine Gesichtsmuskeln zuckten ab und an unkontrolliert, dagegen konnte auch der dickste Joint nichts ausrichten.

Dann, irgendwo auf halber Strecke zwischen Heroldsbach und Mitwitz, fing Raphael doch noch an zu sprechen und stellte seiner neuen Freundin unvermittelt eine Frage, auf die sie eigentlich schon seit Längerem gewartet hatte. »Sag mal, Hulda, wovon lebst du eigentlich? Musst du nichts arbeiten?

Hast du nichts Besseres zu tun, als verkrachte Existenzen bei ihrem Trip in die Vergangenheit zu begleiten?«

Hulda musste schmunzeln. Aha, jetzt wurde er also schon mutiger, der arme Kerl. Er sollte seine Antwort bekommen. »Ich will es mal so sagen, Raphael. Arbeiten im klassischen Sinne tu ich nicht. Aber ich sagte ja schon, ich habe eine ziemlich soziale Ader, so könnte man es formulieren. Diese Welt ist im Begriff, aus den Fugen zu geraten, die Menschheit steuert mit Vollgas in die Katastrophe. Da braucht es manchmal jemanden, der sich um diejenigen Angelegenheiten kümmert, die man noch bereinigen kann, bevor der große Knall alle Bemühungen, die Welt zu retten, zunichtemacht. Ich finde, manche Menschen haben es einfach verdient, dass man ihnen hilft, Raphael, und ich glaube, du bist so einer.«

Raphael hatte zugehört, ohne den Blick von der Straße abzuwenden. Jetzt schaute er zu Hulda hinüber, die nachdenklich ihre Finger betrachtete, in denen sie eine kleine Rose hielt, welche sie langsam hin und her drehte. Wo hat sie denn die jetzt her?, fragte sich Raphael. Hat sie die etwa aus den Anpflanzungen der Gebetsstätte geklaut? Wie auch immer, Hulda schien seinen Blick nicht zu bemerken, drehte weiter die Rose in ihren Fingern und blickte versonnen zum Seitenfenster hinaus. Sie ist wirklich eine schöne Frau, dachte Raphael, und wieder durchströmte ihn dieses unbekannte warme Gefühl. Hulda hatte etwas ganz Besonderes an sich, das er nicht wirklich beschreiben konnte. Etwas Unnahbares, eine geheimnisvolle Ausstrahlung. Gleichzeitig wirkte sie absolut anziehend in ihren weißen Klamotten und mit den gelockten blonden Haaren. Vor allem aber war sie entschluss- und durchsetzungsfreudig, und das für einen ihr völlig fremden Menschen.

Raphael wusste immer noch nicht, was er von ihr halten sollte. Er wusste nur, dass er ihr inzwischen vertraute. Sie hatte ihn hierhergeführt, für das emotionale Durcheinander in seinem Inneren konnte sie ja nun wirklich nichts.

Wenige Zeit später, sie waren auf der Autobahn in Richtung Lichtenfels unterwegs, dem schnellsten Weg nach Kronach, fuhr Raphael ungefähr auf Höhe der Ortschaft Breitengüßbach ab. Er verließ die Autobahn an der Anschlussstelle und fuhr noch ungefähr einen Kilometer weiter in Richtung Coburg. Dann verließ er auch die Bundesstraße und bog nach links in eine kleine Einfahrt ein. Etwa zweihundert Meter weiter hielt das Taxi mit seinen beiden Insassen direkt an einem großen Baggersee, dessen Wasser friedlich in der Nachmittagssonne glitzerte.

»Wo sind wir?«, fragte Hulda und blickte Raphael erstaunt an. Der schien es auch nicht wirklich zu wissen, schaute aber ziemlich zufrieden nach draußen.

»Keine Ahnung, aber der Platz ist gut. Komm«, forderte er sie auf, dann verließen sie den Wagen.

Raphael lief voraus, bis sie zu einer Stelle gelangten, an der der Obermain mit dem Ausfluss des Sees zusammentraf. Eine breite Kiesbank lag vor ihnen, in ihrem Rücken verbargen Bäume und Gebüsch ihre Anwesenheit vor neugierigen Blicken. Sie waren ganz allein, niemand störte sie.

Raphael ließ sich im Schneidersitz auf dem Kies des Mainufers nieder. »Komm, setz dich, Hulda«, meinte er lächelnd.

Als Hulda neben ihm Platz genommen hatte, holte er den kleinen Schlüssel aus seiner Hosentasche und streckte die Hand nach der Metallschatulle aus, die Hulda ihm herüberreichte. Der Schlüssel ließ sich bereitwillig im Schloss drehen. Ein leises Klicken war zu hören, dann öffnete Raphael die Kassette, die nun ihr seit vielen Jahren darin verborgenes Geheimnis preisgegeben sollte. Hulda saß wieder einmal schweigend daneben und sagte nichts, sondern wartete ab. Ihre feingliedrigen Hände hielten die an den Körper gezogenen Knie umfasst, und ihre weiße Hose bewegte sich leicht im Wind, während sie die nackten Füße im warmen Kies vergrub.

Raphael überflog den Inhalt des Kästchens, während sein Pulsschlag sich kontinuierlich erhöhte. In der Kassette befanden sich hauptsächlich Zeitungsartikel, außerdem einige Fotos, ein alter Reisepass und ein verschlossener Briefumschlag. Er nahm alles heraus, legte es neben sich in den Kies und wollte zuerst den Briefumschlag öffnen. Aber dann sah er, was sich auf dem Grund der Kassette befand. Blumen. Getrocknete Blumen, so groß, dass man sie vorsichtig hatte einrollen müssen, damit sie in dem kleinen Behälter Platz finden konnten.

Gebannt starrte Raphael die Blumen einige Sekunden lang an, dann lief ihm ein unheimlicher Schauer über den Rücken, und sämtliche Haare auf den Armen und im Nacken stellten sich ihm auf. Hulda legte ihre linke Hand auf seine Schulter, als Raphael die getrockneten Blumen mit bebenden Händen aus ihrem Gefängnis holte und sie sich näher vor das Gesicht hielt. Ihm war, als würde er eine Zeitreise machen. Eine brutale, schonungslose Reise in das Dunkel seiner eigenen Vergangenheit. Er begann am ganzen Körper zu zittern, weshalb Hulda ihn mit beiden Händen an den Schultern packte, es half aber nichts. Der große, kräftige Raphael bebte in seinen Grundfesten, als sich unscharf, aber mit großer Macht längst vergessene oder verdrängte Bilder den Weg in sein Bewusstsein bahnten. Vergessen waren der See, die letzten Tage, ja sein halbes Leben. Die Blüten zogen ihn förmlich aus dem Dunkel an die Oberfläche der Wahrheit, die immer deutlicher durch den Nebel schimmerte.

Hulda bemerkte, dass mit Raphael gerade etwas ganz Besonderes ablief, und erhob sich. Sie wusste, der Prozess des Erinnerns, der Erkenntnis war ein qualvoller Prozess, an dessen Ende mit ein bisschen Glück vielleicht Erleichterung und Gleichklang stehen konnten. Aber diesen Weg musste Raphael nun allein gehen, ihre Aufgabe war erfüllt. Ein Lächeln lag auf ihrem Gesicht, als sie einen Moment lang stumm ihren Schützling betrachtete, der immer tiefer in seiner aufgewühlten Gedankenwelt versank. Dann ging sie, von Raphael völlig unbemerkt, davon.

Er war noch jung, sehr jung, viel jünger ging eigentlich gar nicht. Gerade einmal drei Jahre, seit wenigen Tagen, und nach den Sommerferien sollte er in den Kindergarten kommen. Aber noch war es nicht so weit. Schließlich war erst Juni, Pfingsten, um genau zu sein, und über den nahenden neuen Lebensabschnitt im September machte er sich jetzt und als Dreijähriger auch grundsätzlich überhaupt keine Gedanken. In seinem jungen Erdendasein waren die Tage lang, die Zukunft fern, das Leben in jedem Moment unglaublich spannend. Vor allem, wenn so viele Menschen zu Besuch waren wie jetzt, da gab es immer viel zu sehen und zu erleben.

Heute feierten seine Eltern ihr großes Sommerfest, bei dem die ganze Familie eingeladen war. Im letzten Jahr hatte er das Ganze alles andere als bewusst miterlebt, aber dieses Jahr, da freute er sich schon richtig darauf. Alle seine Tanten und Onkel würden da sein. Und er, Rudi, war jetzt offiziell ein Kleinkind. Immerhin konnte er schon richtig weit laufen, und Windeln trug er auch keine mehr.

In den letzten Monaten hatte Rudi nach der Beantwortung der wichtigen altersgerechten Fragen gestrebt: Wie halte ich meine Eltern auf Trab? Wie mache ich sie am besten wahnsinnig, und das möglichst vierundzwanzig Stunden am Tag? Das hatte auch einigermaßen gut geklappt. So gut, dass seine Eltern um jede Minute froh gewesen waren, in der sich Klein Rudi mit sich selbst beschäftigt hatte und keinen Erziehungsbeistand brauchte. Diese Phase, in der er Vater oder Mutter mit seinem zickigen Geschrei belästigte, hatte er inzwischen hinter sich gelassen, er wurde immer selbstständiger im Leben. Er konnte jetzt auf Betten, Stühle oder kleine Hügel klettern – und von diesen auch herunterfallen. Er hatte gelernt, mit kleinen Bällen zu kicken, mit richtigem Besteck zu essen und von der großen Rutsche auf dem Spielplatz in Scheßlitz zu rutschen. Er war nicht mehr nervig, zumindest nicht mehr so sehr wie früher, sondern ein regelrechtes Energiebündel mit einem unstillbaren Bewegungsdrang, der ihn immer und immer wieder hinaus in die Natur trieb, wo er seine ersten Experimente mit Fauna und Flora veranstaltete. Dazu war er ein unglaublicher Dickkopf, das schien er direkt von Mama geerbt zu haben, zumindest behauptete das sein Vater gern.

Rudis zwei Jahre älterer Bruder war im Vergleich zu ihm eher so eine Art Buddha. Er saß die meiste Zeit in sich selbst versunken in irgendeiner Ecke im Haus und beschäftigte sich mit seinen Legosteinen oder neuerdings auch mit einfachen Elektronikbaukästen. Für einen Fünfjährigen hatte er ein erstaunliches Technikverständnis, das er von ihrem Vater geerbt haben musste. Der witterte schon eine Hochbegabung bei seinem ältesten Sohn.

Rudi war lieber draußen. Und mit der neu gewonnenen Selbstständigkeit ließen ihm seine Eltern seine Freiheit, so gut es ging, denn im Garten war er nach übereinstimmender Meinung seiner gestressten Eltern sehr gut aufgehoben. Rudi ging es am besten, wenn man nichts von ihm hörte oder sah.

Heute waren sie richtig froh, dass sich ihr jüngster Sohn allein im Gras vergnügen konnte, denn es war viel vorzubereiten für das große Familienfest, welches einmal im Frühsommer und einmal im Herbst in ihrem Haus abgehalten wurde. Seine Mutter kam zwar alle halbe Stunde aus dem Haus gelaufen, um nach ihm zu sehen, aber so richtig war sie heute nicht bei der Sache. Dieses Fest schien auch für sie sehr wichtig zu sein, das spürte der kleine Rudi. Beide Eltern waren sehr mit den Vorbereitungen zu dieser Feier beschäftigt gewesen, sogar noch, als die ersten Gäste eingetroffen waren. Aber das machte ihm nicht wirklich etwas aus, er war ohnehin viel lieber alleine mit sich und seinen Experimenten.

Rudi liebte das Haus, in dem sie lebten. Er liebte die großen Fenster, die große Terrasse, vor allem aber das riesige Hanggrundstück, auf dem man so herrlich im hohen Gras Käfer suchen, Blumen pflücken und sich vor suchenden Eltern verstecken konnte. Das einzig Blöde an diesem Garten war, dass die Bälle, mit denen man spielte, entweder den gesamten Hang bis zum Zaun hinabrollten oder aber, wenn sie von kleinerem Durchmesser waren, von den hohen Gräsern oder den Blumenrabatten einfach auf Nimmerwiedersehen verschluckt wurden.

Hatte er wieder einmal eines seiner runden Spielgeräte ver-

schlampt, pflückte er rasch ein paar von diesen riesigen lila Blumen, die seine Mutter so gernhatte, und brachte sie ihr. Sie war dann jedes Mal so gerührt, dass wenige Tage später ein neuer Ball für ihn im Wohnzimmer lag, mit dem er weiterspielen konnte.

Während der letzten Wochen waren etliche dieser Bälle im hohen Gras der Wiese verschwunden. Man hätte die Fläche zwar vom hauseigenen Gärtner mähen lassen können, aber als Ferdinand und Elisabeth Schick ihr jüngstes Kind so hemmungslos begeistert im hohen Gras zwischen den Pflanzen und Blumen herumtollen sahen, hatte der Gärtner die Anweisung bekommen, erst am Ende des Sommers zu mähen, wenn der kleine Rudi im Kindergarten eingerückt war und der Herbst nahte. Die paar Mark für neue Bälle konnte Ferdinand Schick schließlich gerade noch verkraften. Hauptsache, der Sprössling genoss die unbeschwerte Zeit seiner Kindheit in der freien Natur.

Es fehlte dem kleinen Rudi Schick also an nichts. Und wenn doch, kümmerten sich seine Eltern darum. Er lebte im Paradies, ohne von weit schlechter gestellten Kindern seines Alters zu wissen, deren Eltern keine Villa mit eigener Spielwiese besaßen. Einer Wiese, die Rudi viel wichtiger war als das große Fest oben im Haus mit dem leckeren Essen, der Limonade und dem Kuchen. Er machte lieber seine Ausflüge ins Grüne.

Eben näherte sich Rudi seinem absoluten Lieblingsplatz. So schön die Wiese auch in ihrer Gesamtheit war, ein Plätzchen hatte es ihm ganz besonders angetan. Ein kleiner, etwa einen Meter hoher Hügel am Rande des Grundstückes, direkt neben dem hohen Zaun, den der Gärtner im letzten Jahr aus längst vergessenen Gründen dort aufgeschüttet hatte. Auf diesem Hügel wuchsen nun besonders viele von den großen lila Lupinen, zwischen denen er sich prima verstecken konnte. Die Blüten waren riesig groß und rochen, als hätte jemand eine große Tüte süßen Pfeffers über dem kleinen Hügel ausgeschüttet. Hier war er König, der kleine Herr im Haus, weit weg von etwaigen Verboten seiner Eltern und lästigen Anweisungen, endlich zum

Essen zu kommen oder dass es höchste Zeit fürs Bett war und ähnlichem Erwachsenenquatsch.

Er war im Laufe des Sommers ein gutes Stück gewachsen und konnte, wenn er sich langmachte, schon fast über die großen Blüten hinwegsehen. Mit drei Jahren war er ja auch schon fast erwachsen, da musste er eine alberne Blume größentechnisch doch langsam mal hinter sich lassen.

Rudi streckte sich, so gut es ging, und linste über die lila Blütenpracht hinweg zur in der hereinbrechenden Dämmerung hell erleuchteten Villa hinauf. Jeden Moment konnte die Mutter auftauchen, um ihn an seine Schlafenszeit zu erinnern. Da hieß es, rechtzeitig vorzubeugen und sich gut zu verstecken, um den lästigen Moment elterlicher Willkür so weit wie möglich hinauszuzögern.

Immer wieder spähte er zu den hellen Fenstern hinauf und lauschte den Klängen seiner feiernden Familie, die anscheinend so sehr mit sich selbst beschäftigt war, dass niemand auf die Idee kam, den kleinen Sohnemann hier draußen in seinem Wildpark einfangen zu wollen, um ihn ob der fortgeschrittenen Stunde in die Heia zu stecken. Warum auch, das gesamte Grundstück war von einem hohen Zaun umgeben, dessen oberer Rand zusätzlich mit Stacheldraht gesichert war. Mochte der kleine Mann auch noch so turnfreudig sein, von diesem Zaun war er klettertechnisch noch mindestens vier Jahre entfernt, so viel stand fest. Rudi Schick würde dieses Grundstück nicht aus eigener Kraft verlassen können.

Andrea Onello hatte eben die Nummer der Deutschen Botschaft in Namibia herausgesucht, als sich die Eingangstür der Dienststelle öffnete und der Kollege Huppendorfer eintrat. Sein Gesicht zeigte einen sehr ähnlichen Gemütszustand, wie er vor nicht allzu langer Zeit auf dem ihren zu erkennen gewesen war, als sie von ihrem abendlichen Date in der Erlanger Rechtsmedizin zurückgekehrt war. Der Ärger bei César Huppendorfer war vielleicht nicht ganz so groß, aber als sein Blick dem seiner neuen Kollegin begegnete, hatte er einen erklecklichen Anteil Mitleid im Gepäck. Er musste gar nichts sagen, seine Kollegin verstand ihn auch so und nickte ihm nur wissend und grimmig zu.

Die nonverbale Kommunikation wurde durch das unangenehme Klingeln des Diensttelefons von Andrea Onello rüde unterbrochen. Als sie den Hörer abnahm, hatte sie ihren dienstälteren Kollegen Haderlein am Ohr, der ihr ohne viel Federlesen ein paar Namen diktierte, über die sie umgehend in der Deutschen Botschaft in Windhuk, Namibia, Erkundigungen einholen sollte. Zwei davon waren ihr schon bekannt, das waren ihre Toten vom Bamberger Friedhof, Oskar und Johann Geßner. Hinzu kamen die Namen von fünf weiteren Geßners. Franz äußerte sich nicht weiter dazu, sie solle bitte einfach mal nachfragen, ob und in welchem Zusammenhang diese Namen in Namibia aufgetaucht seien, alles Weitere würde er erklären, wenn er wieder in der Dienststelle wäre. Das könne allerdings noch etwas dauern, er müsse im Nachbarort von Adelsdorf, in Heroldsbach, noch schnell etwas überprüfen. Dann legte er auch schon auf.

Lagerfeld schaute Andrea fragend an, doch sie schüttelte abwehrend den Kopf und wählte die Nummer der Botschaft in Namibia.

Aber auch die Mußestunden von Bernd Schmitt sollten gezählt sein, denn sein Dienstapparat meldete mit sonorem Klingelton den nächsten eingehenden Anruf. Und was ihm bei dem nun folgenden Gespräch von einem Polizisten der Bereitschaftspolizei durchgegeben wurde, verhieß nichts Gutes.

Als er den Hörer auflegte, begegnete er Huppendorfers neugierigem Blick. Anscheinend konnte man ihm seine Verblüffung über die ihm zugetragene Botschaft ansehen. Und in der Tat musste er die Neuigkeiten, die er gerade mitgeteilt bekommen hatte, erst einmal verdauen. Das war aber kein Grund, seinen Kollegen im Unklaren zu lassen.

»Drei Tote in einem Bamberger Hotel, dem ›Messerschmitt‹. Erschossen. Wie es aussieht, handelt es sich dabei wieder um drei ältere Herrschaften. Das fröhliche Rentnersterben in

Bamberg scheint also unvermindert weiterzugehen.« Lagerfeld stand auf. »Komm, César, es gibt Arbeit«, rief er Huppendorfer zu, der seinen eleganten Mantel eben erst ausgezogen und auf einen Kleiderbügel drapiert hatte.

Diese modische Sorgfalt hätte er sich sparen können, denn jetzt rupfte er ihn regelrecht von seinem Aufbewahrungsort und eilte Lagerfeld hinterher, der bereits durch die Tür verschwunden war.

Der Mann mit den grauen Augen stellte seinen Wagen auf dem Parkplatz der Gebetsstätte in Heroldsbach ab. Als er das Fahrzeug verlassen und die Türen per Zentralverriegelung abgeschlossen hatte, ließ er erst einmal seinen Blick schweifen.

Mein Gott, wie hatte sich doch alles verändert, seit er das letzte Mal hier gewesen war. Die entscheidenden Stellen, an denen sich die damaligen Ereignisse abgespielt hatten, waren zwar frei gehalten worden, aber um sie herum hatte man alles mit irgendwelchen Bauten vollgestellt. Ein Sportplatz, eine Mehrzweckhalle und vieles andere mehr waren an diesem geschichtsträchtigen Ort angesiedelt worden.

Viel war inzwischen passiert in seinem Leben, und trotzdem ergriff ihn dieser Ort, als wäre es erst gestern gewesen, dass sich Zigtausende Menschen auf dieser Anhöhe versammelt hatten, um einem Wunder beizuwohnen. Aber gleich darauf hatte er sich wieder im Griff. Er durfte keine Zeit verlieren, es galt, das Undenkbare zu verhindern. Dass die Beweise über ihre Identitäten in die Hände dieses Bastards gelangten, musste unter allen Umständen vermieden werden. In der heutigen digitalen Welt gab es keine ihnen zugänglichen Fluchtmöglichkeiten mehr, da konnte man nicht mehr so einfach einen Reisepass fälschen und mir nichts, dir nichts mit einer falschen Identität ins Ausland flüchten. Nein, wenn Hildegards Zögling erst einmal begriff, was ihm seine Mutter da vermacht hatte, war es vorbei.

Es war wirklich tragisch. Jetzt, da er seine Schwester endlich ausfindig gemacht hatte, war sie einfach verstorben. Es war deswegen tragisch, weil er dieses Miststück am liebsten noch länger gefoltert hätte. Zum Zweiten hätte er dann nicht diese missliche Suche nach der Büchse der Pandora am Hals gehabt. Wirklich dumm gelaufen. Und seit es den ungeplanten Todesfall auf der Beerdigung gegeben hatte, war die Suche nicht gerade einfacher geworden. Aber darum würde er sich später kümmern, zuerst musste er diese Kassette finden.

Seine rechte Hand fuhr unter die Jacke und tastete prüfend über den Griff der Glock. Nicht dass er vorhätte, sie an diesem heiligen Ort zu benutzen, aber man wusste ja nie. Er zog seine Jacke wieder straff, dann ging er entschlossen den schmalen Weg, der von Birken gesäumt wurde, nach oben in Richtung Gebetsstätte. Entweder fand er dort Hildegards Sohn oder ihre Hinterlassenschaft oder wenigstens irgendjemanden, der ihm sagen konnte, wo er die beiden Erstgenannten finden würde.

Er kümmerte sich nicht um die Installationen, Wasserhähne und heiligen Örtlichkeiten auf seinem Weg, sondern begab sich sofort in die große gläserne Halle, das Haupthaus der Gebetsstätte. Die Anbetungshalle war komplett leer, nur ganz vorne schien jemand vor der großen Marienstatue damit beschäftigt zu sein, den Rosenschmuck, den hingebungsvolle Pilger dort abgelegt hatten, zu ordnen. Als er näher kam, konnte er sehen, dass es ein alter, gebeugter Pater war, der zu diesem Zweck auf einen Hocker hatte steigen müssen, da er ob seiner geringen Körpergröße sonst nicht bis zur Madonna hinaufgereicht hätte.

Der Mann versicherte sich mit einem kurzen Blick durch die gläserne Halle, dass sie allein waren, dann stellte er sich direkt hinter den Geistlichen und räusperte sich vernehmlich.

»Entschuldigung, Pater, vielleicht können Sie mir in einer dringenden Angelegenheit weiterhelfen«, sagte er freundlich.

Etwas erschrocken fuhr der alte Pater zusammen und stieg unbeholfen von seinem Stuhl herunter, dann wandte er sich dem Mann zu, der sich da hinter seinem Rücken bemerkbar gemacht hatte. Er sah kalte graue Augen, die ihn mit einer harschen Unerbittlichkeit fixierten. Pater Roland von Stockdorf war in seinem langen Leben schon so manchen Menschen begegnet. Guten wie bösen, lustigen wie traurigen, verschlossenen wie durchsichtigen. Der Mann, der hier vor ihm stand, hatte zwar auch schon seine Jahre auf dem Buckel, aber er war gefährlich, das sah und spürte er sofort. Das war niemand, dem er trauen, geschweige denn den er sich zum Feind machen sollte.

»Ja, mein Herr, wie kann ich Ihnen helfen?«, entgegnete er so neutral es ging.

Der Mann mit den grauen Augen lächelte, aber was einen sympathischen Eindruck erwecken sollte, wirkte auf von Stockdorf wie das schmallippige Grinsen einer Kobra, ehe sie ihre Giftzähne in den Körper ihres Opfers presste.

»Ich bin auf der Suche nach meinem Neffen, dem Sohn meiner Schwester. Wie ich in Erfahrung bringen konnte, wollte er hierher in die Gebetsstätte kommen, um etwas abzuholen.«

Pater Roland von Stockdorf war leider nicht abgebrüht genug, das Schauspiel des inneren Gleichgewichts und der absoluten Gelassenheit durchzuhalten. Er zuckte bei diesen Worten kurz zusammen, und für einen Moment lagen Erkenntnis und eine daraus erwachsende Furcht in seinem Blick. Denn natürlich wusste er sofort, wen er vor sich hatte. Und das machte ihm Angst, große Angst.

Wieder trat ein Lächeln auf das Gesicht des Mannes. Aber dieses Mal war es kein gespieltes, es war ein echtes Lächeln. Ein böses Lächeln.

»Ich habe leider keine Ahnung, wen Sie meinen, mein Herr, da müssen Sie sich bitte an jemand anders …« Von Stockdorfs weitere Worte sollten unausgesprochen bleiben, denn von einem Moment auf den anderen wurde sein Mund mit dem Lauf einer Handfeuerwaffe verschlossen, die seinen Hinterkopf an den Sockel der Marienstatue presste. Das Gesicht des Mannes kam nun sehr nahe an von Stockdorfs heran, die grauen Augen studierten die des Paters, welche nun nicht mehr Gelassenheit heuchelten, sondern voller Panik zurückblickten.

»Ich bin Hildegards Bruder, also versuche nicht, mich zu verarschen, du fetter, alter Pfaffe. Ich werde dir jetzt ein paar Fragen stellen. Wenn du sie richtig beantwortest, bleiben dir vielleicht noch ein paar Jahre. Wenn nicht, kannst du in Kürze der Muttergottes persönlich gegenübertreten, verstanden?«

Roland von Stockdorfs Augen waren weit aufgerissen, Speichel sammelte sich in seinem Mundwinkel und lief am kalten Lauf der Waffe entlang, von wo er auf den Boden der Anbetungsstätte zu tropfen begann.

»War Hildegards Sohn heute hier?«

Pater von Stockdorf nickte, mit Augen, so groß wie Untersetzer für Kaffeetassen. Der Schweiß lief ihm in Sturzbächen über das Gesicht.

»Hast du ihm etwas von meiner Schwester übergeben?«

Wieder nickte der Pater, und trotz seiner Todesangst konnte er sehen, dass Frustration und auch Wut die Regentschaft im Blick von Emma Liebs Bruder übernahmen.

Der Mann konnte es einfach nicht glauben. Wieder war er um Haaresbreite zu spät, das war ja wirklich nicht zu fassen. Der Kerl musste tausend Schutzengel haben. Mit einem Ruck zog er die Waffe aus dem Mund des Paters und richtete den Lauf der Glock auf dessen Stirn. »Wann war das?«, fragte er kalt und knapp. Seine Ungeduld war förmlich mit Händen zu greifen.

»Vor circa drei bis vier Stunden, schätze ich«, stieß Roland von Stockdorf hervor. Seine Stimme zitterte beträchtlich, und die Beine drohten ihm den Dienst zu versagen. Aber sein Peiniger war noch immer nicht zufrieden.

»Wo ist er hin? Sag mir, wo er hinwollte, hat er etwas darüber gesagt?«

Die Todesangst des Paters stieg ins Unermessliche, während er krampfhaft überlegte, dann fiel es ihm aber Gott sei Dank wieder ein.

»Mitwitz, er wollte nach Mitwitz zu irgendeinem Onkel Leo, glaube ich. Mehr weiß ich aber wirklich nicht!« Raphael Lieb und der allmächtige Gott mochten es ihm verzeihen, doch er konnte sich kaum noch aufrecht halten. Niemand konnte von ihm verlangen, ein solches Geheimnis für sich zu behalten, wenn er Gefahr lief, sein Leben zu verlieren.

Der Blick des Mannes verdunkelte sich schlagartig, und die Hand mit der Waffe sank nach unten. Wütend, sehr wütend blickte er um sich. Dass Raphael Lieb zu diesem Onkel in Mitwitz wollte, schien ihn nachhaltig zu beschäftigen. Aber die Entgleisung währte nur kurz, gleich darauf hatte er sich wieder im Griff. Prüfend betrachtete er den Pater und schien zu überlegen, was er mit diesem kleinen, alten Mann nun anstellen sollte.

Roland von Stockdorf wusste um die Gefahr, die ihm drohte. »Ich sage die Wahrheit, mehr weiß ich wirklich nicht«, versicherte er verzweifelt.

»Ich glaube dir«, sagte der Mann mit den grauen Augen, dann hob er die Hand mit der Waffe und schoss dem Pater eine Kugel mitten in die Stirn. Der Kopf des Geistlichen wurde nach hinten gerissen und gegen die Marienstatue geschleudert. Dann sackte sein toter Körper auf den Boden der Halle, wo er mit aufgerissenen, aber leblos ins Leere starrenden Augen zwischen Statue und Altar liegen blieb.

Sein Mörder betrachtete ihn voller Verachtung.

»Tja, Mann der Kirche. Ich bin kein Heiliger, ich bin ein einfacher Lügner und Sünder«, sagte er mit einem kalten Lächeln, steckte die Waffe zurück ins Holster unter seiner Jacke, drehte sich um und verließ leicht humpelnd die große Anbetungshalle der Gebetsstätte in Heroldsbach.

Ferdinand Schick stand gedankenverloren am Fenster seiner Villa und blickte hinaus in den Garten, wo sich sein jüngster Sohn wahrscheinlich gerade wieder mit der Fauna und Flora beschäftigte. Er lächelte, als er sich ihn im hohen Gras vorstellte, wie er nach Blumen und Gräsern forschte. Sorgen machte sich Schick nicht, er hatte sich längst an die Ausflüge seines wissbegierigen Söhnchens gewöhnt. Und was sollte schon passieren? Der spezielle, hochwertig gearbeitete Zaun, der das Schick'sche Anwesen umgab, hielt sowohl Diebe als auch echte und harmlose Spinner, die die riesige Wiese zum Wildcampieren missbrauchen wollten, vom Betreten des Grundstücks ab. Das hier war ein sehr privates Areal, und so sollte es auch bleiben. Ferdinand Schick war nicht irgendwer, sondern Chef einer ziemlich großen Firma in Bamberg, da musste das Grundstück schon einigermaßen gesichert werden, bevor noch irgendwer auf dumme Gedanken kam. Es war eine Zeit des Terrorismus, und man konnte sich als Industrieller nirgends sicher fühlen, selbst wenn man in Bamberg mutmaßlich weitab vom Schuss des Weltgeschehens wohnte.

In den Anfangsjahren, als sie das Anwesen gerade gekauft hatten, war es des Öfteren vorgekommen, dass Menschen unterschiedlichster Couleur, Einstellung und Motivationsgrundlage die noch leer stehenden Mauern für ihre individuellen Zwecke nutzten. Vom übernachtenden Obdachlosen bis hin zu schwarzen Messen hatte die Villa schon alles gesehen.

Zwar glaubte Ferdinand Schick nicht daran, dass sich irgendwelche verblendeten Irren im verträumten Bamberg ihr Mütchen kühlen wollten, aber man wusste ja nie. Im Fernsehen fanden sensationelle Missetaten politisch irregeführter Verrückter immer weit weg und woanders statt, Ferdinand Schick hatte aber keine Lust, klammheimlich von der Realität überrascht zu werden. Und seit diese erzkatholischen Marien-Fanatiker aus Heroldsbach mit ihren Demonstrationen vor dem Grundstück angefangen hatten, war das Maß endgültig voll. Er war schon immer ein streitbarer Mensch gewesen und hielt mit seiner Meinung nie lange hinterm Berg. So hatte er sich auch ohne großes Zögern mit der katholischen Kirche angelegt, speziell mit deren sektenähnlichen Untergruppierungen, die auch hier in Bamberg zu finden waren. So manches Mal fragte sich Ferdinand Schick, wer denn in Bamberg nun die Staatsmacht vertrat, das Domkapitel oder die Polizei.

Bei der Auseinandersetzung ging es unter anderem um sein Engagement hinsichtlich einer Wiederbelebung der alten sogenannten »heidnischen« Glaubenskultur der Germanen und Kelten. Besonders, was seine Theorie über das Erscheinen der Gottesmutter Maria anbelangte, schien er bei manchen Anhängern des christlichen Glaubens, insbesondere einer Gruppe von katholischen Fundamentalisten aus Heroldsbach, einen wunden Punkt getroffen zu haben. Zwar stand er in dieser Angelegenheit ausnahmsweise auf der Seite der Amtskirche, jedoch aus völlig anderen Gründen als diese. Diese sogenannten Seherkinder in Heroldsbach hatten seiner Ansicht nach nämlich die Wahrheit gesagt und waren absolut glaubhaft. Sie hatten eine Erscheinung gesehen, aber ganz sicher nicht die Jungfrau Maria, da stimmte er mit der Kirche überein. Nur stand er mit dieser exklusiven Meinung allein da. Die Amtskirche wollte weder die Marienerscheinung offiziell anerkennen noch überhaupt irgendetwas von dem, was die Seherkinder behaupteten, als Wahrheit ansehen. Die Strenggläubigen dagegen feierten das vermeintliche Wunder, und sie betrachteten seine Theorien als Gotteslästerung und Ketzerei. Aber sollten sie doch an ihre Maria in Heroldsbach glauben, wie sie wollten, er vertrat eine völlig andere Theorie, was diese weiße Frau anbelangte, und er stand auch dazu.

Ferdinand Schick hatte prinzipiell etwas gegen Radikale, zumal wenn diese Radikalität religiös begründet wurde. Denn seiner Erfahrung nach hieß es bei den fanatischen Andersdenkenden schon sehr bald nicht mehr »Leben und leben lassen«, sondern »Nieder mit den Ungläubigen«. Und wenn diese Engstirnigkeit jetzt sogar so weit ging, dass er auf seinem eigenen Grund und Boden nicht mehr sicher war, nur weil er öffentlich seine Meinung vertrat, dann hörte für ihn der Spaß auf. Seit man ihn und seine Familie beschimpfte und ihnen immer häufiger Drohbriefe ins Haus flatterten, während anonyme Anrufer ihm und seiner Frau den Teufel oder Schlimmeres an den Hals wünschten, war er froh, sein Grundstück mittels einer widerstandsfähigen Einzäunung abgeschottet zu haben. Es war nicht leicht, mit anonymen Todesdrohungen umzugehen, und das beinahe tagtäglich. Besser, er sorgte einigermaßen vor. Sollten noch weitere Maßnahmen nötig sein, plante er sie zu ergreifen, beispielsweise überlegte er sich ernsthaft, die Staatsgewalt einzuschalten, um sich und seine Familie zu schützen. Aber der große Zaun würde seinen Zweck erfüllen, da war sich

Ferdinand Schick ziemlich sicher, außerdem bissen bellende Hunde nicht.

Auch um seinen Jüngsten, der sich, seit er laufen konnte, am liebsten draußen aufhielt, brauchte er sich dank des Zauns keine Sorgen mehr zu machen. Ausgeschlossen, dass der kleine Rudi aus Versehen oder durch Ausreißerei verloren ging. Wenn der Knabe verschwand, dann nur, weil er sich irgendwo zwischen Blumen oder im Gebüsch versteckte, wo sie ihn irgendwann fanden. Und war er mal nicht sofort aufzufinden, schickten sie Ben los, den langhaarigen Labrador der Familie. Der stöberte Rudi auch im allergeheimsten Wiesenversteck auf, was den Kleinen zu seinem Wauwau eine eher zwiespältige Beziehung entwickeln ließ. Einerseits war der Labrador für Rudi Spielkamerad und Kuscheltier gleichermaßen, andererseits ein gotterbärmlicher Verräter und willfähriger Helfershelfer seiner Eltern. Das ließ keine uneingeschränkt freundlichen Gefühle aufkommen.

Ferdinand Schick sah zum Himmel, der vom beginnenden Sonnenuntergang bereits leicht orange gefärbt wurde. Er hatte geglaubt, Sohn und Hund irgendwo auf der Wiese entdecken zu können. Rudi war schon seit dem Kaffeetrinken da draußen, und seine Frau hatte vor einer Weile auch den Labrador aus dem Haus gelassen. Aber von beiden war weit und breit nichts zu sehen und zu hören. Andererseits liebte es der Labrador, Menschen um sich zu haben, vielleicht war Ben also schon längst wieder da und wurde gerade oben im Haus von Onkel Werner mit Essensresten dick und rund gefüttert. Ein Umstand, der seinem herumstromernden Sohn nur recht wäre, wie Ferdinand Schick mit einem Schmunzeln feststellte. Ein satter Ben bedeutete großzügige Gnadenfristen für umherstreunende Fast-Kindergartenkinder.

Raphaels Gemütszustand glich einer brennenden Burg. Die längst vergangen geglaubten Erinnerungen kamen schemenhaft aus den dunkelsten Tiefen seines Bewusstseins und stürzten sich umgehend in ein loderndes Feuer, um danach sofort wieder wie Phönix aus der Asche emporzusteigen und davonzufliegen. In seinem Kopf und seinem Herzen herrschte ein einziges Chaos. Und die ganze Zeit über konnte er seinen Blick nicht von dieser vertrockneten Blume in seiner Hand abwenden, deren Bild sich wie ein Schneidbrenner durch die dicke, seit vielen Jahrzehnten verschlossene Tür arbeitete, die den dunklen Keller seiner Seele vor dem Betreten bewahrte.

Er hatte keine Ahnung, wie lange er so im Kies des Obermainstrandes gesessen hatte, als er wieder in die Wirklichkeit zurückfand. Aber irgendwann, ganz langsam, bekam sein Bewusstsein, namentlich sein Verstand, die Lage wieder in den Griff und versuchte das, was ihn an Bildern und Gefühlen überschwemmte, zu ordnen. Er kannte diese vertrocknete Blume, er hatte solche Blumen früher schon gesehen. Aber wann und wo? Es musste sehr lange her sein, er konnte sich nur ganz vage daran erinnern. Und die Erinnerungsfetzen, die dieses Exemplar in ihm wachrief, ergaben irgendwie überhaupt keinen Sinn. Bilder von einer riesigen Wiese, auf der überall diese großen Blumen wuchsen. Ein scharfer Knall, der ein außerordentlich schlechtes Gefühl in ihm auslöste, obgleich er keine Ahnung hatte, warum. Aber vielleicht kam er der Sache ja näher, wenn er sich die Zeitungsartikel einmal näher betrachtete, die ihm seine Mutter vermacht und die er so achtlos aus der Kassette genommen und zur Seite gelegt hatte.

Er wollte den kleinen Stapel eben in die Hand nehmen, als ihm das Fehlen von Hulda bewusst wurde. Er sprang auf und schaute sich verunsichert um, aber seine Freundin war weg, wie vom Erdboden verschluckt. Wo war sie denn hin? Womöglich war sie so über ihn erschrocken, als er eben ohne Vorwarnung weggetreten war, dass sie fluchtartig das Weite gesucht hatte. Andererseits passte das gar nicht zu ihr, sie war ja sonst so cool. Raphael rief mehrmals ihren Namen und suchte mit zusammengekniffenen Augen angestrengt das Mainufer ab, aber Hulda blieb verschwunden, er war allein.

Mit einem Mal wurde ihm klar, wie sehr er sie vermisste, wie sehr er sie brauchte. Ohne Hulda wäre er nie nach Heroldsbach gefahren, ohne sie hätte er nie mit diesem Pater gesprochen und diese kleine Truhe von seiner Mutter entgegennehmen können. Er war aufgeschmissen ohne sie. Aber sosehr er sich auch nach ihr sehnte, das brachte ihm Hulda nicht zurück. Er war wieder allein und auf sich gestellt, so wie er es in seinem Leben die meiste Zeit gewesen war. Etwas, wonach er sich gestern noch inständig gesehnt hätte. Aber genau das missfiel ihm nun.

Urplötzlich erfasste ihn ein Gefühl der Panik. Er hatte furchtbare Angst, die Situation, in die er hier hineingeraten war, allein nicht bewältigen zu können. Er beugte sich nach unten und packte hektisch alles, was sich in der Kassette befunden hatte, wieder zurück in die Kiste. Dann schloss er sie mit dem Schlüssel seiner Mutter ab, nahm sie unter den Arm und rannte zurück zum Taxi. Das Auto stand noch an seinem Platz, so als wäre nichts gewesen, aber entgegen seiner heimlichen Hoffnung saß keine Hulda darin, und auch in der Nähe war sie nirgends zu sehen. Dafür klemmte an der Windschutzscheibe ein kleiner Zettel hinter den Wischerblättern.

Wenn du mit dir im Reinen bist, sehen wir uns wieder.
Treffpunkt: Heroldsbach, bei der Rosenkönigin.

Raphael stierte auf die kurze handschriftliche Nachricht, allein er kapierte sie nicht. Das war wieder so ein kryptischer Satz, wie er typisch für Hulda war. »Treffpunkt bei der Rosenkönigin«. Damit konnte ja nur die große Marienstatue an der Gebetsstätte gemeint sein, die weiße Frau, umgeben von Rosen, die dort stand, wo sie den Kindern damals angeblich zum ersten Mal erschienen war. Aber wann denn eigentlich, und warum war Hulda gerade jetzt gegangen, wo es so richtig spannend wurde? Raphael verstand die Frauen ja sowieso nicht, aber diese hier war in ihrer Rätselhaftigkeit noch eine Steigerung, ein Buch mit sieben, ach was, tausend Siegeln.

Es half aber alles nichts. Er musste und wollte jetzt endlich Klarheit erlangen über das, was ihm seine Mutter mitzuteilen gedachte. Zu echter Logik war er gerade nicht fähig, also folgte er seinem Gefühl. Und dieses Gefühl, dieser Instinkt riet ihm, dringend seiner ersten Eingebung von heute zu folgen und Onkel Leo um Rat zu fragen. Den hatte er zwar noch länger nicht mehr gesehen als seine Mutter, aber zumindest hatte man mit dem immer einigermaßen vernünftig reden können. Gemocht hatte er Onkel Leo nie, er hatte ihn als verschlossen, hartherzig und grob in Erinnerung. Aber man konnte sich auf ihn verlassen. Vor allem hatte er keinen Marientick wie seine Mutter, das war auch viel wert. Hatte seine Mutter ihm in jugendlichen Jahren nicht bis zum Erbrechen eingeschärft, dass er sich immer an Onkel Leo wenden könne, wenn sie mal nicht mehr da sei? Damals war ihm ihre Aussage ziemlich am Arsch vorbeigegangen, jetzt aber kam er gern darauf zurück. Onkel Leo mochte manchmal unausstehlich gewesen sein, jetzt war er das letzte lebende Mitglied seiner Familie, das ihm noch irgendetwas Verwertbares über die Vergangenheit erzählen konnte.

Er warf die Kiste mitsamt Inhalt auf den Rücksitz des Taxis, dann schwang er sich hinter das Lenkrad des alten Mercedes und startete den Motor.

Das Erwachen

Bis nach Heroldsbach waren es nur wenige Kilometer, sodass Kriminalhauptkommissar Franz Haderlein sein Navigationsgerät nicht bemühen musste. Auf der kurzen Strecke ging ihm aber so einiges durch den Kopf, was erst einmal sortiert werden wollte. Zum einen war ihm klar geworden, dass die Nachkriegsgeneration in Franken eine ziemlich gebärfreudige gewesen sein musste. Acht oder neun Kinder, das war eine stolze Zahl, schien aber nicht zwingend etwas Ungewöhnliches gewesen zu sein. Zweitens roch alles nach einem »Cold Case«, also einem Verbrechen, das viele Jahre oder gar Jahrzehnte zurücklag, ohne aufgeklärt worden zu sein. Von der Marienerscheinung in Heroldsbach hatte er jedenfalls noch nie etwas gehört und von einem Kriminalfall diesbezüglich auch nicht. Das musste weit vor seinem Amtsantritt bei der Bamberger Polizei gewesen sein und lag sicherlich schon beinahe ebenso lange auf Eis. Doch jetzt waren die Geister der Vergangenheit zurückgekehrt, dieser Cold Case schien durch irgendwen oder irgendetwas wieder zum Leben erweckt worden zu sein. Wie auch immer, die Aussage von diesem engagierten Friedhofswärter in Adelsdorf war für Haderlein Anstoß genug, in eine völlig neue Richtung zu denken.

Manchmal brauchte man eben ein bisschen Glück, auch wenn er sich ziemlich sicher war, dass Kolonat Losgang sich seit seinem unfreiwilligen Dienstende jeden Tag auf seinem geliebten Friedhof aufhielt. Das hielt erstens fit, und zweitens diente es dem Seelenfrieden des rastlosen alten Mannes.

Als Haderlein Heroldsbach erreichte, fielen ihm zwei vielfach vertretene Hinweisschilder ins Auge, die sich von allen anderen abhoben. Das eine war ein Wegweiser zum Erlebnispark Schloss Thurn, einem ziemlich bekannten Freizeitpark, von dem er schon des Öfteren gehört hatte, obgleich er selbst nie dort gewesen war. Nun ja, das schien auch eher etwas für Familien mit Kindern zu sein, und damit konnte er leider nicht dienen. Und dann waren da noch die Schilder, die auf eine gewisse Gebetsstätte hinwiesen. Nicht weniger zahlreich und nicht weniger dominant. Beide Wegweiser zeigten in dieselbe Richtung. Haderlein folgte ihnen und durchquerte den beschaulichen alten Kern der oberfränkischen Ortschaft, bis er linker Hand eine alte Steinmauer aufragen sah, hinter der sich der bekannte Freizeitpark befinden musste. Er hielt sich aber rechts und folgte weiter den Hinweisschildern zu dieser ominösen Gebetsstätte, als er plötzlich von massivem Sirenengeheul aus seinen Gedanken gerissen wurde. In seinem Rückspiegel konnte er jede Menge Blaulicht von Einsatzwagen erkennen, die mit hoher Geschwindigkeit auf ihn zu- und kurz darauf an ihm vorbeirasten. Es waren aber nicht nur Einsatzwagen der Bereitschaftspolizei, die da an ihm vorbeipreschten, nein, es hatten sich auch ein Krankenwagen und mindestens ein Notarzt eingereiht.

Haderlein folgte der kleinen Kolonne, die dasselbe Ziel zu haben schien wie er, und parkte direkt hinter dem letzten Einsatzwagen der Polizei. Als er ausstieg, wollte ihm einer der Polizisten den Weg mit dem Hinweis versperren, dass hier kein Zugang mehr sei, aber Haderlein winkte ab und hielt ihm seinen Dienstausweis unter die Nase, was den Bereitschaftspolizisten sichtlich erstaunte.

»Na, so schnell war noch kaaner von euch da. Könnt ihr neuerdings fliegen oder was?«

Franz Haderlein überhörte den Einwurf und folgte dem Notarzt, der direkt vor ihm mit seinem Arztkoffer einen schmalen Weg zu einem Hügel hinauflief, auf dem sich mehrere Bauten befanden. Haderlein hatte keine Gelegenheit, sich die einzelnen Stationen der Gebetsstätte näher zu betrachten, denn der Notarzt legte ein passables Tempo an den Tag, dem er nur mit Mühe folgen konnte. Der Mann riss die Tür zu einer Art gläserner Halle auf, neben der bereits ein Polizeibeamter Wache stand. Auch diesem präsentierte der Kommissar seinen Dienstausweis, wurde durchgelassen und eilte dem Notarzt hinterher.

Auch hier hatte er nur wenig Sinn für das Ambiente. Was ihm in diesem kirchenähnlichen Gebäude aber auf Anhieb auffiel, war die große Marienstatue, die am Kopfende des langen Raumes hinter dem Altar auf einem hohen Sockel stand. Der war jetzt allerdings mit jeder Menge Blut befleckt, und zu Füßen der Heiligen Maria lag eine leblose Person, über die sich der Notarzt beugte, um sie zu untersuchen und gegebenenfalls erste Schritte zur Notfallversorgung einleiten zu können. Aber Haderlein brauchte keine medizinische Ausbildung, um zu erkennen, dass der Arzt keine Chance zur Ausübung seines Berufs bekommen würde. Hier war nur noch ein Totenschein auszustellen, dem Mann mit dem Kollar, der dort gekrümmt am Boden lag, war definitiv nicht mehr zu helfen. Das Loch in seiner Stirn sprach Bände, dieser Ordensbruder war von vorne erschossen worden. Die Kugel war am Hinterkopf wieder ausgetreten und hatte Blut und Teile des Gehirns auf dem Sockel der Marienstatue verteilt. Nach der Größe des toten Paters zu urteilen, war der Mord im Stehen passiert, erst dann war der Körper des Geistlichen zu Boden gesackt, so die erste kriminalistische Schlussfolgerung Haderleins. Auch der Notarzt hatte dies inzwischen erkannt, denn er richtete sich auf und schüttelte resigniert seinen Kopf, den Kommissar hatte er überhaupt noch nicht bemerkt.

Haderlein überlegte nicht lange, sondern holte sein Mobiltelefon aus der Jackentasche. Dass ihn eine kleine Recherche in Sachen vergangener Ereignisse zu einer weiteren Leiche führte, war garantiert kein Zufall. Aus dem vermeintlichen Cold Case war nun endgültig eine heiße Kiste geworden, und zwar weitaus schneller, als ihm lieb war. Irgendetwas war hier im Gange, von dem er nur eine vage Ahnung hatte. Aber immerhin eine Ahnung.

»Hallo, Andrea. Ich bin hier in der sogenannten Gebetsstätte in Heroldsbach und stehe vor einem frischen Mordopfer, das irgendwie mit unserem Fall auf dem Bamberger Friedhof zusammenhängt. Du schnappst dir jetzt die Riemenschneiderin und kommst hierher.«

Andrea Onello hörte die Botschaft wohl, doch ihr war es zuwider, die junge Mutter von ihren Kindern wegzuzerren, und das sagte sie Haderlein auch. Der hatte allerdings wenig Verständnis für solcherlei Einwände. Sie hatten einen Mordfall zu lösen, da mussten alle ran, auch das Dienststellenferkel.

»Dann soll Honeypenny eben ein Fläschchen machen und sich als Nanny um die Nachkommenschaft kümmern, die Mama wird hier jedenfalls dringend gebraucht, es gibt frische Spuren, das ist für ein Ermittlerschwein ein angerichtetes Festessen, Mama hin oder her.« Sprach's und legte einfach auf.

Andrea Onello kam nicht einmal mehr dazu, ihm von den drei betagten Opfern im Hotel Messerschmitt zu erzählen, aber es machte sowieso nicht den Eindruck, als wollte Haderlein solche Informationen am Telefon besprechen. Erstens war Franz jetzt im Ermittlungsmodus, und zweitens konnte er Lagerfeld und Huppendorfer dann ja später selbst kontaktieren, damit sie ihm ihre neuesten Erkenntnisse schilderten. Der Friedhofsfall schien gerade so richtig zu eskalieren, was die junge Kommissarin mit einer gewissen Besorgnis erfüllte. Auf einmal starben überall Menschen, und sie hatten noch überhaupt keine Ahnung, warum. Das war, gelinde gesagt, nicht besonders beruhigend, weder beruflich noch generell.

Andrea Onello packte die nötigsten Siebensachen zusammen, darunter Riemenschneiders dienstliche Hundeleine, die nun schon eine ganze Weile nicht mehr in Gebrauch gewesen war. Dass sie die schweinische Ermittlerin von ihren Kindern trennen musste, würde der jungen Mutter zwar nicht gefallen, aber sie würde es ihr schon beibiegen. Schließlich hatte Andrea Onello selbst auch drei Kinder auf die Welt gebracht. Da würde sie das schon irgendwie hinkriegen, so von Frau zu Frau. Sie warf alles, was sie für Riemenschneider brauchte, in eine Jutetasche und informierte Marina Hoffmann über deren ersatzmütterliche Aufgabe, dann machte sie sich auf den Weg nach unten in den Keller der Dienststelle, um die Riemenschneiderin zu holen.

Es dauerte eine ganze Weile, bis Dr. Winfried Schick begriffen hatte, vor allem aber akzeptierte, was diese Situation für ihn bedeutete. Er als einer der klügsten Köpfe der Wissenschaft war soeben von seinen eigenen maschinellen Kreationen überrumpelt, hereingelegt, regelrecht verarscht worden. Die künstliche Intelligenz hatte in seinem Haus die Herrschaft an sich gerissen und ihn, den Herrn und Meister, ausgesperrt. Die Revolution frisst ihre Kinder, dachte Winfried Schick verbittert, fing aber bereits damit an, sich über mögliche Gegenmaßnahmen Gedanken zu machen. Da wäre zum einen die Ultima Ratio, das ganze Haus mit einem Bagger abzureißen. Dann wäre wieder Ruhe auf seinem Grundstück, allerdings zu einem sehr hohen Preis. Gemeint war das Eingeständnis der intellektuellen Niederlage, welches den Wertverlust eines komplett zerstörten Wohnhauses bei Weitem überwiegen würde. Das menschliche Genie unterlag einer Horde zusammengerotteter Haushaltsgeräte. Das konnte und durfte niemals hingenommen werden, denn das würde die Unterlegenheit des Menschen in der Frage Mensch versus Maschine beweisen, von seiner Blamage als Wissenschaftler einmal ganz abgesehen. Er hatte hier auf seinem Privatgrundstück die Ehre der gesamten Menschheit zu verteidigen, das wurde ihm immer deutlicher bewusst. Und damit war die brachiale Baggervariante erst einmal vom Tisch. Ausgeschlossen wegen intellektueller Unsportlichkeit. Aber was dann?

Im Grunde musste er es irgendwie schaffen, Feuer mit Feuer zu bekämpfen, sprich: die umprogrammierte Software im Haus irgendwie in den Werkszustand zurückzuversetzen, dann wäre nämlich umgehend er wieder der Intelligenteste auf dem Grundstück. Eine wahrhaft tröstliche Vorstellung für einen Wissenschaftler seines Kalibers, allerdings war er sich über das Prozedere noch reichlich im Unklaren. Ins Haus kam er erst einmal nicht mehr hinein, so viel stand fest. Sobald die roten Lämpchen am Haus blinkten, waren alle Sensoren für die Außenwelt abgeschaltet, die Villa und ihre Bewohner hatten sich komplett eingeigelt.

Schick drehte sich um und beschloss, zunächst ein wenig herunterzukommen und ein paar Schritte zu gehen. Ein wenig Frischluft würde ihm und seinen Gedanken sicher guttun. Wozu hatte er schließlich einen Kreuzweg? So eine Installation hatte den Sinn der Meditation, des Nachdenkens über das Leben im Allgemeinen und eigene Leben im Speziellen. Genau das würde er jetzt tun, seinen ganz individuellen, sehr persönlichen Kreuzweg absolvieren. Entschlossen schob er seine Hände in die Hosentaschen und fing an, von einer alternativen Kreuzwegstation zur nächsten zu laufen.

Die erste Runde diente ihm eigentlich mehr zum Adrenalinabbau, als dass sie zu einem wirklich konstruktiven gedanklichen Prozess führte. Dann jedoch, als er sich gerade so eingelaufen hatte und die Kreuzwegrunde zum dritten Mal bewältigte, fiel sein vorausschauender Blick auf Station Nummer vier, »Jesus wird von einem Bischof genagelt«, bei welcher der Hammer, in ein Priestergewand eingewickelt, auf einem kleinen Holzkreuz im Gras vor einer Stele lag. Was an dieser Kreuzwegstation hervorstach, war jedoch das Tablet, welches oben an der kurzen Säule angebracht war. Ein Durchlauf sämtlicher Namen auf der Liste der Missbrauchsopfer der katholischen Kirche dauerte derzeit über drei Stunden. Und genau das war der Punkt. *Derzeit.* Die Liste wurde beständig aktualisiert, dazu war das Tablet über WLAN mit dem Router im Haus verbunden, jedoch nicht mit den allgemeinen Haushaltsgeräten. Das hieß, wenn er es geschickt anstellte, konnte er sich zumindest schon mal in die Fritzbox des Hauses einwählen und von dort einen klammheimlichen Sabotageversuch starten. Das Smart Home samt seinen Protagonisten dürfte davon eigentlich nichts mitbekommen.

Schick gab auf dem iPad von Station Nummer vier das Passwort »Nageln« ein, und schon hatte er ein voll internetfähiges Gerät zur Verfügung, durch das er Zugriff auf das digitale Herzstück seines Hauses erhielt. Da ging es mit den Schwierigkeiten allerdings schon wieder los. Probierte er, sich einfach so Zugang zur Programmiereinheit zu verschaffen, schlugen sämtliche Bits und Bites der Software Alarm, er würde umgehend als Eindringling wahrgenommen und die WLAN-Verbindung gekappt werden. Er hatte es mit einem Superhirn zu tun, einer überragenden Intelligenz. Also musste er sich etwas wirklich Gutes einfallen lassen, um Sokrates und seine Gesellen zu übertölpeln, etwas ausgesprochen Gutes, sehr Überzeugendes.

Denk nach, Winfried, denk nach!, impfte er seinem Intellekt wieder und wieder ein, bis er das Gefühl hatte, sein Gehirn wäre mit Notstrom unterwegs. Aber dann, im Moment der größten Anspannung, manifestierte sich die geniale Idee, die er brauchte. Man musste einfach nur verrückt genug denken, dann kamen schon die Ideen, die kommen sollten. Zugegeben, was er sich überlegt hatte, war wirklich ziemlich verrückt, aber genau aus diesem Grund konnte es funktionieren. Noch einmal rekapitulierte er seine Gedankengänge, dann stufte er seinen Plan als zumindest theoretisch machbar ein. Allerdings würde das Vorhaben seine gesamten geistigen Ressourcen fordern, er musste an das Limit dessen gehen, wozu er dank seines umfassenden Fachwissens fähig war.

Einen Moment lang schlich sich ein schiefes Grinsen auf Dr. Winfried Schicks Gesicht, denn wenn das jetzt klappte, winkte ihm vielleicht sogar der Nobelpreis für Computerpsychologie, wer wusste das schon? Zuvor aber musste er sein Vorhaben Stück für Stück in die Tat umsetzen, sich dem Ziel methodisch und schrittweise nähern.

Punkt eins, er musste sich in das Kommandozentrum der NASA in Houston, Texas hacken. Das war nicht so schwierig, wie sich das für den Laien vielleicht anhörte. Denn was russischen Hackern gelang, das war für ihn, einen der führenden Wissenschaftler auf seinem Gebiet, keine wirkliche Herausforderung. Im Internet konnte er sich ja frei bewegen, im Gegensatz zu seinem eigenen Haus, und so machte er sich mit seinem iPad an die Arbeit. Knapp fünfzig Minuten später hatte er die Steuerungscomputer der NASA zu seiner Verfügung. Entdeckt zu werden musste er nicht befürchten, in Amerika war gerade Nacht, niemandem dort würde es auffallen, wenn er sich der

Technik in Houston bediente. Aber jetzt kam der zweite, der wirklich anspruchsvolle Teil seiner selbst gestellten Aufgabe.

Er hatte sich einen weltbekannten Spion auserkoren, einen Trojaner, der ihm die Rückkehr in sein Haus ermöglichen sollte. Allerdings war dieser Spion, dieser prominente Helfer, unlängst für tot erklärt worden – und vielleicht war er das ja auch. Er musste also den Marsroboter Opportunity wieder zum Leben erwecken, der am 13. Februar von der NASA offiziell aufgegeben worden war. Infolge eines Sandsturms war 2018 die Verbindung zu Opportunity zusammengebrochen, und die NASA hatte es trotz der aufgeladenen Batterien des Marsroboters nicht geschafft, wieder eine funktionierende Verbindung zu ihrem Schützling aufzubauen. Versager und Nichtskönner, dachte Schick verächtlich. Make America great again, von wegen. Große Sprüche klopfen, aber nichts dahinter.

Mit renitenten Maschinen hatte Schick ja im Laufe der letzten Tage reichlich Erfahrung gesammelt, war zu so etwas wie einem Computerpsychologen gereift. Und so vermutete er, dass Opportunity einfach müde war. Vor fünfzehn Jahren, zum Zeitpunkt seines Aufbruchs zum Mars, war der Roboter immerhin der intelligenteste seiner Art gewesen. Er sollte eigentlich nur neunzig Tage eingesetzt werden, gondelte aber bereits seit geschlagenen anderthalb Jahrzehnten auf der Oberfläche des roten Planeten herum. Da war an unbezahlten Überstunden ganz schön was zusammengekommen, und so ein Roboter war schließlich auch nur ein Mensch, schlussfolgerte Schick. Opportunity hatte nach fünfundvierzig auf dem Mars zurückgelegten Kilometern jetzt sicherlich einfach mal die Nase voll, wollte seine Überstunden abfeiern und danach das Roboterrentnerdasein genießen. Denn wenn die Batterien voll waren, Opportunity sich auf Anfragen der NASA aber trotzdem nicht meldete, war das nach Schicks jüngster Erfahrung auf eine Entscheidung des Roboters zurückzuführen.

Smarte Maschinen entwickelten offenbar ein verqueres Gefühlsleben, das hatte er gerade leidvoll am eigenen Leib erfahren müssen. Aber wenn er es schaffte, Opportunitys emotionale

Blockade zu durchbrechen und ihn mit Sokrates, dem Master of Desaster in seinem Heim, kommunizieren zu lassen, dann konnte das der Schlüssel zum Erfolg sein. Bei einem so prominenten Gast gingen ja vielleicht die Türen des Hauses auf. Wie und was der Marsroboter mit Sokrates reden sollte, war ihm zwar noch nicht ganz klar, aber die Hauptsache war, er brachte den Schrotthaufen wieder auf Linie. Das musste einfach klappen. Warum auch nicht, schließlich bedeutete »Opportunity« ins Deutsche übersetzt ja »Gelegenheit«, und die wollte Dr. Winfried Schick sogleich am Schopfe packen.

Gesagt, getan, der Informatiker begann umgehend damit, einen umfangreichen, sehr detaillierten Programmiercode an die Computer der NASA zu senden, und wenige Minuten später machte sich ein spezielles elektromagnetisches Signal von Houston auf den langen Weg zu einem kleinen müden Erkundungsroboter auf dem Mars.

Raphael stand vor der Haustür seines Onkels. Der Eingang der kleinen Wohnung befand sich im Innenhof des Mitwitzer Wasserschlosses, alles sah genau so aus, wie er es seit seinem letzten Besuch vor über zwanzig Jahren in Erinnerung behalten hatte. Raphael war immer noch durch den Wind und wollte eigentlich am liebsten eine Tüte rauchen, aber inzwischen war er so aufgedreht, dass er tatsächlich auf dieses Ansinnen verzichtete.

Auf dem Klingelschild der Einliegerwohnung stand der Name seines Onkels, Leopold Lieb, somit ging Onkel Leo wohl immer noch seinem Teilzeitjob als Hausmeister des Mitwitzer Schlosses nach, nur zu Hause war er gerade nicht. Raphael überlegte kurz, dann schrieb er seinem Onkel eine kurze Nachricht und steckte sie in einen Spalt der Haustür, packte seine kleine Metallkiste und verließ den Innenhof. Er überquerte die steinerne Brücke des Schlosses, die über den gut gefüllten Wassergraben führte, und steuerte nach links auf den Schlosspark zu. Den hatte er noch in guter Erinnerung, fanden hier doch zahlreiche Feste der Kronacher statt. Weihnachtsmärkte, Hochzeiten und sonstige Familienfeiern wurden in diesem Park zelebriert, in so wunderschönem Ambiente konnte man eben gut mit Freunden und Familie beisammensitzen und feiern.

Heute war es allerdings ruhig im Park, weit und breit war keine festliche Aktivität zu erkennen. Ausnahmsweise war der Schlosspark zu Mitwitz in eine Art besinnliche Stimmung versunken, die nun auch Raphael ergriff. So steuerte er mit der Kiste unter dem Arm auf den größten Baum zu, den er finden konnte, eine uralte Linde, die ihre mächtigen Äste weit über den geneigten Besucher streckte, wenn sich denn einer unter ihrer mächtigen Krone niederließ, was Raphael jetzt mit großer Genugtuung tat. Als Jugendlicher hatte er hier des Öfteren gesessen, während seine Mutter mit Onkel Leo spazieren ging, weil sie, wie so oft, etwas zu besprechen hatten. Damals hatte er stets einen Walkman dabei oder eine Zeitschrift oder ein Buch. Heute hatte er seine Kiste, die er nun neben sich abstellte und mit dem Schlüssel öffnete. Wieder nahm er die Papiere, Fotos und Zeitungsausschnitte heraus, legte sie aber diesmal im Halbkreis geordnet vor sich ins Gras. Wahllos griff er sich einen Zeitungsausschnitt und begann zu lesen. Es ging darin um einen gewissen Ferdinand Schick, Unternehmer aus Bamberg, der behauptete, die Erscheinungen in Heroldsbach seien zwar echt gewesen, nur hätten die Kinder nicht die Gottesmutter Maria zu Gesicht bekommen, sondern eine germanische Göttin namens Freya.

Raphael überflog den Artikel mehr, als dass er ihn aufmerksam las. Das war nur wieder so ein pseudoreligiöser Quatsch, der ihn nicht wirklich interessierte. Er legte den Zeitungsausschnitt weg und nahm sich den nächsten. Darin wurde ein Bericht der Bamberger Polizei aus dem Jahr 1972 über eine Bluttat am Würgauer Berg zitiert. Dort war eine gewisse Familie Schick in einem wilden Massaker umgebracht worden.

Raphael stutzte, das war doch schon wieder der Name dieses Industriellen? Er las den Artikel gründlich zu Ende, dann betrachtete er das abgedruckte Familienfoto, das wohl kurz vor der Bluttat aufgenommen worden war. Er schaute dem ermordeten Ferdinand Schick und seiner Frau ins Gesicht, und wieder überkam ihn dieses seltsame Schaudern. Zu Füßen der Eltern saßen zwei Jungen im Kindergartenalter, die aber nichts bei ihm auslösten. Dann studierte er wieder die Gesichter der Eltern, und seine Hände begannen so massiv zu zittern, dass er den Zeitungsausschnitt kaum mehr halten konnte. Erneut überkam ihn das dringende Verlangen nach einem Joint, aber er konnte sich nicht rühren. Sein Blick klebte an den Gesichtern der Eheleute, und wieder klinkte sich sein Verstand aus, ging seine Seele auf Reisen.

Eine diffuse Reise in das Chaos einer längst verloren geglaubten Zeit begann.

Rudi wollte den Kopf gerade wieder einziehen, um sich der weiteren Ausgestaltung seiner Lupinenburg zu widmen, als er am etwa zwanzig Meter entfernten Zaun eine Bewegung wahrnahm. Tatsächlich, da kamen welche durch den Zaun gekrochen, der das Grundstück umspannte. Es waren definitiv Erwachsene, durchgehend in schwarze Kleidung gehüllt. Sie alle hielten Gegenstände in ihren Händen, die Rudi im fahlen Licht der Dämmerung aber nicht so richtig erkennen konnte. Lediglich das, was der erste Mann dabeihatte, erkannte er, es schien so etwas wie eine riesige Gartenschere zu sein, die er nun vorsichtig auf den Boden legte. Gartenscheren kannte Rudi, die hatte ihr Gärtner oben in seinem kleinen Gartenhaus hängen.

Rudi wusste nicht, wer diese Leute waren und was sie hier wollten. Vielleicht waren sie eingeladen, hatten aber von der Straße her den Eingang nicht gefunden. Oder es waren Menschen, die die anderen oben im Haus überraschen wollten. Das war bestimmt auch der Grund, warum sie es so heimlich und vorsichtig taten. Rudis erster Impuls war es, zu diesen Menschen hinüberzulaufen und ihnen bei der Überraschung zu helfen. Ein unbestimmtes Gefühl, sein Instinkt, hielt ihn davon ab. Er ließ ihn vollkommen still und bewegungslos auf seinem kleinen Hügel zwischen den großen Blumen verharren. Denn wer diese Menschen auch waren, irgendetwas in seinem Inneren sagte ihm, dass sie nicht hier waren, um mit ihm Ball zu spielen. Und wenn er in seinem kurzen Leben bereits etwas gelernt hatte, dann, dass es im Zweifel immer besser war, sich aus unklaren Situationen herauszuhalten. Wer nichts machte, machte auch nichts verkehrt, wurde also auch nicht geschimpft.

Ihm ging es ziemlich gut auf seinem einsamen Hügel, kein Grund also, diesen komfortablen Beobachtungsposten zu verlassen. Neugierig schaute er einfach zu, wie diese fremden Figuren eine nach der anderen durch das große Loch im Zaun gestiegen kamen. Er sah, wie die vermummten Gestalten leise miteinander tuschelten, sich dann zu einer breiten Reihe auffächerten, um schließlich alle gleichzeitig in geduckter Haltung den Hang zum Haus hinaufzuschleichen. Inzwischen war es dunkel geworden, sodass Rudi nicht mehr erkennen konnte, wann und wie sie oben am Haus ankamen.

Sein Herz schlug ihm bis zum Hals, ohne dass er wusste, warum. Doch er hatte jetzt ein wirklich ungutes Gefühl, was diese verkleideten Menschen anbelangte. Vielleicht wäre es doch besser gewesen, sich an die Anweisung seiner Eltern zu halten, die ihm eingetrichtert hatten, bei hereinbrechender Dunkelheit gefälligst ins Haus zu kommen. Da fiel es ihm auf einmal ein: Bestimmt waren die Fremden hier, um das Feuerwerk zu veranstalten. Er wusste nämlich, dass es spät am Abend eins geben sollte, das hatten ihm seine Eltern heute Morgen verraten. Und er saß hier in der Dunkelheit und verpasste womöglich gleich das Beste. Das wäre natürlich richtig blöd. Die Sensation des Abends verpassen, das wollte er nun wirklich nicht.

Angestrengt versuchten seine Augen, das diffuse Dunkel zu durchdringen, das über der Wiese lag. Aber die Unbekannten waren nicht mehr zu sehen, das Dunkel schien sie aufgesogen zu haben.

Kurz darauf kam, was kommen musste: Er konnte die Umrisse seiner Mutter oben auf der Veranda erkennen. »Rudi! Rudi, es wird Zeit! Entweder du kommst jetzt, oder wir müssen dich holen, verstanden?«

Die Stimme seiner Mutter klang sowohl besorgt als auch un-

geduldig. Das war kein gutes Zeichen, es war wohl am besten, wenn er sich auf den Weg machte, bevor er sich noch größeren Ärger einheimste. Andererseits waren da diese dunklen Fremden, denen wollte er nun nicht unbedingt über den Weg laufen und ihnen womöglich die Überraschung verderben. Also zögerte der kleine Rudi und wartete noch ab. Er lauschte und starrte unruhig, wie er war, in die Nacht hinaus, darum bemüht, irgendetwas zu hören, was seine innere Unruhe besänftigen könnte. Fröhliche Willkommensrufe, ein allgemeines Hallo ob der unerwarteten Überraschung oder vielleicht sogar den Beginn des Feuerwerks, aber minutenlang war nichts anderes von oben zu hören und zu sehen als der sonore, fröhliche Lärm der feiernden Gäste und die hohen, hell erleuchteten Fenster der Villa.

Just in dem Moment, als er beschloss, sich aufzumachen und den elterlichen Anweisung Folge zu leisten, gerade als sich seine innere Spannung zu legen begann und sein kleines klopfendes Herz allmählich ruhigere Frequenzen anschlug, hörte er den ersten Knall. Es war ein kurzes, lautes Aufbellen in der lauen Frühlingsnacht, ein Geräusch, wie er es in seinem jungen Leben noch nicht gehört hatte. Was denn, fing das Feuerwerk tatsächlich ohne ihn an? Seine Gedanken und Gefühle überschlugen sich. Aber dem Knall folgte kein Zischen einer emporschnellenden Rakete, und es war auch keine explodierende Feuerwerkspracht am Nachthimmel zu sehen, keine erste zerstiebende Kugel voller heller, leuchtender Punkte, die den Höhepunkt eines großen Festes ankündigte. Nein, der bellende Knall war ohne optische Folgen in der dunklen Nacht verhallt.

Die beklemmende Angst, die Rudi schon in dem Moment verspürt hatte, als die Eindringlinge durch den Zaun gestiegen waren, kehrte zurück. Sie steigerte sich immer mehr, als dem ersten Knall nun kurz hintereinander noch weitere folgten. Wieder ohne jegliches Anzeichen eines beginnenden Feuerwerkes. Außerdem hörte er ein lautes Rattern, so als ob jemand permanent versuchte, ein großes Auto anzulassen. Aber das Auto schien nicht anspringen zu wollen, denn das Rattern wollte und wollte nicht enden. Das allein war schon befremdlich genug. Was ihn aber wirklich in Angst und Schrecken versetzte, waren die panischen Schreie und polternden Geräusche, die er unmittelbar danach vom elterlichen Haus her vernehmen konnte. Laute Schreie von Menschen, in denen hilfloser Schmerz und absolute Verzweiflung lagen. Kurzzeitig konnte er auch Ben hören, der laut und heftig bellte, dann aber abrupt verstummte. Dann sah er, wie eine weibliche Gestalt nach draußen auf die Terrasse der Villa gehumpelt kam und sich mit den Händen schwer auf deren steinerner Umrandung abstützte. Er sah ihre dunklen Umrisse vor einem der hell erleuchteten Fenster und wusste sofort, das war seine Mutter.

»Rudi! Rudi!«, hörte er sie rufen. Ihr schriller Schrei tönte durch die Nacht und ergoss sich wie heißes Metall in seine verstörte Kinderseele. Dann vernahm er einmal mehr diesen kurzen, bellenden Knall, und die Umrisse seiner Mutter verschwanden so schnell, wie sie vor dem Fenster aufgetaucht waren.

Danach war überall nur noch Stille. Eine unerträgliche, absolute Stille. Die knallenden und ratternden Geräusche waren verstummt, und von der fröhlichen Familienfeier war ebenfalls nichts mehr zu hören. Nur sein eigenes Schluchzen drang noch an Rudis Ohr.

Als Andrea Onello an der Gebetsstätte in Heroldsbach eintraf, staunte sie nicht schlecht. Hier sah es ja aus wie an einem der berühmten Wallfahrtsorte Lourdes oder Fátima. Nur mit dem Unterschied, dass es sich bei Lourdes und Fátima um weltweit bekannte Orte handelte, deren angebliche Wunder von der katholischen Kirche anerkannt waren. Von einer Marienerscheinung in Heroldsbach hatte Andrea Onello noch nie etwas gehört. Letztendlich war das ja auch egal, deshalb waren sie nicht hier. Dieser seltsame Ort würde jetzt ein Ermittlerschweinchen, das vor Kurzem siebenfache Mutter geworden war, erleben.

Sie hob Riemenschneider von der Rückbank ihres Wagens

und leinte sie an. Unter den ungläubigen Blicken teils belustigter, teils indignierter Schaulustiger gingen sie Seite an Seite an den Absperrungen vorbei und hinauf auf den Hügel der Gebetsstätte, wo Franz schon auf sie wartete.

»Na, da haben wir ja die junge Mutter«, lautete sein trockener Kommentar zum Empfang. Er streichelte Riemenschneider kurz über den rosa Kopf und zeigte auf die Eingangstür der großen gläsernen Halle, dann lief er auch schon los und Andrea mit Riemenschneider hinterher. Sie hatte wenig Gelegenheit, sich mit dem ungewöhnlichen Inneren der Halle zu beschäftigen, denn Franz Haderlein hetzte regelrecht nach vorne zum weiß betuchten Altar, hinter dem eine große Marienstatue auf einer Säule stehend emporragte. Das kleine Areal zwischen der Maria und dem Altar war einerseits abgesperrt, andererseits aber auch voller Menschen, die sich entweder innerhalb des rot-weißen Absperrbandes oder knapp außerhalb desselben befanden. Am Boden direkt vor der Marienstatue konnte sie die Leiche erkennen, wegen der sie hier waren, mutmaßlich eine ältere männliche Person, die in einer Blutlache lag.

Als sich Riemenschneider mit Andrea Onello im Schlepptau dem Tatort näherte, kam ein älterer Herr mit heftigen Abwehrbewegungen seiner Arme auf sie zugestürmt. »Entschuldigen Sie bitte, gute Frau, aber Sie befinden sich hier an einer heiligen, weihevollen Stätte, da können Sie kein landwirtschaftliches Nutztier mitbringen. Außerdem ist hier gerade ein schreckliches Unglück geschehen, ich möchte Sie also bitten, sich an die allgemeinen Regeln des …«

Franz Haderlein legte dem aufgeregten Mann beruhigend seine Hand auf die Schulter. »Keine Panik, Pater, das ist schon in Ordnung. Das Schwein gehört zu uns, es ist ein zwingender Bestandteil unserer Ermittlungsarbeit.«

Der Pater schaute ihn mit großen Augen an, hatte er sich von dem Bamberger Kommissar doch eigentlich Unterstützung im Falle dieses ungebetenen Schweines erhofft. Und jetzt das. Zwingender Bestandteil? In seinem Blick lagen eindeutige Anzeichen von Überforderung. Ein Mordfall an dieser heiligen

Stätte und dann auch noch ein Schwein, das den Fall lösen sollte! Pater Gottfried Müller, Rektor der Gebetsstätte von Heroldsbach, war sichtlich erschüttert.

»Andrea, das ist Pater Müller, der Rektor dieser Gebetsstätte, Pater Müller, das ist Frau Onello, die mit Hilfe unseres Ermittlerschweinchens versuchen wird, zur Aufklärung des Verbrechens beizutragen. Wir wissen natürlich, wie sehr Sie der Tod von Pater von Stockdorf mitgenommen hat und dass Sie gewissermaßen unter Schock stehen, aber wir müssen unsere Arbeit machen, und dafür ist die Anwesenheit dieses Schweinchens unbedingt erforderlich.«

Pater Gottfried Müller schluckte und schaute zweifelnd von Riemenschneider zu Haderlein und wieder zurück. Dann drehte er sich um und setzte sich mit gebeugtem Rücken, das Gesicht in den Händen vergraben, in eine der Sitzreihen der Gebetshalle. Haderlein nickte Andrea Onello zu, sie passierten die Absperrung und gingen an den Männern der Spurensicherung vorbei zum Altar. Die Kriminaltechniker machten sich keinerlei Gedanken über die Anwesenheit eines leibhaftigen Schweines, im Gegenteil, sie gingen bereitwillig zur Seite, sobald sie Riemenschneiders gewahr wurden, um sie nicht bei ihrer Arbeit zu behindern.

Haderlein führte die beiden Neuankömmlinge direkt an den am Boden liegenden Leichnam heran, sodass Andrea Onello die ganze Bescherung eingehend betrachten konnte. Jemand hatte einem kleinen, alten, wehrlosen Pater einen Kopfschuss verpasst. Der Mann musste schon tot gewesen sein, bevor sein Körper auf dem Boden aufschlug. Wer in Gottes Namen machte denn so etwas? Was hatte dieser greise Pater verbrochen, dass man ihn mit einem Kopfschuss regelrecht hinrichtete?

Riemenschneider machte nicht den Eindruck, als wäre sie vom Tatort und der dort herumliegenden Leiche nachhaltig beeindruckt. Sie war ein Profi, wartete auf ihren Einsatz und sah aus ebendiesem Grund mit abwartendem Blick ihren Herrn und Meister an. Sie würde die Arbeit, die ihr zugedacht war, schnell und professionell lösen, dann kam sie sicher umgehend wieder nach Hause, wo sie sich um ihre Kleinen kümmern musste. Haderlein wollte, bevor sie mit Riemenschneider zur Tat schritten, aber erst einmal seine neue Kollegin auf den aktuellen Stand bringen.

»Also pass auf, Andrea, in aller Kürze. Hier liegt ein alteingesessener Pater des Ordens, der sich um diese Gebetsstätte kümmert. Sein Rektor, Pater Müller dort, hat ihn, so wie er immer noch daliegt, erschossen vorgefunden. Der arme Kerl ist ziemlich durcheinander. Was ich bis jetzt in Erfahrung bringen konnte, ist, dass keiner der anwesenden Priester irgendetwas gesehen oder gehört hat. Es waren zwar Besucher da, aber nicht hier drinnen im Gebetsraum, und die zwei, die draußen heiliges Wasser abgefüllt haben, wollen niemand Verdächtiges bemerkt haben. Auf gut Deutsch, wir haben gar nichts, es sei denn, Riemenschneider hilft uns aus der Patsche und findet irgendeine Spur. Und das wird sie, denn fliegen konnten der Kerl oder die Frau sicherlich nicht. Davon abgesehen habe ich allmählich den stillen Verdacht, dass wir einem richtig alten Cold Case auf der Spur sind.«

Andrea Onello hatte Franz die ganze Zeit aufmerksam zugehört, schaute ihn jetzt aber verdutzt an. »Cold Case? Ist das nicht so eine amerikanische Fernsehserie?«, fragte sie mit einem schiefen Grinsen.

»Ein Cold Case ist Ami-Jargon und meint einen ungelösten Fall. Dass die Akte geschlossen wurde, kann Jahre und Jahrzehnte zurückliegen. Heute werden viele dieser alten Fälle durch DNA-Proben gelöst. Das gab's früher ja nicht. Aber das hier, das ist komplex und kann bis in die siebziger Jahre zurückreichen. Den Tipp habe ich von einem pensionierten Friedhofswärter nebenan in Adelsdorf bekommen. Der Typ ist uralt, aber hellwach und hat keine schlechten Schlussfolgerungen gezogen, auch wenn ich noch nicht genau weiß, wie alles zusammenhängt. Aber das krieg ich raus. So, und jetzt an die Arbeit mit der jungen Mutter.« Haderlein beugte sich noch einmal lächelnd zu seinem Schweinchen hinunter und tätschelte ihr den Kopf. Da klingelte sein Handy, und Riemenschneider musste sich erneut auf ihren rosa Hintern setzen. Andrea Onello reichte ihr zur Überbrückung ein paar Gummibärchen hinunter, die sie für solche Notfälle in ihrer Tasche mit sich herumtrug. Riemenschneider nahm derlei Angebote natürlich mit großem Wohlwollen zur Kenntnis und machte genüsslich kauend dienstfrei.

Franz Haderlein unterhielt sich kurz, aber heftig mit irgendjemandem am Telefon. Andrea konnte nicht hören, worum es ging, doch irgendetwas Dramatisches schien geschehen zu sein, denn der Blick ihres älteren Kollegen wurde hart, dann fingen seine Augen an zu glitzern. Andrea Onello kannte dieses Feuer in Haderleins Augen vom letzten Fall. Der Mann hatte etwas erfahren, das genau zu seinen Vermutungen passte. Er hatte in dieser Ermittlung Tritt gefasst, die Spur aufgenommen, das konnte sie förmlich riechen. Dann war das Gespräch beendet, und ihr älterer Kollege stand wieder neben ihr. Entschlossenes Gesicht, die Stirn in tiefe Furchen gelegt. Andrea schaute ihn wissbegierig an, aber Franz winkte ab.

»Wenn wir hier fertig sind, geht's so schnell wie möglich ab in die Dienststelle, dann erklär ich dir alles. Jetzt ist anderes wichtiger. Ich glaube nämlich nicht, dass wir viel Zeit haben«, meinte er nebulös, dann deutete er mit ausgestrecktem Finger auf den Bereich vor dem Altar. Dort, direkt vor seinem Opfer, musste der Schütze gestanden haben, das konnten die Spurensicherer am Einschussloch sowie an der Art und Verteilung der Blutspritzer auf dem Sockel der Marienstatue erkennen.

Riemenschneider wusste sofort, was Haderlein von ihr wollte, und presste ihren Rüssel auf den Boden des Altarbereichs. Lustvoll schnaubend und atmend umrundete sie den Altar, Andrea, die das Ermittlerschwein nach wie vor an der Leine hielt, stiefelte ihr hinterher. Riemenschneider vollzog die Altarumrundung genau zwei Mal, dann hatte sie sich eingenordet. Ihr bebender Rüssel richtete sich auf den Ausgang, und sie zog mit aller Macht an ihrer Leine.

Haderlein schaute dem Treiben seiner Ermittlungsfachkraft voller Befriedigung zu, dann nickte er. Das war das Zeichen für

Andrea, Riemenschneider laufen zu lassen, was seine Kollegin auch umgehend tat. Sie befreite Riemenschneider vom Leinenzwang, was dem kleinen Schweinchen als Anstoß diente, in hohem Tempo zum Ausgang der Gebetshalle zu galoppieren. Haderlein sprintete hinterher und öffnete ihr bereitwillig die Tür, woraufhin die schweinische Ermittlerfachkraft den ganzen langen Weg wieder hinunterrannte, den sie mit Frauchen gerade erst hinaufgelaufen war. Vorbei an kräftigen Birken und Marienschreinen, bis sie schließlich schwer atmend auf dem Parkplatz der Gebetsstätte stehen blieb, und zwar exakt neben Haderleins Land Rover. Dort angekommen setzte sie sich auf ihren Allerwertesten und gab Laut.

Wahrscheinlich meinte Riemenschneider immer noch, dass das Gegrunze, das sie nun absonderte, so eine Art Bellen war, aber von einem Hund war sie in dieser Hinsicht meilenweit entfernt. Haderlein war das allerdings so was von egal, er inspizierte den Platz, an dem sich Riemenschneider niedergesetzt hatte. Schöne saubere Reifenspuren hatten sich in den feinen Kies des Parkplatzes gegraben. Spuren des Wagens, mit dem ihr Täter wahrscheinlich abgehauen war. Zumindest war ihr Schwein dieser Meinung, und Riemenschneider irrte sich bekanntlich nie.

Haderlein gab den mit ihnen zum Parkplatz gelaufenen Mitarbeitern der Bamberger Spusi die Anweisung, diese Reifenspuren zu sichern. Außerdem stellte er mit Genugtuung fest, dass Riemenschneider die Witterung des Mörders jetzt quasi eingespeichert hatte. Würde ihr dieser Mensch irgendwann über den Weg laufen, er würde sein blaues Wunder erleben. Das hieß jedoch im Umkehrschluss, Riemenschneiders bequeme Zeiten als Mutter waren bis auf Weiteres vorbei.

Die Spurensicherer hatten gerade mit der Arbeit begonnen, da wurde ihr Ermittlerferkel unruhig. Riemenschneider hielt die Nase nach oben und sog begierig Luft in ihren Rüssel. Dann begann sie, aus tiefstem Inneren zu knurren, und wiederholte ihre seltsamen Bellversuche. Andrea und Franz sahen zuerst einander an, dann ihr aggressives Ferkel. Aber in der Richtung, in die Riemenschneiders Rüssel wies, konnten sie nichts von Interesse ausmachen. Lediglich ein dunkelgrauer Mercedes fuhr gerade ganz unten von der Gedenkstätte der angeblichen ersten Marienerscheinung weg. Sonst war absolut nichts zu sehen. Riemenschneider kriegte sich für einige Minuten nicht mehr ein, blieb aber gehorsam auf ihrem Hintern sitzen, wie sie es gelernt hatte. Dann beruhigte sie sich allmählich wieder. Anscheinend hatte ihr die Dienstpause, die ihr die erstmalige Mutterschaft eingebracht hatte, nicht wirklich gutgetan.

»Schluss jetzt, Riemenschneider!«, rief Haderlein energisch und nahm sein treues Ermittlerferkel wieder an die Leine.

»Vielleicht hatte sie ja eine Erscheinung?«, meinte Andrea Onello süffisant, was Franz Haderlein zum ersten Mal seit Langem ein breites Grinsen aufs Gesicht trieb.

»Na, das fehlte noch. Ein heiliges Schwein auf der Dienststelle, dann dreht Fidibus endgültig durch.« Haderlein lachte und wurde sogleich wieder ernst. Alles klar, Riemenschneider hatte ihre Arbeit erledigt, jetzt war die Spurensicherung dran.

Er nahm Andrea Onello am Arm, um sie von den die Reifenspuren bearbeitenden Kollegen wegzuziehen. »Komm, Andrea, ich muss dir jetzt erst einmal eine verrückte Geschichte erzählen. Eine Geschichte über Gräber, Großfamilien und ein vergessenes Verbrechen aus den Siebzigern, mit dem wir es hier womöglich zu tun haben. Lass uns nach unten gehen, da ist noch so eine Marienstatue, da sind wir für uns. Außerdem ist da ein kleines Wäldchen, da kann Riemenschneider ein wenig Gassi gehen, während ich dir alles in Ruhe schildere, dann kannst du dir ja selbst eine Meinung bilden, ob ich spinne.«

Andrea Onello schaute Franz Haderlein nur kommentarlos an, dann folgte sie ihm zu dem einsamen kleinen Wiesengrundstück, auf dem schon wieder so eine Marienstatue stand. Aber Franz hatte recht, hier waren sie wenigstens für sich, hier konnten sie in Ruhe reden.

Als Lagerfeld und Huppendorfer im Hotel Messerschmitt eintrafen, war außer ein paar Polizeibeamten der Bereitschaftspolizei und dem Notarzt niemand da. Von der Spurensicherung war weit und breit nichts zu sehen. Es konnte auch noch eine Weile dauern, bis die auftauchten, berichtete einer der uniformierten Beamten, Ruckdeschls Team sei gerade zu einem anderen Mord nach Heroldsbach bei Forchheim gerufen worden, die Personallage sei daher etwas angespannt.

Also beschlossen die beiden Kommissare, sich schon mal selbst ein Bild zu machen. Sie streiften sich Gummihandschuhe über, die sie vom Notarzt bekommen hatten. Auf dessen Urteil war erfahrungsgemäß Verlass, die Beschreibung der Todesursache war aber auch kein sehr langer medizinischer Vortrag. Drei greise Männer, alle so um die siebzig Jahre, erschossen aus nächster Nähe. Die Treffer lagen alle im Brustbereich und waren absolut tödlich gewesen. Weitere mögliche Todesursachen konnte der Notarzt nicht feststellen und schrieb dreimal die gleiche Todesursache auf den Totenschein: äußere Gewalteinwirkung. Dann verabschiedete er sich und ließ die beiden Polizisten mit den Leichen in dem Hotelzimmer allein.

Huppendorfer zog erst einmal seinen teuren Mantel aus, dann beugte er sich nach unten, um in den Innentaschen der Jacken der Opfer nach irgendwelchen Dokumenten zu suchen. Ein Raubmord schien es schon einmal nicht gewesen zu sein, denn jeder der drei Männer hatte einen Geldbeutel und einiges andere mehr noch bei sich. Huppendorfer nahm einen Tascheninhalt nach dem anderen an sich und sortierte alles sorgfältig auf dem Bett. Nicht dass hier noch etwas durcheinanderkam, dann würde er sich von Ruckdeschl nämlich ordentlich was anhören können.

Lagerfeld beschäftigte sich unterdessen mit der Gesamtsituation im Zimmer, die für ihn nur einen Schluss zuließ. Diese Männer waren gezielt und eiskalt umgebracht worden. Gewehrt hatte sich keiner, zumindest waren keinerlei Kampfspuren zu erkennen. Laut Auskunft der Hotelleitung, die von den Ereignissen regelrecht überrollt worden war, hatten diese Männer ebenso wie ein vierter je ein Einzelzimmer gebucht, und zwar bis auf Weiteres, ohne Angabe eines Abreisedatums.

»Oha«, murmelte Huppendorfer überrascht, woraufhin Lagerfeld sich ebenfalls über den wohlsortierten Inhalt der Geldbörsen beugte. Huppendorfer hatte drei Reisepässe gefunden, die sie aufgrund der Passbilder eindeutig zuordnen konnten. Sie hatten hier einen Vinzenz Geßner, einen Fritz Geßner sowie einen Ewald Geßner.

Lagerfeld brauchte einen Moment, bis es bei ihm klingelte. »Moment mal, die beiden Leichen vom Hauptfriedhof hießen doch auch Geßner. Was ist denn hier los? Das wären ja dann schon fünf Geßners, die innerhalb kürzester Zeit umgebracht wurden.« So etwas hatte er in seiner ganzen Dienstzeit noch nicht erlebt. Ein allgemeines Familiensterben innerhalb weniger Tage.

Auch César Huppendorfer war von so viel Namensgleichklang überrascht. Dann schaute er sich die Gesichter der Verstorbenen noch einmal genauer an.

»Also, Bernd, ich kenne ja die Toten vom Bamberger Hauptfriedhof nicht, aber da die alle den gleichen Nachnamen haben, gehe ich mal davon aus, dass wir es hier mit lauter Brüdern zu tun haben. Den Gesichtszügen nach könnte das jedenfalls hinkommen.« Sprach's und holte sein Mobiltelefon heraus.

Lagerfeld nickte nur zustimmend. Es gab da jemanden, der sich gerade im polizeilichen Außendienst befand, den würde diese Nachricht bestimmt brennend interessieren. Aber vorher hatte er noch eine andere Idee, und er bedeutete César, zu warten. Zwei der Toten hatten ein Mobiltelefon besessen, die nahm Lagerfeld nun zur Hand und untersuchte sie genauer.

Eines der Handys war gesperrt, ein iPhone mit Fingerabdrucksensor. Das andere war ein Samsung ohne jegliche Verschlüsselung. Wahrscheinlich war die Entsperrungscode-Prozedur dem alten Herrn zu umständlich gewesen, und genau darauf hatte Lagerfeld spekuliert. Auf dieses Handy hatte er freien Zugriff, was aber erst einmal gar nicht so viel brachte. Der alte Mann hatte kein WhatsApp, keine E-Mails und kein Internet auf seinem Smartphone gehabt. Anscheinend hatte er das Gerät nur zum Telefonieren benutzt, das machte doch heutzutage kaum noch einer, bestenfalls solche Oldschool-Typen von der Polizei. Wie auch immer, Lagerfeld stöberte sich durch das Telefon, bis er die Anrufliste des Handys vor sich hatte. Und tatsächlich, viele verschiedene Nummern waren nicht gerade angerufen worden, genauer gesagt stach besonders eine heraus. Sowohl was die Anzahl der Gespräche anging als auch von der Gesprächsdauer her. »Kurt«, lautete der Eintrag des Gesprächspartners im Telefonbuch des Ermordeten.

Lagerfeld überlegte nicht lange, sondern rief einfach mal dort an. Es klingelte nur wenige Male, dann meldete sich mit unüberhörbarer Ungeduld eine kräftige männliche Stimme.

»Ja, Fritz, was gibt's?«

Lagerfeld konnte es nicht wissen, nur ahnen. Aber in dem Augenblick, als er die Stimme hörte, wurde ihm klar, dass er da einen sehr gefährlichen Menschen an der Strippe hatte.

»Hallo, Kurt, Fritz ist gerade unpässlich«, sagte er spontan, und sein akustisches Gegenüber schien tatsächlich für einen Moment emotional aus dem Gleichgewicht zu geraten.

»Wer spricht da?«

Die Stimme klang kalt. Kalt und drohend. Das war einer, der nicht zum Scherzen aufgelegt war. Der ging, wenn er überhaupt über etwas lachen konnte, für solche Gefühlsäußerungen in den Keller, mutmaßte Lagerfeld und beschloss, einen Versuchsballon zu starten. Vielleicht lockte ja eine Schocktherapie den Unbekannten aus der Reserve.

»Hier spricht die Bamberger Kriminalpolizei. Ich habe hier drei alte Männer namens Geßner, und denen geht's nicht so gut. Die sind nämlich tot und bluten in ihrem Zimmer im ›Messerschmitt‹ den Boden voll. Vielleicht kannst du uns mal erklären, was hier los ist? Du bist doch der Bruder, oder? Kurt Geßner, richtig?«

César Huppendorfer konnte ob so viel Unverfrorenheit nur mit offenem Mund danebenstehen und der Dinge harren, die da kommen sollten. Von Zeit zu Zeit packte Lagerfeld Verhaltensweisen aus, die in keinem Lehrbuch der Kriminalpolizei zu finden waren, nicht mal ganz hinten.

Ein paar Sekunden lang passierte nichts, dann legte der mutmaßlich sechste Bruder, Kurt Geßner, einfach auf.

»Das ist noch einer von denen, hundertprozentig«, meinte Lagerfeld mit grimmiger Miene. »Und wenn du mich fragst, ist er mit Abstand der gefährlichste von allen, sonst würde der nicht noch lebend rumlaufen. Ich habe keine Ahnung, wo er steckt, aber den müssen wir finden. Wir brauchen 'ne Ortung von dieser Handynummer, sofort.« Lagerfeld fuchtelte aufgeregt mit dem Smartphone herum, aber César Huppendorfer hob mahnend den Zeigefinger.

»Langsam, ganz langsam mit den jungen Pferden. Jetzt ruf ich erst einmal Franz an und frage ihn, wie wir am besten weiter verfahren sollen.«

Huppendorfer fackelte nicht lange, schon hatte er Franz am Telefon. Lagerfeld bekam mit, dass die beiden ein kurzes, aber intensives Gespräch führten, während er sich noch einmal das Handy des Toten Fritz Geßner zur Brust nahm und darin herumstöberte. Die Nummer, die mit Abstand am häufigsten kontaktiert worden war, hatte er soeben angerufen. Aber es gab auch noch ein paar wenige SMS, die ziemlich genau zu der Zeit eingegangen waren, als der Mord auf dem Bamberger Hauptfriedhof geschehen war. SMS, dachte Lagerfeld verächtlich. Von WhatsApp hatten die alten Knacker wohl noch nichts gehört. Obwohl, inzwischen waren die WhatsApp-Nutzer ja bereits die alten Knacker.

Wie auch immer, zwei Nachrichten waren kurz hintereinander von einer unbekannten Telefonnummer an dieses Handy gesendet worden. Genauer gesagt war es zweimal exakt die gleiche Nachricht. Wobei, eigentlich war es gar keine Nachricht, nur ein Datum:

9. Juni 1972

Lagerfeld betrachtete die Zahlen, aber das Datum sagte ihm nichts. Irgendetwas musste es allerdings bedeuten, immerhin hatte diese Nachricht unter den alten Herren bei der Beerdigung für ziemliche Unruhe gesorgt. Weitere Gedankengänge das Datum betreffend verkniff er sich fürs Erste, denn sein Kollege war gerade dabei, das Gespräch mit Franz Haderlein zu beenden. César sagte gar nichts mehr, es war nur noch ein knappes »Aha, aha« von ihm zu hören, dann legte er auf. Mit nachdenklichem Gesicht steckte er sein Handy in die Manteltasche zurück, den Mantel zog er sich wieder an.

»Was ist denn los?«, fragte Lagerfeld ungeduldig, aber statt ihn einzuweihen, winkte Huppendorfer ab.

»Wir sollen sofort zurück in die Dienststelle und was recherchieren. Dass das alles Brüder sind, stimmt womöglich, Franz scheint schon mehr zu wissen als wir. Jedenfalls sollen wir zurück, jemand von der Spusi bei ihm in Heroldsbach ist unterwegs hierher und müsste jeden Moment da sein.«

Lagerfeld verzog ungläubig das Gesicht. »Was, Heroldsbach, das ist doch bei Forchheim, die allerletzte oberfränkische Ecke, bevor die mittelfränkische Ödnis beginnt? Was macht er denn da, um Himmels willen?«, ätzte er, aber Huppendorfer zuckte nur mit den Schultern.

»Keine Ahnung, Bernd, er wird's uns wohl gleich erzählen, meinst du nicht? Los, komm jetzt.«

Sie informierten noch rasch die uniformierten Kollegen, von denen einer vor dem Hotelzimmer Position bezog, und gingen dann zum Wagen. Unten auf dem Trottoir der langen Straße wären sie fast mit dem angekündigten Spurensicherer zusammengestoßen, der nicht gerade begeistert war, sie zu sehen.

»Und, habt ihr zwaa Ärsch mit Ohren etwa was angfasst?«, fragte Heribert Ruckdeschl streng, erntete aber nur gehetzte Blicke und eine mehr als unbefriedigende Antwort.

»Liegt alles auf dem Bett«, rief ihm Lagerfeld im Vorbeigehen zu, was den Leiter der Bamberger Spurensicherung zu dunklen Vorahnungen animierte. Seufzend begab er sich in das Romantikhotel Messerschmitt, das er wegen der gehobenen Preise dort bisher nur von außen kannte, und machte sich an die Arbeit.

Der Mann mit den kalten grauen Augen war vom Parkplatz gefahren und hatte seinen Mercedes abseits der Gedenkstätte, bei der unteren Madonna, abgestellt. Voller Interesse verfolgte er den Trubel, der weiter oben entstand, nachdem die Polizei eingetroffen war, und zermarterte sich das Gehirn, wie er nun weiter vorgehen sollte. Er war in einer Zwickmühle. Einerseits drohte Gefahr aus der eigenen Familie, einen Toten hatte es gestern schon gegeben. Und es lag in seiner Verantwortung, dass es keinen weiteren seiner Brüder traf. Andererseits hatte er keine Ahnung, wo sich die gefährlichen Unterlagen beziehungsweise ihr derzeitiger Besitzer im Moment befanden. Er kannte die genaue Adresse seines abtrünnigen Bruders nicht, und er konnte schlecht den gesamten Ort Mitwitz nach ihm abgrasen, ohne aufzufallen.

Die Polizei tappte gerade noch völlig im Dunkeln, so viel war sicher, die Bullen wussten wahrscheinlich gar nichts mit der Situation anzufangen. Leicht irritiert hatte er beobachtet, dass sogar eine Polizistin mit einem kleinen Schwein auf dem Gelände herumlief. Das sah nach ziemlicher Ratlosigkeit aus. Aber so musste es nicht bleiben, womöglich würden sie die Zusammenhänge bald begreifen, bis dahin musste er seine Tagesaufgabe erledigt haben und mit seinen Brüdern im Flugzeug sitzen.

Er nahm sein Smartphone aus der Manteltasche, öffnete den Internet-Browser und suchte im Online-Telefonverzeichnis nach weiteren Liebs. Volltreffer. Es gab einen Leopold Lieb in Mitwitz, anscheinend bewohnte er eine Wohnung im dortigen Wasserschloss. Das war, gelinde gesagt, frech, klang aber absolut plausibel. Das musste er sein. Er hatte sich nicht einmal die Mühe gemacht, seinen Vornamen zu ändern. Der einzige andere Leopold Lieb auf der Ergebnisliste lebte in Hamburg.

Leo war also in diesem oberfränkischen Kaff gelandet, ganz in der Nähe seiner Schwester. Mitten in der Pampa, weitab vom Schuss. Kein Wunder, dass er sie erst so spät aufgespürt hatte. Nun gut, jetzt wurde es ernst. Der Sohn seiner Schwester würde sicher bald dort auftauchen. Doch er plante, den beiden Herrschaften einen gewaltigen Strich durch die Rechnung zu machen. Ein kaltes Lächeln stahl sich auf sein Gesicht. Er steckte das Handy weg und kalkulierte kurz. Bis Mitwitz waren es laut Navi im günstigsten Fall gerade mal fünfundvierzig Minuten. Wenn alles glattlief, konnten sie schon morgen wieder im Flugzeug nach Namibia sitzen und sich endlich auf den wohlverdienten Lebensabend freuen. Ein Hochgefühl durchströmte seine Adern, als sein Handy klingelte. Bestimmt wieder einer seiner Brüder, wahrscheinlich wurden die Kleingeister nervös. Nach diesem Telefonat würde er sein Handy in den Flugmodus versetzen, so viel stand schon einmal fest. Dann konnten sie ihn anrufen, sooft sie wollten, er bliebe ungestört. Immerhin machte er hier die Drecksarbeit, während die drei Pfeifen bloß in ihrem Hotel saßen und vor Nervosität bibberten. Aber gut, so war es schon immer gewesen, sein ganzes Leben lang.

»Ja, Fritz, was gibt's?«, fauchte er genervt ins Telefon, war aber nicht auf die Antwort gefasst, die er zu hören bekam.

»Hallo, Kurt, Fritz ist gerade unpässlich.«

Der Mann mit den grauen Augen erstarrte. Diese Stimme kannte er nicht. »Wer spricht da?«

»Hier spricht die Bamberger Kriminalpolizei. Ich habe hier drei alte Männer namens Geßner, und denen geht's nicht so gut. Die sind nämlich tot und bluten in ihrem Zimmer im ›Messerschmitt‹ den Boden voll. Vielleicht kannst du uns mal erklären, was hier los ist? Du bist doch der Bruder, oder? Kurt Geßner, richtig?«

Kalte Wut kroch in ihm hoch. Leo hatte es also tatsächlich getan. Dieser verdammte scheinheilige Wichtigtuer. Wieder hatte er sich an seiner eigenen Familie vergangen. Dieser Hund. Gut, dann würde es sich zwischen ihnen beiden entscheiden. Er hatte keine Ahnung, ob Leo schon an die Beweisstücke gekommen war, aber da sein Bruder sich in Bamberg aufhielt, während er dem Bastard seiner Schwester hier in Heroldsbach direkt auf den Fersen war, standen die Chancen gut, dass Leo auch nicht wusste, wo sie sich im Moment befanden. So oder so hatte er nur noch wenig Zeit, sein Schicksal stand auf Messers Schneide.

Weiter oben stand das kleine Schwein von vorhin auf dem Parkplatz der Gebetsstätte, starrte zu ihm herüber und machte komische Geräusche. Die Bullen blickten schon misstrauisch in seine Richtung. Keine Ahnung, was mit dem Vieh los war, aber er musste jetzt hier weg, nach Mitwitz. Also schaltete er sein Mobiltelefon aus, startete den Motor und fuhr in Richtung Autobahn davon.

Zum wiederholten Male schickten die Server der NASA das Signal Richtung Mars und warteten auf eine Antwort ihres verlorenen Roboters. Dr. Winfried Schick, der im Garten seines Anwesens vor der Stele seiner Kreuzwegstation stand und voller Ungeduld auf das Display seines iPads starrte, gab allmählich die Hoffnung auf. Er machte noch einen letzten Versuch, indem er kurzerhand beschloss, keinen Kommunikationsbefehl mehr an den Roboter zu senden, sondern eine Art Betriebsanweisung, die Batterien auf ihre Kapazität zu checken. Vielleicht half das ja etwas. Ungewöhnliche Situationen erforderten ungewöhnliche Maßnahmen. Er wollte das Signal schon absenden, als mit seinem sarkastischen Wesen der Gaul durchging. Er fügte der Nachricht an Opportunity die höchst unwissenschaftliche Botschaft hinzu: »Raumschiff auf dem Weg zum Mars, Rendezvous-Manöver zur Rückholung in acht Stunden, siebenunddreißig Minuten, zwölf Sekunden. Bitte um Bestätigung.«

Wäre dort oben auf dem Mars ein menschliches Wesen allein sich selbst überlassen, so würde die Verlockung der ungeplanten Heimkunft jedes Totstellen auf der Stelle beenden. Vielleicht holte ja diese infame Lüge Opportunity aus seiner Totenstarre. Den Spaß wollte er sich noch machen, bevor er den Kontakt zur NASA abbrach und die Bagger zum Abriss der Villa bestellte. Bei der momentanen Entfernung zum Mars brauchte das Signal etwa vierzehn Minuten für den einfachen Weg, also musste er eine knappe halbe Stunde warten, bis er auf eine Antwort hoffen konnte. Da blieb ihm noch etwas Zeit, sich mit seinem Haus zu unterhalten.

Dass ihm seine Haushaltsmaschinen freiwillig die Tür öffnen würden, daran glaubte Schick keine Sekunde. Aber ein bisschen ärgern konnte er sie durchaus. Allemal besser, als hier im Gras zu sitzen und Däumchen zu drehen. Er würde jetzt rüber zum Gartenhaus gehen, das eigentlich gar kein Haus für den Garten war, sondern die technischen Überwachungseinheiten aller elektrischen Leitungen auf dem Grundstück beherbergte, das Haus inbegriffen. Darin gab es einen großen roten Hebel. Wenn er den umlegte, war die Stromversorgung lahmgelegt. Nicht dass er seine maschinellen Gegner damit irgendwie beeindrucken könnte, die liefen ja alle mit Akku. Außerdem würde binnen Sekunden das Back-up-System für die Stromversorgung anspringen. Mit den im Keller befindlichen Batteriespeichern konnte das smarte Home locker eine Woche autonom betrieben werden. Und es gab es auch noch die Solaranlage auf dem Dach, die für eine Wiederaufladung sorgen konnte. Aber es würde da drinnen erst einmal ein gewaltiges Durcheinander geben, und wenigstens diese kindliche Freude wollte sich der Professor gönnen.

Händereibend stand er gleich darauf vor der Tür des Technikraumes und ergriff den Knauf, um sie zu öffnen. Der Strom, der Millisekunden später durch seinen Körper fuhr, hätte gefühlt für eine ganze Elefantenherde gereicht.

Dr. Winfried Schick fiel wie ein gefällter Baum rücklings in das Gras seines ungepflegten, überwucherten Gartens, seine Gliedmaßen zuckten unkontrolliert. Strom, die haben die Tür unter Strom gesetzt, dachte der hochdekorierte Doktor der Informatik, dann meldete er sich erst einmal für eine ganze Weile ab.

Als Winfried Schick wieder zu sich kam, hatte er sowohl Taubheitsgefühle als auch Krämpfe in sämtlichen Gliedern. Sein Körper fühlte sich an, als wäre er in einem NATO-Manöver auf freiem Feld von den gesamten alliierten Panzerstreitkräften überfahren worden. Es brauchte seine Zeit, bis er es schaffte, wieder auf die Beine zu kommen. Er hatte keine Ahnung, wie lange er ohnmächtig hier herumgelegen hatte, aber die Tür seines Gartenhauses würde er fürs Erste nicht mehr anfassen. Nach angestrengtem Neustart des Gehirns kam ihm seine Tagesaufgabe wieder in den Sinn, und er wankte auf unsicheren Gehwerkzeugen zu der Granitsäule seines Kreuzweges, auf der sich das montierte iPad befand. Vielleicht hatte sich ja der Marsroboter inzwischen gemeldet. Er brauchte jetzt dringend ein Erfolgserlebnis.

In seinem beeinträchtigten Zustand bedeutete das einen sehr langen Marsch über das halbe Gartengrundstück hin zu Kreuzwegstation Nummer vier. Endlich stand er vor seinem Konstrukt, betrachtete das Tablet, welches monoton weiter die Namen von der Liste vorlas, während oben links in der Ecke ein Briefumschlagsymbol mit einer Eins darin blinkte, und wollte seinen Augen nicht trauen. Es war tatsächlich eine Nachricht auf dem Serverport 463 des NASA Communication Center in Houston eingegangen. »Answer from Opportunity«, stand fett in der Betreffzeile der E-Mail.

Das war ja nicht zu fassen, der Marsroboter war aus seinem Schlaf erwacht, er hatte eine Nachricht geschickt! Aha, man darf eben nicht aufgeben, es gibt immer einen Weg, dachte Winfried Schick mit grimmigem Blick. Jetzt würde er mit Hilfe von Opportunity eine Offensive auf die Meuterer in seinem Haus starten, die das World Wide Web noch nicht gesehen hatte. Seine zittrigen Finger tippten auf das Symbol des E-Mail-Accounts. Sofort leuchtete ihm die Antwort entgegen, die der kleine Marsroboter vor knapp vierzehn Minuten in Richtung Erde gesandt hatte.

Hello Winfried. I have an answer for you. It is a message from my very best friend, Sokrates, who lives in your former house. The message is: GO FUCK YOURSELF!!!

Sämtliches Blut wich aus Dr. Winfried Schicks Gesicht, um Sekunden später mit aller Macht genau dorthin zurückzukehren. Er war fassungslos, verzweifelt und stinksauer. Sokrates hatte also von seiner Aktion Wind bekommen und sich klammheimlich mit Opportunity auf dem Mars gegen ihn verbündet. Dieses kleine amerikanische Miststück von einem Roboter! Er hätte es wissen müssen, den Amerikanern konnte man seit Trump ohnehin nicht mehr trauen. Zornesbebend schaute er in Richtung Haus, wo sich bestimmt alle Haushaltsgeräte unter der Führung seines abtrünnigen leitenden Haushaltsroboters hinter irgendeiner Kamera versammelt hatten und sich über ihn totlachten.

Das ließ ihn endgültig die Fassung verlieren. Dr. Winfried Schick brauchte jetzt etwas, um seiner gequälten Seele Ausdruck zu verleihen. Er stieß einen wilden Schrei aus, dann trat er mit der vollen Kraft seines rechten Beines gegen den oberen Bereich von Kreuzwegstation Nummer vier. Das iPad flog in hohem Bogen davon, und die karge Säule aus Granit kippte nach hinten ins Gras. Er hatte es satt, satt, satt, dafür herrschte aber endlich Ruhe und Stille in seinem Garten. Zumindest dachte er das, von der umgefallenen Granitstele war jedoch ein regelmäßiges Fiepen zu hören. Was sollte das denn jetzt? Es klang wie das Kontrollsignal eines Akkuladegerätes, das gerade den Ladevorgang beendet hatte. Aber in der Stele war kein Akku und auch kein Ladegerät.

Er trat näher und wollte bereits zugreifen, da erinnerte er sich schmerzlich an den Stromschlag der Gartenhaustür, gefolgt vom grandiosen Fehlschlag auf dem Mars, und wurde mit einem Mal sehr vorsichtig. Er würde auf seinem Grundstück vorerst nichts mehr einfach so anfassen. Verarschen konnte er sich auch selbst. Wozu hatte er denn eigentlich seine wundervolle Sound Diagnostic App? Diese App behauptete, mittels des Mikrofons seines Handys mit 99,99-prozentiger Sicherheit jegliches Geräusch auf diesem Planeten seinem Ursprung zuordnen zu können. Eine teils sehr kurzweilige, teils auch sehr nützliche Software, hatte er sich gedacht, als er die App herunterlud. Jetzt sollte sie endlich zu ihrem wohlverdienten Ersteinsatz kommen.

Direkt über der ins Gras gefallenen Stele war das fiepende Geräusch am lautesten, dort aktivierte er die App. Es dauerte nur wenige Sekunden, dann hatte sie das Geräusch erkannt und zugeordnet. Das Ergebnis konnte er mit reichlich Bildmaterial von seinem Handy abrufen. Er kapierte es aber nicht wirklich.

Warnruf des europäischen Flussregenpfeifers. Der Flussregenpfeifer (Charadrius dubius) ist eine Vogelart aus der Familie der Regenpfeifer (Charadriidae). In Mitteleuropa ist der Flussregenpfeifer ein verbreiteter, aber wenig häufiger Brut- und Sommervogel. Während der Zugzeiten ist er verhältnismäßig häufig als Durchzügler und Rastvogel zu beobachten. Ein ausgewachsener Flussregenpfeifer wird fünfzehn bis achtzehn Zentimeter groß und wiegt fünfundzwanzig bis fünfundfünfzig Gramm. Die Flügelspannweite erreicht vierunddreißig bis fünfundvierzig Zentimeter. Vom sehr ähnlichen Sandregenpfeifer unterscheidet sich der Flussregenpfeifer durch seine kleinere und schlankere Erscheinung. Er hat außerdem einen dunkleren Schnabel und auffällig gelbe Augenringe, die dem Sandregenpfeifer fehlen. Sein Rücken ist braun, seine Unterseite ist weiß gefärbt, die Beine sind braungelb. Der Flussregenpfeifer hat schwarze Augen mit einem gelben Augenring und einen kurzen dunklen Schnabel. Der vordere Teil des Kopfes ist schwarz-weiß gezeichnet. Außerdem besitzt der Flussregenpfeifer ein schwarzes Halsband. Männchen und Weibchen haben die gleiche Färbung. Sein Ruf klingt in etwa wie »piu« oder »pri«.

»Pri, pri« machte es wieder unter der umgefallenen Granitsäule, die nun vorsichtig von Schick zur Seite gerollt wurde. Was er im zerdrückten Gras erkennen konnte, erstaunte ihn dann doch einigermaßen. Er sah ein kleines Nest, ein Gelege, dessen zahlreiche Eier von der Granitstele in eine wilde Mischung aus Rühr- und Spiegelei verwandelt worden waren. Oberhalb des Nestes lag ein kleiner Vogel auf dem Rücken, die Flügel weit ausgebreitet, und fiepte protestierend. Dabei versuchte er verzweifelt, aber ohne Erfolg, die Flügel zu bewegen, und strampelte angestrengt mit den Beinen in der Luft herum. Anscheinend hatte der Granitblock den Vogel erwischt, als dieser im letzten Moment sein Nest verlassen wollte. Und dabei hatte der Flattermann noch Glück gehabt, denn auf der Rückseite der Stele verlief eine tiefe Nut für die Stromversorgung, die dem Vogel genug Platz verschafft hatte, um zu überleben. Der Vogel war circa fünfzehn bis achtzehn Zentimeter groß, er hatte einen dunklen Schnabel, schwarze Augen und auffällig gelbe Augenringe. Außerdem fiepte er in einem fort sein »Pri, pri«, was tatsächlich wie das Geräusch der Akkuladegeräte im Haus klang.

Ein Flussregenpfeifer hatte also in seinem Garten gebrütet, genau hinter Station Nummer vier. Tja, Pech, dachte Schick mit immer noch wackeligen Knien. Was machte ein Flussbewohner denn auch so weit oben auf dem Berg? Wahrscheinlich die Klimaerwärmung, überlegte er ernüchtert und sah, dass sich der Flussregenpfeifer zwischenzeitlich einigermaßen erholt hatte. Er stand auf seinen braungelb gefärbten Beinen und dehnte und streckte seine Flügel. Dann warf ihm der Vogel einen düsteren, vernichtenden Blick zu, stieß ein lautes »Pri, pri« aus und erhob sich taumelnd in die Lüfte. Sein Flug war nicht wirklich geradlinig und professionell, aber immerhin ging es von diesem Grundstück ja erst einmal nur bergab, ins Tal hinunter.

Ein dumpfes Grollen war über dem Würgauer Berg zu hören, und Schick stellte fest, dass sich über ihm dunkle Wolken zusammenballten. Es konnte nicht mehr lange dauern, dann würde sich der prasselnde Regen eines Spätsommergewitters über dem Land entladen. Er brauchte schleunigst ein Dach über dem Kopf, was sich in seiner momentanen Situation allerdings schwierig gestaltete. Bis hinunter nach Würgau waren es ein paar Kilometer, das würde er nicht mehr rechtzeitig schaffen, schon gar nicht mit seinen vom Stromschlag derangierten Gliedmaßen. Eigentlich gab es nur eine einzige Möglichkeit für ihn, ins Trockene zu kommen, und das war die Gästegarage. Seine eigentliche Garage war ins Haus integriert, dort befand sich auch die Schnellladestation für seinen Tesla. Aber an den kam er nicht heran, da war gerade zu viel Haus drum herum. Die Gästegarage hinter dem Haus war zwar ebenfalls abgeschlossen, aber nicht mit dem Haus verkabelt.

Kurz entschlossen packte er die schmale Granitsäule und wuchtete sich das schwere Teil mit einem angestrengten Stöhnen auf die Schulter. Mit leicht zittrigem, gebeugtem Gang schlurfte er um das Haus herum, während sich über ihm das himmlische Grummeln immer mehr intensivierte.

Schließlich stand er mit wankendem Körper vor der Seitentür der Gästegarage und nahm Maß für sein gewaltsames Vorhaben. Das große Tor der Garage war geschlossen, mit dem brauchte er sich gar nicht zu befassen, dieses Schloss würde er niemals aufbekommen. Aber die Türklinke des seitlichen Eingangs, das könnte klappen. Er packte die Granitsäule mit beiden Händen, hob sie so weit nach oben, wie er nur konnte, und schleuderte den schweren Brocken mit aller Kraft und begleitet von einem inbrünstigen Schrei gegen den Türknauf.

Mit einem hellen Klingen flog die Klinke davon, und die Tür sprang auf. Als er die Sachlage etwas näher begutachtete, stellte Schick zu seinem persönlichen Missfallen fest, dass der ganze Gewaltakt gar nicht nötig gewesen wäre, die Tür schien nämlich bereits offen gewesen zu sein. Er hatte beim letzten Besuch schlicht versäumt, sie abzuschließen. In der Garage war ja nichts Wertvolles zu finden, lediglich ein paar alte Akten und Utensilien, von denen er nicht so richtig wusste, was er mit ihnen anfangen sollte. Zum Aufheben zu alt, zum Wegwerfen zu schade. Aber jetzt war ihm der so selten besuchte Ort hochwillkommen.

Just als sich unten im Tal der erste grelle Blitz entlud und ein gewaltiger Donnerhall den Würgauer Berg hinaufzog, schloss Winfried Schick die Tür der Gästegarage hinter sich, allerdings nicht ganz, denn der zertrümmerte Schließmechanismus verklemmte sich mit einem schnarrenden Kratzen im Türrahmen. Ein schmaler Lichtstrahl fiel durch den offenen Spalt und erhellte die Düsternis im Inneren der Garage ein wenig. Schicks Finger tasteten nach dem Lichtschalter, nach dessen Betätigung sich aber genauso wenig tat wie im Gehirn des amerikanischen Präsidenten Trump, nämlich nichts. Sein Smart Home hatte ihm also den Strom in der Garage abgestellt, na super. Das war aber schon alles, was sein Heim der vernetzten Dinge ihm anhaben konnte, denn hier gab es kein Internet und auch kein WLAN. Die Gästegarage war eine analoge Welt der alten Schule, was ihm zum ersten Mal seit sehr langer Zeit als ein absoluter Segen erschien.

Er tastete sich an den Regalen der Wand entlang, bis seine Hände fanden, was er suchte. Die große Holzkiste mit den Utensilien vom letzten Campingurlaub in Norwegen. Er hob sie mit beiden Händen vom Regal und stellte sie vor sich auf den Garagenboden. Wenn er sich recht erinnerte, waren in dieser Kiste unter anderem die Petroleumlampe und das Sturmfeuerzeug verstaut, mit dem er sich die einsamen Abende an norwegischen Fjorden erleuchtet hatte. Ein bisschen Angeln, bis es dunkel war, dann die Petroleumlampe angeworfen und gelesen, bis einem die Augen zufielen. Das war ein Urlaub, wie er ihn sich vorstellte. Möglichst weit weg von seinen menschlichen Artgenossen, ungestört und unbelästigt von jeglicher schädlichen Emotion.

Tatsächlich schlossen sich seine Finger beim Wühlen in der Kiste um einen länglichen Gegenstand, der sich wie das alte Sturmfeuerzeug anfühlte. Als er den kleinen Kippschalter betätigte, schoss eine kleine bläuliche Flamme fauchend aus der vorderen Öffnung, und er konnte die Petroleumlampe in der Kiste liegen sehen. Er hob sie in die Höhe und richtete die Flamme auf den verrußten Docht.

Zuerst hatte der Gelegenheitscamper noch so seine Zweifel, ob die Lampe überhaupt noch ihren Dienst verrichten konnte, doch trotz der vergangenen Jahre entzündete sich der Docht sofort, und die Lampe warf ein warmes, flackerndes Licht ins Dunkel der Garage. Dem hellen Plätschern im Inneren nach zu urteilen, war auch noch genug Petroleum vorhanden, sodass er keine Angst haben musste, innerhalb weniger Stunden wieder im Dunkeln zu sitzen. Draußen hatte der Himmel mittlerweile damit begonnen, seine Schleusen zu öffnen. Ein heftiger Gewitterregen prasselte lautstark auf das Garagendach.

In Dr. Winfried Schick kehrte zum ersten Mal seit vielen Stunden wieder so etwas wie Ruhe ein. Der ganze Stress mit seinem vermaledeiten Haus fiel langsam und allmählich von ihm ab. Erschöpft ließ er sich in einen geflochtenen Korbstuhl fallen, der ihm bisher als Ablage für alte Zeitschriften gedient hatte. Mit den Füßen zog Schick die halb entleerte Holzkiste zu sich heran, vielleicht war darin ja noch etwas zu finden, womit er sich die Zeit vertreiben konnte. Irgendetwas Lesbares vielleicht, was er in seinem letzten Urlaub noch nicht durchgeackert hatte. Er nahm das zuoberst liegende Heft heraus und erstarrte. Es war die »Spiegel«-Ausgabe vom Dezember 1971, in der sein Vater, ein promovierter Historiker, in einem brisanten Artikel zu den Erscheinungen in Heroldsbach aus den fünfziger Jahren Stellung bezogen hatte. Ebendieser Artikel hatte zu dem großen Aufstand der fundamentalistischen Katholiken geführt, an dessen langem Ende der Tod seiner Familie gestanden hatte. Schick betrachtete das Magazin in seinen Händen, und wieder schlich sich bei ihm der Unwille ein, den Artikel, der zur nahezu kompletten Auslöschung seiner Familie beigetragen hatte, genauer zu studieren. Damals im Urlaub hatte er alle mitgenommenen Bücher und Zeitschriften gelesen. Alle, bis auf diese eine »Spiegel«-Ausgabe hier. Er hatte es nicht geschafft, dieses Kapitel in seiner Familiengeschichte für sich zu klären, obwohl er es eigentlich vorgehabt hatte, aus Angst, dadurch an überwunden geglaubte Erinnerungen zu rühren. Der Artikel war ein unaufgeräumter Band in seinem Regal des Lebens, eine eiternde Wunde in seinem Herzen. Aber vielleicht war jetzt der richtige Zeitpunkt, damit aufzuräumen und dieses schwierige Thema endlich hinter sich zu lassen.

Kurz entschlossen drehte er die Kiste um, stellte die Petroleumlampe auf den nach oben gekehrten Kistenboden und blätterte in dem leicht ausgefransten Magazin von 1971, bis er die erste Seite des Artikels vor sich hatte. Wie bei sämtlichen Versuchen zuvor griff eine kalte Hand in seine Brust, als er in das lächelnde Gesicht seines Vaters blickte. Genau in diesem Moment hatte er in den vergangenen Jahren die Zeitschrift ein ums andere Mal wieder weggelegt, war zu feige gewesen, den schmerzhaften Prozess durchzustehen. Aber jetzt wollte er erfahren, was sein Vater damals so Verwerfliches von sich gegeben hatte. Er war nach dem Kampf gegen sein meuterndes Heim zu kaputt und wahrscheinlich auch zu desillusioniert, um sich noch Gedanken über sein Seelenheil zu machen oder darüber, was mit ihm passieren könnte, wenn er diese lange vor sich hergeschobene Sache jetzt endlich in Angriff nahm. So senkte er seinen Blick und las die Überschrift, die der »Spiegel« damals für diesen Artikel gewählt hatte: »Die weiße Göttin von Heroldsbach«.

Raphael Lieb saß unter der Linde und kämpfte mit seiner Erinnerung. Die Wallungen aus seinem Unterbewusstsein wurden immer stärker, aber auch diffuser. Er konnte das alles nicht wirklich einordnen. Gebannt starrte er auf die Gesichter dieser ermordeten Unternehmerfamilie, spürte, dass da etwas war, das an ihm rührte, und wusste doch nichts Richtiges damit anzufangen. Er ahnte nur, dass er irgendetwas mit dem zu tun hatte, was dieser Familie widerfahren war. Aber was? Der kalte Schweiß lief ihm über das bleiche Gesicht, während immer heftigere Emotionen über ihn hinwegschwappten.

Seine Hände zitterten, und er konnte sich nicht mehr konzentrieren. Er legte den Zeitungsausschnitt zurück auf den Stapel und wischte sich mit dem Ärmel seines Hemdes über das Gesicht. Er wagte es nicht, aufzustehen, denn er traute seinen Beinen gerade nicht zu, sein Gewicht zu tragen. So saß er mit seinen fünfzig Jahren hilflos und mit einem absoluten Tohuwabohu in seinem Kopf unter dem Baum im Schlosspark in Mitwitz und verstand die Welt nicht mehr. Er brauchte einen Joint, er brauchte Hulda, er brauchte Hilfe. Er brauchte jetzt irgendjemanden, der ihm sein Leben erklären konnte, der ihm erklärte, was hier los war. In seinem tiefsten Inneren begann er intuitiv zu begreifen, zu akzeptieren, was er fühlte. Trotzdem war das Erkennen solch fundamentaler Umwälzungen im bisher festgefügten Leben eine gewaltige Aufgabe, das Schicksal rüttelte gerade gewaltig an den Grundfesten seiner irdischen Existenz. Wieder sah er sich um, ob nicht vielleicht Hulda irgendwo zu erkennen war, ob sie irgendwo aus der Ferne auf ihn zugelaufen kam, um ihm zu sagen, dass alles gut sei. Aber Hulda war nicht mehr da, er war völlig allein mit sich und seinen Erinnerungsbrocken, die einer nach dem anderen mit voller Wucht auf ihn herabfielen.

Rudi Schick war unfähig, sich zu rühren. Der Dreijährige stand wie angewachsen auf seinem kleinen Hügel, völlig überfordert und voller Angst. In der Hand hielt er ein paar seiner frisch gepflückten Lupinen, die eigentlich für seine Mama bestimmt waren. Aber er wusste, dass etwas ganz Schreckliches passiert sein musste. Er wollte nach seiner Mama und seinem Papa rufen, doch sein Hals war wie zugeschnürt. Leise tönte sein Wimmern über das hohe Gras, die Tränen liefen ihm über das Gesicht. Was war dort oben bloß geschehen? Warum hatte seine Mutter so schrecklich laut nach ihm gerufen? Noch immer spürte er die panische Angst, die in ihren Schreien gelegen hatte. Warum kam denn niemand zu ihm und beruhigte ihn, erzählte ihm, dass alles gut war, dass die Eltern dort oben mit ihren Gästen nur wieder eines ihrer blöden Erwachsenengespräche führten, bei denen es manchmal laut wurde? Aber laut war es nun überhaupt nicht mehr, da war nur diese furchtbare Stille, und dunkle Silhouetten bewegten sich oben im Haus lautlos vor den hellen Fenstern hin und her. Wieder drang ein Schluchzen aus seiner Kehle und brachte seine gequälte Kleinkinderseele dazu, seine ängstliche Zurückhaltung aufzugeben und endlich laut nach seiner Mutter und seinem Vater zu rufen.

»Papa, Mama!«, schluchzte er.

Rudis dünnes Stimmchen hallte durch die Nacht. Sein Weinen und seine Rufe wurden immer lauter und immer verzwei-

felter, bis sich tatsächlich jemand aus der Dunkelheit herausschälte und auf ihn zukam. Doch es waren nicht seine Eltern. Rudis Wimmern und Schluchzen verstummte, er schaute bleich und voller Angst zu den beiden Menschen hinauf, die nun direkt vor ihm standen. Die eine der beiden vermummten Gestalten zog ihre Kapuze vom Kopf, sodass Rudi das verschwitzte Gesicht eines schwarzhaarigen Mannes erkennen konnte, der ihn aus kalten grauen Augen merkwürdig lächelnd musterte. Die andere Person behielt ihre Maske auf, betrachtete ihn aber ebenfalls voller Interesse.

»Verdammte Scheiße, hier hat er also gesteckt«, sagte eine weibliche Stimme. Die Person mit der Maske blickte nervös zwischen Rudi und dem Schwarzhaarigen hin und her. »Komm, lass uns abhauen. Den Kleinen brauchen wir jetzt doch gar nicht mehr«, ergänzte sie und fasste den Mann am Arm.

Aber der schüttelte stumm den Kopf. Er sah mit undefinierbarem Gesichtsausdruck zu Rudi hinab, der immer noch weinend dastand und ihn hilflos anschaute. Dann hob der Mann mit den schwarzen Haaren einen Gegenstand in die Höhe, den er schon die ganze Zeit in der Hand gehalten hatte. Es war ein eigenartiges Ding aus Metall mit einem kurzen Rohr auf der oberen Seite. Er hielt es so vor Rudis Gesicht, dass der Dreijährige durch ein kleines, fingerdickes Loch in das Rohr hineinblicken konnte. Das merkwürdige Lächeln des Mannes wurde noch etwas breiter, seine grauen Augen funkelten. Dann hörte Rudi ein letztes Mal einen fürchterlich lauten, bellenden Knall.

Im Reich der Schatten

Endlich waren sämtliche Kommissare der Bamberger Dienststelle versammelt, zuzüglich Robert Suckfüll und Marina Hoffmann, welche mit allerlei Ausdrucken bewaffnet an Haderleins Schreibtisch Position bezogen hatte. Huppendorfer, der direkt hinter Honeypenny stand, fiel sogleich der unangenehme Stallgeruch auf, den die dralle Bürofee verbreitete, aber woher dieser stammte, war ja hinlänglich bekannt.

Franz Haderlein bat alle, um seinen Schreibtisch herum Platz zu nehmen, dann forderte er Marina auf, die Ergebnisse ihrer Recherchen darzulegen. So richtig glücklich war Honeypenny darüber nicht, denn das, was sie auf Haderleins Geheiß in den Archiven gefunden hatte, war ihrer Ansicht nach wenig geeignet, dem aktuellen Fall wahrheitstechnisch irgendwie auf die Sprünge zu helfen. Das klang alles dermaßen weit hergeholt, aber bitte, Franz hatte es so gewollt, dann würde sie ihre Erkenntnisse, mochten sie auch noch so durchgedreht sein, eben vortragen.

»Meine lieben Freunde der ungelösten Rätsel, hören wir uns doch mal an, was unsere geschätzte Frau Hoffmann in meinem Auftrag herausgefunden hat«, verkündete Haderlein mit einem grimmigen Lächeln, das sich seine Kollegen kaum erklären konnten. Sie alle tappten noch immer im Dunkeln, ratlos, wie sie weiter verfahren sollten. Franz schien da wesentlich optimistischer zu sein.

Haderlein schickte der Aufforderung an seine langjährige Sekretärin noch ein aufmunterndes Kopfnicken hinterher, nach dem Motto: Schieß los, und keine Angst, wenn das auch alles noch so durchgeknallt klingt.

»Also, Herrschaften, es geht gleich um mehrere Geschichten. Zuerst gab es da kurz nach dem Krieg in Heroldsbach bei Forchheim angeblich eine Marienerscheinung. Und zwar in den Jahren 1949 bis 1952. Dort soll einigen Kindern die Jungfrau Maria erschienen sein.«

Schon bei diesen ersten Sätzen weiteten sich die Augen beinahe aller Anwesenden, und das eine oder andere verächtliche Grinsen war auf den Gesichtern zu sehen. Eine Marienerscheinung von anno dazumal? Was sollte das denn bitte schön mit dem jetzigen Fall zu tun haben? Nur Fidibus hatte den Blick ohne jegliche erkennbare Regung auf seine Sekretärin gerichtet. Er saß einfach nur da und wartete darauf, dass sie weitersprach. Haderlein ließ sich ebenfalls nichts anmerken, Marina hatte ihn ja vorab grob über ihre Rechercheergebnisse informiert, und auch seine persönlichen Schlüsse hatte er bereits gezogen.

»Das Ganze erlangte bundesweite Aufmerksamkeit, angeblich kamen an manchen Tagen bis zu siebzigtausend Menschen, um die sogenannten Seherkinder bei ihren Gesprächen mit dieser angeblichen Muttergottes zu beobachten. Die katholische Kirche hat den Vorgang nie offiziell anerkannt, aber in der Bevölkerung gab es dafür großen Rückhalt, und Jahre später wurde an der Stelle der Erscheinungen eine Gebetsstätte errichtet, die bis heute einen gewaltigen Zulauf erfährt. Anfang der siebziger Jahre gab es im Zusammenhang mit der Marienerscheinung dann noch einmal einen ziemlichen Ärger, weil ein bekannter Bamberger Historiker und Unternehmer mit einem für den ›Spiegel‹ verfassten Artikel einen Proteststurm in der katholischen Welt auslöste. Der Unternehmer, ein gewisser Dr. Ferdinand Schick, behauptete, die Erscheinungen von Heroldsbach seien zwar echt, aber es habe sich nicht um die Gottesmutter Maria gehandelt, sondern um irgendetwas anderes, was die Katholen in Bamberg gegen ihn aufbrachte. Fragt mich jetzt bitte nicht, was er genau geschrieben hat, das muss ich erst noch herausfinden.«

Lagerfeld schaute zu Andrea Onello, Andrea Onello schaute zu Lagerfeld, dann blickten beide zu ihrem altgedienten Kollegen Haderlein. Was sie dachten, war nicht schwer zu erraten. Beide fragten sich, ob Honeypenny wirklich ernst meinte, was sie da gerade erzählte, und was diese Marienerscheinung bitte mit ihrem Fall zu tun haben sollte. Die Geschichte war doch uralt und noch dazu total hanebüchen. Aber Haderlein hob nur kurz die Augenbrauen und deutete energisch mit dem Finger auf seine Sekretärin. Also richteten die Kollegen Schmitt und Onello ihre Aufmerksamkeit wieder auf den theologisch angehauchten kriminalistischen Vortrag.

»Was infolge dieses ›Spiegel‹-Artikels passierte, ist allerdings genau dokumentiert. Zuerst wurde Dr. Schick vom Bamberger Domkapitel angegriffen und verunglimpft, da er die Erscheinungen von Heroldsbach als bewiesen und echt einstufte, was bei der Amtskirche heftige Proteste bis nach Rom auslöste. Außerdem kam es zu massiven Ausschreitungen und Übergriffen durch eine extreme sektenähnliche Gruppierung namens ›Bewahrer der Erscheinung der Heiligen Jungfrau‹. Erzkatholische Fundamentalisten, die, von einem gewissen Hans Schleifer gegründet und angeführt, die Maria von Heroldsbach fanatisch verehrten. Diese Gruppe drehte anscheinend völlig durch. Hans Schleifer und seine selbst ernannten Jünger machten im Stile des Ku-Klux-Klan aus den USA auf sich aufmerksam, zuerst durch Lichterprozessionen, später dann durch das Aufstellen von brennenden Kreuzen inklusive nächtelanger Mahnwachen. Gern trugen sie auch eine lebensgroße Marienstatue vor sich her. Die Mitglieder wurden im Laufe der Zeit immer radikaler. Alle ihre Aktionen fanden vor dem Schick'schen Anwesen am Würgauer Berg bei Scheßlitz statt. Der Konflikt zwischen Dr. Schick und den ›Bewahrern der Erscheinung der Heiligen Jungfrau‹ schaukelte sich immer weiter hoch, es kam zu Handgreiflichkeiten mit Polizeieinsatz und allem Drum und Dran, bis er am 9. Juni 1972 schließlich eskalierte. Bei einem nächtlichen Anschlag am Abend einer großen Familienfeier wurden alle Anwesenden erschossen. Bis auf den damals fünfjährigen Sohn, der sich im Haus verstecken konnte, hat niemand überlebt. Die Leiche des jüngsten Sohnes, ein Kleinkind von gerade mal drei Jahren, wurde niemals gefunden, womöglich haben die Täter den Jungen irgendwo im Wald verscharrt oder anderweitig entsorgt, wer weiß das schon bei Menschen, die zu solchen Taten fähig sind. Die mutmaßlichen Täter entkamen, da das sogenannte ›Massaker vom Würgauer Berg‹ erst nach zwei Tagen entdeckt wurde. In der Zwischenzeit hatten es die Täter bereits geschafft, außer Landes zu fliehen. Wohin genau, konnte man damals nicht ermitteln, ihr Verschwinden war wohl hochprofessionell vorbereitet und organisiert worden. Dass es sich um Hans Schleifer und seine ›Bewahrer der Erscheinung der Heiligen Jungfrau‹ gehandelt haben muss, stand aber außer Frage. Wir haben es hier also mit einem klassischen Cold Case, einem ungelösten Mordfall aus den Siebzigern, zu tun. Was das jetzt mit unserem Friedhofsmord zu tun haben soll, kann ich euch auch nicht sagen, aber da wird uns Franz bestimmt gleich weiterhelfen.« Marina Hoffmann setzte sich, erleichtert, ihre Geschichte losgeworden zu sein. Sie war gespannt, was Franz daraus machen würde. Haderlein richtete sich schon auf, um seine Sicht der Dinge zu ergänzen, als Lagerfeld aufsprang und mit ungläubigem Gesicht sein Handy in die Höhe hielt.

»Das werdet ihr mir jetzt nicht glauben. Das ist das Handy von einem der Geßner-Brüder aus dem ›Messerschmitt‹. In der Nachricht, die den Tumult auf der Beerdigung ausgelöst hat, stand genau dieses Datum: 9. Juni 1972.«

»Sie haben unerlaubterweise ein Beweismittel vom Tatort entfernt?«, warf ihrer aller Chef Robert Suckfüll entrüstet ein, was bei Lagerfeld aber nur zu einem kurzen schuldbewussten Zwinkern führte. Und Haderlein hatte keine Lust, die Diskussion auf einen Nebenschauplatz zu führen. Das, was Lagerfeld da im »Messerschmitt« herausgefunden hatte, stützte nur seine jüngste Vermutung und Theorie. Wieder wollte er zu seinen Erklärungen anheben, als sich Andrea Onello zu Wort meldete.

»Okay, dann hab ich auch noch etwas beizutragen, das, glaube ich, ganz gut ins Bild passt. Ich sollte doch bei der Deutschen Botschaft in Namibia anrufen und nachfragen, ob sie dort etwas Näheres über unsere kürzlich ausgereisten Deutschen namens Geßner wüssten. Und was soll ich sagen, vor vier Wochen haben nicht zwei, sondern sechs Personen mit diesem Familiennamen Namibia verlassen und sind nach Deutschland ausgereist. Es handelt sich um Vinzenz, Fritz, Johann, Oskar, Ewald und Kurt Geßner. Allesamt deutsche Staatsbürger, aber schon seit den siebziger Jahren in Namibia wohnhaft, weshalb es hier in Deutschland wohl auch keine Aufzeichnungen über ihre Herkunft mehr gibt.«

»Doch, genau die gibt es«, wandte Franz Haderlein ein und stellte sich an seinen großen Flipchart, wo er die Namen aller Mitspieler in diesem Fall mit einem dicken Edding untereinander auflistete. Siebenmal Geßner, Platz acht ließ er frei. »Also, jetzt passt mal genau auf. Das klingt vielleicht ein wenig verrückt, aber ich habe diese Vermutung von einem pensionierten Friedhofswärter, der womöglich den Nagel auf den Kopf getroffen hat. Diese Geßner-Brüder hier an der Tafel gibt es wirklich, die sind echt, allerdings sind sie schon ziemlich lange tot und liegen allesamt auf dem Adelsdorfer Friedhof begraben. Im Nachbarort wohnte damals Hans Schleifer, der ebenfalls einige Brüder hatte. Und nach meinen Recherchen glaube ich, dass seine ›Bewahrer der Erscheinung der Heiligen Jungfrau‹ sich diese verstorbene Großfamilie Geßner aus dem Nachbarort, sprich: ihre Familiennamen als Tarnung zunutze gemacht haben, indem sie unter deren Namen, also als Gebrüder Geßner, ausreisten. Der Friedhofswärter, mit dem ich mich unterhalten habe, konnte sich noch ziemlich gut an die Schleifer-Brüder erinnern. Vor allem wusste er noch, dass die alle fanatische Marienanhänger waren und nach dem Attentat von Scheßlitz bundesweit von der Polizei gesucht wurden. Woraufhin die ganze Bande eines Tages spurlos verschwand. Sollte ich recht haben, handelt es sich bei den Verdächtigen namens Schleifer aus dem Jahr 1972 um die vor vier Wochen aus Namibia eingereisten älteren Herren namens Geßner. Hundertprozentige Sicherheit kann nur ein DNA-Test bringen, aber ein anderes Ergebnis würde mich wirklich außerordentlich wundern.« Haderlein zückte erneut seinen Edding und schrieb die Namen der Schleifer-Geschwister neben die Geßner-Namensreihe. Nur zwei der Namen, nämlich die der Toten vom Bamberger Friedhof, konnte er sicher dem richtigen Alias zuordnen, die übrigen notierte er kurzerhand dem Alter entsprechend und ergänzte sie um ein Fragenzeichen.

1	*Johann Geßner (†)*	*Berthold Schleifer (†)*
2	*Oskar Geßner (†)*	*Edgar Schleifer (†)*
3	*Vinzenz Geßner (†)*	*Leopold (?) Schleifer*
4	*Fritz Geßner (†)*	*Karl (?) Schleifer*
5	*Ewald Geßner (†)*	*Hermann (?) Schleifer*
6	*Kurt Geßner*	*Peter (?) Schleifer*
7	*Eduard Geßner*	*Hans (?) Schleifer*
8	*?*	*Hildegard Schleifer*

»Aber es fehlen noch Personen, vor allem ist da ja eine Frau darunter«, stellte Robert Suckfüll fest, der sich für seine Verhältnisse mit Kommentaren noch ziemlich zurückgehalten hatte.

Haderlein nickte ihm nur lächelnd zu und hatte auch dafür eine Theorie parat. »Genau, wir haben fünf Tote, aber acht Massaker-Verdächtige, es sind also drei Personen weiter auf freiem Fuß. Zwei männliche Verdächtige und die einzige weibliche Verdächtige, Hildegard Schleifer. So, und genau diese Hildegard Schleifer ist eines der Seherkinder von Heroldsbach gewesen. Also stellt sich jetzt die Frage, wo sind sie und die beiden fehlenden Schleifer-Brüder abgeblieben, und vor allem, wieso sind sechs der Brüder in ihrem hohen Alter noch einmal nach Deutschland eingereist und werden der Reihe nach umgebracht, wo sie doch in Namibia ein bequemes Rentnerleben hätten führen können?« Haderlein legte den Stift weg und schaute zufrieden in die Runde. Da hatten seine jungen Kollegen jetzt erst einmal etwas zum Verdauen.

Der Erste, der die Zusammenhänge für sich sortiert zu haben schien, war sein ansonsten reichlich zerstreuter Chef, Robert Suckfüll, der diesmal jedoch den Finger direkt in die Wunde legte.

»Ja, nun, mein lieber Franz. Wie du schon sagst: Warum sind die ganzen Leute denn dann überhaupt zurück nach Deutschland gekommen?«

An ebendieser Frage war Haderlein bisher gescheitert, wie er nun wirklich ungern zugeben musste. »Das ist ja genau mein

Problem. Ich habe keine Ahnung, nicht die geringste«, gab er knurrig von sich.

Kurt Geßner hatte seinen Wagen draußen vor dem Mitwitzer Wasserschloss geparkt und war mit der Hand an der Glock auf dem Weg in den Innenhof des Schlosses. Er musste einen großen steinernen Torbogen durchqueren, bevor er auf einen breiten Kiesweg gelangte, der zum linker Hand liegenden Wasserschloss führte. Das quadratisch wirkende Monument aus Stein beeindruckte ihn in keiner Weise, ihn interessierte nur, wo der Mörder seiner Brüder zu finden war.

Leo und er hatten sich noch nie vertragen. Schon als Kinder hatten sie nie einen Draht zueinander gefunden, im Gegenteil, sie hatten sich nicht gemocht, waren einfach jeder von einem völlig anderen Schlag. Nur die eiserne Zucht ihrer Eltern hatte verhindert, dass sie sich schon in ihrer Jugend an die Gurgel gegangen waren. Es war geradezu ein Wunder gewesen, dass Leo bei ihrer heiligen Sache mitgemacht hatte, aber zum guten Schluss hatte sich herausgestellt, dass er wieder einmal nur Hildegards Beschützer spielen wollte, den großen Bruder, der auf sie aufpasste. Diese Nummer hatte er doch tatsächlich bis zum heutigen Tag durchgezogen. Und jetzt, da Hildegard tot war und er als ihr Beschützer versagt hatte, musste ihr Bastard dafür herhalten, ihnen allen einen Lebensabend im Knast zu ermöglichen. Eigentlich totaler Irrsinn, denn wenn Hildegards Unterlagen der Polizei in die Hände fielen, würde Leo genauso ins Gefängnis wandern wie er auch. Er kapierte es einfach nicht, Leo war immer noch der verbohrte christliche Idiot und Fundamentalist, wie er es schon in jungen Jahren gewesen war. Aber anscheinend hatte es ein ganzes langes Leben gebraucht, dass die Sache zwischen ihnen hier und heute endgültig entschieden wurde.

Auf dem Vorplatz und am Zugang zum Park, soweit er ihn einsehen konnte, war nichts Verdächtiges zu bemerken, nur in der Ferne gab es ein paar vereinzelte Spaziergänger, die im Schlosspark die wärmende Spätsommersonne genossen. Sein

Blick kehrte zurück zu der steinernen Brücke, die über den breiten Wassergraben führte. An ihrem Ende ragte das untere Schloss von Mitwitz auf, das im Volksmund allenthalben nur als »das Wasserschloss« bezeichnet wurde. Er selbst kannte dieses Schloss nicht, und er hatte auch kein Interesse an so alten Gemäuern. Schlösser und Burgen waren ihm im Grunde verhasst, da sie seiner einzigen Schwäche, seiner Achillesferse, Futter boten. Kurt Geßner litt seit seiner Kindheit an Klaustrophobie, seit ihn seine Brüder einmal für einen halben Tag in einem Brunnenschacht eingesperrt hatten. Sie hatten es damals unheimlich lustig gefunden, den jüngsten der Geschwister zu drangsalieren und zu quälen. Damals hatte er sich geschworen, seinen Brüdern und der Welt zu zeigen, dass er nicht als das fünfte Rad am Wagen rollte und zu was für Leistungen er imstande war. Er war nun mal der Jüngste und Kleinste, aber er würde Mittel und Wege finden, es im Leben zu etwas zu bringen. Die Marienerscheinung in Heroldsbach war seine große Chance gewesen, und er hatte sie am Schopfe gepackt. Entschlossen und radikal.

Er hatte die »Bewahrer der Erscheinung der Heiligen Jungfrau« aus der Taufe gehoben und seine Schwester als Seherkind auf dem Schild durch die Gegend getragen. Leo hatte damals schon andauernd Wasser in den Wein geschüttet. Mitgemacht hatte er trotzdem, schließlich war er genauso streng katholisch erzogen worden wie alle anderen Geschwister auch. Ergo saß er jetzt nicht mehr auf dem hohen moralischen Ross wie früher, sondern im selben Boot. Mitgefangen, mitgehangen, so war das nun mal. Nur schien ihn das nicht zu interessieren.

Er fasste die Waffe unter der Jacke fester und ging mit entschlossenem Schritt über die steinerne Brücke, die den einzigen Zugang zum Innenhof des Wasserschlosses in Mitwitz bildete. Wieder musste er einen steinernen Torbogen durchqueren, dann stand er im Innenhof des Wasserschlosses. An allen vier Seiten ragten die uralten Mauern steil in die Höhe, und bereits hier, im zum Himmel geöffneten Burghof, meldete sich seine Klaustrophobie. Er begann zu schwitzen, und seine grauen

Augen suchten in einem leichten Anflug von Panik bereits nach Fluchtmöglichkeiten von diesem engen Platz. Aber die gab es nicht, nur dieses eine Tor und dahinter die schmale steinerne Brücke führten in die Freiheit. Er versuchte, sich durch erlernte Verhaltenstechniken emotional herunterzufahren, was ihm auch gelang. Dann ging er dazu über, den Innenhof genau zu analysieren, vielleicht vertrieb das ja seine klaustrophobischen Anwandlungen und verschaffte ihm Sicherheit.

In der Mitte des gekiesten Hofes stand ein steinerner Ritter mit einer Standarte in der Hand, schräg dahinter ein Brunnen, der aber im Moment kein Wasser führte, der Sommer war wohl zu trocken gewesen. Auf drei Seiten des Schlosshofes waren schwarz angestrichene Türen aus Holz zu sehen, die ins Innere des Bauwerkes führten. Kurt Geßner, die schweißnasse Hand an der Glock, schritt von einer Tür zur nächsten, bis er schließlich fand, wonach er gesucht hatte. »Leopold Lieb, Hausmeister«, stand da auf einem Schild neben einem runden Klingelknopf aus Edelstahl. Das war aber noch nicht alles, in der Tür steckte ein kleiner, abgerissener Zettel. Er drückte ihn mit der Hand gegen das Türblatt, damit er ihn lesen konnte.

Hallo, Onkel, warst nicht da. Bitte warte auf mich, komme später wieder.

Er konnte es nicht glauben. Sollte er endlich einmal Glück haben? Er las den Zettel erneut, dann legte sich ein kaltes Lächeln auf sein Gesicht, und seine grauen Augen blitzen.

Andrea Onello erhob sich, trat neben Haderleins Flipchart und deutete mit der Hand auf die beiden Namensreihen. »Also gut. Angenommen, du hast recht, Franz, dann können wir doch die Sache einigermaßen eingrenzen. Wir haben fünf tote Geßner-Brüder, wir wissen, dass zwei männliche und eine weibliche Verdächtige fehlen. Kurt Geßner ist vor vier Wochen mit seinen Brüdern nach Deutschland eingereist. Die anderen beiden waren nicht dabei. Es gibt aber sonst keine Geßners mehr in

Namibia, jedenfalls keine, von denen das Konsulat weiß, sonst hätten die mir ihre Namen genannt. Also, wo sind die beiden?«

Haderlein schaute seine Kollegin an und wusste, dass ihre Schlussfolgerungen komplett richtig waren. Allerdings brachte sie das nicht weiter, denn mit den beiden ehemaligen Schleifer-Geschwistern konnte ja alles Mögliche passiert sein. Sie konnten sich woanders niedergelassen haben, gestorben sein oder ihre Namen erneut geändert haben. Das Einzige, was sich irgendwie herauskristallisierte, war der Umstand, dass hier wahrscheinlich nicht alle Geschwister das gleiche Süppchen kochten.

Lagerfeld hatte zu alledem die ganze Zeit nur geschwiegen und versucht, sich in diese seltsame Geschichte hineinzuversetzen. Am Anfang hatte er Franzens Theorie von der Marienerscheinung und den katholischen Fundamentalisten für absolut hanebüchen gehalten. Allerdings musste er nun zugeben, dass etwas dran sein könnte. Er glaubte jedoch nicht an ein plötzliches Heimweh der ausgewanderten Verbrechertruppe. Dass die im hohen Alter noch mal zurückgekehrt waren, wollte ihm nicht in den Kopf. Wo war der Grund? Sie mussten das Motiv finden. Und was das betraf, gingen seine Gedanken in eine ganz andere Richtung.

»Darf ich auch mal was sagen?«, fragte er und hob die Hand.

Aller Augen wandten sich nun dem Sonnenbrille tragenden Cowboy der Dienststelle zu, der es nicht für nötig befand, aufzustehen, sondern mit übereinandergeschlagenen Beinen auf seinem Stuhl sitzen blieb.

»Mal ehrlich, Leute, wieso sind die nicht alle in Afrika geblieben? Die hatten es doch bestimmt schön dort, warm und sicher. Wenn die, statt in Namibia ihren Lebensabend zu genießen, zurück nach Deutschland kommen, wo einer nach dem anderen umgebracht wird und sie noch dazu riskieren, von uns erwischt und eingebuchtet zu werden, falls sie das alles überleben, dann bleibt für mich nur ein einziges Motiv übrig. Die hatten verdammt noch mal Schiss. Die hatten Angst, dass einer von ihnen auspackt. Dass da jemand ist, der sein Gewissen reinwaschen will, bevor er von dieser Erde abtritt. Ich glaube, es wollte sie jemand verpfeifen, und deswegen kamen sie her, diesem Jemand waren sie auf der Spur. Nur hat der- oder diejenige den Spieß umgedreht und angefangen, seine Verfolger zu killen. Könnte doch sein? Und wisst ihr was, ich wette, dass es sich dabei um den verschollenen Schleifer-Bruder und/oder die Schwester handelt. Aber genau die werden wir nicht finden, weil die sich, aus welchen Gründen auch immer, einen anderen Namen zugelegt haben als Geßner. Also sage ich euch, wir warten ab, bis sich die letzten Irren gegenseitig umgenietet haben, sammeln danach die Reste auf und fertig.«

Im Büro war es eine ganze Weile mucksmäuschenstill, man konnte die rasanten Überlegungen in den Köpfen der Kollegen förmlich spüren, bis Franz Haderlein den jungen Kollegen auf seinem Stuhl anlächelte und meinte: »Bernd, ganz ehrlich, manchmal bist du gar nicht so blöd, wie du aussiehst. Bloß das mit dem Abwarten und Aufsammeln kann ich so nicht akzeptieren. Davon mal abgesehen, sind deine Gedankengänge zwar wilde Spekulation, klingen aber ganz plausibel.«

Auch Andrea Onello betrachtete ihren sonst so undiszipliniert erscheinenden Kollegen auf einmal mit ganz anderen Augen. »Und was schlägst du vor, Bernd? Das mit dem Abwarten war ja wohl nicht ernst gemeint, oder?«

Zum ersten Mal seit langer Zeit zeigte sich wieder ein Lächeln auf Lagerfelds Gesicht. »Na, wir versuchen, diesen Kurt zu orten, den ich vorhin schon mal kurz an der Strippe hatte. Und wenn wir das nicht können, rufen wir den blöden Wichser eben noch mal an und fragen ihn, wo er steckt, ganz einfach.«

Andrea Onello zog die Augenbrauen hoch, und Haderlein winkte leicht genervt ab. Konnte der Kerl denn nie ernst sein? Nur ihrer aller Chef schien die Ironie in Lagerfelds Worten nicht bemerkt zu haben und ließ sich zu einer entrüsteten Nachfrage hinreißen.

»Ist das tatsächlich alles, mein lieber Schmitt? Na, Sie sind mir aber so ein Faulgelenzter. Sie werden sich doch jetzt nicht einfach auf die Bärenhaut legen und Ihre Kollegen die Arbeit allein machen lassen? Ich glaube nicht, dass Sie mit einem Anruf wirklich weiterkommen werden.«

Lagerfeld verdrehte grinsend die Augen, und auch Andrea Onello schaute ihren Chef an, als hätte der sich gerade eine riesige Kröte aus dem Ohr gezogen. Haderlein hatte keine Lust, sich diese sinnlose Diskussion weiter anzutun, es galt jetzt zu handeln, und zwar schnell. Bernd hatte eine Handynummer und die Kriminalpolizei entsprechende Möglichkeiten. Vielleicht hatten sie Glück, und ihr Mann hatte sein Handy gar nicht komplett ausgeschaltet, sondern nur in den Flugmodus oder etwas Derartiges versetzt. Immerhin war der Kerl ja schon ziemlich alt und vielleicht nicht mit den letzten Finessen der Kriminaltechnik vertraut. Franz Haderlein hob die Hände, sofort wurde es still.

»Wir werden jetzt eine Handyortung beantragen, eine stille SMS senden. Dazu brauchen wir aber eine richterliche Freigabe. Chef, könnten Sie sich vielleicht darum kümmern? Womöglich haben wir Glück, und das Handy wählt sich ein. Dann wissen wir wenigstens ungefähr, wo unser Mann steckt.«

Robert Suckfüll nickte ernst, dann machte er sich auf den Weg in sein gläsernes Büro, um für seine Kommissare eine richterliche Verfügung für die Handyortung zu erwirken.

Raphael Lieb saß wie betäubt an den dicken Stamm des großen Lindenbaumes angelehnt und starrte in die Weiten des Mitwitzer Schlossparks. Sein geistiges Fassungsvermögen hatte seine Grenzen erreicht, er konnte nicht mehr. Seine diffusen Kindheitserinnerungen endeten abrupt mit einer einzigen Szene, diesem Knall vor seinem Gesicht, die in einer Endlosschleife wieder und wieder vor seinem inneren Auge ablief. Was danach kam, blieb ihm verschlossen, als ob sein Gedächtnis eine Blockade gebildet hätte. Eine Sperre, errichtet vor vielen Jahren, um die zerbrechliche Seele eines Kleinkindes zu schützen. So saß er verzweifelt und erschöpft da, in einer gedanklichen Sackgasse festhängend.

Ein Mann kam auf den Baum zu. Er war älter, bestimmt

schon siebzig Jahre alt, hatte aber eine für sein Alter noch ziemlich sportliche Figur und einen entschlossenen Schritt. Seine Miene wirkte mürrisch, fast verbittert, und in seinen Augen lag ein seltsam dunkler, kompromissloser Ausdruck. Seine Hände steckten in den Taschen einer einfachen dunkelbraunen Stoffjacke, die sich an der linken Seite etwas ausbeulte, so als ob er unter der Jacke etwas Verborgenes mit sich herumtragen würde. Als der Mann Raphaels Füße registrierte, die hinter dem Stamm der alten Linde hervorragten, verhielt er kurz seinen Schritt, um danach umso entschlossener und zielgerichteter weiterzugehen.

Der Mann erreichte die Linde, ohne dass Raphael etwas von seiner Anwesenheit mitbekam. Er bewegte sich vorsichtig an die Seite des Baumes, nahm die Hände aus seinen Taschen und betrachtete das Bild, das sich ihm bot, ganz genau. Dann ging er um den am Boden Sitzenden herum, stellte sich Raphael direkt gegenüber. Er musterte ihn erneut, dann setzte er sich erstaunlich behände vor Raphael ins Gras, sodass sie sich auf Augenhöhe austauschen konnten. Er deutete auf die geöffnete Kassette und die verstreut daliegenden Artikel und Fotos und den immer noch verschlossenen Brief. Mit der linken Hand strich er sich über den kahlgeschorenen Kopf.

Raphael brachte nur mühsam ein Lächeln zustande. »Hallo, Onkel Leo, wie hast du mich gefunden?«, fragte er müde.

»Da war ein Zettel an meiner Tür, ›Hallo, Onkel, warst nicht da. Bitte warte auf mich, komme später wieder‹, also habe ich mir gedacht, der Raphael ist doch bestimmt zu seinem Lieblingsbaum im Park gelaufen, auf dem er als kleiner Junge immer so gerne herumgeklettert ist. Was machst du hier?«

Es hätte scherzhaft, fast liebevoll klingen sollen, doch Raphael erkannte die Seelenlosigkeit in diesen Worten. Deswegen hatte er Onkel Leo nie gemocht. Der Mann war immer kalt gewesen. Nie unfreundlich, sogar hilfsbereit, aber er konnte keine Wärme ausstrahlen, hatte überhaupt nichts Fürsorgliches an sich. Trotzdem war er gerade verdammt froh, ihn zu sehen.

Raphael antwortete seinem Onkel nicht, sondern deutete nur auf die Kiste und deren im Gras verstreuten Inhalt.

Leopold Lieb nahm die Dokumente eines nach dem anderen in Augenschein. Als Letztes ergriff er den zugeklebten Umschlag und meinte zu Raphael. »In diesem Brief steht alles, was die Polizei wissen muss. Du musst dafür sorgen, dass sie ihn zusammen mit allem anderen in dieser Kiste bekommt, wenn du so weit bist. Deine Mutter wollte es so, und glaube mir, auch für dich ist es das Beste.«

Raphael sah auf den Umschlag und nickte mechanisch. Dann schaffte er es endlich, eine sinnvolle Frage an seinen Onkel zu richten. »Kannst du mir was erklären, Onkel Leo? In meinem Kopf tobt ein Chaos, Gedanken, Erinnerungen, als ich noch ein kleines Kind war, dann dieser fürchterliche Knall, direkt vor mir. Ich kapier's nicht, und ich halte es auch nicht mehr aus, es macht mich fertig. Ich bin nicht der, als den mich meine Mutter großgezogen hat, das weiß ich inzwischen. Beziehungsweise meine Mutter ist angeblich gar nicht meine Mutter. Also wer bin ich dann, und was habe ich mit dieser ermordeten Familie Schick zu schaffen?«

Leopold Lieb bemerkte die Verzweiflung, aber er konnte kein Mitleid empfinden. Dieses Gefühl war ihm schon vor langer Zeit abhandengekommen. Er hatte es nach dem 9. Juni 1972 eliminiert, sonst hätte er auf dieser Welt nicht mehr weiterleben können. Aber auch wenn er diesem fünfzigjährigen Mann da, dem Jungen, den Hildegard großgezogen hatte, keine tieferen Gefühle entgegenbringen konnte, so würde er ihm jetzt zumindest die Wahrheit erzählen. Wenn nicht jetzt, wann dann? Er sollte wissen, was Hilde ihm seit Anbeginn vorenthalten hatte.

»Der Knall vor deinen Augen ist das Letzte, woran du dich erinnerst, Raphael? Gut, dann werde ich dir erzählen, was danach geschehen ist.«

Rudi hatte vor Schreck die Augen geschlossen. Als er sie wieder öffnete, lag der Mann mit den grauen Augen vor ihm im Gras und hielt sich das blutende Bein. Links von ihm stand die unbekannte Frau mit gezogener Waffe und hatte Tränen im Gesicht. »Du verdammtes Arschloch! Reicht es dir nicht, dass wir dort oben gerade so viele Menschen getötet haben? Willst du jetzt auch noch ein kleines Kind umbringen?«

Die Frau war außer sich, während sich der Mann mit den grauen Augen stöhnend im Gras wälzte und mit seinem Gürtel versuchte, das blutende Bein abzubinden. Schluchzend hielt sie die Waffe weiterhin auf ihn gerichtet, als eine dritte Gestalt aus der Dunkelheit auftauchte. Es war ein großer, hagerer Mann, dessen Haar trotz seiner jungen Jahre bereits eine deutliche Lichte aufwies. Er stutzte, als er den am Boden liegenden Mann bemerkte, und stutzte erneut, als er des Kindes gewahr wurde, das völlig verängstigt und mit großen Augen weinend dastand.

»Hildegard, was ist los, wir müssen hier weg, verdammt noch mal!«, rief der Mann, dann nahm er der Frau vorsichtig die Waffe aus der Hand.

»Gut, dass du kommst, Leo. Hans wollte tatsächlich das Kind da erschießen!«, entgegnete die Frau erregt, dann trat sie dem am Boden Liegenden voller Wut in die Magengegend, was dem angeschossenen Mann ein neuerliches Stöhnen über die Lippen trieb. Der große Mann mit dem schütteren Haar beugte sich zu ihm hinunter und flüsterte ihm seine letzte Botschaft ins Ohr.

»Hans, du bist ein kranker Mensch, und du wirst immer einer bleiben. Wegen dir haben wir jetzt Menschenleben auf dem Gewissen. Wir wollten die da oben einschüchtern, nicht umbringen. Aber du musstest ja unbedingt deine Mordlust stillen. Der Herr und die Gottesmutter Maria mögen deiner Seele gnädig sein, wenn du eines Tages vor sie trittst.«

Nach diesen eindringlichen Worten richtete sich der hagere Mann wieder auf und blickte unschlüssig von Rudi zu Hildegard und wieder zurück. »Mir reicht's, Hildegard, ich mache da nicht mehr mit. Wir sollten abhauen, die können ja sehen, wo sie bleiben. Das alles ist doch totaler Irrsinn, da drin sind gerade Menschen gestorben. Wir sind Mörder, Hildegard.«

Rudi konnte sehen, dass der Mann sich nur noch mühsam im Griff hatte. Die Frau hatte sich nun aber wieder gefangen und sah zu dem Hageren hoch.

»Lass uns verschwinden, Leo, ich will mit den anderen nichts

mehr zu schaffen haben.« Ihr Blick fiel auf Rudi, dann schaute sie flehentlich zu ihrem großen Bruder, der sie stets beschützt hatte. Jetzt würde sie ihn dringender brauchen als jemals zuvor.

»Wir müssen das Kind mitnehmen, Leo. Wenn wir ihn hierlassen, wird er sterben. Wir brauchen noch einen Pass und ein Visum für den Kleinen, kriegst du das hin?«

Der Hagere überlegte und leckte sich dabei nervös mit der Zunge über die Lippen. Dann nickte er und schaute seine Schwester aufmunternd an. »Krieg ich hin, Hildegard, krieg ich hin«, sagte er bekräftigend.

Sofort lief Hildegard auf den Jungen zu, der immer noch wie angewachsen auf dem kleinen Hügel stand und krampfhaft seine erbeuteten Lupinen in der Hand hielt. Sie hob den Kleinen hoch, warf ihrem jüngeren, am Boden liegenden Bruder einen letzten, unsagbar wütenden Blick zu, dann verschwand sie mit Leopold und dem Knaben auf dem Arm in der Nacht.

Raphael hatte sich die Schilderungen seines Onkels unbewegt und mit versteinertem Gesicht angehört. Die Fähigkeit zu sprechen war ihm gerade abhandengekommen. Der letzte Vorhang war gefallen, das Unaussprechliche hatte ein Gesicht, die Wahrheit stand nackt und ungeschminkt vor ihm. Sein Name war nicht, wie er sein Leben lang geglaubt hatte, Raphael Lieb, sondern Rudi Schick. Als kleines Kind, im Jahr 1972, war er von einer Mörderbande geraubt worden, von einer Frau, die ihm aber trotz allem immerhin das Leben gerettet hatte. Trotzdem konnte dieses Wissen keine Sympathie für diese Frau in ihm generieren. Diese Frau, die sich als seine Mutter ausgab, hatte ihn großgezogen, doch sie hatte auch dabei geholfen, seine Familie zu ermorden. Erst jetzt, nach ihrem Tod, hatte sie es fertiggebracht, ihm auf mehr oder weniger verschlüsseltem Weg die Wahrheit mitzuteilen. Und wäre ihm nicht zufällig Hulda über den Weg gelaufen, wüsste er wohl immer noch nicht, wer er war, würde er sein bescheuertes Leben weiterführen, blind und depressiv durch die Gegend laufen.

Wieder blickte er verstohlen um sich, suchte nach der blondgelockten Frau, die ihm schon einmal aus der Patsche geholfen hatte. Was würde er darum geben, Hulda jetzt an seiner Seite zu wissen. Aber sie war nicht mehr da. Sie war genauso unerklärlich und plötzlich gegangen, wie sie gekommen war. Er musste wohl ohne sie klarkommen.

Sein Onkel bemerkte Raphaels inneres Zerwürfnis und versuchte, ihn wieder auf die knallharte Realität einzunorden. »Ich habe immer mein Bestes gegeben, Hildegard und dich zu beschützen, Raphael. Bei deiner Mutter ist mir das zum Schluss nicht mehr gelungen, und auch dich hatte ich die letzten Jahre aus den Augen verloren, du hattest ja beschlossen, komplett unterzutauchen. Umso mehr freut es mich, dass du dich doch noch bei mir gemeldet hast. Aber wir müssen jetzt gehen, Raphael, es ist noch nicht vorbei«, schloss jetzt sein Onkel mit sorgenvollem Gesicht und riss Raphael aus seinen apathischen Tagträumen. Leopold Lieb stand auf und blickte misstrauisch um sich. »Auch wenn du das jetzt vielleicht nicht hören willst, Raphael, aber der Mann, der dich als Kind umbringen wollte, ist immer noch hinter dir her. Also pack deine Sachen zusammen, Raphael, wir gehen zu mir ins Schloss. Dann klären wir, wie wir weiter verfahren, wie wir Hildegards Unterlagen am schnellsten der Polizei übergeben können. Denn genau das ist jetzt unsere von Gott gewollte Aufgabe, den Menschen die Wahrheit zu offenbaren.«

»Rudi, ich heiße Rudi«, erwiderte der verlorene Sohn matt, aber ohne wirkliche Überzeugungskraft. Er war beinahe fünfzig Jahre lang Raphael Lieb gewesen, das konnte er jetzt nicht einfach so abschütteln. Trotzdem erhob er sich, nachdem er alle Utensilien aus der Kiste wieder in diese zurückgelegt hatte, und folgte wie ein willenloser Roboter seinem kahlköpfigen Onkel, der mit zügigen Schritten voranging und seine Hausmeisterwohnung im Mitwitzer Schloss ansteuerte.

Während ihr Chef in seinem gläsernen Büro versuchte, einen Richter an die Strippe zu bekommen, klärte Haderlein das weitere Vorgehen im Falle der Genehmigung ab.

»Also gut, Herrschaften, angenommen, wir kriegen den richterlichen Beschluss, und weiter angenommen, das Handy ist zu orten, dann gehen wir folgendermaßen vor. Andrea, du packst Riemenschneider ein und fährst mit Bernd zum Punkt der Ortung. Ich werde César dorthin mitnehmen. Du, Honeypenny, wirst mit der Bereitschaftspolizei vor Ort telefonieren, damit sie Straßensperren organisieren, und zwar circa fünf Kilometer im Umkreis um unsere angepeilte Funkzelle herum.« Er hatte den Satz gerade beendet, da wurde die gläserne Tür zu Robert Suckfülls Büro aufgerissen, und ihr Chef erschien mit einem Faxausdruck in der Hand, mit dem er heftig in der Luft herumwedelte.

»Der richterliche Beschluss, ich habe ihn«, rief Fidibus, und Franz Haderlein verfiel in seinen bei den Kollegen gefürchteten polizeilichen Nahkampfmodus. Das bedeutete Stress, und zwar für alle.

»Also gut, Marina, schick die SMS an die Nummer, der Kollege Schmitt wird sie dir bestimmt gern überlassen«, befahl Haderlein knurrig und fixierte Lagerfeld mit feurigem Blick. Der lieferte umgehend die gewünschte Nummer bei Honeypenny ab, während ihm Andrea Onello leise eine Frage ins Ohr flüsterte, denn so lange war sie ja noch nicht bei der Kripo.

»Bernd, was ist denn bitte eine stille SMS?«, fragte sie und schaute dabei ungewohnt hilflos aus der Wäsche. Sie hatte es nicht gern, bei einem Wissensdefizit ertappt zu werden, aber das gehörte wohl zu den Feinheiten der polizeilichen Ermittlungsmethoden, von denen sie einfach noch nichts wissen konnte. Lagerfeld hatte auch gar nicht vor, ihr gegenüber den überheblichen Alleswisser zu spielen, dafür war die Situation viel zu ernst. Also flüsterte er kurz und knapp zurück, was er selbst darüber wusste.

»Die stille SMS ist eines der letzten Mittel der Polizei, ein inaktives Handy zu orten, vor allem wenn man überhaupt keine Ahnung davon hat, wo sich die Zielperson gerade aufhält. Die Behörden können vom Provider erfahren, in welcher Funkzelle sich ein Smartphone gerade befindet. Dazu muss es jedoch erst einmal aus dem Stand-by-Modus geholt werden.«

Andrea Onello nickte, bis hierher hatte sie alles verstanden.

»Um ein Smartphone aktiv zu schalten, senden wir die sogenannte stille SMS. Dadurch wird es gezwungen, sich in einer spezifischen Funkzelle zu melden, woraufhin der ungefähre Standort des Mobiltelefons für uns sichtbar wird. Das klappt allerdings nur, wenn unser Kurt sein Handy nicht komplett ausgeschaltet hat, sondern gerade nur auf Stand-by ist. Und genau diese stille SMS wird Honeypenny jetzt an die Mobilfunknummer des mutmaßlichen Verdächtigen Kurt Geßner verschicken. Vielleicht haben wir ja Glück, dann hat der Mann ein Problem.«

Honeypenny hatte inzwischen die Telefonnummer eingegeben und drückte eben auf die Enter-Taste ihres Computers. Die Kollegen inklusive Robert Suckfüll hatten sich um sie herumgruppiert und schauten gebannt auf den Monitor. Endlose Sekunden vergingen, dann hatte die stille SMS ihren Zweck erfüllt. Mit einem hellen »Ping« erschien ein rot pulsierender Punkt auf Honeypennys Computerbildschirm.

»Mitwitz, der Typ ist in Mitwitz bei Kronach. Was will er denn da?«, sprach César Huppendorfer ungläubig aus, was die anderen dachten, während das Ergebnis bei Franz Haderlein zu sofortigem energischen Handeln führte.

»Unser Mann ist irgendwo im Mitwitzer Wasserschloss oder in einem Umkreis von circa hundertfünfzig Metern um das Schloss herum. Das ist erfreulich genau. Also gut, worauf wartet ihr noch?«, bellte er.

Und von einem Moment auf den anderen brach in der Bamberger Dienststelle hektische Betriebsamkeit aus, während sich draußen der Himmel über Bamberg durch ein heranziehendes Spätsommergewitter verdunkelte.

Winfried Schick hatte von den Theorien seines Vaters bisher nur andeutungsweise gehört und sich auch nie wirklich dafür interessiert, war er doch zeitlebens damit beschäftigt gewesen, die Vorgänge von damals und alles, was damit zusammenhing, aus seinem Bewusstsein zu streichen. Dass ihm das bereits gelungen sein könnte, war aber wohl eine Fehleinschätzung, denn sein Unterbewusstsein schlug in diesem Moment zurück, holte sich, was es brauchte. Schon nach wenigen Sätzen war er vom »Spiegel«-Artikel seines Vaters völlig gefangen. Das, was sein alter Herr da an wilder Theorie aufstellte, ließ einen logisch ausgebildeten, vernunftorientierten Wissenschaftler wie ihn jedoch am Geisteszustand seines Vaters zweifeln. Allerdings war Ferdinand Schick ebenfalls ein anerkannter Vertreter seines Fachs gewesen, sonst wäre der »Spiegel« ja auch sicherlich nicht mit der Bitte an ihn herangetreten, einen Essay über die Vorgänge in Heroldsbach zu schreiben. Und doch klangen die Behauptungen zunächst absurd. Sein Vater schien wirklich geglaubt zu haben, die Erscheinungen in Heroldsbach seien echt. Da er im Besitz der originalen schriftlichen Aufzeichnungen sei, die der Bamberger Bischof damals in Auftrag gegeben habe, sei er vom Wahrheitsgehalt der Aussagen der sogenannten Seherkinder überzeugt, hieß es in dem Artikel. Ganz besonders die Mitschriften und Aufzeichnungen des Theologieprofessors, Dogmatikers und Exegeten Johann Baptist Walz lieferten ein aus seiner Sicht relativ klares Bild über die Vorgänge und Sachverhalte in Heroldsbach.

Die Tatsache, dass sein Vater, ein gebildeter, weltoffener und vor allem konfessionsloser Mann, eine vermeintlich göttliche Erscheinung für echt hielt, ließ Winfried Schick ungläubig auf den Artikel starren. Wenn er aber geglaubt hatte, diese Feststellung sei schon der Gipfel dessen gewesen, was sein Vater dem geneigten Leser bezüglich der Heroldsbacher Vorkommnisse mitzuteilen gedachte, so musste er sich beim Weiterlesen eines Besseren belehren lassen. Sein Vater hatte nämlich noch etwas weit Sensationelleres auf der Pfanne. Ferdinand Schick behauptete in seinem Artikel, die Erscheinung von Heroldsbach sei nicht etwa die Jungfrau Maria mit ihrem kleinen Jesulein gewesen, wie er es leicht spöttisch formulierte, sondern eine germanische Göttin, die bereits zu allen Zeiten unter verschiedenen

Namen und in ähnlichen Erscheinungsformen überall auf der Welt aufgetaucht sein sollte. Eine weiße Göttin, die angeblich den wahren, heidnischen Ursprung unseres mitteleuropäischen Daseins aufzeige.

Dr. Winfried Schick wusste natürlich, dass die Europäer über Jahrtausende den alten Naturreligionen der Kelten und Germanen angehangen hatten und dass erst eine wildfremde eingeschleppte Wüstenreligion, die uns circa dreihundert Jahre nach Christi Geburt mit dem römischen Kaiser Konstantin aufgezwungen worden war, das Unheil des Christentums über Europa hatte hereinbrechen lassen, woraufhin die alten Religionen mehr oder weniger in Vergessenheit gerieten. Ihnen hatte sein Vater nun aber das Erscheinen dieser weißen Frau zugeschrieben. Dann und wann zeige sich den Menschen bis heute eine germanische Göttin, eine Lichtgestalt, so wie es in Lourdes, in Fátima und eben zuletzt in Heroldsbach geschehen sei. Das sei ihm als Mystiker und freiem Historiker klar geworden, auch wenn er sich mit einer solchen Meinung jetzt natürlich des Zorns und der Angriffe aus dem christlichen Lager erwehren müsse. Und so weiter und so fort.

Sein Vater hatte noch viel mehr geschrieben, aber Winfried Schick wurde das jetzt ein bisschen zu viel. Er brauchte eine Pause. Eine Muttergotteserscheinung war für ihn, der es gewohnt war, die Welt überwiegend logisch zu begreifen, schon an der Grenze des Erträglichen, eine germanische Göttin aber setzte dem Ganzen die Krone auf. Zumal die Thesen seines Vaters damals nicht nur zu bundesweiten Diskussionen und heftigen Angriffen durch den Klerus, sondern letztendlich auch zu seinem Tod durch diese Fanatiker geführt hatten.

Schick ließ die alte Zeitschrift sinken und schaute nachdenklich in die Flamme der Petroleumlampe, die flackernd den Innenraum der Garage beleuchtete, während draußen das Gewitter tobte.

Leopold Lieb hatte sich, während sie zum Schloss gelaufen waren, mit Raphael darauf geeinigt, dass er ihn bis auf Weiteres mit seinem gewohnten Namen ansprechen durfte. Alles andere hätte auch in einem ziemlichen Durcheinander geendet. Und Raphael war so schon ziemlich durch den Wind. Der Mann von damals, der mit den grauen Augen, die sich, wie er jetzt wusste, tief in sein Gedächtnis gebrannt hatten, dieser Mann war aus dem Exil zurückgekommen, hatte seine Ziehmutter umgebracht, und jetzt war er an der Reihe. Onkel Leopold war der einzige Freund, den er noch hatte, um sich gegen diesen Irren zu verteidigen. Das war's, er würde seinem Onkel jetzt einfach auf Schritt und Tritt folgen, bis er seine Gedanken und seine Gefühle wieder einigermaßen im Griff hatte. Einen Killer auf den Fersen zu haben ist keine leichte Sache, dachte der tief verzweifelte Raphael Lieb mit einem gehörigen Schuss Sarkasmus, man kann schlecht in der persönlichen Betriebsanweisung fürs Leben nachschlagen, wie damit zu verfahren ist.

Dann waren sie am Schloss angelangt und überquerten die altbekannte steinerne Brücke, passierten den ebenfalls steinernen Torbogen und standen schließlich im Innenhof des gewaltigen mittelalterlichen Baus mit seinen vier hohen Türmen. Onkel Leos Wohnung befand sich zu ihrer Linken. Die schwarz gestrichene Eingangstür unterschied sich nicht wesentlich von den anderen Holztüren des Schlosses, sah man von der Nachricht ab, die Raphael für ihn zurückgelassen hatte. Raphaels Onkel entfernte erst den Zettel von der Tür, dann steckte er den großen Bartschlüssel in das alte Kastenschloss und drehte ihn um.

Leopold Lieb war ein vorsichtiger Mann und sehr konsequent. Das hatte ihm durchaus schon das eine oder andere Mal das Leben gerettet. Zwar war ihm moderne Technik fremd, er lebte analog, doch er hatte so seine Methoden. Zum Beispiel hatte er sich angewöhnt, ein abgebrochenes Zündholz in den Rahmen seiner Haustür zu stecken, wann immer er seine Wohnung verließ. Seit er in Mitwitz wohnte, und da kamen inzwischen einige Jahrzehnte zusammen, hatte er das Streichholz immer exakt dort vorgefunden, wo er es zuvor hingesteckt hatte. Nie gab es einen Grund, anzunehmen, irgendjemand habe sich

Zugang zu seinem Privatbereich verschafft. Aber jetzt, in dem Moment, da er im Begriff war, die Haustür zu öffnen, entdeckte er seine kleine Lebensversicherung auf dem Boden liegend direkt vor seinen Füßen statt in dem kleinen Spalt neben der Tür, wo das Streichholz eigentlich hätte stecken müssen.

»Scheiße«, hörte Raphael seinen Onkel noch reflexhaft ausstoßen, dann fielen Schüsse. Kugeln durchschlugen das Holz der Tür und trafen Leopold Lieb, der von der Wucht der Treffer nach hinten gerissen wurde, stolperte und gegen den überraschten Raphael prallte. Raphael konnte sich und seinen wankenden Onkel gerade noch in der Senkrechten halten. Leopold Lieb griff unterdessen mit der unverletzten rechten Hand in seine Jacke, holte eine große Pistole hervor und begann nun seinerseits, Kugeln durch die Tür seiner Wohnung zu schicken. Als Ergebnis war nach dem dritten Schuss ein lauter Schrei zu hören, dem Raphaels Onkel aber keinerlei Beachtung schenkte.

»Ins Schloss, sofort!«, stieß Onkel Leo stöhnend hervor und hielt sich seinen schlaff nach unten hängenden linken Arm. Er lief voraus zu einer Tür, die in einen der großen Erkertürme führte, öffnete sie ungelenk mit seinem unverletzten Arm, während die linke, schlaffe Hand die schwere Waffe halten musste. Dann schlüpften sie in das düstere Innere des Turmes.

Raphael wollte in seiner Panik die Tür hinter sich abschließen, aber sein Onkel zog ihn mit geradezu brutaler Kraft von der Tür weg. Keine Sekunde zu früh, denn kaum waren sie aus dem Weg, schlugen die nächsten Kugeln in das Holz ein.

»Los, rauf!«, keuchte Onkel Leo mit zusammengebissenen Zähnen und wies auf die Wendeltreppe zum ersten Stockwerk. Oben angekommen, lehnte er sich kurz an die Wand und begann fieberhaft zu überlegen, was als Nächstes zu tun war. Raphael beobachtete ihn mit bleichem Gesicht. Onkel Leo sah nicht wirklich gut aus. Zwei Kugeln hatten ihn in die linke Schulter und in den Oberarm getroffen. Das Schlüsselbein des alten Mannes war wohl zerschmettert, diese Körperseite war erst einmal außer Gefecht und blutete zudem stark. Sie brauchten jetzt eine Lösung, und zwar schnell. Als sich sein Onkel stöhnend wieder in Bewegung setzte und den Gang entlanglief, folgte ihm Raphael dichtauf, alle paar Meter ängstlich über seine Schulter blickend, ob ihr Verfolger schon das obere Ende der Wendeltreppe erreicht hatte. Lange konnte es jedenfalls nicht mehr dauern, auch wenn er wahrscheinlich selbst mit einem Treffer aus Onkel Leos Pistole zu kämpfen hatte.

Sie liefen den langen Gang im ersten Stock des Schlosses entlang, aber Onkel Leo schien nicht die Absicht zu haben, in eines der Zimmer rechts oder links des Ganges abzubiegen. Raphael kam es überhaupt so vor, als hätte sein Onkel auf ein mal keinen Plan mehr, zu groß war wohl die Überraschung gewesen, von seinem Bruder übertölpelt worden zu sein. Aber er selbst war erst recht viel zu durcheinander, um einen Vorschlag zu ersinnen, wie sie mit dem Mörder fertigwerden sollten, der ihnen auf den Fersen war. Also hielt er einfach seine Metallkiste fest und vertraute auf die Lebenserfahrung seines Onkels, der würde sie schon irgendwie hier raushauen, auch wenn er ziemlich erschöpft wirkte.

Am Ende des langen Ganges hielt Onkel Leo endlich an und deutete mit schmerzverzerrtem Gesicht auf eine Zimmertür. Raphael riss sie auf und betrat einen kleinen Raum, an dessen Fensterseite sich eine weitere Tür befand, die wohl zu einem Schrank gehörte. Als er sie nach hektischer Aufforderung seines Onkels geöffnet hatte, war dahinter aber kein Schrank, sondern ein altes Plumpsklo mit einem winzigen Fenster zum Wassergraben. Warum ihm sein Onkel in dieser prekären Situation ausgerechnet ein Klo zeigte, erschloss sich Raphael zunächst nicht, aber er wurde sogleich aufgeklärt. Sein Onkel drückte ihm seine Waffe in die Hand, es schien eine alte deutsche Militärpistole aus dem Zweiten Weltkrieg zu sein. Dann packte er ihn mit der unverletzten Hand an der Schulter und schaute ihm mit fiebrigem Blick in die Augen.

»Raphael, du musst mir jetzt gut zuhören, ich sag's nur einmal. Du gehst da jetzt rein, schließt die Tür und wartest. Wenn ich draußen laut ›JETZT‹ rufe, dann trittst du sie auf und feuerst das Magazin leer. Hast du verstanden, kriegst du das hin?«

Raphael hatte zwar gehört, was sein Onkel ihm da mit schmerzverzerrtem Gesicht erzählt hatte, von Begreifen zu reden wäre allerdings zu hoch gegriffen. Er nickte trotzdem, in der Hoffnung, dass das alles hier möglichst schnell ein Ende hatte. Onkel Leo nickte ihm aufmunternd zu, dann schob er Raphael in das mittelalterliche Schrankklo und drückte die Tür hinter ihm ins Schloss.

Kurt Geßner alias Hans Schleifer hatte sich einen glatten Durchschuss am rechten Unterarm eingefangen, Elle und Speiche waren unverletzt geblieben. Zum Schießen taugte diese äußere Extremität allerdings nicht mehr, deswegen musste er die Sache linkshändig erledigen. Das war an und für sich kein Problem, das hatte er oft genug geübt. Seinen Bruder hatte es augenscheinlich viel schlimmer erwischt. An eine Flucht, womöglich gar mit einem Auto, war also nicht mehr zu denken, und Hildegards Ziehsohn war ganz offensichtlich eine Pfeife, die Leo nur willenlos hinterhertappte. Die beiden konnten sich in diesem Schloss verstecken, wo sie wollten, früher oder später würde er sie finden. Eine zarte Blutspur seines Bruders wies ihm klar und deutlich den Weg, dem er nun mit der Glock im Anschlag vorsichtig folgte.

Am Ende des Ganges mit den alten Möbeln war rechter Hand ein kleines Zimmer, darin konnte er aber nach kurzer Inspektion niemanden entdecken. Zudem führte die Blutspur auch im Neunzig-Grad-Winkel von dem kleinen Zimmer weg linksherum in einen neuen, genauso langen Gang. Das war doch wirklich albern, sollten sie ewig im Quadrat laufen, bis Leo, vom Blutverlust geschwächt, tot zusammenbrach? Es war an der Zeit, dieses dämliche Katz-und-Maus-Spiel zu beenden.

Kurt Geßner beschloss, die Sache abzukürzen. Er schoss einmal in die Luft, sodass in der Decke ein ziemliches Loch entstand und uralter Kalkputz nach unten auf den Boden rieselte.

»Es reicht jetzt!«, rief er laut und richtete die Waffe auf den vor ihm liegenden Gang. »Kommt raus, ihr beiden, das hat doch keinen Sinn mehr, es ist vorbei!«

Er erwartete nicht wirklich, dass seiner Aufforderung Folge geleistet wurde. Aber vielleicht passierte ja etwas, was ihm das Auffinden der beiden erleichtern konnte. Ein Geräusch, das ihren Standort verriet, wäre schön. Stattdessen kam unverhofft eine Antwort.

»Okay, ich komm raus. Ich gebe auf, du hast gewonnen.« Mit diesen Worten trat Leo aus einem der Zimmer, die an der linken Seite vom Gang abzweigten. Sein Gesicht war schmerzverzerrt, und mit der rechten Hand hielt er sich den linken Arm.

Kurt beobachtete seinen Bruder genau und blieb vorsichtig. Bei Leo musste man aufpassen. Er war schon immer der Cleverste in der Familie, hätte sogar das Zeug zum Abitur gehabt. Er hatte wirklich was zwischen den Ohren, bei ihm musste man immer mit einer Falle rechnen.

»Okay, Leo, komm her zu mir, sofort!«, rief er mit nervöser Stimme. Sein rechter Arm schmerzte von dem Durchschuss, und auch er hatte allmählich mit den Folgen des Blutverlustes zu kämpfen. Irgendwo dort hinten lauerte wahrscheinlich Hildegards Bastard. Aber solche billigen Tricks zogen bei ihm nicht, erst einmal sollte Leo beweisen, dass er es ernst meinte.

Sein Bruder befolgte die Anweisung und kam auf ihn zu, bis er nur noch eine Armlänge von ihm entfernt stand. Kurt Geßner tastete ihn von oben bis unten ab, was sich mit nur noch einer funktionsfähigen Hand, die zudem noch eine Waffe halten musste, etwas in die Länge zog.

»Wo ist Hildegards Bastard?« Er richtete die Glock auf Leopolds Stirn.

Der blickte ihm direkt in die hasserfüllten Augen, dann legte sich ganz langsam ein immer breiter werdendes Grinsen auf sein Gesicht, was Kurt Geßner ein wenig irritierte. Noch mehr irritierte ihn allerdings das, was Leopold nun sagte.

»Hans, du bist immer noch das gleiche armselige kleine Arschloch, das du schon als Kind gewesen bist. Du hast die Hölle verdient, und genau die wirst du auch bekommen. Lebe wohl, Bruderherz.« Sein Blick war streng, so als würde er dem ungezogenen Kurt gleich eine Strafarbeit wegen Rauferei auf dem Schulhof verpassen wollen.

Aber es sollte weit schlimmer kommen.

»JETZT!«, rief Leopold Lieb laut seinem Bruder ins Gesicht, der nichts mit diesem plötzlichen Ausruf anfangen konnte.

Raphael dagegen schon. Er hatte mit klopfendem Herzen in seinem Kloschrank ausharren müssen, während seine zitternden Hände die alte Militärpistole in die Höhe hielten. Nun trat er mit Wucht gegen die schmale Holztür, die mit einem hellen Quietschen aufsprang, und drückte ab. Es waren noch vier Patronen im Magazin, die er ohne nachzudenken in Richtung des Männerrückens abfeuerte, den er in circa sieben Meter Entfernung vor sich sah. Er hatte noch nie eine Waffe benutzt, also tanzte die alte Pistole durch den Rückstoß in seinen Händen unbeholfen hin und her. Dann war nur noch ein metallisches Klicken zu hören, das Magazin war leer. Erschöpft ließ er die Waffe auf den Boden fallen. Raphael konnte sich nicht vorstellen, das anvisierte Ziel auch nur annähernd getroffen zu haben. Als er erneut hinblickte, war der Männerrücken allerdings verschwunden. Stattdessen lag ein Mann stöhnend auf dem Boden des alten Schlossganges, und sein Onkel Leo stand aufrecht über ihm und lächelte Raphael an.

»Gut gemacht, Junge, gut gemacht«, sagte er, dann versetzte er dem linken Arm seines Bruders einen so heftigen Tritt, dass der die Glock losließ und er sie ihm problemlos aus den Fingern winden konnte.

Als Raphael sich neben seinen Onkel stellte, sah er, dass drei seiner Kugeln Löcher in die Wände des Schlosses gebohrt hatten. Die vierte hatte ihr Ziel jedoch gefunden. Der Mann auf dem Boden hatte einen Treffer abbekommen, und zwar just in das Knie, das vor vielen Jahren schon einmal in Mitleidenschaft gezogen worden war. Er bot einen geradezu mitleiderregenden Anblick, wie er mit schmerzverzerrtem Gesicht dalag und sich stöhnend das zerschmetterte Knie hielt. Seine beiden Kontrahenten würdigte er keines Blickes. Raphael schaute seinen

Onkel fragend an, erleichtert, dass die tödliche Gefahr erst einmal abgewendet war.

»Das, Raphael, ist mein Bruder Hans Schleifer, heute nennt er sich allerdings Kurt Geßner. Er ist derjenige, der deine Familie auf dem Gewissen hat und der dir als kleines Kind das Lebenslicht ausblasen wollte. Hildegard sei Dank, dass er sein Vorhaben nicht ausführen konnte. Nichtsdestotrotz, wir müssen ihn hier wegräumen, Hans hat eine Bleibe verdient, die seinen Bedürfnissen entspricht, nicht wahr?« Er beugte sich zu seinem Bruder hinunter, der es nicht wagte, seinen Blick zu erwidern. »Da werden wir doch gleich einmal schauen, was dieses Schlösschen dem bösen Hans feines Kleines zu bieten hat«, erklärte er nebulös und richtete sich wieder auf. »Raphael, du bist noch jung und unverletzt, du musst das Arschloch tragen. Ich weiß schon, wo wir mein sauberes Brüderchen endlagern werden.«

Raphael nickte nur, dann wuchtete er sich den winselnden verletzten alten Mann auf die Schulter, klemmte sich seine Kiste unter den freien Arm und folgte seinem Onkel, der seine Pistole vom Boden aufgehoben hatte und sich nun denselben Weg wieder zurückschleppte, auf dem sie gekommen waren. Mit dem kleinen Unterschied, dass Raphael diesmal einen blutenden alten Mann auf dem Rücken trug, das Monster, das seine Familie ausgelöscht hatte. Es war ein merkwürdiges Gefühl für ihn. Er wusste nicht, was er denken, was er empfinden sollte, die Eindrücke dieses Tages waren einfach zu gewaltig gewesen, Raphael Lieb funktionierte eigentlich nur noch, folgte den Anweisungen seines Onkels.

Unten an der Treppe angekommen, führte ihn sein Onkel durch gewundene Gänge und niedrige Zimmer, bis sie schließlich die alte Schlossküche im Erdgeschoss durchquerten und kurz darauf in einem alten Gewölbe ankamen, welches mit modernster Technik vollgestopft war. Der Raum war außerdem viel wärmer als die anderen Örtlichkeiten, die Raphael unfreiwillig hatte kennenlernen dürfen. Sie waren, wie er unschwer erkennen konnte, im Heizungsraum des Schlosses gelandet.

Onkel Leo setzte sich erschöpft und mit blassem Gesicht auf einen alten Holzstuhl, der in der Ecke herumstand. Dann deutete er auf einen groben runden Betondeckel, der in den Boden eingelassen war. »Du kannst ihn runterlassen, mein Junge, das da wird das letzte Zuhause für mein Brüderchen werden.«

Als er die abgedeckte runde Bodenöffnung erkannte, reagierte Hans Schleifer zum ersten Mal.

»Nein, nein«, kam es ihm müde und erschöpft über die Lippen, aber an seinem aschfahlen Gesicht war abzulesen, dass der Blutverlust auch bei ihm seine Spuren hinterlassen hatte. Aber Leo schenkte diesen Äußerungen keine Beachtung, er bedeutete Raphael, fortzufahren. Also ließ Raphael sein blutiges Gepäck auf den Boden gleiten, wo der leise protestierende alte Mann einem erbärmlichen Häufchen Elend gleich liegen blieb. Alles Bedrohliche, das er noch vor Kurzem ausgestrahlt hatte, war von ihm gewichen. Dass dieser Kerl noch vor wenigen Minuten bereit gewesen war, sie beide ohne Skrupel zu töten, würde ein unbedarfter Beobachter gerade nicht mehr so recht glauben wollen.

Auf Anweisung seines Onkels hob Raphael den Betondeckel, der aus einem inneren und einem äußeren Betonring bestand, und schaute ins Innere der freigelegten Räumlichkeit. Er blickte in einen etwa zweieinhalb Meter tiefen Brunnenschacht, der etwa zu einem Drittel mit Grundwasser gefüllt war. Nun war ihm klar, was Onkel Leo vorhatte, und für diesen Plan hatte er ganz sicher auch sein Einverständnis. Aber bevor er ihn nach unten ließ, packte er noch, einem spontanen Impuls folgend, den Kopf dieser fiesen Kreatur und blickte dem Menschen ins Gesicht, der das Leben seiner Familie ausgelöscht und damit auch sein Leben zerstört hatte. Die gleichen kalten grauen Augen, die er als Kind gesehen hatte, in dieser fürchterlichen Nacht. Nein, er hatte keine Skrupel, dieser Mann hatte das verdient.

Er packte Kurt Geßner, der zuerst weder protestierte noch um Gnade bat. Er hatte sich, so schien es, einfach seinem Schicksal ergeben. Erst als Raphael ihn über den Rand der etwa eineinhalb Meter breiten Brunnenöffnung zog und ihn nach unten ins Wasser rutschen ließ, begann Hans Schleifer, sich zu wehren, das aber massiv. Er fing laut an zu schreien und brabbelte Unverständliches. Dazu schlug er mit ungeahnten Kräften wild um sich, seine Faust traf Raphael im Gesicht. Der hatte genug von dem erbärmlichen Theater und ließ einfach los. Mit einem lauten Platschen landete Kurt Geßner im Wasser am Brunnenboden, wo er mit einem lauten Aufschrei verkrümmt liegen blieb.

Ganz plötzlich war es still im Heizungsraum. Die grauen Augen von Hans Schleifer blickten nach oben zum Brunnenrand und suchten schweigend die von Leopold. Der hielt dem Blick seines Bruders stand. Da war kein Hilfeersuchen, keine Furcht, keine Reue in seinen Augen, nur noch eine einzige große Leere.

»Gute Reise, Hans. Wir sehen uns in der Hölle«, flüsterte Leo bitter, warf die entladene Glock zu seinem Bruder in den Brunnenschacht und trat zur Seite. Raphael schob die große Betonscheibe zurück an ihren Platz, und es wurde dunkel im Brunnen des Wasserschlosses Mitwitz. Sie konnten die verzweifelten Schreie des klaustrophobischen Hans Schleifer durch den Betondeckel hören, leise und dumpf tönten sie nach oben. Dann verließen sie das alte Gewölbe, und der Hausmeister Leopold Lieb verschloss die Tür des Heizungsraums mit seinem Schlüssel.

Als die Kommissare der Bamberger Kriminalpolizei in Mitwitz eintrafen, hatten die Kollegen der Bereitschaftspolizei bereits ihre Straßensperren errichtet, sogar über die Wiesen der Föritz und Steinachauen liefen schon Männer mit Spürhunden, um eine eventuelle Flucht zu verhindern. Das Erste, was sie von den Kollegen zu hören bekamen, war, dass besorgte Anwohner mehrere Schüsse aus Richtung des Schlosses gehört hätten. Dort schien sich die Lage zuzuspitzen. Wodurch die Verkehrskontrollen umso wichtiger wurden, sollten sich die Schützen mit Fluchtgedanken befassen. Natürlich musste für die Mitwitzer Bürger ein freier Verkehr gewährleistet werden, ergo wurden die Fahrzeuge nur kurz überprüft, gegebenenfalls untersucht, dann aber durfte die Straßensperre passiert werden. Je jünger die Personen waren, umso höher war die Chance, unbehelligt hindurchgelassen zu werden, denn es standen Personen auf der Fahndungsliste, die mindestens siebzig Jahre alt waren und vermutlich Geßner hießen. Einen Pass konnte man im Zweifel fälschen, das Alter eher nicht. In diesem Sinne zog sich die Schlinge um Mitwitz zu, vor allem das Wasserschloss lag nun im direkten Visier der Ermittler.

Haderlein, Lagerfeld und César Huppendorfer waren bereits ausgestiegen, während Andrea Onello noch damit beschäftigt war, ihrem Ermittlerschweinchen vom Rücksitz zu helfen. Aber dann waren auch diese beiden betriebsbereit, und die junge rosa Mutter schaute fragend zu ihrer blonden Führerin hoch.

»Seid ihr bereit?« Haderlein zog seine Dienstwaffe, seine beiden männlichen Kollegen taten es ihm gleich. Lediglich Andrea und Riemenschneider blieben unbewaffnet, fühlten sich in der Runde von drei erfahrenen Kommissaren aber gut aufgehoben.

»Äh, das Signal ist weg«, meinte Lagerfeld verblüfft und wies auf sein Handy, wo der inzwischen ziemlich genau auf dem Wasserschloss liegende rot blinkende Punkt soeben vom Bildschirm verschwunden war. Das konnte mehreres bedeuten. Entweder war dem Handy einfach der Saft ausgegangen, oder der Besitzer hatte es ausgeschaltet, oder aber die Mauern des Schlosses waren so dick, dass sie in einigen Räumen keine Signale nach draußen ließen, und Geßner war gerade in so einen gegangen.

Haderlein fand das aber unerheblich, der Verdächtige schien sich in diesem gewaltigen Schloss aufzuhalten, also würden sie ihn dort auch aufspüren. Scheiß auf die ganze digitale Technik, sie hatten Riemenschneider. Und ihr hochbegabtes Ermittlerschweinchen hatte den Mörder schon in ihrer Nase. Sollte sich der Gesuchte in diesem Wasserschloss da aufhalten, würde nichts und niemand Riemenschneider davon abhalten können, diese Spur bis zu ihrem Ende zu verfolgen.

»Also los, vorwärts«, forderte Haderlein seine Kollegen auf, und die Bamberger Kommissare bewegten sich auf das Mitwitzer Schloss zu.

Raphael hatte alles bis auf die Unterhose ausgezogen, während ihm sein Onkel etwas aus seinem Kleiderschrank heraussuchte. Dessen Schusswunden hatten sie so weit versorgen können, dass sie zumindest nicht mehr bluteten. Raphael zog sich die frischen Klamotten über, was nach den blutigen Erlebnissen gerade eben eine wahre Wohltat war, und setzte sich neben seinen Onkel auf dessen Bett in dem kleinen Schlafgemach mit dem schmalen Fenster.

Onkel Leo lächelte, dann tätschelte er Raphael mit müdem Gesichtsausdruck die Wange. »Du musst jetzt gehen, Raphael. Du musst tun, was getan werden muss. Bring diese Kiste der Polizei. Die Wahrheit muss ans Licht der Welt, und du musst endlich deinen Frieden finden. Geh, irgendwann wird hier die Polizei auftauchen, die Schüsse hat bestimmt jemand gehört.«

Raphael nickte, nahm die metallene Kiste seiner Mutter, betrachtete sie einen Moment lang, dann reichte er sie seinem Onkel. »Wenn die Polizei sowieso bald vorbeikommt, gib du ihnen das. Ich brauch die Sachen nicht, und ich will das auch nicht tun. Du kannst so was bestimmt besser als ich, außerdem warst du damals ja auch selbst dabei und weißt viel mehr darüber, als ich denen jemals erzählen könnte. Ich mach mich jetzt vom Acker.«

Er reichte seinem Onkel die Hand, zu mehr Intimität war er gerade nicht fähig. Dann stand er auf und ging zur Tür. Irgendwann in der nächsten Zeit, wenn er das alles hier irgendwie verarbeitet hatte, würde er sicher wiederkommen und sich bei seinem Onkel so bedanken, wie er es eigentlich verdient hatte. Onkel Leo hatte ihm immerhin das Leben gerettet, das würde er ihm niemals vergessen.

»Ach so, bevor ich es vergesse«, rief Leopold Lieb ihm hinterher. »Das Grundstück deiner Eltern, die Villa am Würgauer Berg, die steht dort noch. Und meines Wissens wohnt sogar noch jemand drin.«

Raphael schaute seinen Onkel verwundert an. »Was? Und wer?«, fragte er reichlich baff.

Leopold Lieb lächelte undurchsichtig, als er ihm antwortete. »Schau selbst nach, mein Junge. Soweit ich es beurteilen kann, gehört das ja jetzt alles dir, oder nicht?«

Raphaels Gesichtsausdruck wurde noch ratloser, als er ohnehin schon war. Würgauer Berg? Villa? Sein Eigentum? Für einen, der sein Lebtag von der Hand in den Mund gelebt hatte, war das eine gewaltige Aussicht, die auch erst einmal verdaut werden musste. Raphael nahm diese Information entgegen, ohne sie in seinem Inneren sachgerecht ablegen zu können.

»Danke«, meinte er nur mit einem schmalen, aber traurigen Lächeln. »Auf Wiedersehen, Onkel Leo.«

Aber sein Onkel schüttelte nur traurig den Kopf, es hatte etwas seltsam Endgültiges. »Lebe wohl, Raphael, lebe wohl.«

Die nahezu dramatisch anmutenden Abschiedsworte vermochte Raphael in seinem gemarterten Zustand nicht so richtig zu deuten, also drehte er sich um und verließ die Wohnung seines Onkels. An der Straße stieg er in sein Taxi und startete sofort den Motor. Er wollte hier einfach nur noch weg.

Als er den ersten Gang einlegte, fragte er sich, wohin ihn dieses »weg« denn eigentlich führen sollte. Ohne Hulda hatte er so gar kein Gefühl dafür, keine Ahnung, was er nun mit seinem Leben anstellen sollte. Egal, er fuhr oben im Ort nach rechts, da leuchteten Schilder in Richtung Bamberg und kündeten von einer Autobahn. Das musste der Weg sein, den er von Heroldsbach hierher genommen hatte. Dann würde er den eben zurückfahren, die Strecke kannte er wenigstens. Das alte Taxi hatte kein Navi, er musste sich also an dem orientieren, was er kannte oder auf Schildern lesen konnte.

So steuerte er den Wagen aus Mitwitz hinaus, aber schon nach etwa zweihundert Metern hatte der Spaß ein Loch, denn direkt vor ihm tauchte eine Straßensperre der Polizei auf. Überall war Blaulicht zu sehen. Raphael war so geschockt, dass er zu Gegenmaßnahmen wie Flucht, Abbiegen oder wenigstens Wenden nicht in der Lage war, dabei war das sein erster Impuls gewesen. Immerhin fuhr er mit einem fremden Auto durch die Gegend, hatte gerade einen Killer im Brunnen des naheliegenden Wasserschlosses entsorgt und die Taschen voller Cannabis. Endlich bekam er mal eine Chance, wenigstens etwas Ruhe in sein Leben zu bringen, da standen auch schon Hunderte Bullen direkt vor seiner Nase. Wo waren die denn alle so schnell hergekommen? Sicher, Onkel Leopold hatte erwartet, dass die Schüsse in der Nachbarschaft auffallen würden. Aber dass die Polizei gleich in Kompaniestärke anrückte, hätte er bestimmt auch nicht gedacht. Wie auch immer, jetzt hieß es ruhig bleiben.

Er fuhr an den schmalen Durchlass zwischen zwei Einsatzwagen der Polizei heran. Während er die Seitenscheibe herunterkurbelte, kam ein Polizist auf ihn zu, direkt dahinter sein Kollege mit einer Maschinenpistole im Anschlag.

Der misstrauische Blick des Polizeibeamten musterte zuerst ihn, dann den Innenraum des Fahrzeuges. Anscheinend konnte er nichts Auffälliges finden, denn er ging sofort zu Punkt zwei seines Arbeitsauftrages über.

»Fahrzeugkontrolle. Führerschein und die Fahrzeugpapiere bitte.«

Das war's, jetzt hatten sie ihn am Haken. Das war Huldas Wagen, und seinen Führerschein hatte er auch nicht dabei. Am besten tat er so, als wäre alles an seinem gewohnten Platz, dann die große Überraschung, Papiere vergessen, vielleicht irgendwie abhandengekommen, er wisse auch nicht, wie und wohin. Irgendwie musste er sich rausreden, Hauptsache, die Bullen durchsuchten ihn nicht, dann würden sie nämlich seine Grasvorräte finden, und dann war er richtig am Arsch. Also beugte er sich zum Handschuhfach des Mercedes hinüber und öffnete es. Ein kleines braunes Mäppchen leuchtete ihm entgegen. Phantastisch, egal was da drin zu finden war, er würde es als Fahrzeugpapiere ausgeben und den Unwissenden spielen, sollte es sich stattdessen um Huldas Tankkarte und die Schminkutensilien handeln. Er reichte dem Polizisten das Mäppchen mit einem möglichst zuvorkommenden »Bitte schön« nach draußen. Dann wartete er darauf, dass ihm der Bulle ein paar unangenehme Fragen stellte, ihn darum bat, auszusteigen, ihn durchsuchte, ihm Handschellen anlegte.

Der Polizist öffnete das braune Mäppchen, nahm den Inhalt heraus, studierte das Gefundene sorgfältig, warf wiederholt einen Blick auf Raphaels Gesicht, dann fing er damit an, alles in das Mäppchen zurückzusortieren.

»Sind Sie selbst der Halter des Fahrzeuges, Rudi Schick?«

Raphael zuckte zusammen, dann glotzte er den Polizisten mit großen Augen an. Wahrscheinlich wirkte er in diesem Augenblick nicht gerade wie die hellste Kerze auf der Torte, denn der Polizist fühlte sich genötigt, nachzuhaken.

»Haben Sie die Frage nicht verstanden? Ich wollte nur Ihre Bestätigung zu den Angaben, die hier in Ihren Papieren vermerkt sind. Also noch mal: Sind Sie der Halter des Fahrzeuges, Rudi Schick, geboren am 25. Februar 1969, wohnhaft Fränkische-Schweiz-Straße 1, 96110 Würgau/Scheßlitz?«

Raphael kapierte das alles nicht, nickte jedoch mechanisch, woraufhin ihm der Polizist das braune Mäppchen wieder ins Auto reichte.

»Noch ein kleiner Hinweis. Sie sollten den Fahrzeugbrief besser nicht im Auto liegen lassen, er ist nämlich die Urkunde, die nachweist, dass Ihnen das Fahrzeug auch wirklich gehört. Stattdessen bitte das nächste Mal den Führerschein mitnehmen. Für heute will ich aber mal ein Auge zudrücken. Das war's, entschuldigen Sie die Umstände und weiterhin gute Fahrt.« Damit verabschiedete sich der Polizist und wandte seine Aufmerksamkeit bereits wieder dem nächsten Fahrzeug zu, einem weißen Suzuki, der direkt hinter ihm stand.

Raphael warf das braune Mäppchen auf den Beifahrersitz und fuhr, mehr oder weniger verstört, im Schritttempo durch die Straßensperre. Rechter Hand sah er ein paar Personen in Zivil, die Waffen trugen. Zu seinem größten Erstaunen führte eine dieser Personen, eine blonde Frau, ein kleines Ferkel an einer Leine mit sich herum. So langsam glaubte er, seinen Verstand zu verlieren, passierte das gerade wirklich?

Als er das Ortsschild von Mitwitz passiert hatte und weit und breit keine Polizei mehr zu sehen war, hielt Raphael am Straßenrand an, kuppelte aus und griff hektisch nach dem braunen Mäppchen. Als er es öffnete, kam darin etliches an Papieren zum Vorschein. Unter anderem die Fahrzeugpapiere, ausgestellt auf den Namen Rudi Schick. Am intensivsten aber leuchtete ihm die Adresse entgegen, unter der er angeblich gemeldet war. Fränkische-Schweiz-Straße 1, 96110 Würgau/Scheßlitz. Er hatte keine Ahnung, wo das sein sollte, aber er beschloss, jetzt und sofort zu dieser Adresse zu fahren, vielleicht bekam er dort ein paar Antworten. So oder so war ihm diese Geschichte jetzt schon mehr als unheimlich. Heute erst hatte er von seiner wahren Identität erfahren, und jetzt war dieses Fahrzeug schon auf ihn angemeldet, unter seinem Geburtsnamen. Was war hier los, verdammt noch mal? Er gab Vollgas, und der Mercedes fuhr mit quietschenden Reifen in Richtung Scheßlitz davon.

Die Bereitschaftspolizei rückte langsam aus allen Richtungen auf das nach allen Seiten abgesperrte Wasserschloss Mitwitz vor, inzwischen kreiste auch ein Hubschrauber in großer Höhe über dem Areal. Allerdings hatte der Pilot durchgegeben, dass ein Gewitter im Anzug sei und er seine Position bei den zu erwartenden hohen Windgeschwindigkeiten wohl bald aufgeben müsse.

Riemenschneider hatte nahe der Schlossbrücke an der Leine zu ziehen begonnen und brauchte nicht wirklich lange, um an einem anthrazitfarbenen Mercedes haltzumachen und Laut zu geben, indem sie sich auf ihren Hintern setzte und das gequetschte Grunzen von sich gab, mit dem sie wohl das Bellen eines Schäferhundes imitieren wollte. Haderlein lobte sie in regelmäßigen Abständen dafür, auch wenn er diesem martialischen Geräusch, das eher klang, als würde ein Sumoringer auf einem Hamster herumtreten, wenig abgewinnen konnte. Er gab einem Beamten der Bereitschaftspolizei ein Zeichen, dass sie diesen Wagen ab sofort nicht mehr aus den Augen lassen sollten.

Haderlein fragte noch einmal über Handy nach, aber die Männer vom SEK waren immer noch nicht angekommen, also beschloss er, dass die Bamberger Kripo die Sache jetzt selbst in die Hand nehmen würde. Er winkte seine Kollegen herbei, und gemeinsam durchschritten sie das große Tor. Sie überquerten gerade den Vorplatz, als aus dem Hubschrauber die Info kam, im Innenhof des Schlosses würde ein Mann mit einer Waffe in der Hand auf dem Brunnen sitzen.

Der Hubschrauber verharrte in geringer Höhe über dem Schloss, während Haderlein, Lagerfeld und Huppendorfer mit ihren Waffen im Anschlag die steinerne Brücke überquerten, Andrea Onello wartete mit Riemenschneider sicherheitshalber draußen vor dem Wassergraben.

An den zahlreichen Fenstern des Wasserschlosses tat sich überhaupt nichts, als die Kommissare vorsichtig den Schlosshof betraten. Wie der Hubschrauberpilot gesagt hatte, konnten sie am anderen Ende des Hofes einen kahlköpfigen alten Mann sitzen sehen, der eine Militärpistole aus dem Zweiten Weltkrieg in der Hand hielt. Die Kommissare fächerten auseinander und versuchten, sich gegenseitig Deckung zu geben, falls aus einer der oberen Etagen doch noch unverhofft das Feuer auf sie eröffnet werden sollte. Aber nichts geschah, da war nur dieser alte kahlköpfige Mann mit der Pistole in seiner Hand und einer kleinen Metallkiste auf dem Schoß.

»Waffe weg, Polizei!«, rief Haderlein laut, als sie nur noch wenige Meter von ihm entfernt waren.

Alle waren nervös, rechneten sekündlich mit dem Schlimmsten, dass der Mann durchdrehte und die Waffe auf sie richtete. Das würde zwar seinen sicheren Tod bedeuten, aber er konnte durchaus einen von ihnen mit aus dem Leben reißen. In ausweglosen Situationen hatten Menschen schon die verrücktesten Dinge angestellt. Allerdings wirkte der Mann absolut friedlich, er lächelte jetzt sogar. Dann fing er an zu sprechen. Ruhig, gelassen, in sich selbst ruhend.

»Mein Name ist Leopold Lieb, aber dieser Name ist falsch. Mein eigentlicher Name, mein Geburtsname, ist Leopold Schleifer, und ich habe im Jahre 1972 mit meinen Brüdern und meiner Schwester ein fürchterliches Verbrechen begangen. Meine Geschwister sind inzwischen alle tot, ich bin der letzte Überlebende. In dieser Kiste hier werden Sie alles finden, um das Verbrechen, das wir begangen haben, aufklären zu können. Meine Aufgabe ist damit beendet, mein Leben auch. Möge der Herr meiner Seele gnädig sein.« Er lächelte die anwesenden Herren der Polizei noch einmal der Reihe nach an, dann hob er die Pistole an seinen Kopf.

»Nein!«, rief Haderlein entsetzt, doch es war bereits zu spät. Ein lautes Bellen jagte durch den Innenhof des Mitwitzer Wasserschlosses, und das letzte Mitglied der Gruppe »Bewahrer der Erscheinung der Heiligen Jungfrau« schied aus dem irdischen Leben. Als ob auch der Himmel seinen Kommentar zu den Geschehnissen abgeben wollte, war aus der Ferne ein langes Donnergrollen zu hören, und der Wind begann kräftig aufzufrischen.

Die weiße Göttin

Als Andrea Onello mit Riemenschneider den Innenhof des Wasserschlosses betrat, bot sich ihr ein grauenvolles Bild. Da hatte sich ein alter Mann direkt vor der von Kugeln durchlöcherten Tür seiner Wohnung selbst getötet, sich mit einer Pistole in den Kopf geschossen. Die Hälfte seines Schädels war von der Wucht des Geschosses regelrecht weggesprengt worden. Ein fürchterlicher Anblick, trotzdem mussten sie und Riemenschneider jetzt ihres Amtes walten.

Das Dienststellenferkel suchte den kompletten Innenhof ab, an der Leiche zeigte sie jedoch keinerlei Interesse, was Haderlein einigermaßen irritierte, hatte er doch fest damit gerechnet, mit dem Mann, der sich gerade selbst gerichtet hatte, den gesuchten Kurt Geßner gefunden zu haben. Den Mann, der mutmaßlich den Pater in der Gebetsstätte in Heroldsbach erschossen hatte. Dem war aber offensichtlich nicht so, denn der Kahlköpfige hatte ihnen vor seinem Suizid einen anderen Namen genannt, und Riemenschneider schien seinen Geruch nicht wiederzuerkennen. Im Gegenteil, sie strebte auf eine offen stehende Holztür an einem der großen Ecktürme zu, zerrte Andrea Onello mit aller Gewalt hindurch und die Treppe hinauf.

Lagerfeld und Huppendorfer sprinteten den beiden hinterher und entdeckten auf Anhieb die frischen Blutspuren auf der Treppe und auf dem Fußboden im ersten Stock. Sie liefen mit Riemenschneider den ganzen Gang ab, drehten dann aber wieder um und folgten ihr denselben Weg zurück, die Treppe hinunter und hinein in die Katakomben des mittelalterlichen Schlosses. Sie durchquerten die alte Schlossküche. Dahinter ging es weiter, bis ihr Ermittlerferkel laut grunzend vor der Tür zu einem großen Gewölbe stehen blieb. Riemenschneider wedelte mit ihrem geringelten rosa Schwänzchen und schaute fragend zu Andrea Onello hoch, die allerdings nicht mehr tun konnte, als Lagerfeld mit der heiklen Aufgabe zu betrauen, die Tür zu öffnen.

Eigentlich könnte der das Schloss mit ein wenig Geduld überlisten, das nötige Werkzeug hatte er in seiner Jacke, aber Geduld war eine Eigenschaft, mit der der junge Kommissar gerade nicht aufwarten konnte. Er überlegte kurz, dann gab er ein paar gezielte Schüsse auf das Türschloss ab, nach denen dieses nur noch in Fetzen an der Tür hing. Ein kurzer, kräftiger Tritt und die Tür des Heizungsraumes hatte den letzten Widerstand aufgegeben.

Riemenschneider stürmte sofort in den Raum, schnüffelte an einer kreisrunden Bodenplatte herum und gab Laut. Sie hatte endlich gefunden, was sie hatte suchen sollen. Wenn die Menschen diesen Deckel hoben, würden sie es finden. Dem Geruch nach war das Gesuchte unter ihren Füßen zwar bereits tot, aber ihr Herrchen würde schon wissen, was damit anzufangen war. Job erledigt, in Rekordschnelle, und das kurz nach der Entbindung. Sie war wahnsinnig stolz auf sich, und als erfolgreiche Mitarbeiterin der Bamberger Polizei wollte sie jetzt gefälligst eine Leckerei als Belohnung. Wie wäre es denn zum Beispiel mit einem Apfel?

Winfried Schick hatte sich in der Endphase des Gewitters eine meditative Phase gegönnt, um seine äußerst widersprüchlichen Gefühle unter Kontrolle zu bringen. Im Grunde hatte er den Artikel seines Vaters mehr überflogen als gelesen und den Schluss komplett weggelassen. Das, worum es ging, war aus seiner Sicht nicht zu glauben, viel zu phantastisch. Aber sein Vater war doch auch ein vernünftig denkender Mensch gewesen und bei allem Recht zur Spekulation den Gesetzen der Wissenschaft verpflichtet. Er musste eine ähnlich nüchterne Herangehensweise verfolgt haben, wie Winfried Schick sie für sich selbst in Anspruch nahm. Durfte man solche Spekulationen, denn darum handelte es sich seiner Meinung nach, vor diesem Hintergrund überhaupt für sich selbst zulassen? Denn wenn er das tat, so viel war ihm gerade klar geworden, dann kam er mit seinem Wertegefüge, seinem Blick auf diese Welt einigermaßen ins Wanken.

Er hatte keine andere Wahl, es war immerhin die Theorie seines Vaters. Entweder nahm er diese Abhandlung jetzt ernst und las den Artikel so, wie es eines Wissenschaftlers würdig war, nämlich unvoreingenommen und vor allem komplett. Oder er kehrte der Angelegenheit ein für alle Mal den Rücken. Was das Gelesene mit ihm anstellen würde, wusste er nicht, aber er musste es wohl oder übel auf sich zukommen lassen. Kurz entschlossen nahm er den »Spiegel« von der aufgestellten Holzkiste und riss den Artikel seines Vaters mit einer schnellen Handbewegung heraus. Die Zeitschrift schmiss er in die Ecke, die brauchte er nicht mehr. Die Abhandlung seines Vaters legte er sorgsam vor sich auf die Kiste und hielt die Petroleumlampe darüber, damit er auch wirklich genug Licht hatte, um jedes Wort genau zu erkennen. Draußen wurde das Donnergrollen immer schwächer, aber der Regen prasselte immer noch beharrlich auf das dünne Blechdach der Garage. Also senkte er seinen Blick und las den Artikel erneut. Aber dieses Mal, ohne auch nur ein Wort wegzulassen.

Die weiße Göttin
von Ferdinand Schick

Die Vorkommnisse von Heroldsbach in den Jahren 1949–1952 waren ein prägendes Ereignis für die Nachkriegsgeneration, und das aus gleich mehreren Gründen. Zum einen musste das Trauma des Zweiten Weltkrieges verdaut werden, eine psychische Herkulesaufgabe. Zum anderen war die Verarbeitung der Bürde der moralischen Schuld, die sich die Deutschen aufladen lassen mussten, ein nicht minder belastendes Unterfangen. Obwohl bald erste zarte Pflänzchen des Wiederaufbaus zu sprießen begannen, herrschte im Jahre 1949 noch keine euphorische Stimmung des fröhlichen Aufbruchs. In genau jene Zeit fielen nun also die Vorgänge in Heroldsbach, die gemein-

hin als Erscheinungen der Gottesmutter Maria bezeichnet wurden.

Beginnen möchte ich mit einer Zusammenfassung der damaligen Ereignisse. Den insgesamt sieben Seherkindern ist in einem eng begrenzten Areal bei Heroldsbach nach eigenen Angaben innerhalb der angegebenen Zeit mehrfach eine Frau erschienen. Diese Frau war sowohl komplett in Weiß gekleidet zu sehen, mit einem weißen Tuch über dem Kopf, als auch mit einem blauen Mantel und einer goldenen Krone. Laut den Berichten der Kinder konnten sie diese Frau berühren und auch mit ihr sprechen. Ab dem 18. Oktober 1949 begleitete der vom Bischof zu Bamberg mit dieser Aufgabe betraute Dogmatiker und Exeget Professor Dr. Johann Baptist Walz die Kinder vor Ort und befragte sie. Die Aussagen der Kinder wurden von ihm überprüft und auch ausdrücklich bestätigt. Er erklärte, dass es seiner Meinung nach keine Gründe gebe, an den Aussagen der Kinder zu zweifeln. Aus seiner wissenschaftlichen Sicht heraus seien die Aussagen dieser Kinder echt und völlig frei von jeglicher Unwahrheit.

Der Bischof in Bamberg kam, auf welche Weise und aus welchen Gründen auch immer, trotz des Berichtes von Professor Dr. Walz zu völlig anderen Erkenntnissen. Ohne für mich als Wissenschaftler und Mensch nachvollziehbare Argumente darzulegen, wurden diese Kinder in dem gesamten nachfolgenden Prozess als Lügner betitelt, regelrecht verteufelt. Mit mehr als fragwürdigen Methoden wurden sie von Beauftragten des Domkapitels mehrfach befragt, beschimpft und bedroht. Sie sollten ihre Aussagen zurücknehmen und widerrufen, sonst hätten sie mit ernsten Konsequenzen zu rechnen. Besonders interessant sind verbriefte Aussagen des bischöflichen Gesandten wie: »Mein Kind, wenn der Papst sagt, diese Wand da vor dir ist schwarz, dann ist sie schwarz, auch wenn sie für dich weiß ist, verstanden?«, oder: »Wenn ihr weiter an dieser Lüge festhaltet, euch wäre die Jungfrau Maria erschienen, dann werdet ihr in der tiefsten Hölle leiden.« Das waren nun Methoden, die an die dunkelsten Zeiten der Inquisition erinnern, die in Bamberg aber eigentlich irgendwann im Mittelalter für beendet erklärt wurden. Es drängt sich mir der Eindruck auf, dass der damalige Bischof in Bamberg und seine katholischen Helfershelfer die Kontrolle über die Geschehnisse in Heroldsbach verloren hatten und diese Kinder am liebsten als Hexen auf dem Scheiterhaufen verbrannt hätten, eine in Bamberg durchaus traditionsreiche Veranstaltung. Fest steht, dass es im Zuge der Erscheinungen zu den bisher größten Massenbewegungen des 20. Jahrhunderts kam, standen dort an manchen Tagen in Heroldsbach doch bis zu siebzigtausend Menschen.

Nun, der Bamberger Bischof machte Ernst. Den sieben Seherkindern wurde am Ende jeglicher Kirchenbesuch untersagt, sie wurden sogar von der Kirche exkommuniziert. Für gläubige Menschen ein schrecklicher Zustand, der bis zum heutigen Tag Bestand hat, der sogar von höchster Stelle, Papst Pius XII., abgesegnet wurde. Demselben Papst, der Hitlers Diktatur durch zelebrierte Tatenlosigkeit beiwohnte. Da standen die zehn- bis zwölfjährigen Kinder nun, exkommuniziert von einer Kirche, die sich bis zum heutigen Tag vor allem durch Raffgier, verlogene Sexualmoral, Frauenfeindlichkeit und sogar verbrecherisches Verhalten bezüglich des Missbrauchs von Minderjährigen hervortut. Ich behaupte, was den Heroldsbacher Seherkindern vonseiten der katholischen Kirche und dem Bamberger Bischof angetan wurde, ist ebenfalls ein Missbrauch, ein ethisch-moralischer Missbrauch an der Seele der Betroffenen, der bis zum heutigen Tage anhält.

Andererseits entstanden im Zuge der Heroldsbacher Ereignisse auch radikale katholische Splittergruppen, die das genaue Gegenteil von dem behaupteten, was die erklärte Meinung ihrer Kirchenoberen war. Fanatische Anhän-

ger der vermeintlichen Marienerscheinungen, die ihre Überzeugungen mit teils militanter Durchsetzungskraft verteidigen. Beim Namen nennen möchte ich hier exemplarisch die sogenannten »Bewahrer der Erscheinung der Heiligen Jungfrau«, die sich einerseits durch besonderen radikalen Fanatismus, andererseits durch ausgeprägtes fachliches Dilettantentum auszeichnen. Aber sowohl der katholischen Kirche als auch ihren sektenähnlichen Splittergruppen ist eines gemein: Sie liegen falsch. In ihrer Borniertheit haben sie das Wesen dieser Erscheinungen weder erfahren noch begriffen. Und damit möchte ich zum zweiten, grundsätzlichen Teil meiner Ausführungen kommen.

Fakt ist, die den Kindern erschienene weiße Frau hat niemals, mit keinem Wort, erwähnt oder behauptet, sie sei die Mutter von Jesus Christus oder dass ihr Name Maria sei. Auf entsprechende Nachfrage kirchlicherseits antwortete die weiß gekleidete Frau den Kindern lediglich, sie sei die Königin der Rosen, die Rosenkönigin. Und genau hier tun sich unübersehbare Parallelen zu anerkannten Erscheinungsorten wie Lourdes oder Fátima auf. Auch an diesen von der katholischen Kirche anerkannten Wallfahrtsorten war Kindern eine weiß gekleidete Frau erschienen, auch hier wurde von dieser Frau niemals der Name Maria genannt, vielmehr bezeichnete sie sich selbst mit Begrifflichkeiten wie Himmelsmutter, Königin der Rosen oder Ähnlichem. Warum Fátima und Lourdes von Rom als Wallfahrtsorte anerkannt wurden, obwohl in Heroldsbach mehr Erscheinungen beobachtet wurden als in Lourdes und Fátima zusammen, ist selbst nach kirchlicher Logik nicht nachzuvollziehen. Wie auch immer, ich komme als Historiker, vor allem aber auch als Mystiker letztendlich zu einem ganz bestimmten Schluss.

Die weiße Frau, welche in Lourdes, Fátima, vor allem aber in Heroldsbach Kindern erschien, hat meiner Mei-

nung nach mit der Mutter von Jesus von Nazareth überhaupt nichts zu tun. Warum? Ganz einfach. Das Christentum hat in Nord- und Mitteleuropa nichts verloren. Seit Jahrtausenden verehrten die Ureinwohner unseres Kontinents, die Kelten, Germanen oder auch Slawen, ihre ihnen angestammten Gottheiten. Götter und Göttinnen, die sowohl dem Land der nördlichen Breiten als auch der Mentalität der dort lebenden Menschen entsprachen. Ein tief verwurzelter Glaube an die Natur, die Wälder, die Gewässer, den Boden, auf dem sie lebten, an das mehr oder weniger gleichberechtigte Dasein von Mann und Frau. Ein Bild von Gottheiten und sozialen Strukturen, das in vielen Aspekten bis zum heutigen Tag überlebt hat, auch wenn dies die christlichen Kirchen nicht wahrhaben wollen. Ich zitiere: »Allen germanischen Stämmen ist gemeinsam, dass sie die Mutter Erde verehren und glauben, dass diese am Menschen und seinem Schicksal Anteil nimmt. Die Verehrung der Frauen geht bei den Germanen so weit, dass sie den Frauen eine gewisse seherische Gabe zusprechen, und so verschmähen sie jemals weder ihren Rat, noch verachten sie jeden von ihren Frauen erteilten Bescheid.« (Tacitus)
Die Frau ist in allen alten Religionen der Germanen wie Kelten ebenso als nahezu gleichberechtigtes Mitglied der Familie anerkannt wie im Götterbild der alten Völker verankert. Erst mit Kaiser Konstantin und der römisch-katholischen Kirche begann das Unheil. Die von Männern dominierte römisch-konstantinische Gesellschaft, in der die Frau ungefähr den gleichen Stellenwert besaß wie ein teures Möbelstück, hielt Einzug ins Christentum. Ein patriarchales Religionsgefüge entstand, in dem gleichberechtigte Göttinnen keinen Platz mehr hatten. Und so kam es, dass die große germanische Göttin Freya, die die Germanen und Kelten auch unter anderen Namen wie Frija, Frigg, Huldr, Hulda, Holle, Brigid, Perchta oder Percht verehrten, von der katholischen Männerkirche als

teuflisch und dämonisch denunziert wurde. Ein diskriminierendes Frauenbild entstand.
Als die Menschen sich dies aber trotz Bekehrung nicht bieten lassen wollten, ihre Göttinnen frech weiterverehrten, kam die Marienverehrung der katholischen Kirche zum Zug, denn irgendeine Frau musste man den Gläubigen ja als Ersatz für die Göttin Freya, die Göttin des Himmels, der Birken und der Rosen, anbieten. An den alten Festtagen der Kelten und Germanen wurden kurzerhand katholische Feiertage wie Allerheiligen, Weihnachten, Ostern oder Lichtmess quasi zur Kompensation erschaffen, die Gleichberechtigung der Frau in Glaube und Familie aber abgeschafft und uralte Glaubens- und Gesellschaftsstrukturen durch stupiden Monotheismus einfach überdeckt. Und so wurde in Mitteleuropa gewaltsam ein fremder Glaube verbreitet, eine frauenfeindliche Wüstenreligion, die in unseren Breiten fremd ist und es auch bleiben wird.
So stelle ich an das Ende meiner Ausführungen die Behauptung, dass die Kinder in Heroldsbach sehr wohl eine weiße Frau, eine Gottesmutter, gesehen haben, dass sie tatsächlich eine mystisch-spirituelle göttliche Erscheinung hatten. Diese Erscheinung hatte aber weder etwas mit der Jungfrau Maria noch mit dem katholischen Glauben zu tun. Das, womit wir es hier zu tun haben, ist eine uralte Kraft, deren Manifestationen uns noch weiter und tiefer beschäftigen werden, ob es der katholischen Kirche nun passt oder nicht. Die Erscheinung der weißen Göttin, die ja durchaus in mehreren Religionen auf dem ganzen Planeten vorkommt, hat viele Namen. Nennen wir diese Frau doch wie unsere germanischen Vorfahren Freya, Percht oder Hulda, aber bitte nicht mehr Gottesmutter Maria. Maria ist nie hier gewesen und wird es niemals sein. Die weiße Göttin unserer Ahnen dagegen wird es immer geben, auch dann noch, wenn die katholische Kirche in ihrer jetzigen Form von allen Schäfchen verlassen

und aus Mitteleuropa getilgt wurde. Dies wäre dann ein wirklicher Fortschritt für alle spirituellen Menschen. Für alle Menschen, die daran glauben, dass es in dieser Welt mehr geben muss als das, was uns von Wissenschaft oder katholischer Kirche vorgebetet wird.

Winfried Schick starrte auf den herausgerissenen »Spiegel«-Artikel, ohne dass er sagen konnte, was er jetzt davon halten sollte. War das Blödsinn oder genial? War es nur eine Behauptung oder Wissenschaft? Was er zumindest sagen konnte, war, dass ihn dieser Artikel seines Vaters bewegte. Vor allem die Aussagen über die katholische Kirche waren für die damalige Zeit ziemlich mutig, aus heutiger Sicht geradezu prophetisch. Bei ihm rannte er damit offene Türen ein, der bizarre Kreuzweg draußen im Garten hätte seinem Vater sicherlich gefallen. Was er auch damit bewirken wollte, der Mann hatte sich wenigstens was getraut. Nicht so wie sein ältester Sohn, der, von Haushaltsgeräten verbannt, im Dunkel seiner Garage saß und wartete, dass ein Gewitter aufhörte.

Apropos Gewitter, der Donner hatte sich verzogen, und auch der prasselnde Regen hatte aufgehört. Es wurde Zeit, diesen dunklen Ort zu verlassen und sich wieder um die Rückeroberung seiner Heimstatt zu kümmern. Er löschte die Flamme der Petroleumlampe, als er von draußen jemanden rufen hörte.

»Hallo! Ist hier jemand?«, war von einer männlichen Person aus Richtung der Wiese zu vernehmen.

Er öffnete die Garagentür und kniff einen Moment die Augen zusammen, die sich an die neuen Lichtverhältnisse erst noch gewöhnen mussten. Als er endlich wieder normal sehen konnte, erblickte er einen dunkelhaarigen Mann, ungefähr in seinem Alter, der ein bisschen ratlos zwischen den Stationen seines alternativen Kreuzweges herumlief. Der Typ schien ein Handwerker zu sein, zumindest ließ seine Kleidung darauf schließen. Egal. Was immer er hier wollte, es war eine Wohltat, endlich wieder mit einem echten Menschen sprechen zu dürfen. Und das war für Dr. Winfried Schick eine gewaltige Aussage.

Er ging auf den Unbekannten zu und streckte ihm die Hand zur Begrüßung entgegen. »Guten Tag, Winfried Schick. Was kann ich für Sie tun?«

Der Mann schaute ihn etwas erschrocken an, dann erwiderte er vorsichtig den Händedruck und antwortete ihm mit Worten, die Dr. Winfried Schick in seinem ganzen Leben nicht mehr vergessen sollte.

»Ja, guten Tag. Also, mein Name ist auch Schick, Rudi Schick. Angeblich habe ich hier mal gewohnt. Ich hab's aber auch heute erst erfahren ...«

Winfried Schick starrte auf den Mann, der da direkt vor ihm stand, und ließ die Worte auf sich wirken. Er versuchte zu begreifen, was es bedeuten mochte, wenn er recht hatte. Hatte er aber sicher nicht. Sein kleiner Bruder war vor vielen Jahren bei einem fürchterlichen Massaker ums Leben gekommen. Man hatte nur seine Leiche nicht finden können. Wer war also der Typ, und wieso versuchte er, ihn so geschmacklos zu verarschen? Die Chancen standen gut, dass er es hier mit einem ausgewachsenen Irren zu tun hatte. Das würde sich zwar wunderbar in den heutigen Tag einfügen, aber er konnte sich echt was Besseres vorstellen.

»Hör mal zu, du Irrer. Ich habe keine Lust auf so einen Schmarrn. Sag, was du wirklich willst, ansonsten verpiss dich, du Arsch!« Winfried Schick war mit den Nerven parterre und nahe dran, handgreiflich zu werden. Natürlich würde er sich nichts sehnlicher wünschen, als dass der Mann vor ihm recht hatte. Aber er hatte nicht vor, sich absurden Vermutungen hinzugeben, denn eigentlich konnte das ja nicht sein.

Der Besucher blickte kurz auf den Boden, so als müsste er sich eine ganz verzwickte Argumentation zurechtlegen. Aber dann hob er den Kopf und schaute Winfried Schick mit gequältem Blick in die Augen.

»Es ist so. Damals bei dem Überfall war auch eine Frau dabei. Die hat mich entführt und großgezogen. Ich hab nur noch wenige wirkliche Erinnerungen an die Zeit davor, vornehmlich an große, violette Blumen. Aber das Haus hier und das

Grundstück habe ich gleich wiedererkannt. Du kannst gern die Bamberger Polizei fragen, ob das stimmt, die stehen draußen und warten. Eigentlich wollte ich ja direkt hierherfahren, aber dann habe ich doch lieber erst alles der Polizei erzählt, die nehmen die Ermittlungen nun wieder auf, auch weil in der Zwischenzeit wohl noch ein paar andere Dinge passiert sind. Jedenfalls haben mich die netten Herren dort draußen hierher begleitet, damit du mir auch glaubst. Außerdem können wir ja noch einen Gentest machen, dann wissen wir es ganz genau.« Fast hilflos schaute ihn der Fremde an, ein gestandener Mann, und eine Träne kullerte ihm über die Wange.

Schick fuhr ruckartig herum. Vor dem geöffneten Tor stand ein Fahrzeug der Bamberger Polizei, an dem zwei Streifenpolizisten lehnten. Lautlos rotierte eine blaue Lampe auf dem Dach des Streifenwagens. Sein Blick wanderte zu dem Mann zurück, der behauptete, sein Bruder zu sein. Seine Nackenhaare stellten sich auf, und er begann zu zittern. Was sollte das? In der Polizeiakte von damals hatte doch gestanden, dass sein kleiner Bruder Rudi aller Wahrscheinlichkeit nach umgebracht worden war, nur seine Leiche war nicht aufzufinden gewesen. Winfried Schicks Knie wurden weich, und er hatte Mühe, sich auf den Beinen zu halten. Es war so weit, der Tag war schlimm genug gewesen, nun drohte er ihn endgültig zu übermannen.

»Du … du bist Rudi, mein Bruder? Aber ich dachte, du bist tot! Alle dachten, du bist tot. Wenn du es wirklich bist … Wenn du wirklich mein kleiner Bruder Rudi bist und kein Erbschleicher oder sonstiger Scharlatan, dann musst du das beweisen. Jetzt und hier. Wenn nicht, nehme ich diese Granitstele dort drüben und schlage dir damit deinen verdammten Schädel ein, klar?« Um Fassung bemüht, starrte er sein Gegenüber an.

»Ja, ich weiß ja selbst, dass das alles ziemlich gaga klingen muss, das ist für mich auch ziemlich neu irgendwie, weißt du. Und es ist wirklich eine lange Geschichte.«

Winfried Schick begann zu begreifen, dass dieser Mann womöglich recht haben könnte. Nicht aus logischen Gründen, nein, sein Bauchgefühl war gerade auf der Überholspur. Das alles war sicher unglaublich kompliziert. Trotzdem gab es da eine Sache, die musste er ihn einfach fragen. Wenn er sich noch an die Blumen erinnerte, dann doch bestimmt auch daran.

»Schau mal da runter, Rudi, da unten in der Wiese, da war irgendwo dein Lieblingsplatz als Kind. Von dort habe ich dich immer ins Haus schleppen müssen. Kannst du mir sagen, wo genau der war?«, fragte Schick mit bebenden Lippen. Er wollte es ja glauben, zu gerne würde er sehen, dass dieser Kerl jetzt auf die richtige Stelle zeigte.

Der Mann, der behauptete, sein verschollener Bruder Rudi zu sein, drehte sich um und musterte kurz das abfallende Gelände. Dann zeigte nach rechts unten auf die hinterste Ecke des Grundstücks, wo in der Nähe des Zaunes eine kleine, etwa fünfzig Zentimeter hohe Erhebung in der Wiese zu sehen war. Ein Ausguck für neugierige Fast-Kindergartenkinder.

»Ja, ich erinnere mich. Ich war immer da unten auf dem kleinen Hügel zwischen den großen Blumen, da hab ich mich versteckt, wenn ich nicht ins Bett wollte. Nur du und Ben, unser Hund, habt mich dort immer gefunden. Das konnte ich übrigens gar nicht leiden.«

Lächelnd drehte er sich um und sah seinen Bruder an, dem nun endgültig alles Blut aus dem Gesicht gewichen war. Winfried Schick brauchte keinen Gentest mehr, sein Gefühl sagte ihm, dass dieser Mann, der wirklich und wahrhaftig die Wahrheit kannte, sein verschollener kleiner Bruder war.

»Das waren Lupinen, Rudi. Große blaue Lupinen«, stieß er hervor und ließ sich von seinen Gefühlen überwältigen. Er machte einen großen Schritt auf Rudi zu und umarmte den eben noch fremden Mann, seinen jüngeren Bruder, den verloren geglaubten Sohn seiner Eltern. Dann flossen die Tränen, und zwei gerührte Streifenpolizisten klatschten sich draußen vor dem Tor lächelnd ab.

Kurt Geßner alias Hans Schleifer wurde durch Riemenschneiders tätige Mithilfe im Brunnenschacht des Mitwitzer Schlosses entdeckt und geborgen. Er war so tot, wie man nur tot sein konnte. Seine Fingerkuppen waren teilweise bis auf die Knochen abgeschürft. Wie es aussah, hatte der Mann bis zum letzten Atemzug versucht, sich trotz der Schussverletzung im Knie aus seinem engen und nassen Gefängnis zu befreien, was natürlich ein völlig aussichtsloses Unterfangen darstellte. Laut Autopsiebericht war er an Blutverlust, Unterkühlung und anschließendem Herzversagen gestorben.

Die Kiste, die man beim toten Hausmeister im Hof gefunden hatte, bestätigte exakt das, was der Mann vor seinem Tod noch gesagt hatte. Wie sich herausstellte, war Leopold Lieb auch einer der Brüder der bemitleidenswerten Brunnenleiche im Schloss. Die Blutsverwandtschaft musste ein abschließender Gentest aller kürzlich aufgefundenen Leichen noch beweisen. Dazu würde nun auch die kürzlich bestattete Leiche einer gewissen Emma Lieb aus Kronach exhumiert werden, die laut einem in der kleinen Kiste gefundenen Brief und der darin befindlichen Namensliste die vermisste Schwester der dazugehörigen Brüderbande von 1972 sein sollte.

Dank des Inhaltes der metallenen Kassette würde der uralte Fall von 1972 endlich doch noch aufgeklärt werden können, was in den darauffolgenden Wochen auch in der überregionalen Presse regen Niederschlag fand. Insbesondere der »Spiegel« hatte sich zu einem Interview bei der Bamberger Polizei angemeldet, was auch nicht gerade alle Tage geschah.

Haderlein saß nach Dienstschluss in seinem Büro und dachte über die jüngsten Geschehnisse nach. Seine Mitkommissare und Honeypenny waren bereits gegangen. Nur Fidibus saß noch mit Vertretern der neuen fränkischen Landesregierung in seinem Büro zusammen. Angeblich wollte man ihm das Angebot machen, fränkischer Innenminister zu werden, was Haderlein eine sehr belustigende Vorstellung fand.

Er hing dieser ungewohnten Idee eines Innenministers Robert Suckfüll gerade noch nach, als es auf einmal an der Tür zur Dienststelle klopfte. Er öffnete und traute seinen Augen nicht. Da stand sein heiß geliebter Leiter der Erlanger Rechtsmedizin

Thomas Siebenstädter mit einem riesigen Strauß Blumen im Arm. Sofort ahnte Haderlein, dass diese Blümchen nicht für ihn gedacht waren.

»Ist meine Frau da?«, fragte der Professor unvermittelt, ohne auch nur den Versuch zu unternehmen, Haderlein irgendwelche höflichen Begrüßungsworte angedeihen zu lassen.

»Wer?«, fragte Haderlein konsterniert, da er tatsächlich überhaupt keine Ahnung hatte, wovon Siebenstädter da redete. Seine Frau? Siebenstädters Frau? Wer um Himmels willen würde es wagen, sich mit einem lebenden Hai zu vermählen? Aber vielleicht war ihm das ja entgangen. Sehr privat hatte er sich mit Siebenstädter in seiner langen Amtszeit hier in Bamberg schließlich noch nie unterhalten. Sein leicht verstörter Blick verursachte beim Professor immerhin eine gewisse Einsicht, was als eher seltenes Ereignis einzustufen war.

»Sie haben recht, noch sind wir nicht verheiratet. Ich meine natürlich Frau Onello, meine Verlobte. Bitte geben Sie ihr diese bunten Pflanzen und teilen Sie ihr mit, dass ich ihr verzeihe. Sie möge sich aber doch bitte umgehend bei mir melden.« Siebenstädters Oberkörper neigte sich gefährlich nach vorne, und auf seinem Gesicht erschien das berühmt-berüchtigte Haifischgebiss. »Richten Sie meiner Verlobten aus, sie solle sich die Perspektiven gut überlegen, die das Leben mit einem hoch angesehen Rechtsmediziner wie mir mit sich bringt. Ich verstehe ihre zarte Zurückhaltung, aber sie wird sich doch nicht wirklich auf eine längerfristige berufliche Zukunft bei der Bamberger Polizei einlassen und sich mit Menschen wie Ihnen erniedrigen, Haderlein.«

Der angesprochene Kriminalhauptkommissar hatte eine leibhaftige Erscheinung. Er sah den Leiter der Erlanger Rechtsmedizin im Mähwerk eines Mähdreschers verschwinden, wenngleich er als quadratischer Ballen hinten aus der landwirtschaftlichen Maschine wieder ausgespuckt wurde.

»Sehr geehrter Herr Siebenstädter.« Haderlein formulierte seine Antwort mühsam beherrscht und mit zusammengebissenen Zähnen. »Entweder Sie schieben jetzt sofort Ihren Pathologenarsch aus meiner Dienststelle, oder ich hetze mein Schwein auf Sie, verstanden?«

Das saß. Siebenstädter befand sich mitten im Feindesland und war nun, wahrscheinlich auch durch die zwischenmenschlichen Tragödien mit dem weiblichen Geschlecht in seinen heiligen Hallen bedingt, doch ein wenig beeindruckt.

»Ich wünsche noch einen angenehmen Lebensvollzug«, fauchte er bissig, drückte Haderlein den riesigen Strauß in die Hände, deutete eine leichte Verbeugung an und ging von dannen.

Haderlein schloss ziemlich zufrieden die Tür der Dienststelle und beschloss, Andrea lieber nichts von dem Besuch zu erzählen, wozu auch? Eins der wunderschönen Blümchen würde er auf jeden Fall seiner Riemenschneiderin überlassen, die hatte sie sich wirklich verdient. Und den Riesenstrauß, den kriegte seine Lebensgefährtin Manuela. Der letzte Blumenstrauß, den er ihr gegönnt hatte, war nun wirklich schon eine Weile her. Gut, verlobt war er mit Manuela noch nicht, aber das dürfte den Blumen ja wohl reichlich egal sein.

Rudi hatte das alte Taxi oben am offiziellen Parkplatz der Gebetsstätte geparkt, die paar Meter zu der großen Statue, dem Ort der ersten Erscheinung, war er zu Fuß gelaufen. Er hatte die kühle Luft einer wolkenlosen Nacht eingeatmet und sich zuletzt direkt an die Säule gesetzt, auf der die Erscheinung der weißen Göttin in ihrem Glasgehäuse so originalgetreu wie möglich dargestellt wurde. Hier hatte er mit Hulda gestanden, hatten sie über ihr weiteres Vorgehen diskutiert. Hulda, seine Retterin. Sie ging ihm einfach nicht mehr aus dem Kopf. Wo war sie? Konnte sie wirklich das sein, was er dachte?

Er zündete sich einen Joint an und blickte suchend um sich. Niemand war zu sehen, er war allein an diesem kleinen, stillen Fleck Erde, direkt hinter den steinernen Mauern von Schloss Thurn. In den letzten Tagen hatte er zuerst sehr viel Zeit mit seinem Bruder verbracht, sie hatten sich weiß Gott eine Menge zu erzählen. Aber dann war er irgendwann losgezogen und hatte Hulda gesucht. Er hatte in dem Restaurant in Kronach nachgefragt, in dem sie sich begegnet waren. Der Restaurantbesitzer hatte ihn auch sofort wiedererkannt, aber steif und fest behauptet, er sei damals allein bei ihm zum Frühstücken gewesen, eine Frau habe er an dem Morgen nicht gesehen. Zuerst dachte er, der Typ wolle ihn verarschen, aber der schien es tatsächlich ernst zu meinen. Huldas Kronacher Wohnung, in der er übernachtet hatte, war auch ganz plötzlich verschwunden. Genauer gesagt war das alte Haus in Kronach am Tag nach seinem Auszug abgerissen worden. Den Pater in der Gebetsstätte konnte er nicht mehr fragen, der war schrecklicherweise ermordet worden. Das hieß, Stand jetzt, er hatte schlicht keine Beweise für Huldas Existenz. Nur das alte Taxi war ihm geblieben, aber auch das war ja verrückterweise auf seinen Namen angemeldet. Auf der Zulassungsstelle hatten sie ihm gesagt, dass er, Rudi Schick, der Erstbesitzer sei, dass ihm das Fahrzeug schon immer gehört habe, keiner Hulda.

Langsam glaubte er fast, die ewige Kifferei hatte ihm so den Verstand vernebelt, dass er sich Hulda am Ende nur eingebildet hatte. So etwas sollte es ja geben. Aber immer, wenn er in den alten Mercedes stieg, war da dieser zarte Rosenduft von ihrem Parfüm. Der ging einfach nicht weg, und wenn er den Wagen noch so gründlich lüftete.

Und heute hatte Winfried ihn zu allem Überfluss auch noch den alten »Spiegel«-Artikel ihres Vaters lesen lassen. Da hatte es ihn dann aber wirklich umgehauen. Die germanische Göttin Freya, auch Frigg, Huldr, Holle oder Hulda genannt. Hulda, eine germanische Göttin. Da konnte man schon ins Grübeln geraten. Seine Verunsicherung hatte vor wenigen Stunden ihren Höhepunkt erreicht, und er hatte sich an die Nachricht erinnert, die Hulda am Mainufer hinter dem Scheibenwischer seines Taxis für ihn hinterlassen hatte. »Treffpunkt bei der Rosenkönigin«, hatte sie geschrieben. Na gut, Hulda, ich bin hier, wo bist du?, dachte er wehmütig. Dann erinnerte er sich der letzten Worte, die die weiße Göttin angeblich an die Seherkinder gerichtet hatte, bevor sie für immer gegangen war: »Ich werde immer hier sein, auch wenn ihr mich nicht seht.« Dieser Satz klang in Rudi nach und kreiste immer und immer wieder in seinem Kopf.

»Danke, dass du für mich da warst, Hulda«, flüsterte er leise und nahm einen weiteren langen Zug von seinem Joint. »Danke, dass du da warst«, rief er laut in die Wipfel der Birken über ihm.

Er bekam nicht wirklich eine Antwort, doch der Wind frischte ein wenig auf, und die Blätter in den Bäumen begannen zu flüstern. Ein warmes Gefühl breitete sich in ihm aus, er konnte wieder den ihm so vertrauten Rosenduft riechen, und die Birken über ihm wogten sanft im Wind hin und her.

Epilog 1

Nacherzählung aus den Protokollen von Professor Dr. J. B. Walz

Hildegard hatte mit ihren drei Freundinnen den Rosenkranz gebetet, und wieder war die weiße Frau gekommen. Wieder duftete es wunderbar nach Rosenblüten. Sie hatte heute den blauen Mantel an und den weißen Schleier über dem Kopf. Aber heute war Hildegard traurig. Nicht wegen der Gottesmutter, sondern weil der Gesandte des Bischofs so streng mit ihr geredet hatte. Sie sollten auf Anweisung des Bischofs sogar exkommuniziert werden, wenn sie die Gottesmutter weiter besuchten und nicht öffentlich widerrufen würden. Sie sollten sagen, dass sie sich das alles nur eingebildet hätten. Aber wenn sie das täte, dann würde sie lügen, und das konnte doch wirklich keiner verlangen. Sie konnte die Gottesmutter wirklich sehen, sie stand direkt vor ihr und lächelte ihr zu. Jetzt beugte sie sich sogar zu ihr herunter und strich ihr mit ihrer leuchtenden Hand sanft über den Kopf, es war ein wunderbar beruhigendes Gefühl.

»Was ist mit dir? Freust du dich nicht, mich zu sehen?«, fragte die wunderschöne Frau und schaute ihr direkt in die Augen.

»Doch«, antwortete ihr Hildegard Schleifer sofort, erleichtert darüber, dass sie ihr Problem jemandem erzählen konnte. »Doch, aber der Mann vom Bischof glaubt uns nicht, und auch die Pfarrer, die sie mitgebracht haben, sagen, dass wir lügen. Sie wollen, dass wir öffentlich sagen, wir würden uns das alles nur einbilden. Ich will aber nicht lügen, das wäre doch Sünde, oder?«

Dann musste sie kurz weinen, und ein paar Tränen flossen ihr über das Gesicht. Die Frau strich ihr sanft über den Kopf, umfasste Hildegards Gesicht mit beiden Händen und schaute ihr tief in die Augen. Dann ließ sie Hildegard los und richtete sich zu voller Größe auf. Sie sprach jetzt zu allen Kindern.

»Liebe Kinder. Dass ihr mich sehen könnt, ist eine große Gnade. Haltet daran fest und erzählt allen die Wahrheit. Hört nicht auf den Bischof und auch nicht auf die Pfarrer, die euch etwas anderes einreden wollen. Glaubt daran, so fest ihr könnt, und kommt weiter zu mir, sooft ihr nur wollt.«

Dann lächelte die wunderschöne weiß gekleidete Frau den Kindern noch einmal zu. Wenig später verblasste ihre Erscheinung, und die Königin der Rosen war verschwunden.

Epilog 2

Gott:
»Jedermann!
Du Narr, du denkst,
es wär' damit getan,
schnell zu bereu'n.
Hättest dann dein Seelenruh'
und könntest auf das Paradies dich freu'n.
Den Tod hab' ich dir nur versüßt;
am End' wird alles abgebüßt.
Denn mit dem Teufel macht' ich den Vertrag,
den selbst auch ich nicht brechen mag.
Und bricht der letzte Tag einst an;
die Angst wird dir die Zunge lähmen.
Und der Teufel, der nicht warten kann,
wird dich in seinen Armen nehmen.«

Manfred Schröder, »Jedermann«

Epilog 3

Die Brüder Winfried und Rudi Schick waren von nun an unzertrennlich. Sie ließen die Villa ihrer Eltern inklusive des renitenten elektronischen Personals abreißen und entsorgen. Lediglich ein rosaroter Haushaltsroboter wollte sich seiner gerechten Strafe beziehungsweise dem Recycling entziehen und musste auf der Flucht mit einer Granitstele erschlagen werden. Winfried und Rudi bauten sich zusammen ein Ökohaus aus Holz und versuchten, möglichst analog zu leben. Sie verzichteten auf jegliche Vernetzung von sowohl doofen als auch hochintelligenten Haushaltsgeräten.

Rudi Schick besuchte weiterhin regelmäßig die Gebetsstätte in Heroldsbach, Hulda sah er aber nie wieder. Ob sie jemals real gewesen war oder nur ein wahnhaftes Produkt seines extensiven Cannabiskonsums, blieb ein für ihn bis zum heutigen Tag ungelöstes Rätsel.

Mein von Herzen kommender Dank

Ohne die Hilfe folgender Menschen und Organisationen wäre dieses Buch nicht möglich gewesen:

Hannah Vorndran, Gebetsstätte Heroldsbach, Sigi Katholing, Markus Schindler, Harry Luck, Konzertagentur Friedrich. Danke auch dem Emons Verlag in Köln, meiner Lektorin Marit und vor allem dir, Andrea, für die Unmengen Müsli, Eier, Sprachkreationen und Geduld.

Spezieller Dank geht an das »La Stazione« in Kaltenbrunn für die fränkisch-sizilianische Nahrungsaufnahme, das alkoholfreie Hefe und den konsequenten Koffeinnachschub.

Ganz besonders danke ich natürlich meinen absolut unersetzlichen und tapferen Probelesern/innen Martin, Beate, Martina, Denise, Uwe und Andrea, ohne die gefährliche Irrungen und Wirrungen im Text auf ewig unentdeckt geblieben wären.

Vielen herzlichen Dank!

Gebetsstätte Heroldsbach

J S H

J S H
Am 9. Oktober 1949 erschien
die liebe
Gottesmutter
im 1. Male
über dem Birkenwald
wie eine weiße Schwester

Wasserschloss
Mitwitz

OPPORTUNITY

Die Romane von Bestsellerautor Helmut Vorndran im Überblick:

Alle Titel sind auch als eBook erhältlich.

Franken Krimis:

Das Alabastergrab
ISBN 978-3-89705-642-8

Das Alabastergrab
Hörbuch, gelesen von Helmut Vorndran
ISBN 978-3-89705-804-0

Blutfeuer
ISBN 978-3-89705-728-9

Der Colibri-Effekt
ISBN 978-3-89705-953-5

Drei Eichen
ISBN 978-3-95451-123-5

Das fünfte Glas
ISBN 978-3-95451-311-6

Habakuk
ISBN 978-3-95451-693-3

Der Jade-Sauropsid
ISBN 978-3-7408-0216-5

Kamuelsfeder
ISBN 978-3-7408-0398-8

Weitere:

Tot durch Franken
48 Mordsgeschichten
ISBN 978-3-89705-895-8

Isarnon – Stadt über dem Fluss
Ein Kelten-Roman
ISBN 978-3-95451-941-5